SUSAN CARLISLE

La course du désir

Traduc[illegible]e de

ADELI[illegible]MAGNE

BLANCHE

HARLEQUIN

Collection : Blanche

Titre original :
FALLING FOR THE TRAUMA DOC

HARPERCOLLINS FRANCE
83-85, boulevard Vincent Auriol, 75646 PARIS CEDEX 13
Service Clients — https://www.harlequin.fr/contenu/contactez-nous
ISBN 978-2-2805-1512-2 — ISSN 0223-5056

Édité par HarperCollins France.
Composition et mise en pages Nord Compo.
Imprimé en mars 2025 par CPI Black Print (Barcelone)
en utilisant 100% d'électricité renouvelable.
Dépôt légal : avril 2025.

FSC
www.fsc.org
MIXTE
Papier issu de sources responsables
FSC® C159065

Pour limiter l'empreinte environnementale de ses livres, HarperCollins France s'engage à n'utiliser que du papier fabriqué à partir de bois provenant de forêts gérées durablement et de manière responsable.

1

Le jour pointait à peine à Louisville, dans le Kentucky. Callee Dobson se posta en bordure de la piste de Churchill Downs. Les bras appuyés sur la barrière, elle observa le champ de courses avec impatience. Pour rien au monde elle n'aurait raté le « bout-vite », un galop rapide qui faisait partie de la séance d'entraînement des chevaux. C'était un moment qu'elle affectionnait entre tous. Elle inspira à fond l'air humide saturé d'une odeur de poussière et de foin : l'odeur de son enfance.

Callee se pencha en avant pour mieux voir la piste. Les chevaux n'étaient pas encore visibles, mais une rumeur de sabots s'intensifiait de seconde en seconde. Quelqu'un prit place à côté d'elle : un homme de grande taille coiffé d'un stetson. Callee lui jeta un bref coup d'œil… Puis un deuxième. Un stetson ? Non, mais n'importe quoi… Elle se tourna à nouveau vers la piste : toujours pas de chevaux. Elle observa l'étranger à la dérobée. Il avait de longues jambes, un jean et une chemise bleu clair aux manches retroussées au-dessus du poignet. Il posa un pied sur la barre inférieure de la rambarde, et Callee ouvrit de grands yeux. Des bottes de cow-boy marron foncé ? Callee ne put s'empêcher de sourire. D'où sortait cet énergumène ? Il s'était égaré pendant la conquête de l'Ouest ? Les yeux vifs et limpides de l'inconnu croisèrent alors les siens.

— 'Jour.

Il avait un accent traînant, épais comme une nappe de caramel sur un pancake. Callee faillit se passer la langue sur les lèvres. Elle avait toujours eu un faible pour les hommes avec l'accent du Sud. Comme Joe, par exemple... Son cœur se serra douloureusement. Au diable ces souvenirs.

Un tumulte de sabots et de halètements la ramena au présent. Les chevaux étaient apparus sur la ligne droite. Cet instant d'inattention avait failli les lui faire rater. Quelle beauté... Jamais elle ne se lassait du spectacle. Alors que les pur-sang disparaissaient au loin, Callee se tourna à nouveau vers l'inconnu. Avec son physique élancé et musclé, lui-même était un beau spécimen d'étalon, dans son genre. D'ailleurs, qui pouvait-il bien être ? Un touriste égaré, peut-être ? Elle chercha du regard un groupe de visiteurs mais n'en vit aucun.

— C'était incroyable, remarqua-t-il.

— N'est-ce pas ?

Callee tourna les talons. Il fallait qu'elle soit à la clinique dans trois minutes pour espérer ouvrir à l'heure.

— Vous venez les voir souvent ?

— Tous les matins, dit-elle par-dessus son épaule.

— Une chute à cette vitesse, ça ne doit pas pardonner.

Il insiste, ma parole, songea-t-elle. Pour ne rien arranger, voilà qu'il lui emboîtait le pas. Il fallait qu'elle se débarrasse de ce pot de colle.

— Je ne vous le fais pas dire. Bonne journée.

Sur ces mots, elle enfonça les mains dans les poches arrière de son jean et se dirigea vers la clinique. Situé au sein d'un complexe tentaculaire qui abritait notamment les écuries, le modeste bâtiment blanc ne payait pas de mine de l'extérieur, mais elle en était fière. Cette clinique était son fief. Avec l'aide de Carl à l'accueil des patients, elle y dispensait des soins au personnel qui travaillait sur le site, parfois à demeure. On y accédait par une porte vitrée flanquée de deux fenêtres et surmontée d'une enseigne. Une construction mitoyenne encore plus petite abritait un local de formation pour les jockeys et le personnel des écuries, ainsi qu'une salle informatique.

À son entrée, Callee trouva les lieux dans l'état où elle les avait laissés vendredi soir. Elle alluma les lumières dans chaque pièce et termina par son bureau, tout au fond. Enfin, bureau, c'était beaucoup dire... Il aurait mieux valu parler de placard équipé. Mais c'était son domaine à elle, son antre. Lorsqu'elle s'y enfermait, Carl ne se serait jamais avisé de la déranger, à moins d'une urgence absolue.

Quelques minutes après son arrivée, la porte d'entrée s'ouvrit et se referma.

— Bonjour, Carl, cria-t-elle. Je suis au fond. Je n'ai pas encore préparé le café, ça te dérangerait d'en faire ?

Pas de réponse. Callee ne s'en formalisa pas et alluma son ordinateur avant de continuer de vaquer à ses occupations. Quelques minutes plus tard, une bonne odeur de café lui chatouilla les narines. Le bruit sourd de bottes sur le sol de béton lui fit froncer les sourcils. Ces pas n'étaient pas ceux de Carl. Elle sortit dans le couloir et se figea. Comment, c'était lui ? L'homme aux bottes de cow-boy. Il avait posé son stetson, et ses épais cheveux châtains semblaient avoir été peignés avec les doigts. Il s'avançait vers elle en souriant, un mug fumant à la main.

— Voici votre café.

Son accent texan la faisait penser à une nuit d'été, chaude et sensuelle. Elle prit le mug qu'il lui tendait : il avait même choisi la bonne tasse... Elle fronça les sourcils.

— Désolée, mais qui êtes-vous ?

— Ça vous embête si je me sers avant qu'on se parle ? Le matin, je ne vaux rien sans ma dose de caféine.

Sans attendre sa réponse, il retourna au bout du couloir. Elle lui emboîta le pas avec un vague sentiment d'alarme. Qui était ce type, à la fin ? En tout cas, il avait un de ces culots... Des entraîneurs et des propriétaires de chevaux arrogants, elle en avait soigné des quantités, mais dans le genre sûr de lui cet homme-là dépassait toutes les bornes. Cette fois-ci, elle mit de la fermeté dans sa voix :

— Je peux vous aider ?

— Non, ça ira, répondit-il tranquillement.

Il était bête ou quoi ? Elle ne lui parlait pas de café ! Elle lui demandait ce qu'il fabriquait dans sa clinique. Elle attendit derrière lui tandis qu'il se servait un café. Noir, bien entendu. Enfin, il se tourna vers elle. Callee recula d'un pas pour éviter de le heurter.

— Je suis Langston Watts. Normalement, on aurait dû vous prévenir de mon arrivée.

Langston Watts... N'avait-elle pas lu ce nom quelque part récemment ? Oui, dans ce mail du bureau central, celui du Dr Bishop. Elle l'avait parcouru en diagonale avant d'être interrompue par l'arrivée d'un patient. Dans ce message, il était écrit qu'un médecin devait les rejoindre quelques semaines pour conduire une étude à laquelle participait la société de courses. Elle hocha la tête.

— Oui, ça me revient, maintenant. Vous êtes le médecin chargé d'évaluer les traumatismes crâniens parmi le personnel de l'hippodrome.

— Tout à fait. Je suis mandaté par la société Valtech afin de mener des recherches à Churchill Downs. Votre chef nous a donné son accord.

Callee joua distraitement avec sa tasse.

— Je ne doute pas du bien-fondé de votre mission, mais elle tombe en plein pendant la saison du derby du Kentucky. Pendant quelque temps, ce sera un défilé continuel, aussi bien chez les chevaux que chez ceux qui s'en occupent.

— J'en suis bien conscient, mais justement c'est le moment idéal pour mes recherches. Les jockeys, les entraîneurs, le personnel d'écurie... tout le monde sera là. Quelle meilleure occasion de recueillir le plus de données possible ?

— N'oubliez pas que notre priorité va aux patients.

Langston promena un regard sur la salle d'attente, meublée en tout et pour tout de quelques vieux sièges en plastique déglingués.

— C'est justement le second volet de ma mission : vous prêter main-forte en cas de besoin. Cela fait partie du protocole d'accord avec Churchill Downs.

Callee le dévisagea d'un air sceptique. En quoi un chercheur pouvait-il les aider ?

— Vous avez une expérience en médecine d'urgence ?

— Pas mal, oui. Je suis spécialisé en traumatologie. Je vous assure que je suis aguerri à n'importe quel type de situation.

Il s'assit sur l'un des sièges et posa une cheville sur son genou.

— Je l'espère, dit-elle.

Callee tourna la tête vers la porte qui venait de s'ouvrir.

— Salut, patronne, dit Carl en entrant.

Il jeta un regard interrogateur à Langston, qui se leva, une main tendue vers lui.

— Dr Langston Watts. Mais vous pouvez m'appeler Langston.

— Carl, commença Callee.

Elle eut une courte hésitation avant de reprendre :

— Langston est ici pour un travail de recherche. Il nous donnera aussi un coup de main avec les patients si nécessaire.

Carl hocha la tête.

— Très bien. Un peu d'aide ne sera pas de trop, surtout à l'approche du derby.

Langston se tourna à nouveau vers elle :

— Je peux vous appeler Callee ?

Il connaissait son nom ? Elle ne s'était pourtant pas présentée… Manifestement, il s'était renseigné au préalable.

— Bien sûr. On peut même se tutoyer. Pas de chichi entre nous.

— Tant mieux, dit-il en avalant une gorgée. Ça t'embête de me faire visiter les lieux ?

Callee et Carl échangèrent un regard en souriant.

— Tu as vu l'essentiel. Mais je te ferai faire le grand tour tout à l'heure, si tu veux.

— Oui, je veux.

Il avait certainement parlé sans arrière-pensée aucune, mais l'esprit de Callee s'égara quand même dans des directions malvenues. La porte de la clinique s'ouvrit alors sur un homme qu'elle reconnut aussitôt. Callee se précipita vers lui.

— José, que s'est-il passé ?

Il soutenait sa main bandée, et du sang coulait entre ses doigts.

— Le nouveau cheval dans l'écurie 7… Il m'a coincé contre le mur pendant que je nettoyais ses sabots.

L'homme s'exprimait dans un anglais fortement mâtiné d'espagnol. Langston posa quelques questions dans cette langue avec une aisance qu'elle lui envia.

— Venez, je vous emmène en salle d'examen, dit-elle. Asseyez-vous. Tendez-moi votre main… On va vérifier qu'elle n'a rien de cassé.

Langston se tenait si près qu'elle percevait la chaleur de son corps. Lentement, elle retira le linge qui enserrait la main de José, qui grimaça de douleur.

— Désolée, José… J'y vais aussi doucement que possible.

— Je sais bien, mademoiselle Callee.

Elle examina la main enflée qui virait déjà au bleu et au violet. Des points de suture et une radio seraient sûrement nécessaires.

— Vous disposez d'un appareil de radio mobile ? demanda Langston comme en écho à ses réflexions.

— Oui.

— Parfait.

Langston se déplaça pour mieux observer la blessure.

— José, on va vous faire passer une radio de la main.

Le petit homme la regarda avec de grands yeux apeurés.

— Non, non, pas l'hôpital. Travail.

Langston lui parla dans un espagnol trop rapide pour les oreilles de Callee, puis José hocha la tête.

— Je lui ai dit qu'on allait d'abord prendre quelques clichés pour vérifier qu'il n'a pas de fracture. Ensuite, on décidera s'il doit aller à l'hôpital ou pas. Si vous devez partir à l'hôpital, on vous rédigera une dispense pour votre patron, ajouta-t-il à l'adresse de José.

Comme ce dernier fronçait les sourcils, Langston traduisit ses propos en espagnol. À défaut de s'exprimer dans cette langue avec la même aisance, Callee toucha le bras de José et pointa le doigt vers la porte. Elle l'escorta ensuite vers une pièce en face de son bureau, et qui contenait un appareil de radiologie assez ancien mais encore tout à fait fiable. Elle lui passa un tablier de plomb avec précaution, puis elle plaça sa main à plat sur une plaque, la paume vers le bas.

— Restez comme ça et ne bougez pas.

Langston sortit dans le couloir, et elle le rejoignit avant d'actionner un bouton. Une alarme résonna au bout d'un court instant.

— C'est bon, on peut y aller, annonça-t-elle en retournant dans la pièce.

Langston aida José à ôter le tablier tandis qu'elle examinait le cliché sur l'ordinateur. Carl apparut sur le seuil.

— Carl, peux-tu conduire José en salle d'examen et lui donner des antidouleurs ? Je vous retrouve dans une minute, ajouta-t-elle à l'adresse de son patient.

Alors qu'elle reportait son attention sur la radio, Langston se posta derrière elle.

— Ça t'embête si j'y jette un coup d'œil ?

Question de pure forme, puisqu'il avait déjà commencé à étudier le cliché. Callee zooma sur chaque os du carpe et du métacarpe sans identifier de lésion. Elle poursuivit son examen, à l'affût de toute ligne sombre qui indiquerait une fracture. Le silence dans la pièce n'était troublé que par le bruit de leur respiration. L'ambiance était intime, trop intime. Elle ne le connaissait pas, ce type. Callee lui flanqua un léger coup de coude qui heurta un torse solide. Langston émit un grognement.

— Désolée, dit-elle en s'écartant. Je ne savais pas que tu étais si près.

Langston croisa son regard, et un coin de sa bouche se retroussa en un sourire incrédule.

— Tu ne penses pas qu'un orthopédiste devrait l'examiner ?

Elle pinça les lèvres d'un air dubitatif.

— Il n'ira pas. S'il ne travaille pas, il n'est pas payé. Il a une famille à laquelle il envoie de l'argent. Le mieux à faire, c'est de transmettre le cliché à un spécialiste. S'il détecte un problème, j'en parlerai au chef de José pour qu'il l'encourage à effectuer des examens complémentaires.

Langston opina du chef.

— Bonne tactique. Tu fais pareil à la maison ? Quand tu demandes quelque chose, ton homme traîne des pieds au départ et il est content à l'arrivée ?

— Et d'une, je n'ai pas de mari. Et de deux, tu sous-entends que je suis manipulatrice. Ce n'est pas ce que j'appelle un compliment.

Il dressa une main en signe de défense.

— Je ne voulais pas te blesser.

— Ni me flatter non plus.

Langston la fixa d'un regard direct.

— Callee, je suis impressionné, vraiment.

Celle-ci éteignit l'écran, les lèvres pincées. Inutile de perdre du temps en discussions oiseuses, d'autant plus que José les attendait.

— Étonnamment, je ne vois rien à la radio.

— Non, moi non plus.

— OK. C'est toujours bien d'avoir un deuxième avis.

Sur ces mots, elle se rendit en salle d'examen.

— Bonne nouvelle, José. Apparemment, vous n'avez rien de cassé. Je vais désinfecter votre main et la bander. Mais pour aujourd'hui, pas de travail.

José la dévisagea d'un air éperdu.

— Je dois travailler. J'ai des boxes à nettoyer.

— Pas aujourd'hui. On verra ça demain. D'ici là, vous devrez vous faire remplacer. Si vous avez besoin d'une dispense, dites-le-moi.

Ron n'aura pas de mal à se rendre compte que vous n'êtes pas en état de manier une fourche. Vous comprenez ?

L'homme hocha la tête lentement.

— Bien. Alors donnez-moi votre main pour que je la nettoie.

Carl avait déjà préparé un flacon de sérum physiologique et une cuvette médicale. À l'autre bout de la petite pièce, Langston la regardait opérer.

— Vous avez de la chance de vous en tirer sans points de suture, remarqua-t-elle.

Elle entoura la blessure d'une bande de gaze en veillant à ne laisser exposée aucune écorchure, puis elle enveloppa le tout d'un bandage de maintien.

— Voilà. Tenez votre main au-dessus du cœur, cela diminuera l'inflammation. Je vais vous donner quelque chose contre la douleur.

José hocha la tête.

— Tenez-moi au courant en cas de problème. Vous repassez me voir demain, OK ? D'ici là, je vous appelle si l'orthopédiste souhaite vous examiner. Attendez, je vous ramène un bloc de glace à emporter, dit-elle en quittant la pièce.

À son retour, elle entendit Langston qui parlait espagnol. Même dans une langue étrangère, il avait une voix agréable. Cette fois-ci, elle parvint à comprendre qu'il était question de blessures à la tête.

Après avoir congédié José, elle se tourna vers Langston.

— Ça vous dit encore, cette visite ? Ensuite, nous irons dans mon bureau pour discuter de cette étude et voir en quoi je peux vous aider.

Mais avant qu'ils n'aient eu le temps d'atteindre le bout du couloir, un autre patient entrait.

La clinique ne désemplit pas de la matinée. L'essentiel des consultations concernait des bobos du quotidien, mais Callee les abordait tous avec le même sérieux. À deux reprises, elle permit à Langston de réaliser l'évaluation initiale, mais toujours sous sa supervision. On aurait dit qu'elle ne lui faisait pas confiance, ou alors qu'elle n'appréciait pas sa présence. Était-ce parce qu'il empiétait sur son territoire ou simplement parce que sa tête ne lui revenait pas ? La mettait-il mal à l'aise ? Allez savoir... Quoi qu'il en soit, il fallait qu'il tire ces questions au clair, et vite. Il devait rester six semaines à Churchill Downs et tenait à ce qu'elles se déroulent le mieux possible. Il avait un travail à faire, un travail important. Ensuite, il passerait à une autre mission.

En règle générale, Langston avait du mal à travailler sous les ordres de quelqu'un. Plus d'une fois, il avait dû démissionner à cause de différences de vues entre lui et sa hiérarchie. Avant de se lancer dans la recherche sur les traumatismes crâniens, il avait travaillé dans l'unité neurologique d'un grand hôpital de renommée mondiale. Malheureusement, il avait été en désaccord avec son chef au sujet d'un cas et la discussion s'était envenimée. L'ambiance dans le service était ensuite devenue tellement toxique qu'il avait saisi avec soulagement l'opportunité de travailler pour Valtech, les concepteurs de Head Armor. Ce qu'il appréciait le plus dans son poste actuel, c'était qu'il ne recevait d'ordres que de lui-même. Et pourtant, le contact avec les patients lui manquait. Cette matinée auprès de Callee lui donnait l'occasion de s'en apercevoir.

— Ça te dit d'aller déjeuner ? demanda Callee après le départ du dernier patient.

— Pourquoi pas ?

— Dans ce cas, je t'emmène dans le meilleur resto du coin. Les burgers ne sont pas mal du tout, tu verras. Attends, je prends mon porte-monnaie, dit-elle en retournant dans son bureau.

— Pas la peine. Je t'invite.

— Quoi ? Mais non !

— Mais si. La prochaine fois, c'est toi qui payes. On y va en voiture ?

— Non, le resto se trouve juste trois écuries plus bas.

Langston la regarda d'un air interloqué.

— Comment ça, trois écuries ?

— Oui, juste de l'autre côté de la rue, en face de la zone des écuries. Tout le monde y va manger, tu verras. Carl, on va déjeuner au Brown Derby, dit-elle par-dessus son épaule alors qu'ils sortaient. Je te rapporte quelque chose ?

— Non, j'irai à votre retour. Ce sera sans doute plus calme.

— OK.

Ils sortirent tous les deux et tournèrent à l'angle du bâtiment pour rejoindre la route. Leurs pas crissaient sur les graviers de l'allée. Alors qu'ils circulaient entre les écuries, Callee salua de la main plusieurs personnes.

— Tu es comme chez toi, ici, remarqua-t-il.

— C'est vrai. Je suis dans mon élément. En tout cas, tu m'as bien aidée. Après la main de José, on n'a pas eu d'autres blessures majeures, mais la matinée était quand même plus chargée que d'habitude. Donc, merci.

— Pas de problème. Ça m'a fait plaisir de travailler auprès de patients.

Elle le dévisagea avec surprise.

— Comment ça ? Ce n'était pas déjà le cas ?

— Non. Ces derniers temps, j'ai surtout analysé des données et des graphiques. Ça t'arrive de soigner des blessures à la tête ?

— Oui, mais pas si souvent que ça. Dans ces cas-là, j'interviens en premier ressort, mais le cavalier est toujours pris en charge à l'hôpital, ne serait-ce que pour traiter la commotion.

Langston hocha la tête et observa la rue qu'ils traversaient. Elle était bordée d'écuries dont chacune était encadrée par deux autres rues similaires. Partout, les bâtiments étaient de la même couleur, sans rien qui les différencie les uns des autres. Il était tellement simple de s'égarer par ici…

Callee s'arrêta pour laisser le passage à une voiture qui tractait un van.

— Si tu m'expliquais un peu les tenants et les aboutissants de tes recherches, ça me permettrait peut-être de t'aider.

— Ils ne t'ont pas du tout parlé de mon travail ?

— La direction n'est pas connue pour la clarté de ses communications. Ils m'ont simplement prévenue de ton arrivée.

— OK. Pendant les six prochaines semaines, je vais étudier les traumatismes crâniens chez les jockeys et tout le personnel qui travaille auprès des chevaux. Et comme la saison du derby est particulièrement chargée, j'ai aussi accepté de vous aider à la clinique.

— Comment envisages-tu de mener cette étude ?

Tout en parlant, Callee agita le bras pour saluer un homme à l'autre bout d'une écurie.

— Je vais commencer par une revue de cas. Si les patients concernés travaillent encore ici, j'aimerais leur poser des questions. Pareil avec toute personne qui se blesserait pendant mon séjour. Je souhaiterais aussi interroger tous les patients qui viennent te voir en consultation pour leur demander s'ils ont subi ce genre de choc, en tombant d'un grenier à foin, par exemple, ou d'un cheval.

— Tes recherches auront des retombées directes sur l'industrie hippique.

— Tout à fait. Dans les sports équestres, les occasions de se faire mal ne manquent pas. J'ai cru comprendre que tous les employés doivent subir un bilan annuel ou fournir une attestation. Lorsqu'ils arrivent en consultation, je souhaiterais leur faire passer des tests supplémentaires. Avec leur permission, bien sûr.

Callee eut une moue dubitative.

— Tu auras le temps de voir tout le monde en six semaines ? C'est assez ambitieux, tu ne trouves pas ?

Sans doute, mais il essayerait quand même. Le mot « échec » ne faisait pas partie de son vocabulaire. Du moins, pour tout ce qui touchait le travail. Avec les femmes, en revanche, c'était une autre histoire.

— Peut-être pas tous, mais autant que possible.

— Tu as toujours fait de la recherche ?

— Non. Comme je te l'ai dit, j'ai une formation en urgence traumatologique.

— Ce n'est pas dans ma petite clinique que tu vas battre des records d'adrénaline. Pourquoi as-tu lâché ce métier ?

— Je ne l'ai pas lâché, justement. Je continue à travailler dans des unités de traumatologie, même durant mes déplacements.

— Et pourquoi t'intéresses-tu aux blessures à la tête en particulier ?

Langston haussa les épaules.

— J'y suis venu petit à petit, alors que je travaillais auprès de victimes d'accidents de la route ou auprès d'enfants ayant subi des chutes, à vélo notamment. À chaque fois, c'était moi qu'on appelait. On aurait dit que j'attirais ces patients. Je me souviens d'une en particulier… Une petite fille blonde adorable. Elle n'aurait pas été blessée si son casque avait résisté. Ce jour-là, je me suis dit : « Ça suffit. » Alors, j'ai accepté de participer à un projet pour concevoir un prototype de meilleure qualité. Mon objectif, c'est de changer les choses sur le long terme. Pas de les réparer pour que tout recommence après coup.

Callee hocha la tête avec gravité.

— Je comprends. En quoi puis-je t'être utile ?

À l'approche d'un croisement, Langston avisa un véhicule qui fonçait dans leur direction. Sans réfléchir, il saisit le coude de Callee pour la retenir. Il la lâcha lorsqu'elle lui fit face d'un air furieux. Qu'est-ce qui lui avait pris ? Cela ne lui ressemblait pas d'être aussi protecteur… La camionnette passa devant eux dans un petit nuage de poussière grise et disparut.

— J'aurais besoin d'avoir accès aux dossiers. Et si tu pouvais encourager tes patients à me parler, ce serait génial. Tu as l'air de connaître tout le monde ici.

— Je vais voir ce que je peux faire. Mais je te préviens, ce ne sera sans doute pas facile. Dans ce milieu, on se serre les coudes et on se méfie des gens de l'extérieur.

Peut-être, mais Langston ne serait pas satisfait à moins d'avoir rempli ses objectifs. On lui avait dit plus d'une fois qu'il était obnubilé par la réussite. Il était comme cela depuis toujours.

Ils reprirent leur chemin en silence et ne tardèrent pas à déboucher sur une grande voie en bordure du quartier des écuries. Callee regarda à droite et à gauche avant de traverser.

— Que sais-tu des gens qui travaillent dans un hippodrome ?

— Pas grand-chose. D'ailleurs, je ne connais presque rien aux chevaux. Ou aux sports équestres en général, d'ailleurs.

Callee s'arrêta pour le toiser de haut en bas.

— Tu n'es pas un cow-boy, pourtant ?

— Je suis juste un Texan qui aime les chapeaux et les jolies bottes. Ne va pas croire que j'ai grandi dans un ranch.

— Si tu ne t'intéresses pas aux chevaux, tu es mal tombé, dit-elle en s'esclaffant.

— Alors, tu vas devoir m'aider. Mais j'apprends vite, tu verras.

— Que veux-tu savoir sur les gens qui travaillent ici ?

— Tout.

— Rien que ça ? Tout, ça risque d'être difficile, mais je peux au moins te renseigner dans les grandes lignes.

D'un geste circulaire, Callee désigna la zone des écuries.

— Comme tu le sais déjà, le quartier des écuries se trouve à l'arrière de l'hippodrome. Elles appartiennent à des entraîneurs qui les louent. Certaines sont réservées pour des chevaux qui viennent pour des courses spéciales.

— Le derby, par exemple ?

— Exactement. Si un entraîneur ne possède pas assez de chevaux pour une écurie, il peut louer des boxes. Ici, beaucoup sont seulement de passage : les humains comme les animaux.

— Ça ne t'embête pas de travailler dans un endroit où tout le monde va et vient sans cesse ?

— Non, pas vraiment. Au contraire, je suis contente de les revoir à leur retour.

Elle s'arrêta à un croisement et pointa le doigt vers la droite.

— Tu vois ce bâtiment en briques ? C'est le dortoir du personnel. Certains vivent ici à l'année. Ils doivent rester à proximité des chevaux, tu comprends.

— Je vois...

— Beaucoup viennent de partout dans le monde. Ils s'occupent très bien des chevaux, mais tous ne maîtrisent pas l'anglais, comme tu as pu le constater ce matin.

— Vous avez des interprètes ?

Callee haussa les épaules tristement.

— Parfois, j'arrive à en trouver un, mais souvent on communique avec des gestes ou avec des applications de traduction. Bref, on ne s'ennuie jamais ici.

— On dirait, oui. Les gens commencent à quelle heure ? Il faut que j'organise mes entretiens.

— Les journées débutent juste avant l'aube. La course d'entraînement se termine très tôt, avant que la chaleur ne s'installe. Autour de midi, les choses se calment. On vit au rythme des chevaux, quoi.

— C'est logique.

Il s'adapterait. Après tout, il en avait l'habitude.

— Cela dit, avril n'est pas un mois comme les autres. À l'approche du derby, tout s'emballe et, la semaine des épreuves proprement dites, c'est la folie. On n'a pas une minute pour soi.

Langston hocha la tête. Il avait déjà entendu parler du derby du Kentucky à défaut de s'y intéresser.

— Oui, c'est un grand événement, apparemment.

— L'événement de l'année, même. Oh ! j'oubliais...

Callee se tourna dans la direction opposée et désigna un grand bâtiment de plain-pied.

— La clinique vétérinaire se trouve là. Elle est ouverte vingt-quatre heures sur vingt-quatre, sept jours sur sept. Les chevaux sont sans cesse soumis à quantité de contrôles, notamment des tests antidopage.

— Et toi, tu t'occupes des analyses sanguines des jockeys ?

— Oui. Pour eux, il existe un protocole particulier applicable les semaines de courses. On a parfois du renfort pour effectuer les tests ; autrement, je ne m'en sortirais pas. Ce sont des examens très spéciaux.

Impressionnant... Plus il l'écoutait, plus Langston prenait conscience de l'étendue de son ignorance.

— C'est vraiment un univers à part entière.

— Oui, et un univers à part, tout court.

Mais Callee aussi était une femme à part, songea-t-il. Et pourtant, il la connaissait à peine.

2

Ils arrivèrent devant un bâtiment vieillot dont la façade ne payait pas de mine. Callee entra la première et jeta un coup d'œil par-dessus son épaule. Derrière elle, Langston dut se pencher pour ne pas se cogner au plafond bas. *Voilà ce que c'est d'être grand*, songea-t-elle avec un sourire de revanche. La porte se referma derrière eux, les plongeant dans la pénombre. Sur le seuil, Langston parcourut la pièce du regard.

— Ça me rappelle un bar que j'aime bien, au Texas.

La salle était remplie, mais le bruit n'était pas assourdissant. Partout, des tables en bois carrées étaient occupées par une clientèle en chemise de travail, jean et bottes. Callee chercha des places libres.

— Il va falloir manger au bar aujourd'hui.

Elle s'approcha d'un homme corpulent aux vêtements couverts de poussière.

— Pousse-toi, Macomb. Fais-moi un peu de place.

Le géant baissa les yeux vers elle.

— Peuh... Je pourrais te loger dans ma poche, Callee.

— Oui, mais j'aimerais m'asseoir sur ce siège, pas dans ta poche. Allez, zou !

Elle lui flanqua un coup d'épaule et se jucha sur le tabouret de bar. Alors que Langston s'installait à côté d'elle, il lui effleura la cuisse avec les genoux, et un frisson électrique la parcourut.

Callee lui jeta un bref coup d'œil. Elle n'était sûrement pas son type. Peut-être avait-elle tort, mais elle l'aurait plutôt imaginé avec une élégante aux longues jambes et aux ongles manucurés. En tout cas, pas son genre à elle, en T-shirt, jean et bottes de travail, les cheveux coiffés à la va-vite en queue-de-cheval. Non, elle n'était pas du tout son type.

Un homme revêtu d'un tablier blanc les interpella de l'autre bout du comptoir.

— Tu commandes quoi aujourd'hui, Callee ?

— Un burger et des frites, répondit-elle sans consulter le menu.

Le barman regarda alors Langston.

— La même chose pour moi.

— Et deux sodas, Fred, ajouta Callee avec un sourire.

Celui-ci hocha la tête et s'éloigna. Un homme qui passait près d'eux salua Callee d'un sourire.

— Hé, Callee, on te voit à la partie de mercredi prochain ?

— Salut, Rick. Oui, j'y serai.

— Vous allez jouer à quoi ? demanda Langston.

Callee poussa le porte-serviettes afin de faire de la place devant elle.

— Au poker. On se retrouve une fois par mois à la maison de quartier, à deux pas de la clinique.

— Vous êtes tous une grande famille, on dirait.

— J'essaye de construire des liens de confiance autour de moi. Ça facilite mon travail.

— Je ne suis jamais resté assez longtemps quelque part pour qu'on m'invite à une partie de poker.

— Ah bon ? Tu pourrais nous rejoindre un soir pendant ton séjour, dit-elle en s'emparant du verre que Fred venait de poser devant elle.

Langston la regarda fixement.

— Merci, je ne dis pas non. Tu aimes travailler ici, n'est-ce pas ?

— Oui, beaucoup, dit-elle en souriant.

— Tu es arrivée quand ?

— Il y a deux ans.

Fred déposa devant eux leurs burgers ainsi qu'une corbeille de frites.

— Qu'est-ce qui t'a décidée à venir ?

Petite question, longue réponse… Mieux valait rester vague. Il était hors de question qu'elle lui raconte cette histoire épouvantable.

— J'ai effectué un stage à l'hippodrome pendant que je préparais mon diplôme. Le médecin de la clinique a pris sa retraite, alors j'ai postulé pour le remplacer. À l'époque, j'avais vraiment besoin d'être ici.

Oups, elle en avait trop dit ! Elle attaqua son repas en espérant qu'il n'insiste pas. Par bonheur, Langston en resta là.

Une demi-heure plus tard, alors qu'ils sortaient du restaurant, Langston se tapota le ventre avec satisfaction.

— Je dois dire que leurs burgers valent le détour.

— Je me disais bien qu'ils te plairaient. Tu devrais essayer leur petit déjeuner un de ces jours.

— Pourquoi pas ?

Tandis qu'ils cheminaient côte à côte, elle lui jeta un coup d'œil. Il était vraiment grand : au moins un mètre quatre-vingt-dix. Elle ne lui arrivait même pas à l'épaule.

— Hé, Callee !

En entendant son nom, elle regarda autour d'elle et agita un bras.

— Salut, Gina.

Elle se tourna alors vers Langston.

— Désolée, je dois examiner une plaie que j'ai suturée il y a quelques jours.

— Tu assures des visites à domicile ?

— Au domicile du cheval, en l'occurrence, dit-elle avec un grand sourire. Tu sauras retrouver le chemin de la clinique ?

— Pas de problème.

— À tout à l'heure, alors.

Callee le suivit du regard alors qu'il s'éloignait de sa démarche élastique. Elle aurait pu le présenter à Gina, mais elle avait besoin d'un moment pour elle. Langston saturait son système nerveux. Et pourtant, elle ne le connaissait que depuis quelques heures.

— Comment va ta main ? demanda-t-elle à Gina.

Celle-ci la lui tendit : elle l'avait enveloppée d'un gant en plastique.

— Bonne idée, approuva Callee. Il ne faut pas qu'elle s'infecte.

Callee avait rencontré Gina peu après son arrivée à Churchill Downs, et elles étaient tout de suite devenues amies. Gina travaillait actuellement comme groom, mais elle était bien partie pour devenir une excellente entraîneuse.

— Qui est ce beau gosse qui t'accompagnait ?

— Un nouveau docteur. Il est ici pour des recherches.

— Vraiment ? Je veux bien lui servir d'objet d'étude, alors. Ou pourquoi pas toi, d'ailleurs ?

— Arrête, Gina.

— Allez, Callee, tu devrais laisser leur chance aux mecs. Arrête de te flageller à cause de Joe. C'était un accident.

— Je sais et j'ai tourné la page, merci. Je travaille ici et j'ai une vie qui me plaît.

Gina leva les yeux au ciel.

— Dis-moi, à quand remonte ton dernier rencard ?

— À un certain temps, répliqua-t-elle avec un geste évasif. Au lieu de t'inquiéter pour ma vie sentimentale, tu ferais bien de penser à la tienne.

— Oui, mais c'est plus amusant de te taquiner. Si tu ne veux pas du Dr Beau Gosse, je peux te le piquer ?

À sa grande surprise, Callee éprouva un pincement au cœur à cette idée.

— Assez parlé de Langston. Une nouvelle fois, comment va ta main ?

— Donc, il s'appelle Langston. C'est un joli nom... Très sexy.

Callee ne put s'empêcher de sourire.

— Gina, ta main, s'il te plaît...

— Je la soigne. Regarde, dit-elle en ôtant le gant. Une certaine personne m'a prescrit un rappel de tétanos, et ça m'a suffi. Je déteste les piqûres.

Callee examina la plaie afin de vérifier qu'elle n'était pas ouverte ou enflammée.

— Tout a l'air parfait. N'oublie pas de passer après-demain pour que je retire les sutures.

— Tu me présenteras le beau gosse ? demanda Gina, les yeux pétillants.

Callee éclata de rire.

— Seulement si on n'a rien de mieux à faire. Allez, à plus tard.

— Attends... Tu pourrais l'inviter au poker, mercredi prochain.

— C'est déjà fait.

D'ailleurs, elle aurait dû y réfléchir à deux fois avant de le convier à cette soirée. Callee ne sautait pas de joie à l'idée de le côtoyer en dehors du boulot alors qu'ils allaient passer l'essentiel de leurs journées ensemble.

Lorsqu'elle revint à la clinique, une vingtaine de minutes plus tard, Langston était en train de rire de quelque chose avec Carl. Ils se turent aussitôt avec un air penaud.

— L'après-midi devrait être calme, dit-elle à Langston. Si tu veux, je te montre comment trouver les répertoires.

— Ça me va.

Il se leva et la suivit jusqu'à son bureau.

— J'ai vu dans le mail de la direction que tu n'as accès qu'aux fichiers qui traitent de blessures à la tête, dit-elle en tapant son mot de passe.

— Oui.

Langston vint se poster à côté d'elle, et elle éprouva aussitôt une tension étrange. Il avait un don spécial pour s'imposer à ses sens. En avait-il seulement conscience ? Elle secoua la tête. Comment pouvait-elle penser des choses pareilles ? Ils ne se connaissaient même pas, lui et elle.

L'écran s'alluma.

— Les fichiers dont tu devrais avoir besoin se trouvent ici. Bon, je te laisse travailler.

Elle le heurta alors qu'elle se dirigeait vers la porte. Aussi léger soit-il, le choc lui fit l'effet d'une décharge électrique.

— Pardon.

Langston recula pour lui laisser le passage.

— Je ne sais pas si tu seras à l'aise pour travailler dans ce placard, mais je ne peux pas te proposer mieux.

Il prit place dans le siège à roulettes, qui gémit sous son poids.

— Ne t'inquiète pas, ça ira très bien. N'hésite pas à m'appeler si tu as besoin d'un coup de main.

— Merci, c'est gentil.

C'était pourtant peu probable. Callee voyait l'essentiel de ses patients le matin, et occupait ses après-midi à des tâches administratives et à des coups de fil. Quoi qu'il en soit, si Langston occupait son bureau, elle allait devoir partager celui de Carl pendant quelque temps. Dans l'immédiat, il fallait qu'elle parle avec José. L'orthopédiste avait appelé dans la matinée pour confirmer que sa main n'était pas cassée. Si José n'était pas joignable par téléphone, elle passerait le voir sur son lieu de travail.

Lorsque Callee revint de sa visite à José, la journée arrivait à son terme. Elle n'avait pas vu Langston depuis des heures. Elle le trouva dans son bureau, occupé à scruter l'écran de l'ordinateur, un stylo à la main.

— Désolée de te déranger, mais je vais fermer la clinique.

Langston leva brusquement la tête, puis il se renversa sur le siège, les mains croisées sur la nuque, et il s'étira. Callee ne put s'empêcher d'observer la façon dont sa chemise se tendait sur son large torse.

— Pardon. Mon travail m'absorbe tellement que je ne vois pas le temps filer.

— Ça arrive quand on aime ce qu'on fait.

Le visage de Langston s'adoucit.

— Je suis content que tu comprennes, dit-il en se levant. Bon, je rassemble mes affaires et je m'en vais.

Ils se dirent au revoir quelques minutes plus tard. Alors qu'elle le regardait se diriger vers un pick-up rouge, Callee se demanda à quoi il pouvait bien occuper ses soirées. Il ne semblait pas du genre à rester chez lui à bouquiner. Il lui avait dit qu'il continuait d'effectuer des missions en traumatologie. S'était-il porté volontaire pour travailler dans une clinique de nuit ?

Langston passa le reste de la semaine à compulser des dossiers médicaux dans le bureau de Callee. Chaque journée se déroulait de la même manière. Il la retrouvait en bordure de piste pour regarder le galop du matin. Puis ils se rendaient à la clinique et, pendant qu'elle recevait ses patients, il s'isolait dans son bureau pour travailler, et n'en sortait qu'à quelques occasions, si Callee sollicitait son aide. L'après-midi, elle s'installait dans le bureau de Carl et, à 17 heures, elle fermait la clinique. Bref, il s'engluait dans une routine, exactement comme ses parents. Quelle horreur... Langston secoua la tête et se concentra sur l'écran. Dans quelques semaines, il serait parti. Malgré tout, pour une raison qu'il ignorait, cet endroit lui donnait envie de troquer ses bottes de cow-boy pour des pantoufles. Et cela ne le gênait pas plus que cela, c'était bien le pire.

— Langston...

La tête de Callee apparut par l'entrebâillement de la porte.

— Amène ta mallette médicale, vite. J'ai besoin de ton aide.

Il se leva en repoussant son fauteuil.

— Elle est dans la voiture. Qu'est-ce qui se passe ?

— Une urgence dans une écurie, dit-elle depuis le couloir. Un palefrenier a reçu un coup de pied, et ils ont peur de le bouger. Une ambulance est en chemin.

Langston courut jusqu'à sa voiture et s'empara de sa trousse.

Au même instant, Callee arriva au volant d'une voiturette de golf. Il sauta sur le siège du passager, et ils partirent en trombe en faisant voler les gravillons.

— C'est loin ?

— Deux écuries plus bas et une à gauche.

Langston se cramponnait à son siège du mieux qu'il pouvait, mais il faillit être éjecté du véhicule lorsqu'elle prit un virage sur les chapeaux de roues. Elle pila devant une écurie aux portes rouges. Un attroupement s'était formé devant une stalle, à proximité d'un cheval dont une jeune femme tenait la bride.

— Faites place, laissez-nous passer, ordonna Callee avec l'autorité d'un géant de deux mètres.

Tout le monde obtempéra, et ils entrèrent dans un bâtiment au sol de ciment recouvert de sciure de bois. Un jeune homme de type hispanique était étendu par terre, encadré par deux hommes accroupis. Callee s'agenouilla auprès du blessé.

— Quel est votre nom ?

— Carlos, répondit-il dans un hoquet étranglé.

L'effort qu'il fournit pour parler lui arracha une grimace.

— Où avez-vous mal, Carlos ?

L'homme posa une main sur son côté droit.

— OK. Je vais vérifier que vous n'avez pas de fracture. Le Dr Watts ici présent va également vous examiner.

Alors qu'elle parlait, les paupières de Carlos tombèrent. Elle lui secoua doucement l'épaule.

— Carlos, vous devez rester éveillé. Je sais que vous souffrez, mais j'ai besoin de savoir où vous avez mal exactement.

Laissant à Langston le soin de mesurer les constantes, elle palpa la poitrine du jeune homme. Il gémit lorsqu'elle toucha son côté droit.

— Il a des côtes cassées.

— Rythme cardiaque à 160 bpm, tension à 12/9, fréquence respiratoire à 80 cycles par minute. Détresse respiratoire. Il entre en état de choc.

Sans réfléchir, Langston ôta sa chemise pour en couvrir Carlos. Puis, d'un geste sec, il prit sur un cintre une couverture équine qu'il roula et plaça sous les pieds du jeune homme afin de les surélever par rapport au cœur. Alors qu'il auscultait sa poitrine, il détecta un bruit de succion.

— Il a aussi un poumon percé.

Callee prit la main de Carlos pour examiner ses ongles. Même dans la pénombre de la stalle, Langston voyait qu'ils étaient d'un bleu sombre. Il tendit son stéthoscope à Callee pour qu'elle l'ausculte à son tour.

— Je suis d'accord.

Le bruit d'une ambulance retentit soudain, puis le silence retomba.

— Dieu merci, dit Callee. Il lui faut de l'oxygène le plus vite possible. L'ambulance n'est pas loin. Ils ont éteint la sirène pour ne pas effrayer les chevaux.

Quelques minutes plus tard, des secouristes entrèrent avec une civière. Callee leur dressa un compte rendu rapide, puis Langston les aida à allonger Carlos sur le brancard. L'instant d'après, l'ambulance repartait avec le patient. Langston s'adossa contre le mur en bois.

— Ça arrive souvent, ce genre d'intervention ?

— Depuis que tu es là, j'ai l'impression qu'ils augmentent.

Callee ramassa par terre la chemise de Langston.

— En tout cas, votre geste était chevaleresque, Dr Watts.

— Merci, répondit-il avec un large sourire.

Elle le regardait fixement et ce qu'elle voyait n'avait pas l'air de lui déplaire. Il tendit le bras.

— Je peux récupérer ma chemise ?

— Oui, oui... Bien sûr. Excuse-moi.

Les joues rouges, Callee la lui fourra dans les mains. Langston enfila le vêtement et le boutonna, puis il rangea son matériel avant de la rejoindre dehors, un sourire satisfait aux lèvres. Alors comme ça, Callee Dobson pouvait perdre son sang-froid.

Par sa faute, de surcroît. Très intéressant… Il avait bien envie de retenter l'expérience à la première occasion.

Seigneur, mais quelle idiote ! Qu'est-ce qui lui avait pris de regarder Langston avec des yeux de merlan frit ? Certes, il valait le coup d'œil : une musculature de dieu grec, des épaules larges et des hanches minces, un ventre plat couvert d'un fin duvet qui s'épaississait en une ligne sombre… Bref, elle n'avait pas pu s'empêcher de l'admirer. Le problème, c'était qu'il s'en était aperçu.

Alors qu'elle s'apprêtait à grimper au volant de la voiturette, il la saisit par le bras.

— Oh ! non, pas question. Cette fois-ci, c'est moi qui conduis.

— Mais…

— Il n'y a pas de « mais ». Je tiens à rentrer en un seul morceau.

— Bon, bon… J'accepte seulement parce que tu m'as aidée, dit-elle en s'installant sur le siège du passager.

Alors qu'ils venaient de dépasser l'angle de l'écurie, Callee tendit l'oreille. Même avec le bruit de la voiturette, le doute n'était pas permis. Elle aurait reconnu ce bruit entre mille.

— Arrête !

Langston appuya sur les freins si brutalement qu'ils faillirent déraper.

— Quoi ? Qu'est-ce qu'il y a ?

— Ce cheval, là… Sa respiration siffle. Il faut le mettre à l'isolement sans délai.

Elle bondit hors de la voiture et se dirigea à grands pas vers un homme à côté d'un van.

— Faites monter ce cheval dans la remorque. Maintenant.

L'employé ouvrit de grands yeux interloqués.

— On m'a dit d'attendre ici.

— Ce cheval a la grippe, insista-t-elle d'une voix basse mais ferme. Je dois parler à votre entraîneur tout de suite. Pouvez-vous le faire venir, s'il vous plaît ?

Le palefrenier hocha la tête, tendit la bride à un collègue et détala comme s'il était pourchassé par un étalon sauvage. Callee se tourna alors vers son collègue.

— Restez où vous êtes et ne menez surtout pas ce cheval à l'écurie. Compris ? J'appelle le vétérinaire.

— Qu'est-ce qu'il y a ? demanda Langston, perplexe.

— Un cas de grippe équine. C'est une maladie très contagieuse. En cas d'épidémie, le derby risque d'être annulé. Ce cheval doit être mis en quarantaine sans délai.

Un homme à la figure rubiconde arrivait, l'air furieux, suivi non loin par le premier palefrenier. Il se planta juste devant elle et la toisa avec fureur.

— Qu'est-ce que ça veut dire ? Je n'ai pas d'ordre à recevoir de vous, moi, ma petite dame.

Langston s'avança de manière à pouvoir intervenir. Malgré elle, Callee dut reconnaître qu'elle appréciait de compter sur son soutien.

— Ce cheval a la grippe, répliqua-t-elle d'une voix basse et posée.

L'entraîneur recula d'un pas, le visage blême.

— Quoi ?

— Vous m'avez entendue. Je vais devoir vous demander de le faire remonter dans ce van. Maintenant.

— Non, mais dites donc… Et puis quoi, encore ! Je vous signale que vous n'avez aucune autorité sur moi.

L'homme fit un pas vers elle d'un air menaçant.

— Restez où vous êtes, gronda Langston.

— En effet, je n'ai pas d'autorité sur vous, dit Callee. Mais le vétérinaire, si, et je l'appelle tout de suite.

Elle traversa la route afin de se mettre hors d'atteinte, et Langston lui emboîta le pas. Tandis qu'elle composait le numéro de la clinique vétérinaire du derby, elle regardait les hommes, qui faisaient monter le cheval dans la remorque.

— Allô ? Je souhaiterais parler au Dr Dillard, dit-elle d'une voix forte.

Comme l'entraîneur la fusillait du regard, Callee redressa le menton avec défi. Son appel terminé, elle se dirigea vers l'homme en veillant à rester hors de portée d'un coup.

— Le Dr Dillard vous attend.

L'entraîneur lui tourna le dos sans un mot. Langston à ses côtés, Callee attendit que le van s'éloigne sur la route de la clinique vétérinaire. Alors, elle retourna à la voiturette.

— C'est une urgence ? demanda Langston en montant dans le véhicule.

Callee reprit place à côté de lui tandis qu'il démarrait.

— Si ce cheval entre en contact avec des congénères, ils devront tous être mis en quarantaine. Comme je viens de te le dire, la grippe équine est très contagieuse. Tellement, même, qu'il va falloir brûler la litière utilisée par cet animal et stériliser tous les seaux avec lesquels il a été en contact.

— Ce que tu viens de faire était à la fois impressionnant et complètement fou. Où as-tu appris à reconnaître une grippe équine ? C'est à force de travailler ici ?

— Non. Mon père est vétérinaire, et je l'accompagnais partout.

— Et tu n'as pas voulu exercer ce métier ? Pourquoi ?

— Il me pose la même question encore maintenant.

— Il aurait aimé que tu marches dans ses pas ?

Décidément, on ne pouvait rien lui cacher. Callee ferait bien d'être sur ses gardes avec lui, autrement il finirait par mettre au jour tous ses petits secrets.

— On peut dire ça comme ça. Bref, je l'ai déçu.

— Et ça t'affecte.

— Oui. Mon père, c'est mon héros. Toute petite, déjà, j'étais toujours fourrée avec lui pendant ses tournées. Lorsque je n'étais pas à l'école, je le suivais dans ses visites ou j'étais dans une écurie à m'occuper d'un cheval. Au lycée, je rêvais de devenir vétérinaire.

— Qu'est-ce qui t'a fait changer d'avis ?

— Je pensais que je serais plus utile en médecine humaine.

— Il a dû t'arriver quelque chose d'important pour que tu prennes une telle décision.

Les doigts de Callee se crispèrent sur le cadre de la voiturette. Allait-il finir avec ses questions ? Il appuyait pile là où cela faisait mal.

— Oui.

— Tu veux m'en parler ?

Callee promena les yeux sur les écuries et regarda sans les voir un cheval dont la tête pointait hors d'une stalle, et un palefrenier qui lavait un pur-sang. Pouvait-elle lui raconter son histoire ? Pouvait-elle lui dire qu'elle avait laissé un être cher courir à sa perte ? Qu'allait-il penser d'elle s'il venait à l'apprendre ?

Langston, cependant, se taisait, et elle garda le silence pendant quelques secondes. Enfin, elle prit une profonde inspiration.

— C'est arrivé à la fin de mon cursus préparatoire à la fac. J'avais été acceptée en école vétérinaire, et mon petit ami devait entrer en médecine. On est allés fêter ça avec des copains. On sortait rarement, les uns et les autres. Avec les études, on n'avait pas le temps.

Callee poussa un soupir qui venait du fond du cœur.

— Joe – c'était mon fiancé… Il a beaucoup trop bu ce soir-là, et je ne m'en suis pas rendu compte. J'étais bien trop occupée à bavarder avec des amis, à m'amuser… Et lui ne tenait pas l'alcool. Bref, j'ai pris conscience du problème en le voyant tituber jusqu'à sa voiture. J'ai refusé qu'il conduise, mais il s'est mis en colère et m'a arraché les clés de la main. Et il est parti. J'ai demandé à un ami de m'aider à le rattraper, mais lorsqu'on l'a trouvé…

Elle s'interrompit un instant.

— Il s'était écrasé contre un arbre. Je n'ai rien pu faire avant l'arrivée des secours. Il a fallu des cisailles à métaux pour le désincarcérer. Il souffrait d'un énorme hématome cérébral et il a passé des semaines dans un coma végétatif.

— Mon Dieu, Callee… Tu n'y es pour rien. Tu le sais, n'est-ce pas ?

Langston stoppa la voiturette et il se tourna pour la regarder droit dans les yeux, mais elle baissa la tête vers ses mains posées sur ses genoux.

— C'est facile à dire pour toi. Tu ne croisais pas ses parents tous les jours, tu ne voyais pas leurs regards de reproche. Ou pire, tu n'étais pas là lorsqu'on l'a débranché. J'aurais dû en faire plus pour lui. Si j'avais été plus compétente en médecine humaine, j'aurais su quoi faire. J'aurais sans doute pu le sauver.

Langston hocha la tête pensivement.

— Et donc, tu as changé de voie pour savoir comment réagir en pareille situation.

Voyant qu'elle ne répondait pas, il n'insista pas et redémarra. Par bonheur, ils ne tardèrent pas à arriver. Callee avait besoin d'être seule.

— Merci pour ton aide, dit-elle en sortant de la voiture.

— Je t'en prie.

Mais au lieu de se diriger vers la clinique, Callee obliqua vers le champ de courses.

— Tu ne rentres pas ? demanda-t-il avec inquiétude.

— Pas tout de suite. Dans quelques minutes.

Callee continua de marcher. Pendant un long moment, elle sentit dans son dos le regard de Langston.

3

Depuis son arrivée une semaine plus tôt, Langston avait pris l'habitude de retrouver Callee près du champ de courses chaque matin. Ce jour-là n'était pas différent des autres. Elle était à son poste d'observation habituel, un pied sur la barre inférieure de la clôture, son jean tendu sur ses jolies rondeurs. Callee n'était pas bien grande, mais elle avait des courbes là où il fallait. *Et de l'énergie à revendre, aussi*, songea-t-il avec un sourire. Ce qu'elle n'avait pas en taille, elle le compensait par une forte personnalité. Même s'il passait l'essentiel de son temps dans le bureau de Callee, il l'entendait parfois lorsqu'elle donnait une consultation. Plus d'une fois, il lui avait proposé son aide, mais elle assurait toujours qu'elle n'avait pas besoin de lui. D'ailleurs, en règle générale, Callee évitait de faire appel aux autres. On aurait dit qu'elle se tenait à distance, sur son quant-à-soi. Ce qu'elle lui avait raconté de son passé devait y être pour beaucoup.

Lorsque les chevaux eurent disparu au loin, Callee se dirigea vers la clinique d'un pas tranquille, et Langston lui emboîta le pas. Alors qu'ils arrivaient, ils trouvèrent un attroupement devant l'entrée.

— Que se passe-t-il ?

— On est mercredi. Ils sont ici pour des analyses sanguines avant la course du week-end prochain.

— Tu ne m'as pas dit qu'ils seraient testés ici aujourd'hui.

S'il l'avait su, il serait venu mieux préparé. Tant de jockeys réunis dans un seul endroit, c'était une mine d'or d'informations.

— Je l'ignorais jusqu'à hier, dit-elle. Ils ne me préviennent pas toujours à l'avance. Les juges nous envoient une équipe pour procéder aux tests et… Oh là là, je suis désolée !

Elle lui saisit le bras d'un air catastrophé.

— J'aurais dû t'en parler. Pour toi, c'est l'occasion rêvée de rencontrer les jockeys. Tu n'es pas obligé d'aller les chercher : ils viennent directement à toi.

— Tout juste. Je vais chercher mon carnet. Au moins, cela me permettra d'éliminer tous ceux qui ne feront pas l'objet d'un entretien approfondi. Ensuite, je pourrai me concentrer sur les autres.

Joignant le geste à la parole, Langston se hâta vers la clinique. Lorsqu'il rejoignit Callee, elle discutait avec Carl devant le bureau de la réception. Elle sourit à son approche.

— J'ai parlé aux jockeys et je leur ai dit que ce serait sympa de coopérer. Mais ne t'emballe pas. Ils auront sûrement autre chose à faire que de répondre à des questions. J'essayerai de t'aider quand j'en aurai fini avec les juges.

— Je me débrouillerai.

— Si tu le dis, répondit-elle en souriant.

Un homme chargé d'une mallette entra alors, accompagné d'une femme.

— Bonjour, Callee. Désolés pour le retard.

— Pas de problème. Comme vous le voyez, ils font déjà la queue pour vous.

Langston sortit et s'adressa aux jockeys en espagnol.

— L'un d'entre vous a-t-il déjà été blessé à la tête dans le cadre de son travail ?

De larges sourires apparurent lentement sur tous les visages. Langston sourit lui aussi.

— Bien sûr, quelle question. Essayons celle-là : avez-vous déjà perdu connaissance à la suite d'une chute ?

Personne ne bougea. Enfin, un homme regarda Langston droit dans les yeux et hocha la tête. Un autre en fit alors de même, mais son regard était fixé sur un point derrière Langston. Celui-ci se retourna et vit Callee non loin, un mince sourire aux lèvres. Il reporta son attention sur le premier jockey.

— Je souhaiterais vous poser quelques questions au sujet de votre chute.

Callee se posta à côté de lui, mais il en fallait plus pour amadouer l'homme. Langston devait lui soutirer les informations, à commencer par ses nom et prénom.

— Vous avez eu du mal à vous tenir debout, à marcher ? Des problèmes de vision ? Vous avez consulté un médecin ?

Il déroula rapidement sa liste de questions jusqu'à ce que le tour du jockey arrive pour se faire tester. Langston chercha alors Callee du regard et la vit occupée à discuter avec quelques hommes. Il passa au deuxième jockey qui s'était manifesté. Au bout d'une heure, il parvint à recueillir cinq témoignages : en comparaison du nombre de jockeys qui s'étaient déplacés pour leur test, il n'y avait pas de quoi pavoiser.

— Et voilà, dit Callee en lui tendant une feuille. J'en ai trouvé quelques-uns qui veulent bien participer à ton enquête.

Langston jeta un coup d'œil à la liste : elle comptait une dizaine de noms avec des numéros de téléphone. Et dire que pendant tout ce temps il avait pensé qu'elle bavardait, sans plus.

— Merci, Callee. C'est vraiment gentil.

— Ils reviendront forcément se faire tester pendant ton séjour. Ça te donnera l'occasion de parler à ceux que tu as ratés aujourd'hui, ou qui ne sont pas venus.

— Oui, c'est un bon départ. Encore une fois, merci. Sans toi, j'aurais eu du mal à les faire parler. On dîne ensemble ce soir ?

Elle lui jeta un bref regard désapprobateur.

— Merci, mais je ne suis pas libre. J'ai un tournoi de poker et c'est moi qui apporte le dessert. Je croyais que tu étais des nôtres.

— Excuse-moi, j'avais oublié. Qui vient ?

— Tu les connais déjà à peu près tous.

— Et on joue quoi ?

— De la menue monnaie et le droit de frimer si on gagne une partie.

— Ça me va. J'apporte quoi à part mon portefeuille ?

— Rien du tout. Ce soir, tu es notre invité. Rendez-vous à 19 heures, à la maison de quartier.

Le soir venu, Callee perçut la présence de Langston dès qu'il arriva. Elle avait pourtant le dos tourné à la porte, mais l'atmosphère de la salle avait changé. Langston avait un je-ne-sais-quoi qui l'attirait irrésistiblement. Il fallait que cela s'arrête. Qu'avait-elle à faire avec un type comme lui ? Il passait sa vie sur les routes à déménager d'une ville à l'autre comme un représentant de commerce. Oui, mais c'était plus fort qu'elle. Il la fascinait comme aucun homme depuis très longtemps.

Elle interrompit sa conversation avec Gina pour l'accueillir. Comme à son habitude, il était l'image même de l'assurance et de la décontraction.

— Tu m'as dit de venir les mains vides, mais j'ai quand même apporté des chips et du guacamole.

— Bonne idée. Impossible de se tromper avec ça. Tiens, donne-les-moi.

Alors qu'elle disposait les amuse-gueules sur une table garnie de pizzas et de boissons, Gina les rejoignit en chaloupant des hanches.

— Langston ! C'est super que tu sois des nôtres ce soir.

— Salut, Gina. Ça va avec les chevaux en ce moment ?

— Très bien, merci.

— Alors, vous jouez ? s'écria Rick. Je dois me lever tôt demain et j'aimerais vous battre à plate couture avant d'aller me coucher.

Des rires et des taquineries bon enfant fusèrent alors que tout le monde s'attablait. Langston se tourna vers Callee.

— Je dois m'installer quelque part ?

— Chacun s'assoit toujours à la même place, mais la chaise en face de moi est vide.

Elle présenta rapidement Langston à ceux qui ne le connaissaient pas encore, et Rick prit un jeu de cartes neuf qu'il sortit de son étui.

— Ce soir, c'est stud à cinq cartes, messieurs-dames.

— Rick, tu sais que je préfère le Texas hold'em.

— Désolé, Callee. On y jouera quand ce sera ton tour de choisir.

Alors que Rick battait les cartes, Callee jeta un coup d'œil à Langston et s'aperçut qu'il la regardait. Il sourit. Rick distribua la première donne, et chacun misa. Au bout du cinquième et dernier tour de cartes, seuls deux joueurs restaient en lice sur les huit initiaux. Ils abattirent leur jeu, et le gagnant empocha le pot.

La première partie terminée, Callee repoussa sa chaise pour se lever.

— J'ai faim. Continuez sans moi.

— Je te suis, dit Langston.

— Quelle surprise, marmonna Rick.

Gina eut un petit rire amusé. Sans leur prêter attention, Callee se choisit une part de pizza.

— Tu veux une bière ? demanda Langston.

— Non, merci. Je vais en rester à un soda.

— Je me disais qu'après avoir travaillé ici toute la journée tu aurais envie de passer ta soirée ailleurs.

Callee promena le regard sur la tablée.

— Pourquoi ? Ce sont mes amis.

— Mais ça t'arrive de faire autre chose de ton temps libre ?

Elle fronça les sourcils. À l'entendre, elle était quelqu'un de monotone.

— Bien sûr. Je rends visite à mes parents, je passe du temps avec mon cheval...

— Tu ne voyages jamais ?

— Non, pas vraiment. Je suis très sédentaire. Évidemment,

pour quelqu'un comme toi, qui passe sa vie à rouler sa bosse, je dois paraître inintéressante au possible.

— Tu es tout, sauf inintéressante. Il n'empêche, il n'y a pas un endroit que tu aimerais visiter ?

— Si. Plusieurs, même.

— Lesquels ?

Elle le dévisagea, mal à l'aise. Pourquoi insistait-il autant ?

— Alors, vous jouez, oui ou non ? cria Rick.

— J'arrive.

Callee jeta le reste de sa pizza dans une poubelle et regagna la table.

— Tu me diras plus tard, lui dit Langston.

— Pas de problème.

Avisant la bière de Langston, elle fronça les sourcils. Allons, elle n'allait pas passer sa soirée de poker à compter les verres des uns et des autres. Ce n'était pas son genre de juger les habitudes des gens.

Elle passa l'heure qui suivit à regarder Langston à la dérobée, et lui en fit autant avec elle. Il avait des yeux magnifiques, d'un bleu turquoise profond et intense.

— Hé, Callee, on peut avoir un brownie ?

— Sers-toi.

Gina se tourna en souriant vers Langston, assis à côté d'elle.

— Tu en veux un ?

— Bien sûr.

Gina se leva en posant une main sur l'épaule de Langston, puis elle se tourna vers Callee avec un large sourire.

— Pfiou ! On est vraiment serrés autour de cette table, pas vrai ?

Callee affecta l'indifférence. Gina la taquinait pour la faire réagir, mais elle en serait pour ses frais. De retour avec une assiette remplie de gâteaux, elle coula un sourire doucereux à Langston.

— Je me suis dit qu'on pouvait partager.

Rick secoua la tête en maugréant. Imperturbable, Langston prit un biscuit.

— Mmh… Vraiment délicieux.

Callee ne put retenir un petit sourire satisfait.

— On dirait que ça te surprend.

— C'est la recette secrète de Callee, ajouta Gina avec un clin d'œil à son amie.

Langston leva en l'air la main qui tenait le brownie.

— Mes compliments au chef.

Une onde brûlante déferla sur Callee. Rick la rappela à l'ordre d'une voix énervée.

— Vous allez vous regarder encore longtemps avec des yeux de merlan frit ?

— Eh, quel mal y a-t-il à regarder une jolie femme ? rétorqua Langston avec un sourire.

Des rires fusèrent autour de la table. Callee hasarda un regard vers Langston et vit qu'il souriait, d'un sourire qui plissait ses beaux yeux bleus.

— Allez, vous jouez ? grommela Rick.

La soirée se poursuivit encore une heure, puis deux joueurs se levèrent de table.

— Il faut qu'on y aille. C'est jour de course demain. La nuit risque d'être courte.

Callee s'étira longuement.

— Moi aussi, j'y vais.

Alors qu'elle rangeait la table, Gina la rejoignit.

— Il te plaît, n'est-ce pas ?

— Qui donc ?

Gina lui flanqua une bourrade affectueuse.

— Ne fais pas l'innocente. Rick n'est pas le seul à avoir remarqué ces œillades entre toi et Langston.

— Mais quelles œillades ? On est juste amis, lui et moi.

— Ben voyons… Langston te dévorait des yeux.

Callee haussa les épaules avec humeur.

— Tu dis vraiment n'importe quoi.

— Et toi, tu devrais te rendre à l'évidence. Amuse-toi un peu,

Callee, tu le mérites. Tu ne vas pas te punir toute ta vie, non ? Tu ne sais pas ce que tu rates, ajouta-t-elle en ajustant la bandoulière de son sac.

Au même instant, Rick leur fit au revoir de la main, et Callee fut dispensée de répondre à son amie.

— Bonne soirée, Callee.

— Salut, Rick. Tu auras plus de chance la semaine prochaine.

Langston s'approcha d'elle.

— Qu'est-ce qu'il a ?

— Oh ! rien, dit Gina. Il est jaloux.

— Hein ? Mais pas du tout !

— Arrête, Callee. Il a un faible pour toi, et tu le sais très bien. Allez, à demain.

Gina se dirigea vers la porte avec un grand sourire. Langston se tourna alors vers Callee.

— Si tu es prête, je te raccompagne jusqu'à ta voiture. Donc, qu'est-ce qui se passe entre toi et Rick ?

— Rien, si ce n'est dans l'imagination de Gina. Et merci, mais je connais le chemin jusqu'au parking.

— Je n'en doute pas, mais j'aimerais terminer notre conversation de tout à l'heure.

— En quoi ça t'intéresse de savoir si j'ai envie de voyager ?

Avec un haussement d'épaules, Langston laissa tomber dans une poubelle le sac de chips vide et le reste de guacamole.

— Je ne sais pas. Peut-être parce que j'ai du mal à comprendre que tu n'aies pas plus envie de voir le monde. Mes parents sont comme toi : heureux de vivre dans la même vieille maison, la même vieille ville, de fréquenter toujours les mêmes personnes…

— Et alors ? C'est une mauvaise chose ?

— Non, pas nécessairement. Je trouve ça triste, plutôt.

— Pourquoi ? Ils sont malheureux ?

Tout en parlant, elle se dirigea vers la porte, la boîte de brownies dans les mains, et Langston lui emboîta le pas.

— Non.

— Alors, quel est le problème ? À chacun sa façon de vivre.

— Je n'ai jamais envisagé les choses sous cet angle. Pour moi, ils ont surtout peur du changement.

Devait-elle se sentir visée par ses propos ? songea-t-elle en sortant dans l'air frais de la nuit.

— C'est pour ça que tu passes ton temps sur les routes ? Parce que tu ne veux pas leur ressembler ?

— J'adore mes parents, mais oui, tu as bien résumé le problème. Je voulais plus pour moi-même.

Il lui prit la boîte des mains pour lui permettre de fermer la porte à clé. Ses yeux s'étaient assombris, comme s'il ne lui disait pas tout.

— Tout dépend de ce qu'on entend par « plus », remarqua-t-elle d'une voix plus sèche qu'elle ne l'aurait voulu. Tu as beaucoup d'amis ? Ça t'arrive de passer chez toi, de dormir dans ton lit ?

— C'est bon, c'est bon, j'ai compris, dit-il en levant une main.

— Désolée, je ne voulais pas te blesser.

— Ce n'est pas grave. Tu ne crains pas de donner ton avis, hein ?

— Non, mais ce n'est pas une raison pour être agressive.

Langston marchait si près qu'il aurait pu la toucher, mais leurs bras ne s'effleuraient jamais.

— J'apprécie ta franchise. Trop souvent, les femmes me disent ce que j'ai envie d'entendre.

— Tu m'étonnes, murmura-t-elle.

— Que veux-tu dire par là ?

— Allons, un bel homme comme toi, avec un bon métier... Tu es ce qu'on appelle un bon parti, non ?

Elle accompagna cette phrase d'un petit rire qui sonnait faux.

— Merci du compliment, dit-il avec un léger sourire. Mais bon parti ou pas, je ne t'intéresse pas.

— Je n'ai pas dit ça.

— Mais tu l'as sous-entendu. Parce qu'on n'attend pas les mêmes choses de la vie, toi et moi.

— Peut-être, mais on peut quand même être amis, non ?

Il hocha la tête en souriant.

— Tout à fait d'accord. En tout cas, merci de m'avoir invité. Cela faisait longtemps que je n'avais pas passé un bon moment avec des gens sympas.

— Il faudra renouveler l'expérience avant ton départ.

Alors qu'elle lui prenait des mains la boîte de gâteaux pour la déposer dans sa voiture, Callee se souvint qu'il avait bu quelques bières au cours de la soirée. Elle ne pouvait pas le laisser prendre le volant dans cet état. S'il arrivait quoi que ce soit, elle ne se le pardonnerait jamais, comme avec Joe. Pour rien au monde elle ne voulait revivre une chose pareille.

— Langston, laisse ta voiture ici. Je te reconduis chez toi.

Il eut un petit rire.

— Dans ton pot de yaourt ? Je te signale que je mesure un bon mètre quatre-vingt-cinq.

— Mmh… Oui, ça t'obligerait à poser les pieds sur le pare-brise. Bon. Dans ce cas, laisse-moi conduire ton 4x4.

— Callee, vraiment, ce n'est pas nécessaire.

— Si. J'insiste, Langston. Je veux te ramener chez toi.

Elle lui tendit la main pour qu'il y dépose ses clés.

— Bon, puisque tu y tiens. Mais je persiste à dire que ce n'est pas nécessaire.

— Pour moi, si. Tu viens ?

Il épousseta son chapeau contre son jean d'un air indécis.

— Je ne sais pas si je dois me sentir flatté ou embarrassé.

— Je me comporte juste en adulte responsable.

Langston ouvrit de grands yeux.

— J'ai compris. C'est à cause de ce qui est arrivé à ton fiancé.

— Mais non. Je ne veux pas laisser un ami prendre la route alors qu'il a trop bu, voilà tout.

— Tu exagères, mais je suis trop fatigué pour te tenir tête. Tu sauras conduire une vraie voiture ? Ça va te changer de ta coquille de noix.

Elle se dirigea vers le pick-up avec un grand sourire.

— Tu vas voir ce que tu vas voir.

Langston attacha sa ceinture et la regarda se tortiller sur le siège pour l'ajuster à sa taille. Ce trajet de retour ne s'annonçait pas si mal que ça, après tout… Enfin, le moteur démarra dans un grondement sourd, et Callee se tourna vers lui avec un grand sourire qu'il lui rendit. Callee passa la marche arrière, puis elle sortit du parking.

— Je vais dans quelle direction ?

— J'habite dans le quartier des Highlands.

Elle coula un regard vers lui.

— C'est un endroit chic, dis donc.

— Bof, c'est juste un logement de fonction.

— C'est toujours mieux que l'hôtel.

— Ce n'est pas moi qui dirai le contraire. Et je parle d'expérience.

— Ton lit ne te manque jamais ?

— Jusqu'à présent, ça va.

— Moi, je ne pourrais pas. J'aime trop mon petit lit.

Langston s'efforça de retenir son imagination, qui s'aventurait dans des directions inavouables.

— Tourne à droite ici.

Callee prit le virage un peu sec, et les pneus crissèrent.

— J'ai besoin de m'amuser un peu, dit-elle avec un sourire.

Il s'appuya contre la vitre pour mieux la regarder et passa un bras derrière le dossier du fauteuil.

— Ça faisait longtemps que je n'avais pas conduit un 4x4. J'avais oublié à quel point on se sent supérieur dans ce genre de voiture.

Langston la dévisagea, les sourcils froncés en une ligne continue.

— C'est une critique contre moi ?

— Ça dépend, répondit-elle sans quitter la route des yeux.

— De quoi ?

— Eh bien, de ton comportement au volant. Trop souvent,

les mecs au volant de grosses cylindrées conduisent trop vite et collent les autres automobilistes.

— Si ça peut te rassurer, je ne suis pas un adepte des excès de vitesse et je ne colle pas les autres.

Il désigna un immeuble du doigt.

— J'habite dans la résidence fermée juste en face. Bâtiment H. Gare-toi à la place numéro 23. C'est la mienne.

Callee fit comme il disait, puis elle coupa le contact et pivota sur le siège pour lui faire face. Au volant de l'énorme véhicule, elle avait l'air d'une poupée.

— Ça t'embête si je rentre avec ta voiture ? Je viendrai te récupérer demain matin.

— Je me demandais justement si tu avais un plan pour ton retour, dit-il en débouclant sa ceinture.

— C'est chose faite.

— Je t'attends pour quelle heure demain ?

— 5 heures.

— Très bien, je serai prêt.

Il descendit du véhicule mais, alors qu'elle manœuvrait pour quitter la place de stationnement, il toqua à sa portière. Elle baissa la vitre.

— Tu as oublié quelque chose ?

— Oui. Je voulais te remercier d'avoir eu la gentillesse de me ramener chez moi.

Sans autre préambule, il effleura sa bouche de la sienne et elle se pencha pour lui rendre son baiser. Ses lèvres étaient aussi douces et tendres qu'il l'avait imaginé.

— Je t'en prie. Ce n'est rien.

Il la dévisagea en souriant.

— À demain matin, jolie Callee.

4

Le lendemain matin, à 5 heures tapantes, Callee, plus nerveuse que jamais, attendait devant la résidence. Elle ne tarda pas à voir Langston arriver d'une démarche nonchalante. La perspective de se retrouver avec lui dans l'espace restreint de l'habitacle lui donnait des papillons dans le ventre.

Ce n'était pas la première fois qu'un homme l'embrassait, bien sûr. Mais aucun ne lui avait fait un tel effet. C'était bien simple : elle n'avait pour ainsi dire pas fermé l'œil de la nuit. Elle le regardait approcher avec un mélange d'impatience et d'appréhension. Elle avait envie de le revoir, envie qu'il l'embrasse à nouveau. Mais il ne fallait pas. Elle ne méritait pas d'éprouver ce genre d'euphorie. Elle n'avait pas le droit de ressentir une telle joie.

Il grimpa au volant en la saluant d'un bonjour jovial et démarra sans autre forme de procès. À croire qu'ils ne s'étaient pas embrassés la veille… Piquée, Callee fut tentée de l'atteindre dans sa virilité pour le faire réagir, mais elle s'en abstint. Le trajet se déroula en silence. À plusieurs reprises, Callee sentit qu'il l'observait, mais il avait les yeux sur la route chaque fois qu'elle se tournait vers lui. Quelques minutes plus tard, il se gara à sa place habituelle devant la clinique, et ils mirent pied à terre. Langston promena un regard autour de lui.

— Quel est le programme pour aujourd'hui ? Il se passe tant de choses ici que j'ai du mal à garder le fil.

Callee le regarda fixement. Il ne connaissait vraiment rien à rien…

— C'est jour de course, comme chaque semaine, de jeudi à dimanche.

— Ah bon ? Je croyais que les compétitions se limitaient au week-end du derby.

— Eh non. Beaucoup de monde croit ça, mais les chevaux concourent toute l'année, et pas seulement pendant la saison du derby, début mai.

— Je ne savais rien de tout cela. J'aurais dû me renseigner au préalable.

— C'est sans doute à cause de ton travail. Tu ne penses à rien d'autre, dit-elle en se dirigeant vers la piste.

— C'est toute l'opinion que tu te fais de moi ? Celle d'un type étroit d'esprit qui ne s'intéresse à rien en dehors du boulot ?

— Mais non. Tu es concentré, voilà tout.

— Il faut travailler dur pour réussir.

Elle lui jeta un regard acéré.

— C'est ce qui compte le plus pour toi ?

— Disons que j'aimerais laisser mon empreinte sur le monde, oui.

— C'est très louable, dit-elle, les mains enfoncées dans les poches avant de son jean. Mais les petites choses ont aussi leur importance.

Langston garda le silence comme s'il méditait ces paroles. Callee se posta à sa place habituelle en bordure de piste et elle lui jeta un coup d'œil. Il se tenait à côté d'elle, mais pas trop près. Elle se figea, soudain sensible à la proximité de son grand corps, et ses yeux se posèrent sur ses lèvres. Se souvenait-il de ce baiser avec autant d'acuité qu'elle ? Et s'il l'embrassait à nouveau, comment réagirait-elle ? Bah, la question ne se posait pas puisqu'elle ferait en sorte que la situation ne se reproduise pas.

Les chevaux venaient de passer en trombe lorsqu'elle jeta un coup d'œil derrière elle.

— Rick !

C'était bien lui. Il attendait devant la clinique, l'épaule ensanglantée. Elle accourut et le mena à une salle d'examen.

— Attends-moi là, je reviens tout de suite.

Langston était entré après elle et était posté dans le couloir.

— Qu'est-ce qu'il a ?

— Une vilaine morsure à l'épaule.

— Une morsure ?

Callee hocha la tête en lui tendant une boîte.

— Oui, une morsure de cheval. Ça arrive plus souvent qu'on le pense.

— Gold Star est un spécialiste de ce genre de blagues, déclara Rick depuis le seuil de la pièce.

Langston observa la blessure.

— Ça doit faire mal, non ?

— Si.

— Alors, vous devriez vous asseoir.

Tout en parlant, Langston se dirigea vers la salle d'examen. Callee leur emboîta le pas.

— À quand remonte ton dernier vaccin antitétanique, Rick ?

— Je ne sais pas. J'ai horreur des piqûres.

— Je vais demander à Carl de vérifier ça dans ton dossier. Si tu as besoin d'un rappel, il faudra le faire le plus vite possible.

Callee posa le matériel sur une table et fit face à son patient.

— Allez, on enlève la chemise. Tu ne vas pas me faire croire que tu as peur d'une petite aiguille, non ? Un grand gaillard comme toi, qui passe son temps au milieu des chevaux…

— Est-ce trop demander, un minimum de douceur féminine ? Si tu sortais avec moi, tu saurais que je ne suis qu'un gros tendre, au fond.

— N'importe quoi… Langston, peux-tu m'aider, s'il te plaît ?

Elle se tourna vers ce dernier et vit qu'il écrasait Rick d'un regard noir.

— Langston ?

— Oui, bien sûr.

Revenant à son rôle de médecin, il s'approcha pour examiner la blessure. Callee se tourna à nouveau vers Rick.

— La peau est déchiquetée, donc il va falloir la nettoyer en profondeur. Tu auras sans doute besoin de points de suture. Ton épaule est bien amochée.

— Je sais. Ce n'est pas la première fois que Gold Star fait des siennes, mais à ce point, jamais.

Rick grimaça lorsqu'elle lui ôta sa chemise.

— Désolé, Rick, mais il va falloir découper la manche, dit Langston en prenant des ciseaux. Elle est collée à la plaie. Il faudrait aussi une radio de l'articulation de l'épaule.

Il souleva le bras de Rick et le fit pivoter doucement. Callee scruta la réaction de Rick, qui ferma les yeux avec un rictus de douleur.

— Allez, viens, Musclor, dit-elle en lui prenant la main. Je vais te faire visiter le local radiologique.

Langston ne les suivit pas.

— Je termine de préparer le matériel.

À leur retour, Langston avait sorti du sérum physiologique, un kit de sutures et des pansements.

— Si tu veux bien verser le sérum, moi, je tiens le haricot, lui dit-elle.

Au bout de quelques minutes, le site de la blessure était désinfecté.

— Nous allons t'embêter encore un peu, Rick, mais il faut être sûr que la plaie est absolument propre. Autrement, les microbes vont proliférer dans le pansement.

Rick émit un profond soupir.

— C'est bon, allez-y.

À l'aide de pincettes, Callee souleva la peau déchiquetée pour observer la lésion sous-jacente. Langston s'approcha avec une lampe stylo.

— Là, regarde. Tu ne vois pas quelque chose ?

— Si. Bien vu.

Elle lui sourit, et il en fit de même, avec un sourire qui illumina ses yeux.

— On dirait un grain d'avoine. Désolée, Rick, mais il va falloir encore désinfecter la plaie. Ne bouge pas.

Langston ouvrit un autre flacon de sérum physiologique qu'il versa sur la blessure, puis Callee examina une nouvelle fois le site de la lésion. Lorsqu'elle se redressa, sa tête heurta celle de Langston. Elle leva les yeux vers lui et vit qu'il la contemplait avec un grand sourire idiot. Son cœur tressauta. Elle adorait quand il la regardait ainsi.

— C'est bon, Rick. Bonne nouvelle, tu n'as pas besoin de points de suture. Par contre, tu risques d'avoir une vilaine cicatrice.

Lorsqu'elle eut fini d'appliquer de la pommade, Langston banda le bras et l'épaule de Rick. Callee fit un pas en arrière pour regarder leur œuvre.

— OK, Rick, on te libère, mais j'aimerais te revoir lundi pour changer ton pansement. D'ici là, Gold Star devra se passer de toi. Ta blessure doit rester propre.

— Tu pourrais m'examiner encore mieux si tu sortais avec moi.

Callee lui donna une bourrade sur son bras valide.

— Tu vas arrêter, oui ? Allez, viens. Je te raccompagne.

Une fois de plus, Langston demeura en retrait pour ranger la salle d'examen.

— Il te drague toujours comme ça ? demanda-t-il lorsqu'elle le rejoignit.

Un délicieux frisson la parcourut.

— Bof, n'y fais pas attention. Il dit cela pour blaguer.

— C'est toi qui le dis. Tu es une belle femme, célibataire de surcroît. Qu'est-ce qui te fait croire que tu ne l'intéresses pas ?

Alors ça... Langston la trouvait belle ? Callee savoura cet aveu indirect.

— Il ne m'a jamais proposé sérieusement de sortir avec lui.

— S'il le faisait, tu lui dirais oui ?

Il la scrutait avec une intensité qui la mit mal à l'aise.

— Sans doute que non.

Langston sortit de la pièce avec des fournitures non utilisées, puis il revint.

— Comment se fait-il qu'une femme aussi formidable que toi ne soit pas mariée ou en couple ?

— Je pourrais te retourner la même question. Tu n'as jamais passé la bague au doigt de personne ?

— J'ai failli me marier, si. Mais en fin de compte, elle en a choisi un autre. Mon meilleur ami, en l'occurrence.

Les yeux de Callee s'arrondirent de surprise.

— De toute façon, je ne reste jamais assez longtemps quelque part pour avoir une relation. Quoi qu'il en soit, ce n'est pas ton problème. Du peu que je sais de toi, ton monde se résume à cet endroit.

Callee fronça les sourcils, perplexe. À quoi voulait-il en venir au juste ?

— Tu m'encourages à sortir avec Rick ?

Langston pinça les lèvres en une ligne dure.

— Pas du tout. Si tu tiens à le savoir, j'aimerais sortir avec toi.

Prise au dépourvu, Callee le dévisagea un instant sans rien dire.

— OK, monsieur LaBougeotte. Je te prends au mot. Dans deux semaines, je dois assister au gala du derby. Tu veux bien m'accompagner ?

Un grand sourire s'épanouit sur le visage de Langston.

— Tu peux compter sur moi, madame J'y-suis-j'y-reste.

Ce vendredi, alors qu'il s'apprêtait à rejoindre Callee pour assister à la course du matin, Langston observa l'animation qui régnait autour de lui. À deux semaines du derby, l'hippodrome était déjà plus actif qu'à son arrivée, quinze jours plus tôt. Des pick-up avec remorque amenaient quotidiennement de nouveaux chevaux. Les écuries étaient quasiment toutes occupées ; les entraîneurs et les lads faisaient travailler les bêtes sur piste du matin au soir ; les palefreniers et les grooms assuraient le grand ménage des stalles et des équipements.

Au milieu de cette agitation, certaines choses ne changeaient pas. Callee attendait la course à sa place habituelle, en bord de piste. Elle n'aurait dérogé à son rituel favori pour rien au monde. Et pourtant, aujourd'hui, elle n'était pas tout à fait comme d'habitude.

— Qu'est-ce qui se passe ? Tu as l'air nerveuse, lui dit-il à voix basse.

— Gina participe au galop de ce matin. Elle était folle de joie quand elle me l'a annoncé.

Langston commençait à reconnaître l'état d'esprit et les humeurs de Callee. Il en était même le premier étonné, lui qui ne s'était jamais soucié de ce genre de détail pour personne. Décidément, Callee prenait trop de place dans sa vie, et malgré tout il ne pouvait s'empêcher de la trouver irrésistible. Il aurait aimé pouvoir se dire qu'il l'avait embrassée sur un coup de tête, mais ça aurait été un mensonge. Pire : depuis, l'envie de recommencer le tenaillait presque continuellement.

Et pourtant, dans un mois, il serait parti et ne la reverrait sans doute plus jamais. Il buta sur cette pensée. *Ne plus revoir Callee...* Pourquoi cette perspective le chagrinait-elle autant ? Avant elle, il avait vécu quantité d'amourettes sans lendemain et il n'avait jamais eu de mal à s'en aller le moment venu. En quoi sa relation avec Callee était-elle différente ? D'abord, pouvait-il parler d'une relation ?

La sonnerie du téléphone de Callee fit irruption dans ses pensées. Elle prit l'appel et blêmit.

— Ne la bougez pas et appelez les secours. J'arrive tout de suite.

Elle se tourna vers Langston, les yeux agrandis par la panique.

— Quoi ? Qu'est-ce qui ne va pas ?

— Gina a été jetée à terre alors qu'ils étaient encore dans les stalles. Elle a perdu connaissance.

Jamais il ne l'avait vue ainsi : figée, comme pétrifiée, désemparée. On aurait dit qu'elle ne savait pas quoi faire en premier.

— Ma sacoche est dans la voiture. Allez, viens.

Il lui prit la main et l'entraîna en courant vers le 4x4. Dès qu'elle eut refermé sa portière, il démarra en trombe.

— Prends le tunnel sous la piste. Ça nous rapprochera des stalles.

Il lui jeta un coup d'œil. Elle regardait droit devant elle, les mains serrées sur les genoux. Il les couvrit de la sienne.

— Tout va bien se passer.

Il espérait ne pas avoir parlé trop vite. Callee ne semblait pas l'entendre, de toute façon.

— Le tunnel est là, dit-elle en tendant le doigt vers la gauche. Tourne à droite en sortant. Ensuite, tu continueras tout droit le long de la barrière.

— Compris.

— Gina est la première personne à m'avoir acceptée quand je suis arrivée ici. J'en avais besoin à l'époque. C'était juste après la mort de Joe.

Ces paroles étaient adressées davantage à elle-même qu'à lui.

— Elle m'a encouragée à parler de ce qui s'était passé, elle m'a écoutée sans me juger. Grâce à elle, j'ai regagné confiance en moi, je me suis intégrée à l'équipe. Elle a pris le temps de me présenter à tout le monde. Elle est devenue l'amie dont j'avais besoin. Je ne peux pas la perdre, elle aussi. Mon Dieu…

Ses derniers mots se perdirent dans des sanglots, et Langston regretta de ne pas pouvoir la serrer contre lui pour la réconforter.

À la sortie du tunnel, il prit à droite. Callee se dressa sur le bord du siège, l'index pointé par la vitre.

— C'est juste là, sur la piste. Dépêche-toi.

Langston accéléra dans les limites de la prudence. Enfin, il arriva près des stalles. Juste derrière, un attroupement s'était formé autour de Gina, étendue par terre. Callee bondit hors de la voiture sans même attendre qu'elle soit à l'arrêt. Langston se gara près de la barrière avant de la suivre, sa sacoche à la main.

— Que s'est-il passé ? demanda-t-elle en tombant sur ses genoux auprès de son amie.

— Gold Star était capricieux ce matin. On a eu du mal à le faire entrer dans la stalle. Gina a dit qu'elle pouvait le maîtriser, mais dès l'ouverture des portes il a cabré. Heureusement, Gina portait un casque, mais elle s'est cogné la tête si fort qu'il s'est cassé.

Gold Star... Encore ce cheval... D'abord Rick et maintenant Gina. Quand l'entraîneur allait-il comprendre que ce cheval était dangereux ?

— Les secours sont prévenus ? demanda Langston.

Une voix forte s'éleva du groupe :

— Oui. L'ambulance arrive.

Alors que Langston s'agenouillait face à Callee, il nota dans un coin de sa tête de vérifier si l'ensemble du personnel était correctement formé aux soins d'urgence, notamment pour les traumatismes crâniens.

— Il nous faudrait une couverture.

Les yeux débordants de larmes, Callee semblait éperdue.

— Callee, calme-toi. Je maîtrise la situation. Ces accidents, c'est justement mon domaine d'expertise. Va donc tenir les jambes de Gina pour faire refluer le sang vers le cœur, OK ? Quelqu'un pourrait apporter un support pour ses pieds ? demanda-t-il à la cantonade.

Callee le regarda un bref instant comme si elle n'avait pas compris, puis elle se leva et fit comme il avait dit. Une lampe stylo à la main, Langston souleva les paupières de Gina : les pupilles étaient fixes et dilatées. Il posa le casque à côté de lui.

— Il faudra qu'il parte à l'hôpital avec elle, dit-il à personne en particulier.

Langston sortit ensuite une minerve et, avec mille précautions, il la disposa autour du cou de Gina. Alors que quelqu'un portait une couverture en évidence devant ses yeux, il en couvrit le torse de Gina, puis il lui palpa l'arrière de la tête du bout des doigts. Un homme arriva alors avec un marchepied qu'il tendit à Callee. Celle-ci le glissa sous les jambes de Gina avant de se remettre face à Langston.

— Je vais mesurer ses constantes.

— Merci. Ton aide ne sera pas de trop.

Comme Callee procédait à l'examen, il fit glisser ses mains le long des épaules et des bras de Gina, à l'affût de fractures.

— Ne bougez pas ses jambes, dit-il sèchement à un homme. Sa colonne vertébrale est peut-être touchée.

L'alarme d'une ambulance retentit au loin avant de s'éteindre. Peu après, le véhicule entra doucement dans la zone entre la piste et les tribunes avant de s'arrêter près des stalles. Les secouristes déposèrent une civière sur la surface d'argile rouge.

— Callee, donne-leur le compte rendu. Moi, je pars à l'hôpital avec Gina.

Elle hocha la tête, les yeux noyés de larmes, puis elle alla à la rencontre des secouristes. Quelques minutes plus tard, Gina partait dans l'ambulance. Langston ramassa vite son matériel et rejoignit à grands pas son 4x4. Alors qu'il refermait la portière, Callee interrompit son geste en posant une main sur son bras.

— Tu me tiendras au courant de son état, hein ? Donne-moi des nouvelles régulièrement.

— Bien sûr...

Il lui prit la main pour la serrer dans la sienne.

— Tu lui diras que je ne peux pas m'absenter de la clinique ? dit-elle encore, désespérée.

— Bien sûr ! Ne t'en fais pas pour ça. Quelqu'un peut te ramener ?

— Oui, ce n'est pas un souci. Je demanderai à l'un de ces types. Occupe-toi bien de Gina.

— Tu peux compter sur moi, dit-il avec un sourire rassurant.

Il était prêt à tout pour tenir parole.

Le soir venu, à peine la clinique fermée, Callee se hâta de se rendre à l'hôpital. Fidèle à sa promesse, Langston lui avait envoyé des textos presque toutes les heures pour l'informer de l'état de santé de Gina. Celle-ci avait repris conscience dans l'ambulance, et son évolution était encourageante.

Comme convenu, Callee envoya un message à Langston à son arrivée pour qu'il vienne à sa rencontre. Jamais elle ne fut aussi heureuse de voir quelqu'un lorsqu'elle l'aperçut dans le hall de l'hôpital. Il ouvrit les bras, et elle se réfugia dans leur étreinte réconfortante. Une oreille contre le torse de Langston, elle écouta le battement régulier et rassurant de son cœur. Il déposa un baiser sur le sommet de son crâne.

— Elle va s'en tirer. Elle va passer la nuit en observation en soins intensifs.

— J'ai eu si peur... Si peur...

— Je sais, ma chérie.

— Je n'ai même pas été fichue de venir en aide à ma meilleure amie. Tu parles d'une soignante...

— Ne dis pas ça. Tu es la meilleure qui soit, justement, parce que tu as un grand cœur. Allons, sèche tes larmes. Gina t'attend. Ses parents ne devraient pas tarder à arriver. C'est par là, ajouta-t-il en lui prenant la main.

— C'était la première fois que je m'occupais d'un traumatisme crânien depuis Joe.

— Je m'en suis douté quand j'ai vu ta réaction. Tu sais pourtant que ce genre de blessure n'a pas forcément une issue mauvaise...

— Ça dépend. Joe ne s'est jamais réveillé de son coma. Ses parents ont dû prendre la décision de le débrancher.

Il lui pressa l'épaule en signe de sympathie.

— Il y a des moments terribles dans la vie.

— Surtout lorsqu'on te tient pour responsable. Les parents de Joe m'ont tout mis sur le dos. Ils ont refusé que je le voie, même pour lui dire adieu.

— Les gens sont parfois blessants lorsqu'ils se laissent déborder par leurs émotions.

Callee haussa les épaules.

— J'aurais dû être mieux formée pour savoir quoi faire. Avec Joe comme avec Gina.

— De manière générale, l'ensemble du personnel aurait besoin d'un rappel des fondamentaux, dit-il en la guidant vers les ascenseurs. Trop souvent, les premières personnes sur la scène d'un accident ne connaissent pas la conduite à tenir. Un casque fiable, c'est important aussi.

— Dieu merci, Gina en portait un.

Langston s'effaça pour la laisser entrer dans la cabine avant de la suivre.

— Oui, mais ce n'était pas l'un des nôtres et il s'est cassé. Normalement, il aurait dû tenir le choc.

En soins intensifs, on leur apprit que Gina avait été descendue en salle d'IRM. Langston guida Callee vers un espace d'attente, et une infirmière leur dit qu'elle viendrait les chercher au retour de Gina. Callee s'assit avec un soupir.

— Heureusement, tu étais à ses côtés. Sa famille vit en Californie. Elle n'a pas vraiment d'amis ici à part moi. Bref, merci.

Langston lui prit à nouveau la main, et elle savoura ce contact solide et réconfortant. Tout en parlant, il remuait doucement ses doigts entre les siens.

— Il n'y a pas de quoi. Normalement, on ne devrait pas tarder à la voir.

— C'est une bonne chose qu'ils la gardent une nuit en observation.

— J'ai pensé que c'était préférable.

Callee le dévisagea avec surprise.

— Ah bon ? Tu es son médecin ?

Langston hocha la tête.

— L'un d'eux, en tout cas.

— Tu es habilité à travailler ici ?

— J'ai demandé une autorisation de pratique. C'est ce que je fais dans chacun de mes lieux d'affectation. Ça m'aide à la fois pour mes recherches et pour la prise en charge des patients, comme aujourd'hui avec Gina.

— Oui, c'est logique. N'empêche, je suis impressionnée.

— Ah, quand même. J'avais fini par abandonner tout espoir d'y parvenir. L'autre jour, encore, tu étais énervée contre moi.

— Oui, mais tu avais...

Langston planta un baiser rapide sur ses lèvres.

— Je n'aurais pas dû évoquer le sujet.

— Si je m'avise d'en parler, tu vas m'embrasser pour me faire taire ?

— Pourquoi pas ? Maintenant que tu le suggères...

Une infirmière se dirigea vers eux.

— C'est bon, elle vous attend. Dr Watts, les résultats des tests sont disponibles.

Langston se mit debout et tendit une main à Callee pour l'aider à se lever.

— L'infirmière va te conduire auprès de Gina. Je te retrouve dans un petit moment.

Callee emboîta le pas à la jeune femme.

— Votre amie est entre de bonnes mains, dit celle-ci. Ce docteur est l'un des meilleurs spécialistes en traumatologie de tout le pays. C'est un honneur de le compter dans notre équipe, même à titre temporaire.

Callee tombait des nues. Langston s'était bien gardé d'étaler ses titres de gloire. L'infirmière pointa le doigt vers une porte.

— Voilà, c'est là. Je vous laisse.

Gina était assise dans un lit, souriante bien qu'un peu pâle. Callee se précipita vers elle.

— Comment te sens-tu ? Tu n'as pas trop mauvaise mine.

— Ça ne va pas trop mal, mais j'ai encore les jambes en coton quand j'essaye de marcher.

— Alors, ne marche pas. Fais-toi aider.

Callee lui pressa la main.

— Tu m'as fait peur, dit-elle encore.

— Désolée, je m'en serais bien passée. En tout cas, tout le monde a été aux petits soins pour moi, à commencer par Langston. Tu savais qu'il était une rock star dans son domaine ?

— Non, il ne m'a jamais rien dit.

— J'avoue que c'était agréable de l'avoir à mon chevet. Le problème, c'est qu'il ne parle que de toi, ajouta-t-elle avec un sourire entendu.

Callee se sentit rougir.

— Ça m'étonnerait.

— Tu ne me caches rien, Callee ?

— On va au gala du derby ensemble, si tu veux tout savoir.

Callee baissa les yeux pour éviter de croiser ceux de son amie.

— Il s'est passé quelque chose entre vous deux, insista Gina avec un sourire dans la voix.

Oui, quelques baisers… Mais tellement brefs qu'ils ne tiraient pas à conséquence, mais alors pas du tout !

— Crois ce que tu voudras. Assez parlé de moi. Comment va ta tête ?

— Pas mal du tout. Je ne comprends pas pourquoi ils me gardent ici cette nuit, mais Langston a insisté, apparemment.

— Il est très persuasif quand il le veut.

— Callee, c'est quelqu'un de bien.

— C'est vrai. Il l'a prouvé aujourd'hui, n'est-ce pas ?

— Merci du compliment, dit derrière elle une voix profonde. J'arrive au bon moment, on dirait.

Callee se retourna vivement pour voir Langston, un grand sourire aux lèvres.

— Inutile de vous emballer, toi et ton amour-propre.

— Attention, Callee. Mes sentiments sont fragiles.

— Pff… Les infirmières sont toutes folles de toi.

Gina toussota discrètement.

— Hé oh… Il y a un patient dans cette pièce, dit-elle en se désignant du doigt.

Langston s'approcha d'elle en souriant.

— Tout à fait. Tu as encore mal à la tête ?

— Un peu, oui.

Gina se palpa le crâne.

— Les douleurs devraient disparaître petit à petit. Dans le cas contraire, parles-en à une infirmière sans tarder, OK ?

— Pas de problème. Sur ce, au lieu de rester plantés là, vous pourriez dîner quelque part. Ne vous inquiétez pas, je serai encore là demain matin.

Callee se retint de sourire. Même blessée, Gina ne pouvait s'empêcher de jouer les entremetteuses.

— Je préfère rester ici, avec toi.

— Mes parents vont bientôt arriver. Allez, filez. J'aimerais piquer un petit somme.

Ainsi congédiés, ils se dirigèrent tous les deux vers les ascenseurs.

— Ça te dit de commander un repas à emporter ? Normalement, quand j'invite une dame, je suis un peu plus exigeant, mais là j'ai faim et je n'ai pas envie d'attendre une heure dans un restaurant.

— Tu n'es pas obligé de m'inviter. Gina essayait juste de nous rapprocher.

— Ah bon ? En ce qui me concerne, elle gaspille ses efforts, dit-il en appuyant sur le bouton d'appel de l'ascenseur.

Callee accusa le coup, et une tristesse intense l'envahit. Elle avait vu juste : ces baisers ne voulaient rien dire. Mais Langston se tourna alors vers elle.

— Parce que je suis déjà intéressé.

Callee respira profondément pour chasser la boule qui s'était logée dans sa gorge. Elle sourit.

— Parfait, dit-il. Le sujet est clos. Allons nous acheter quelque chose, si tu le veux bien.

Il nomma une chaîne de restauration rapide, et Callee acquiesça. Ce soir, elle était prête à dire « amen » à tout ce que Langston proposait ou presque. Il avait soigné sa meilleure amie et il avait eu pour elle des mots adorables.

— On prend ma voiture ? Cette fois, je te ramène chez toi, OK ?

Demain matin, je te récupère pour aller au boulot et on s'arrête en chemin pour voir Gina. Ça t'embête de rater le galop du matin ?

— Non, si c'est pour Gina.

Elle suivit Langston dans le parking jusqu'à son 4x4.

— Au fait, l'infirmière m'a dit que tu étais une sommité dans ton domaine. Pourquoi ne m'en as-tu jamais parlé ?

— Tu m'aurais trouvé insupportable. Ce n'est pas comme ça que j'aurais gagné ton respect.

— Quand même, tu aurais pu y faire allusion...

Langston lui jeta un coup d'œil.

— Ça aurait changé quelque chose ?

— Sans doute que non.

— Ne le prends surtout pas mal, mais Gina m'a fourni un bon sujet d'étude, d'autant plus que j'ai pu le suivre du début à la fin. Comme je te l'ai dit, elle ne portait pas l'un de nos casques.

— Au moins, elle en avait un. De toute façon, si cela n'avait pas été le cas, elle aurait été sanctionnée, voire licenciée. La sécurité est une priorité absolue à l'hippodrome, aussi bien pour les hommes que pour les chevaux.

— Je vais devoir rendre compte de l'accident dans ses moindres détails, tu sais.

— Oui, je comprends. Gina va s'en tirer ?

Il tendit le bras pour lui prendre la main.

— Je pense que oui. Jusqu'à présent, personne n'a remarqué aucun signe de dysfonctionnement neurologique. Mis à part une grosse bosse à l'arrière du crâne et le fait qu'elle est restée inconsciente un certain temps, elle ne présente aucun problème particulier. Tous les tests sont normaux.

— Dieu merci.

Callee reposa la tête contre l'appui du fauteuil et respira profondément. Les yeux fermés, elle prit un moment pour graver dans sa mémoire la sensation de la main de Langston sur la sienne. Des instants comme celui-ci, il n'y en aurait sans doute pas beaucoup d'autres, alors autant en profiter tant qu'il était là.

5

Lorsqu'ils s'arrêtèrent à une borne de restauration rapide, un peu plus tard, Callee était parfaitement détendue. C'était grâce à Langston, sans aucun doute. Avec lui, elle se sentait bien, heureuse. Elle n'était pas la seule à apprécier ses bonnes ondes. La jeune fille à la caisse lui tendit leur commande avec un grand sourire lorsqu'il lui dit merci.

— Y a-t-il une femme au monde qui ne soit pas sensible à tes charmes ?

— Oui : toi, répondit-il en posant le sac de hamburgers sur le siège arrière. Tu me donnes du fil à retordre. Mais ça tombe bien, j'aime les défis.

— Si tu crois que je vais faire partie de ton fan-club...

— Ce n'est pas ça que je veux.

— Ah bon ? Que veux-tu, alors ?

Langston ne répondit pas tout de suite.

— Je souhaiterais que tu aies envie de moi autant que moi de toi.

— Oh...

— Ma réponse te choque ?

Il lui jeta un coup d'œil à la faveur d'un feu rouge.

— Tu sais aussi bien que moi qu'il y a quelque chose entre nous depuis le premier jour.

— C'est toi qui dis ça.

— Non, pas seulement moi. Gina s'en est rendu compte, et Rick aussi.

Callee se redressa sur son siège.

— Rick ?

— Oui. L'autre jour, s'il te baratinait pour sortir avec toi, c'est justement parce qu'il avait remarqué cette électricité entre nous deux.

Le feu passa au vert, et Langston redémarra.

— Je ne te crois pas.

— Pour l'électricité ou pour Rick ?

— Les deux.

Callee se détourna, gênée par la tournure que prenait la conversation. Dieu merci, ils étaient presque arrivés chez elle.

— Tourne à gauche au prochain feu. Ensuite, prends la première à droite. Ma maison est la troisième à droite. Il y a un cheval sur la boîte aux lettres.

— Étonne-moi…

— Quoi ? Tu n'aimes pas les chevaux ?

— Ce n'est pas ça, dit-il en se garant devant chez elle. Je n'y connais pas grand-chose, surtout.

— Tu n'as jamais appris l'équitation ?

— Non, dit-il en coupant le contact. Je n'ai jamais eu de raison de m'y mettre.

— Rien ne t'empêche de le faire maintenant. C'est comme la natation : tout le monde devrait connaître les bases.

— Ah bon ?

Il avait dit cela avec un air incertain qui la fit sourire.

— Ne me dis pas que tu as peur ?

Elle se retourna pour attraper le sac avant de descendre du véhicule. Langston la rejoignit avec les boissons.

— Ce n'est pas que j'ai peur. L'occasion ne s'est jamais présentée, voilà tout.

— Il faudra que je t'emmène faire un tour à la ferme, histoire de t'enseigner les rudiments. Avec le derby, je dois rester présente à la clinique, mais par la suite, quand je serai davantage disponible, on pourrait essayer.

— Peut-être...

Callee ouvrit la porte et la referma derrière eux. Puis elle alluma la lumière et se dirigea vers la cuisine.

— Tu viens ? Je déteste manger dans le salon, avec mon assiette sur les genoux.

Langston se figea sur le seuil de la pièce.

— Waouh... Je ne m'attendais pas à ce genre de décoration.

Occupée à sortir le repas du sac, Callee lui jeta un coup d'œil interrogateur.

— C'est tellement... euh... féminin.

— Et alors ? Je suis une fille, non ?

— Oui, j'avais remarqué, merci. Seulement, je ne t'ai jamais vue dans autre chose que des tenues pratiques : des chemises, des jeans, des bottes... Alors, les fauteuils rembourrés, les coussins à fleurs et les couleurs pastel détonnent un peu par rapport au style auquel tu m'as habitué. En plus, cette cuisine est digne d'un chef étoilé.

— Je ne sais pas si je dois me sentir flattée ou blessée, répondit-elle en riant. Mais c'est vrai, j'aime bien cuisiner.

Langston posa les boissons près du sac et lui prit la main.

— Si je te blesse, ce ne sera jamais intentionnel. Au contraire, les hommes aiment les femmes qui les surprennent de temps en temps.

Une onde de chaleur fusa en elle. Allons, Langston jouait les jolis cœurs, voilà tout. Elle avait tort de prendre goût à ce jeu-là.

— Je croyais que tu avais faim, dit-elle en retirant sa main. On mange ?

— Sur cette jolie nappe ?

Il fit glisser un doigt avec délicatesse sur le tissu, et Callee se prit à songer qu'elle aurait voulu être caressée ainsi. Elle se secoua mentalement.

— Je vais nous chercher des assiettes et des verres.

Elle se hâta vers un placard et en revint les bras chargés de vaisselle. Puis elle dressa la table.

— Assieds-toi.

Langston s'installa à côté d'elle et, ce faisant, il lui effleura la cuisse avec son genou. Callee s'écarta pour faire de la place à ses longues jambes. Ils se servirent et entamèrent leur repas.

— Tu as quelque chose de prévu après cette mission ?

Langston finit de mâcher avant de répondre.

— Je vais retourner à Houston pour y compiler mes notes. Je dois aussi assister à une conférence sur les traumatismes crâniens.

— Tu vas effectuer une présentation ?

— Oui.

Elle tripota distraitement sa serviette.

— Elle te plaît, cette existence ?

— Ce qui me plaît, c'est de savoir que les données que j'ai recueillies et partagées permettront de sauver des vies.

— Vous êtes quelqu'un de bien, Langston Watts.

Il se fendit d'un sourire qui illumina ses yeux bleus.

— Merci, c'est gentil.

Ils continuèrent à manger sans rien dire mais, loin d'être gênant, ce silence était au contraire un signe de bonne entente et de complicité.

— Il te reste des brownies de l'autre soir ?

— Non, mais j'ai des cookies aux pépites de chocolat. Ça te dit ?

— Et comment !

Elle lui présenta le bocal ouvert, et un sourire de convoitise illumina le visage de Langston.

— Je peux en prendre plus d'un ?

— Bien sûr. Sers-toi.

Il attrapa une grosse poignée de gâteaux.

— Allons nous asseoir sur les charmants fauteuils rembourrés, dit-elle d'un air malicieux.

— J'aurais mieux fait de me taire, moi...

Langston prit place sur une chauffeuse et mordit dans un gâteau.

— Mmh… Je n'ai jamais rien mangé de meilleur.

— Là, tu exagères, s'esclaffa-t-elle.

— Pas du tout. Je pourrais tomber amoureux de toi à cause de ces gâteaux.

Il plaisantait, bien sûr, mais il n'empêche : c'était agréable de passer une soirée tranquille avec un homme qui vous complimentait. Alors qu'elle se dirigeait vers un fauteuil, Langston tapota l'espace vide à côté de lui.

— Viens t'asseoir près de moi, et je partagerai mes cookies avec toi.

Callee s'installa au bout du canapé, le plus loin possible, non parce qu'elle n'avait pas confiance en Langston, mais parce qu'elle voulait se garder de toute tentation.

— Un seul, s'il te plaît.

— Qui t'a appris à cuisiner ?

— Personne. Je me suis formée sur le tas.

— Même pas ta mère ?

— Elle a bien essayé, mais j'aimais trop les animaux. Je suivais mon père partout et je n'avais de temps ou d'énergie pour rien d'autre.

— C'est une belle période de ta vie, on dirait.

— Je l'ai adorée. J'aime mon métier, mais c'était génial de travailler auprès des animaux.

— Ou de passer du temps avec ton père.

— Oui, peut-être…

Elle n'avait jamais envisagé les choses sous cet angle.

— Donc, tu as un don avec les patients et avec les animaux, tu es douée pour la cuisine… Y a-t-il un domaine où tu ne réussis pas ?

— Oh oui, des tas. Je suis nulle en espagnol, par exemple.

— Je pourrais t'apprendre.

— Tu me donnerais des cours intensifs jusqu'à ton départ ?

— Pourquoi pas ? On va commencer dès maintenant, tiens. *La cabeza*, dit-il en se touchant la tête. Répète après moi.

— *La cabeza*.

— *Pierna.*

Il lui prit la main et la posa sur sa cuisse.

— *Pierna.*

Ses doigts la démangeaient de palper les muscles durs qu'elle devinait sous le tissu du jean. L'air autour d'elle lui parut s'épaissir. Elle toussota et se força à prononcer le mot.

— *Pierna.*

— Bien. Maintenant, *el corazón.*

Langston plaça sa main sous la sienne, contre sa poitrine. Elle répéta le mot en sentant sous sa paume les battements réguliers de son cœur.

— C'est bon pour aujourd'hui, dit-il brusquement. On continuera demain. Lorsque je partirai, ton vocabulaire devrait être un peu plus étoffé.

Il la regarda longuement avant de se lever.

— Il est temps que je m'en aille.

Quelle mouche l'avait piqué ? Perplexe, elle le raccompagna jusqu'à la porte d'entrée.

— Merci pour tout ce que tu as fait pour Gina. Tu ne peux pas imaginer comme j'étais soulagée de la savoir entre de bonnes mains.

Saisie d'une impulsion, elle effleura sa joue de ses lèvres.

— Pas de problème. Mais tu peux faire mieux qu'une petite bise, non ?

Langston fit un pas vers elle.

— Veux-tu m'embrasser, Callee ? M'embrasser vraiment.

Il la contemplait avec un air d'espoir et de désir. Jamais personne ne l'avait regardée ainsi. Elle se haussa sur ses orteils, noua les bras autour de son cou. Leurs lèvres se rencontrèrent. Son baiser avait un goût de chocolat auquel se mêlait une saveur qui n'appartenait qu'à Langston. Callee s'accrocha à lui, la tête légère. Au même instant, il referma les bras sur elle et la pressa contre lui. Il gémit lorsqu'elle fit mine de s'écarter, mais elle lui mordilla la lèvre inférieure et la caressa du bout de la langue. Il l'attendait avec impatience. Son étreinte s'intensifia alors qu'il prenait le contrôle du baiser. Callee fut aussitôt transportée dans un univers de sensations qu'elle n'avait jamais connues… Un univers dans lequel elle se serait volontiers attardée. Mais Langston s'écarta.

— J'aimerais continuer, mais cette journée a mis nos émotions à vif. Il vaut mieux que je m'en aille. Tu me raccompagnes ?

Les jambes flageolantes, elle le suivit jusqu'à sa voiture. Elle s'était beaucoup trop attachée à un homme qui serait parti dans quelques semaines. Langston était une âme errante, incapable de se fixer quelque part, et elle ne se voyait pas du tout le suivre dans son vagabondage.

— À la prochaine fois.

Il déposa un baiser rapide sur ses lèvres.

— Je te trouve bien sûr de toi.

— Je ne te le fais pas dire, répliqua-t-il avec un grand sourire.

Le lendemain matin, comme convenu, ils s'arrêtèrent à l'hôpital avant de se rendre au travail.

— Ça t'embêterait d'attendre un peu ? J'aurais quelques questions pour Gina, si elle est suffisamment rétablie pour y répondre. J'aimerais le faire tant que les événements sont frais dans sa tête, d'autant plus qu'elle constitue un excellent cas d'étude.

— Non, pas de problème. Au contraire, ça m'intéresse d'écouter ses réponses.

— Parfait. Mais d'abord, il faut que je consulte son dossier médical. À tout à l'heure.

Sur ces mots, il bifurqua vers le poste infirmier. Arrivée devant la chambre de Gina, Callee frappa et passa la tête par l'entrebâillement de la porte.

— Coucou.

Gina se redressa dans son lit avec un sourire lumineux.

— Callee ! Je savais que tu viendrais tôt le matin.

— Langston et moi tenions à prendre de tes nouvelles avant d'aller au travail.

— Ça va très bien. Tu peux t'arrêter de t'inquiéter pour moi.

— Tu aurais pu te faire très mal.

— Oui, mais ça n'a pas été le cas, répondit-elle en lissant le drap sur ses genoux. D'ailleurs, je suis prête à reprendre du service.

— Ça, c'est au médecin d'en décider, et il pense justement que tu devrais te reposer quelques jours.

Elles tournèrent la tête vers Langston, qui venait d'entrer sans qu'elles l'entendent.

— Et mon docteur devrait faire un peu de bruit pour s'annoncer.

Langston répondit à son admonestation par un grand sourire.

— Si je te présente mes excuses, tu répondrais à quelques questions pour mes recherches ?

— Bien sûr. Que veux-tu savoir ?

— Tu verras. Tout d'abord, je souhaiterais t'examiner.

Callee s'assit au fond de la pièce afin de ne pas les déranger. Après avoir ausculté le cœur et les poumons de Gina, Langston sortit de sa poche une lampe stylo.

— Gina, j'aimerais que tu fixes un point, n'importe lequel, juste au-dessus de mon épaule droite. Lève les yeux... Baisse-les... Regarde à gauche... à droite... Cligne des paupières... Bien. Ta vision est floue ?

— Non.

— Parfait. On vérifie tes réflexes ? Si tu veux bien t'asseoir sur le bord du lit...

Gina repoussa la couverture et pivota sur son séant de manière à s'installer dans la position demandée. Langston tapota sur le tendon de chaque genou et observa la réaction musculaire.

— OK. Maintenant, je souhaiterais te poser quelques questions.

Tandis qu'elle se glissait à nouveau sous la couverture, Langston prit une chaise et s'assit, une cheville sur un genou. Puis il sortit un carnet de sa poche.

— Raconte-moi ce dont tu te souviens de l'accident.

— Je ne me rappelle plus grand-chose, justement, si ce n'est que le cheval était nerveux. Il tapait du pied et se cabrait. Et puis il y a eu un noir, et quand je me suis réveillée j'étais dans l'ambulance.

— À ton réveil, ta vision était-elle claire, floue, rétrécie ?

— Légèrement floue.

Langston hocha la tête.

— Quand je t'ai demandé de remuer les doigts, as-tu remarqué des douleurs, une gêne, des picotements ?

— Non, rien du tout.

— Parfait. Et ta tête ? Elle te faisait mal ? Et maintenant ?

— J'ai un peu mal. Rien de grave, mais c'est un sentiment bizarre que quelque chose n'est pas comme d'habitude.

Langston griffonna quelques notes.

— Maintenant, j'aimerais examiner ta tête. Je vais simplement te palper le cuir chevelu afin de vérifier que tu n'as pas de bosses. Si tu ressens la moindre douleur, fais-le-moi savoir.

Pendant plusieurs minutes, il l'examina méthodiquement. Callee le regardait faire, impressionnée par sa délicatesse et sa minutie. Soudain, Gina grimaça, et il interrompit aussitôt sa palpation.

— Tu as mal ?

— Un peu, oui.

— Il faut que tu passes une autre IRM avant de rentrer chez toi. Au fait, tes parents sont là ?

Gina pinça les lèvres, mécontente. Manifestement, la perspective d'un examen supplémentaire ne l'enchantait guère.

— Oui. Ils sont arrivés tard hier soir.

— Bien. Tu ne dois pas rester seule les prochains jours. Autrement, je te garde ici, à l'hôpital.

À en juger par la fermeté de sa voix, ce n'étaient pas des paroles en l'air.

Un quart d'heure plus tard, ils étaient tous les deux repartis à Churchill Downs.

— Que vas-tu faire de toutes ces informations ?

— Je vais les comparer à d'autres entretiens. En ce moment, ce qui m'intéresse surtout, c'est de déterminer quelle zone de la tête est la plus exposée.

— C'est souvent la même d'un cas à l'autre ?

— Tu comprends vite, dit-il avec un large sourire. C'est tout à fait ça. Autrement dit, il serait logique de renforcer les casques à cet endroit-là. Je vais soumettre mes résultats et mes propositions à Valtech. Ensuite, ce sera aux ingénieurs de faire le boulot. C'est un projet de longue haleine, mais il en vaut la peine.

— Tu poses toujours les mêmes questions aux personnes que tu interroges ?

— Plus ou moins, oui. Certains entretiens sont plus poussés que d'autres. Tout dépend du type de choc.

— J'étais loin de me douter que ton travail était aussi impressionnant.

Il accueillit le compliment avec un petit rire.

— Ravi d'avoir monté dans ton estime.

Oui, elle l'aimait beaucoup, à présent, songea-t-elle. Beaucoup trop, même. Mais cela, elle se garderait bien de le lui dire.

— Merci encore de prendre autant soin de Gina.

Langston lui prit la main et la serra dans la sienne.

— De rien. C'est mon boulot.

C'était devenu un rituel pour Langston. Chaque matin, il préparait un café à Callee et il la retrouvait près du champ de courses. Il n'aurait manqué ce rendez-vous pour rien au monde. Bizarrement, c'était bien la première fois qu'il partageait une habitude avec quelqu'un, a fortiori une femme. Depuis ce dernier baiser, il avait pris soin de garder ses distances avec elle, sauf lorsqu'ils se trouvaient en public. Seul avec Callee, il n'était pas sûr de pouvoir résister à la tentation. C'était simple : plus il la côtoyait, plus il la désirait. Mais il ne devait pas lui donner à croire qu'il envisageait de rester. Avec lui, rien n'était jamais permanent.

— Salut.

Elle accepta en souriant la tasse fumante qu'il lui tendait.

— Ça y est, la semaine du derby a commencé. Tout le monde est sur le pont.

— Je vais devoir revoir mes projets pour les jours qui viennent.

— Comment ça ?

— J'avais l'intention de faire le tour des écuries pour interroger d'autres jockeys.

— Oui, il ne faut pas y compter. Ils n'auront pas le temps de te parler.

— Ce n'est pas grave, je peux m'avancer sur d'autres tâches. Tu as beaucoup à faire pendant le derby ?

— Ça dépend. Souvent, je...

Elle fut interrompue par un palefrenier qui accourait vers eux.

— Callee, viens tout de suite. Henry s'est coincé une main dans un van.

— Dans un van ?

Langston regarda alternativement le jeune homme et Callee.

— Tu en sais autant que moi, lui répondit-elle. J'arrive tout de suite, le temps de récupérer ma sacoche. Quelle écurie ?

— Turner.

— Ça marche.

— Ça t'embête si je viens, moi aussi ? demanda Langston.

— Non. Au contraire, j'aurai sans doute besoin de toi.

Langston savoura le fait qu'elle appréciait son aide à sa juste mesure. Dans les premiers temps, elle n'avait pas été aussi bien disposée à son égard. Il prit son sac dans le 4x4 et grimpa dans une voiturette de golf. Callee monta à côté de lui.

— L'écurie Turner. On prend quel chemin ?

— Tu tournes à gauche à la troisième rue. C'est le bâtiment numéro 7.

Langston démarra. Moins d'une minute plus tard, ils s'arrêtaient devant un attroupement près d'un grand van. À l'intérieur, un cheval donnait de grands coups de sabots qui faisaient trembler la remorque. Langston chercha le patient du regard.

— Quel est le problème ? demanda Callee.

Un groom pointa le doigt vers le fourgon.

— Henry est là-dedans.

— Il est blessé ? demanda Langston en espagnol.

L'homme hocha la tête.

— Il faut d'abord sortir ce cheval. Mais pour cela, il faudrait déjà qu'il se calme.

— Il refuse de se calmer, justement.

— Faites venir son entraîneur avec un licou.

Callee se dirigea vers le flanc de la remorque et regarda par une fenêtre à barreaux. Langston l'imita et vit un homme coincé dans une position inconfortable.

— Henry, vous avez mal ?

Celui-ci émit un grognement sourd et remua légèrement.

— Vous saignez ? demanda Langston.

— Oui.

— Où ça ?

— Au bras. Il est cassé, je crois.

— OK...

Callee recula.

— Il s'est accroché au système de verrouillage de la cloison amovible, et il se trouve justement dans l'espace occupé par le cheval.

La remorque trembla de plus belle lorsque l'animal changea de position.

— On n'a pas le choix : il faut le faire sortir.

Elle ouvrit la porte latérale, mais Langston lui saisit le bras.

— Tu es folle ? Laisse-les s'occuper de cette bête. Tu veux finir blessée, toi aussi ?

Par-dessus son épaule, elle lui jeta un regard impatienté.

— C'est bon, je gère.

À peine avait-elle prononcé ces mots que le cheval tira violemment sur sa longe.

— Je ne te laisse pas monter là-dedans, insista-t-il.

Elle lui fit face, les narines frémissantes de rage.

— Je te dis que je me débrouille.

— L'un de ces types ne pourrait pas le faire ?

— Non. Ils n'ont pas le droit de toucher au cheval d'un autre entraîneur.

— Mais lui, à l'intérieur ?

— Il fait partie de l'équipe.

Langston pinça les lèvres.

— Tu es sûre de ce que tu fais ?

— Absolument. Toi, tiens-toi prêt à intervenir quand j'aurai éloigné ce cheval.

Mais Langston secoua la tête.

— Callee, je n'aime pas...

— Recule hors de la vue du cheval.

Langston fit deux pas en arrière, mais pas plus.

— Hé, mon beau...

La voix de Callee s'était transformée en un murmure sensuel qui fit courir un frisson sur la peau de Langston. Avait-elle la même voix lorsqu'elle faisait l'amour ? En tout cas, Langston n'était pas le seul à être sous le charme. Le cheval aussi la regardait. Callee tendit la main vers lui.

— Tout doux, mon beau. Je ne vais pas te faire de mal.

Langston sentit sa poitrine se serrer. Il ne supportait pas de rester là, les bras ballants, alors qu'elle risquait d'être blessée, voire pire...

— Tout va bien, mon beau...

Tout doucement, la main tendue, Callee s'avança vers l'animal. Le pur-sang baissa la tête et la releva si vite qu'il faillit la heurter. Sans réfléchir, Langston fit un pas vers elle.

— Ne bouge pas, siffla-t-elle entre ses dents.

Langston obtempéra, le cœur battant. C'était de la folie... Cette brute d'animal pouvait la renverser, la piétiner. Et pourtant, elle continuait à lui parler d'une voix douce et égale.

— Je veux seulement t'aider.

Peu à peu, le cheval s'apaisait. Il baissa la tête.

— Là, mon beau... Très bien. Je vais te toucher tout doucement...

Joignant le geste à la parole, elle effleura ses naseaux du dos de la main. Le cheval renifla bruyamment et agita sa crinière. Patiemment, Callee attendit qu'il se calme avant de recommencer. Cette fois-ci, elle glissa une main sous le licou. Aussitôt, l'animal rejeta la tête en arrière, si vite que Callee faillit perdre l'équilibre. Derrière elle, Langston s'impatientait.

— Pas un geste et pas un bruit, souffla-t-elle sèchement.

Une fois de plus, Langston rongea son frein.

— Allez, mon beau. On va sortir et voir un peu le soleil, OK ?

Avec mille précautions, elle détacha la longe et la tira légèrement. Le cheval résista un bref instant avant de la suivre.

— Occupe-toi de Henry, dit-elle à Langston.

Avec un soupir de soulagement, il se hâta d'entrer dans la remorque. L'homme n'avait pas perdu connaissance. Il se tenait dans un coin du fourgon, le bras tordu dans un angle inconfortable. Langston vit que sa main était prise dans le loquet qui fermait la cloison interne de la remorque.

— Comment avez-vous fait pour vous retrouver dans cette situation ?

— Je voulais libérer le verrou, mais je suis tombé et mon bras s'est coincé.

Langston remarqua alors des taches de sang sur le plancher du van.

— Henry, je m'appelle Langston et je suis médecin. Je vais procéder aussi doucement que possible, mais je risque de vous faire mal.

— OK, allez-y, grogna l'homme.

Callee le rejoignit alors dans l'habitacle.

— Alors, verdict ?

— Suspicion de fracture et saignement sans gravité au niveau du biceps. Par contre, j'aurais besoin d'aide pour le soutenir.

— J'y vais.

Callee ne tarda pas à revenir avec deux hommes.

— OK. Il me faudrait quelqu'un à ma droite et un autre à gauche. Callee, tu pourrais nous dire comment se comporte son bras et le dégager des barres pendant qu'on le tient ? Tout le monde, on bouge à trois. Un, deux...

Les hommes soulevèrent Henry avec un grognement d'effort.

— Attendez ! s'écria Callee. Laissez-moi manipuler son bras.

Du coin de l'œil, Langston la regarda agir.

— C'est bon, vous pouvez le poser par terre.

Dès qu'ils le lâchèrent, Callee promena un regard autour d'elle.

— Il me faudrait ma sacoche.

Langston poussa l'objet vers elle avant d'attraper la sienne.

— Henry, pouvez-vous comprimer votre blessure ? Il faudrait maîtriser le saignement avant de vous emmener à la clinique.

Elle fouilla dans le sac et en sortit un paquet de compresses, déchira un sachet et appliqua la gaze sur la plaie avant d'enrouler une bande de coton autour du bras de l'homme.

— OK, Henry, on file à la clinique pour nettoyer tout ça, dit-elle en rangeant ses affaires. Vous pouvez tenir debout ?

— Oui.

— Parfait. Allez, on y va.

Ils le prirent chacun sous une épaule et sortirent tous les trois du van. La voiturette de golf ne se trouvait plus là où ils l'avaient laissée : quelqu'un avait eu la bonne idée de la rapprocher du fourgon.

— Tu veux bien conduire, Langston ? Moi, je m'installerai à l'arrière avec Henry.

Langston prit la sacoche de Callee et la posa avec la sienne sur le siège du passager, à l'avant, tandis qu'elle aidait Henry à s'asseoir et prenait place à côté de lui.

— Prêts ? demanda Langston.

— Oui. Va doucement.

Langston fit de son mieux pour démarrer sans à-coup, mais Henry ne put retenir un gémissement.

— On arrive bientôt, lui dit Callee. Là-bas, je vous donnerai quelque chose contre la douleur.

Au bout d'un instant qui dut paraître très long à Henry, Langston se gara devant la clinique. À deux, ils le portèrent jusqu'au bâtiment avant de l'installer dans une salle d'examen.

— Je prépare le matériel ou je lui enlève sa chemise ?

— Occupe-toi de sa chemise, s'il te plaît.

Sur ces mots, Callee sortit dans le couloir pour recouvrer son sang-froid. Tout au long de l'intervention, elle s'était maîtrisée, mais à présent ses émotions commençaient à lui échapper et à bouillonner dangereusement. Langston avait dépassé les bornes. Elle n'avait pas d'ordre à recevoir de lui. De quel droit se permettait-il des conseils concernant un cheval ? Dès qu'elle serait seule avec lui, une petite explication s'imposerait. Elle respira profondément pour se calmer et se dirigea vers l'armoire à fournitures. Lorsqu'elle revint en salle d'examen, les mains chargées de matériel, Langston la regarda et ses yeux s'arrondirent.

— Ça va ?

— Oui, dit-elle sèchement. On en parlera plus tard.

Langston haussa les sourcils, mais n'insista pas. Malgré la tension qui planait entre eux, ils nettoyèrent la plaie et examinèrent le bras de Henry. La radio confirma l'absence de fracture, mais le membre était tordu et Henry devrait le garder en écharpe pendant quelques jours.

— Je vais vous prescrire un allégement de travail, dit-elle. Revenez me voir dans une semaine. D'ici là, prenez ça en cas de douleurs.

Elle lui tendit une ordonnance.

— Merci pour votre aide, dit Henry avant de se tourner vers Langston. Il paraît que vous posez des questions à tous ceux qui se sont cogné la tête. Jusqu'à aujourd'hui, je n'avais pas l'intention d'y répondre, mais j'ai changé d'avis. Je veux bien vous parler.

— Merci, Henry. Je passerai vous voir un de ces jours, mais dans l'immédiat il faut vous reposer.

— Je vais en parler aux autres aussi, ajouta Henry en souriant.

— Ça m'aidera beaucoup. Merci.

— Carl va vous conduire au dortoir.

Callee escorta Henry jusqu'à l'entrée et prit congé de lui. Le moment était venu de crever l'abcès avec Langston. La mâchoire crispée, elle retourna à la salle d'examen. Langston terminait de ranger le matériel.

— Quelque chose ne va pas ?

— Oui, répliqua-t-elle sèchement.

— Ça a à voir avec moi ?

Il avait dit cela d'un air innocent qui acheva de la mettre en fureur.

— Ne t'avise plus jamais de m'empêcher de faire mon travail.

— Hein ? Quand est-ce que j'ai fait ça ?

— Tout à l'heure, quand j'essayais d'accéder à Henry.

— Quand tu essayais de calmer cette bête enragée, tu veux dire ?

— Parfaitement. Je savais ce que je faisais.

Elle se posta juste devant lui.

— Ici, c'est moi qui commande. Dans deux semaines, tu ne seras plus là, de toute façon.

— Désolé, mais si je te vois en danger tu ne m'empêcheras pas d'essayer t'intervenir.

— Tu n'as aucune autorité sur moi, répliqua-t-elle, les mains calées sur les hanches.

— Non, mais je refuse de me tourner les pouces alors que tu vas au-devant des risques. Je n'avais pas besoin de deux patients au lieu d'un seul.

— Je savais ce que je faisais, répéta-t-elle d'une voix sifflante.

Elle fit un pas vers lui, les narines frémissantes.

— Je m'en fiche. C'est ta sécurité qui m'importe. Ce n'était pas ton boulot de faire sortir ce cheval, surtout dans son état. Tu aurais pu te faire tuer.

— Ce n'est pas à toi de me...

Elle ne put aller au bout de sa phrase : la bouche de Langston s'était abattue contre la sienne. Encerclée dans une étreinte qui l'écrasait des pieds à la tête, elle se haussa sur ses orteils et accrocha les mains à ses épaules alors qu'il traçait le contour de sa bouche avec sa langue. Ses lèvres s'ouvrirent d'elles-mêmes tandis qu'une onde de chaleur déferlait sur elle pour se concentrer dans le cœur de sa féminité. Elle noua les bras autour de son cou, toute colère envolée, et prit ce qu'il voulait bien lui offrir. L'une de ses grandes mains glissa le long de son dos et pressa ses fesses contre lui.

— Si j'ai le moindre doute concernant ta sécurité, tu peux être sûre que j'interviendrai, murmura-t-il à son oreille.

— Mais...

Il lui donna un bref baiser sur les lèvres.

— Il n'y a pas de « mais ». C'est comme ça, c'est tout. Sur ce, il y a encore de l'animation au programme pour aujourd'hui ? Autrement, je vais continuer mes recherches.

Les jambes de Callee flageolèrent lorsqu'il la relâcha avant de pivoter sur les talons pour sortir de la pièce.

Langston ajusta le col de sa chemise et le nœud papillon noir de son smoking. Il se souvenait à présent pourquoi cela faisait si longtemps qu'il n'avait pas pris part à ce genre de raout. Bizarrement, il avait accepté sans hésitation d'accompagner Callee. Le cœur battant, il appuya sur la sonnette et attendit. Il s'apprêtait à sonner à nouveau lorsqu'elle ouvrit. Son cœur tressauta avant de se lancer dans un galop effréné. Elle était tout simplement splendide. Bien sûr, Callee était jolie au naturel, mais avec ce petit chignon savamment décoiffé, ce maquillage qui accentuait son regard et cette belle robe rose qui épousait ses formes elle était à couper le souffle.

Callee le toisa lentement, de la tête jusqu'à ses pieds prisonniers de fines chaussures noires et brillantes, et un sourire s'épanouit sur ses lèvres.

— Qu'as-tu fait de tes bottes ?

— Celles des grandes occasions ? Je les ai oubliées au Texas.

Leurs regards s'accrochèrent.

— Je n'ai jamais rien vu de plus joli que toi, dit-il encore.

— Merci. Tu n'es pas mal non plus.

— Je suis prêt à manger mon chapeau de cow-boy si tu n'es pas la plus belle du gala. Je suis fier de t'avoir à mon bras.

Callee se détourna pour prendre son sac à main.

— Continue comme ça, et je finirai peut-être par te croire.

— Tu devrais, parce que c'est la vérité. Sur ce, ma chère, votre carrosse vous attend.

Il lui offrit son bras et l'escorta jusqu'à la voiture. Un homme en sortit d'un bond, contourna le véhicule et leur ouvrit la portière. Callee ouvrit de grands yeux.

— Tu as engagé un chauffeur !

— Je me suis dit que ce serait agréable d'être assis avec toi à l'arrière. En tout cas, mon 4x4 n'était pas le plus indiqué pour l'occasion.

— Tu n'étais pas obligé de te mettre en frais, mais j'avoue que c'est merveilleux.

Langston l'aida à s'installer sur la banquette, avant de la rejoindre. Avec un petit rire amusé, elle le regarda loger tant bien que mal ses grandes jambes dans l'espace étroit de l'habitacle.

— Vous moqueriez-vous de moi, mademoiselle Dobson ?

— Moi ? Non, jamais !

Mais ses yeux pétillaient de malice. Au moins, elle se libérait de sa nervosité, songea-t-il en souriant. La voiture s'ébranla doucement et prit la route du centre-ville.

— Au fait, j'aime beaucoup ta coiffure. Je ne m'attendais pas à ce style.

Callee toucha son chignon.

— Oui, c'était une idée de Gina. À ce propos, elle m'a dit que tu étais passé la voir tous les jours.

— Je tenais à m'assurer qu'elle se rétablissait correctement.

— Elle n'a pas encore repris le travail, mais elle a l'air d'avoir récupéré parfaitement.

— Tant mieux si tu n'as rien remarqué d'anormal. Souvent, ce sont les proches qui repèrent en premier ce genre de détail.

— Pas toujours.

Un voile de tristesse s'abattit sur le visage de Callee. Et voilà... À coup sûr, elle devait penser à son ex. Langston se serait giflé. Il aurait mieux fait de se taire.

— Hé, pas d'idées noires ce soir, dit-il en lui prenant la main. On sort pour s'amuser, toi et moi. Parle-moi un peu du gala.

— Tous les gros bonnets de Churchill Downs seront présents, y compris mon chef, le Dr Bishop. Il y aura aussi des propriétaires de chevaux, quelques entraîneurs célèbres... C'est la première année que je suis invitée. Je ne sais même pas pourquoi ils ont pensé à moi.

— Tu te sous-estimes, Callee. Tu es un rouage essentiel des coulisses de l'hippodrome.

— Peut-être, mais tous ces gens-là sont à cent coudées au-dessus de moi.

Du point de vue de Langston, c'était plutôt l'inverse. Callee était tellement aveuglée par sa culpabilité qu'elle ne se rendait pas compte à quel point elle était formidable.

— Élégante comme tu es, ils ne t'arriveront pas à la cheville.

— Tu es trop gentil.

— Non, je suis sincère.

Il lui prit la main et la pressa avant de la relâcher. À mesure qu'ils approchaient de leur destination, Callee serrait et desserrait les doigts nerveusement. Elle avait peur ? Langston avait pourtant cru que rien ne pouvait l'effrayer.

— Callee, calme-toi. Je t'assure que tu n'as aucune raison d'être inquiète.

Elle le dévisagea, les lèvres pincées.

— Tu as l'habitude de ce genre d'événements, non ?

— Pas vraiment, non.

— Peut-être, mais si tu y vas je suis sûre que c'est par choix et non parce que tu te sens obligé.

Elle se tourna vers la vitre comme si elle envisageait de prendre la fuite au prochain feu.

— Ces gens-là appartiennent à ton monde, pas au mien, ajouta-t-elle. Je ne sais même pas de quoi ils peuvent bien discuter les trois quarts du temps. Je ne suis qu'un médecin junior qui se trouve travailler à la clinique de Churchill Downs.

— Tu es belle et intelligente, et tu n'as aucune raison de t'inquiéter. Ce sont des gens comme toi et moi.

Callee le dévisagea un instant.

— Personne n'est comme toi, Langston. Tu es très beau, ce soir, ajouta-t-elle en caressant le revers de son smoking.

— Merci. J'aime t'entendre me dire ça.

Leur chauffeur prit place dans une file de véhicules qui patientaient devant un hôtel luxueux du centre-ville. Lorsque leur tour arriva, Langston mit pied à terre et tendit une main à Callee, qui s'en empara sans hésitation. Il n'aurait pas dû être autant épris d'une femme, ou même se soucier d'elle et de ses sentiments au point de vouloir la protéger. Et pourtant, c'était bien ce qui se passait avec Callee, en dépit du bon sens le plus élémentaire.

— Souviens-toi qu'il s'agit juste d'un rendez-vous romantique entre toi et moi. Faisons comme si nous étions seuls au monde et profitons de cette soirée.

Elle sourit, d'un sourire qui illumina ses yeux.

— Ça, c'est dans mes cordes.

6

Langston s'effaça pour lui permettre d'emprunter la porte tambour de l'hôtel. Lorsqu'elle en sortit, Callee lissa un pli imaginaire sur le tissu en soie de sa robe. Il lui prit la main et se pencha près de son oreille.

— Tu es très belle. Souris. Pas de grise mine ce soir.

— Je fais grise mine, moi ?

— Ça t'arrive, répondit-il avec un grand sourire.

— Seulement quand tu m'énerves, alors.

— Le but de cette soirée est de s'amuser. J'ai hâte de danser avec toi.

Elle le regarda avec indécision.

— Je ne sais pas danser.

— J'espère que tu essayeras avec moi. Ne t'inquiète pas, je te montrerai.

Ils remontèrent un long couloir au milieu d'autres couples. Callee regarda les hommes présents autour d'elle, mais aucun n'arrivait à la cheville de Langston. Elle se secoua mentalement. Langston avait le don pour lui embrouiller l'esprit avec des émotions.

La rumeur de la fête ne tarda pas à flotter jusqu'à eux. Après avoir présenté leurs cartons d'invitation, ils entrèrent dans une salle qui bruissait de conversations et de musique. Langston lui prit le coude.

— Essayons de trouver où nous asseoir.

Ils circulèrent jusqu'à ce qu'ils avisent deux places libres à une table occupée par un autre couple. Alors que Langston effectuait les présentations, un serveur leur proposa un apéritif. Il portait un plateau chargé de grands verres remplis d'un fond de liquide sombre et de gobelets en argent d'où dépassaient des brins de menthe. Langston accepta un whisky avant de se tourner vers Callee.

— Ne t'inquiète pas, je vais rester raisonnable.

— Je sais bien que tu me trouves bête…

— Pas du tout. Tu as vécu une expérience traumatique que tu as du mal à dépasser. Ça arrive à tout le monde à des degrés divers.

— Merci. Tu savais que le mint julep est la boisson emblématique du derby ?

— Ça ne m'étonne pas. Le Kentucky est le pays du bourbon, après tout.

Callee se détendit et sourit.

— Ma foi, je ne dirais pas non à un mint julep. Le dernier remonte à loin.

— Ne te sens surtout pas obligée.

— Pas du tout. Si je te fais confiance, je dois me faire confiance à moi aussi.

Tout à coup, Callee aurait voulu effacer totalement le passé de sa mémoire, accepter une bonne fois pour toutes qu'elle n'aurait rien pu faire de plus pour Joe. Facile à dire…

— Tu ne me dois aucune explication, Callee. Je t'aime bien comme tu es.

— Merci, c'est gentil.

Langston savoura une gorgée de whisky.

— Je ne viens pas souvent dans la région, alors je m'en voudrais de laisser passer une occasion de goûter à un bon bourbon.

Lorsque le serveur s'approcha à nouveau, Callee accepta un cocktail, et ils trinquèrent. Elle trempa ses lèvres dans son verre sous le regard attentif de Langston.

— C'est essentiellement de la glace pilée et de la limonade avec une goutte de bourbon.

— Il est bon ?

— Très bon, oui.

— Raconte-moi comment va se dérouler la journée de demain.

Le cœur de Callee eut un raté. Langston s'était penché vers elle comme pour l'embrasser… le mot important étant « comme ».

— Demain, il y aura treize courses, et le Kentucky Oaks est la onzième. C'est une course pour les pouliches de trois ans, et la gagnante remporte une couverture de lys roses. Beaucoup de femmes et quelques hommes aussi viennent habillés en rose pour sensibiliser au cancer du sein ou de l'ovaire. En règle générale, tout le monde est sur son trente et un.

— J'ai hâte de voir ça.

— Malheureusement, tu ne pourras pas. Tout cela se passe de l'autre côté du champ de courses, dans les tribunes.

— Non, c'est vrai ? On ne verra rien du tout ?

— Si : j'arrive parfois à grappiller des bouts de course sur l'écran de la salle d'attente. En revanche, à notre niveau, on assiste à l'entrée en scène de certains chevaux. Le derby aura lieu samedi prochain. Il y aura quatorze courses, mais la plupart des gens viennent pour celle des pur-sang de trois ans. Le vainqueur gagne une couronne de roses rouges. Mais le public fait aussi partie du spectacle. Pour les hommes comme pour les femmes, c'est un vrai concours d'élégance. Les dames portent souvent des chapeaux extravagants. C'est vraiment quelque chose à voir.

— Sauf quand on est coincé à la clinique.

Elle haussa les épaules.

— Que veux-tu ? C'est le boulot. Et puis, même dans les coulisses, on ressent l'ébullition ambiante. Ces chevaux qui galopent à toute allure à la télé, on les a vus passer devant la clinique un moment plus tôt. Alors, comment ne pas éprouver un petit frisson ? Ce n'est pas pour rien que le derby est surnommé « les deux minutes les plus palpitantes du sport ».

— Oui, je vois ce que tu veux dire.

— Les sports hippiques, ça coûte une fortune. Il faut payer les entraîneurs, les palefreniers, les vétérinaires, les frais d'écurie, et j'en passe... Tout cela pour qu'un cheval franchisse le premier la ligne d'arrivée. Je ne parle même pas de remporter la Triple Couronne.

— La Triple quoi ?

— Ne me dis pas que tu ne connais pas...

— Peut-être que oui, peut-être que non. Quoi qu'il en soit, j'aime bien t'écouter. C'est un sujet qui t'anime.

Callee scruta son beau visage et reconnut dans ses yeux un pétillement caractéristique.

— Tu te moques de moi ?

— Jamais de la vie, répondit-il avec un grand sourire. Donc, la Triple Couronne...

— Oui. C'est quand un cheval gagne le derby du Kentucky, les Preakness Stakes, à Baltimore, et les Belmont Stakes, à New York. La même année, bien sûr. Pour ceux qui y arrivent, leur carrière de coureur est terminée.

— À seulement trois ans ?

— On leur trouve un autre boulot. Ils servent à la reproduction.

— Pas mal, comme reconversion. Tes parents t'emmenaient au derby quand tu étais petite ?

— Non, ils voyaient d'un mauvais œil la consommation d'alcool et le comportement de certains spectateurs. Et puis, les tickets sont chers. Par contre, on le suivait à la télévision, comme d'autres avec le Super Bowl.

Alors que l'orchestre entamait une nouvelle mélodie, Langston se leva.

— M'accorderiez-vous cette danse, ma chère ?

Callee hésita un bref instant avant de prendre la main qu'il lui tendait.

— D'accord, mais pas trop vite, alors.

— Tu peux me faire confiance.

Cela, Callee n'en doutait pas une seconde. Langston était quelqu'un d'absolument fiable, toujours prêt à prendre soin des autres.

Sur la piste de danse, Langston passa un bras autour de sa taille pour l'attirer contre lui. Il était bien plus grand qu'elle, mais chaussée de talons hauts Callee lui arrivait presque à l'épaule. Alors qu'ils évoluaient lentement parmi les autres couples de danseurs, Callee s'abandonna à la magie de l'instant. C'était à la fois merveilleux, grisant et perturbant de se retrouver entre ses bras. Elle pressa la joue contre son torse et se détendit en écoutant le battement régulier du cœur de Langston. Elle aurait voulu figer cet instant pour lui permettre de savourer ce plaisir indéfiniment… Avait-elle tort de désirer une chose pareille ?

Langston ne s'était pas attendu à éprouver un tel plaisir à la tenir entre ses bras. Ils étaient si bien ensemble… Malgré leur différence de taille, leurs corps s'adaptaient l'un à l'autre à la perfection. Il la guidait à travers la piste sans effort, serrée contre lui.

Callee n'était semblable à aucune autre. Chez personne il n'avait vu un tel mélange de force et de vulnérabilité, de dynamisme et d'incertitudes. Elle laissait son passé dicter son avenir. On aurait dit que l'accident de son ex l'avait figée dans le temps, prisonnière d'une culpabilité irrationnelle. Pas plus tard que tout à l'heure, il avait suffi qu'elle le voie siroter un whisky pour qu'elle imagine le pire.

La petite main de Callee glissa alors sur sa poitrine, et toutes ses réflexions s'effacèrent devant l'envie de la toucher. Elle lui sourit, et c'en fut fini de lui. Il déposa un baiser sur le sommet de son crâne.

— Tu me coupes le souffle.

Peu à peu, leur danse se figea, et ils se contentèrent de se tenir enlacés, bercés par la mélodie. Langston n'aurait pas eu de mal à la tenir ainsi contre lui pendant des heures. Pour un peu, il en aurait oublié qu'il s'en allait dans seulement deux semaines. D'expérience, il savait que les relations à distance fonctionnaient rarement. Et puis, il ne pouvait décemment pas imposer à Callee d'attendre son retour. À supposer qu'elle l'attende, d'ailleurs. Emily n'avait pas eu cette patience, elle. Mais Callee n'était pas Emily. Elle était plus forte, plus sûre de ses capacités.

Enfin, quoi qu'il en soit, elle méritait mieux que de passer ses jours à se languir de lui. Et lui, alors ? Pourrait-il se passer d'elle ? Elle l'attirait de la même manière que la force de gravitation le retenait au sol. S'il s'arrachait à elle, il risquait de sombrer dans une spirale de néant.

La musique s'arrêta, et un employé s'approcha du micro pour annoncer l'ouverture du buffet. Ravi de l'interruption, Langston prit place avec elle dans la file. Callee contemplait l'étalage de victuailles avec de grands yeux.

— Oh là là, toute cette nourriture… Et là, tu as vu les chevaux de course en sculpture de glace ? Je ne suis pas à ma place ici.

Il se pencha de manière à n'être entendu que par elle.

— Chut. Tu vaux mieux que n'importe qui ici.

Elle eut un doux sourire qui lui serra le cœur. Lorsqu'ils revinrent s'asseoir, leurs assiettes pleines, deux autres couples étaient installés à la même table. Une discussion animée s'engagea pendant le repas à propos des précédents week-ends de derby. Comme l'événement était totalement nouveau pour Langston, il essuya quelques taquineries.

— Et alors ? se récria Callee. Moi non plus, je n'ai jamais vu de course depuis les tribunes. Et pourtant, j'ai grandi à deux heures d'ici.

Les autres convives la dévisagèrent avec incrédulité.

— Non, vraiment ?

Langston lui sourit, touché par son soutien.

Sitôt le repas terminé, ils retournèrent à la piste de danse.

— Ils ne t'ont pas vexé, j'espère ?

Il haussa les épaules d'un air dégagé.

— Penses-tu... J'ai le cuir épais. Mais j'avoue, c'était agréable de te voir prendre ma défense.

Callee se figea une seconde, et il lui marcha sur le pied involontairement.

— Je suis navré. Je ne t'ai pas fait mal, j'espère ?

— Non, c'était ma faute. Je viens de voir le Dr Bishop.

Autrement dit, le chef de Callee. Accessoirement, c'était avec lui que Langston avait discuté de son projet, quatre semaines plus tôt.

— Je devrais sans doute lui dire bonjour, tu ne crois pas ?

Devant son hésitation, Langston lui prit la main pour la conduire hors de la piste. À leur approche, l'homme haussa ses sourcils grisonnants et les regarda alternativement avant de baisser les yeux sur la main de Langston, posée sur la hanche de Callee.

— Ravie de vous voir, docteur. Je tenais à vous remercier pour l'invitation au gala.

— Tout le plaisir est pour moi. Je suis très heureux que vous ayez pu vous libérer et que vous soyez venue avec le Dr Watts. Je suis conscient que vous avez fort à faire et peu de temps pour profiter des festivités du derby.

— Vous avez raison, renchérit Langston en lui serrant la main. Callee ne prend pas beaucoup de temps pour elle.

Le Dr Bishop le dévisagea un instant.

— Ravi de vous rencontrer enfin, docteur Watts. On m'a dit que vous formiez une fine équipe, tous les deux.

— Nous avons travaillé sur plusieurs cas intéressants, mais les choses devraient se calmer après le derby. En tout cas, Langston a été d'une grande aide.

— Vous avez trouvé le temps d'effectuer vos recherches, j'espère ?

— Tout à fait, répondit Langston. J'ai rassemblé une somme de données excellentes.

— Parfait, parfait...

Alors que le Dr Bishop hochait la tête d'un air satisfait, deux bonshommes obèses les rejoignirent, un verre de whisky à la main.

— Bob, dit l'un d'eux au Dr Bishop, ce sont les personnes dont tu nous as parlé ?

— Exactement. Docteur Watts, docteur Dobson, je vous présente le Dr Mitchell et M. Sorensen, le P-DG de Churchill Downs.

— Votre réputation vous précède, docteur Watts, dit le Dr Mitchell. Ravi de vous rencontrer.

Langston serra la main des deux hommes avant de se tourner vers Callee.

— Je vous présente le Dr Callee Dobson, qui dirige la clinique d'une main de maître.

Le Dr Mitchell gratifia celle-ci d'un sourire chaleureux.

— On m'a parlé de vous, chère madame. En plus d'être une soignante hors pair, il paraît que vous avez un don avec les chevaux. Il se trouve que j'organise une étude sur les interactions entre les jockeys et leurs montures. Pour cela, j'aurais besoin de personnes à l'aise avec les deux versants : humain et animal. Vous comprendrez que votre profil m'intéresse particulièrement.

— Merci, docteur. Mon père est vétérinaire, voyez-vous.

— Je serais ravi que vous participiez à ce projet. Vous pourriez même en assurer la direction d'ici un ou deux ans. Qu'en dites-vous ?

Callee jeta un coup d'œil au Dr Bishop.

— Vous avez ma bénédiction, dit celui-ci. Votre départ serait une perte pour l'équipe, mais vous pourriez compter sur mon soutien inconditionnel. Apparemment, vos compétences ne sont pas pleinement utilisées à la clinique.

— Mon Dieu, docteur Mitchell, comment dire… Je suis très heureuse comme cela.

— Je comprends votre réaction, mais prenez le temps de réfléchir à mon offre. Si vous changez d'avis, le Dr Bishop sait comment me joindre.

M. Sorensen hocha la tête.

— Callee, je souhaitais vous remercier d'avoir détecté à temps ce cas de grippe équine. Sans votre présence d'esprit et votre rapidité d'action, il aurait sans doute fallu annuler le derby. Si vous avez besoin de quoi que ce soit, n'hésitez pas à me le faire savoir.

— Je vous remercie infiniment, monsieur, mais un autre en aurait fait autant à ma place.

— Peut-être, mais il aurait sans doute été trop tard.

Une femme au cou cerclé d'un collier de pierres précieuses héla M. Sorensen et lui fit signe de la rejoindre. Celui-ci prit congé et s'éloigna, bientôt imité par les deux autres hommes. À nouveau seul avec Callee, Langston lui pressa le bras affectueusement.

— Tu es fière de toi, non ? Ils viennent de te faire un pont d'or. Je suis très heureux pour toi, Callee. C'est amplement mérité.

Pourtant, les yeux de Callee étaient noyés d'ombre.

— Je n'avais pas envisagé de changer de métier.

— Tu aurais l'occasion de concilier tes compétences en médecine humaine avec tes connaissances sur les chevaux. Ton profil est rare, et ils ont su le remarquer. C'est un poste taillé pour toi.

— Peut-être, mais ma place est à la clinique.

Oui, parce que tu continues à te sentir coupable de ce qui est arrivé à ton ex, songea-t-il. Langston retint toutefois sa langue pour ne pas amorcer une dispute. Pas ce soir.

— Comme tu voudras. De toute façon, où que tu sois, tu as beaucoup à offrir.

Un sourire illumina le visage de Callee.

— Merci, c'est gentil.

— Non, c'est la vérité. Veux-tu danser encore un peu avant de partir ?

— Pourquoi pas ? Mais pas longtemps. Demain, je commence de bonne heure.

Il l'escorta jusqu'à la piste et l'invita avec une révérence exagérée qui la fit pouffer. Tout à coup, Langston eut la sensation d'être dans un rêve. Callee s'approcha, et il la serra contre lui dans une danse lente et langoureuse.

— On s'en va ? murmura-t-il à son oreille lorsque la musique s'arrêta.

Elle hocha la tête, et ils retournèrent à leur table pour récupérer leurs effets personnels. Alors qu'elle s'enveloppait de son étole, il lissa le tissu sur ses épaules avec une délicatesse qui tenait de la caresse. Puis il lui prit la main et l'entraîna vers la sortie.

— Tu es bien pressé, dit-elle en allongeant le pas.

— Désolé. Je ne veux pas te faire courir, mais j'ai hâte de t'embrasser.

Une adorable rougeur couvrit les joues de Callee.

— Oh. Dans ce cas, dépêchons-nous.

Un sourire s'épanouit sur les lèvres de Langston. Ils se hâtèrent jusqu'à la voiture. Le chauffeur avait à peine démarré que, déjà, Langston la prenait dans ses bras pour l'embrasser avec avidité. Accrochée à lui, elle lui rendit la pareille en lui labourant les cheveux avec les doigts. Lorsqu'il glissa une main sous sa robe pour la faire remonter le long de sa cuisse, un gémissement s'échappa des lèvres de Callee. Il interrompit leur baiser, et elle cligna ses paupières embrumées par le désir.

— Pas ici, dit-il en lui mordillant le lobe de l'oreille. Bientôt.

Callee se redressa aussitôt d'un air horrifié et se rencogna dans son siège en mettant de l'ordre dans sa tenue. Langston se pencha vers elle avec un grand sourire.

— Hé ! Ne t'en va pas si loin, dit-il avec un doux baiser.

Il lui prit la main pour l'inviter à s'asseoir près de lui, et elle se blottit contre lui, la tête sur son épaule. Le reste du trajet se déroula en silence, et bientôt le chauffeur s'arrêta devant chez elle. Langston mit pied à terre et l'aida à sortir, puis il lui offrit son coude pour la reconduire jusqu'à sa porte. Après avoir ouvert, Callee se tourna vers lui.

— Tu veux boire un café ?

Il la considéra un moment.

— Callee, si j'entre, ce ne sera pas pour un café.

— Ah… ça tombe bien, je n’en veux pas, moi non plus, balbutia-t-elle précipitamment.

— Tu es sûre de ce que tu veux ?

Elle hocha la tête d’un air décidé.

— C’est bon. Je suis sûre.

7

Callee laissa la porte ouverte tandis que Langston s'entretenait avec le chauffeur. Elle abandonna son sac et son étole sur un siège du salon puis, d'un coup de pied, elle se débarrassa de ses chaussures avant de se rendre dans la cuisine. Elle versait de l'eau dans la cafetière lorsqu'elle entendit la porte se fermer.

— Je suis là, dit-elle.

Elle perçut la présence de Langston et se tourna pour lui faire face.

— Je me suis dit que tu avais peut-être changé d'avis.

Langston ôta sa veste et la suspendit sur le dossier d'une chaise. Il l'observa un instant d'un regard de prédateur avant de se planter devant elle.

— Je n'ai pas changé d'avis. Pour le café, je veux dire. Je suis plus intéressé par ça.

Il se pencha pour prendre ses lèvres, tout en s'abstenant de poser les mains sur elle. Submergée par un débordement d'émotions, Callee empoigna sa chemise. Lorsqu'elle avait invité Langston, elle s'était reproché son audace, mais quel choix avait-elle ? Dans deux semaines, il serait parti. Alors, quand il l'avait embrassée dans la voiture, elle avait décidé qu'elle l'aurait, cette nuit, ne serait-ce que pour avoir des souvenirs à chérir par la suite. Elle n'avait jamais rien ressenti de tel pour un homme. Ces dernières années, elle avait enfermé son cœur derrière un mur que Langston avait détruit lentement, patiemment, brique après brique, baiser après baiser.

Elle était coincée contre l'îlot central, encadrée par les bras de Langston, mais la situation n'avait rien de menaçant. Au contraire, c'était ici qu'elle avait envie d'être. Les bras noués autour du cou de Langston, elle caressa les cheveux qui frisottaient sur sa nuque en lui tendant ses lèvres. Il s'en empara avec une exigence torride, et leurs langues entamèrent une danse endiablée. Langston la souleva sur le plan de travail et sema des baisers sur son cou. Ses doigts trouvèrent le bord de sa robe et le firent remonter le long de ses jambes, puis il se glissa entre ses cuisses. D'un geste bref, elle saisit sa robe à pleines mains et la releva jusqu'à sa taille. Lorsqu'il l'embrassa sur l'épaule, puis au creux de la clavicule, elle renversa la tête en arrière avec un murmure de plaisir, les yeux clos.

— Tu es si belle...

Du bout des doigts, il effleura sa colonne vertébrale tout en baissant la fermeture Eclair de sa robe. Callee retint son souffle, suspendue à ce qu'il allait faire. Langston passa un doigt sous les bretelles de sa robe et les tira tout doucement, sans cesser de promener les lèvres de son cou à son épaule et inversement. Les brides tombèrent jusqu'à ses coudes, dévoilant sa poitrine. Elle esquissa le geste de se couvrir, mais il l'arrêta.

— Tant de beauté ne devrait pas rester cachée.

De ses lèvres, il caressa la courbe d'un sein dont il titilla la pointe avec la langue avant de se retirer doucement.

— Tu es si douce, si réactive aux caresses...

Langston continua d'explorer et de taquiner sa poitrine. Le souffle court et saccadé, elle sentait son intimité pulser presque douloureusement. Elle désirait Langston. De tout son corps, de toute son âme. Désespérément. Il recula d'un pas et prit ses seins en coupe dans ses mains.

— Callee, regarde-moi. Vois comme je t'adore.

Elle redressa la tête tandis qu'il aspirait un mamelon, puis l'autre. Callee le pressait contre elle dans une supplique silencieuse. Elle en voulait plus, plus... Son pouls s'accélérait, et ses seins s'alourdissaient sous les assauts répétés de sa langue.

— Tu es exactement comme je l'avais rêvé.

Callee cligna des paupières. Il avait rêvé d'elle ? Alors qu'elle prenait ses joues entre ses mains pour l'embrasser, il l'attira vers le bord du plan de travail, et elle se mit à se frotter lascivement contre lui.

— Continue comme ça, ma chérie, et tout sera fini avant même d'avoir commencé.

Ses yeux assombris par le désir avaient pris la teinte d'un ciel d'orage. Sans la quitter du regard, Langston suivit de l'index le contour de sa culotte avant d'insinuer le doigt sous l'élastique, entre ses cuisses. Elle frissonna de tout son corps, réduite à une pulsation sourde et primitive, et ouvrit davantage les jambes.

— J'ai besoin de te toucher. Soulève tes hanches.

Callee obtempéra sans la moindre hésitation, et Langston la débarrassa de sa culotte. Il se replaça entre ses jambes, les mains sur ses cuisses, puis ses pouces caressèrent la chair tendre de son intimité, de plus en plus près de ce point si sensible qui la ferait jouir. Saisie d'un vertige, elle crispa les doigts sur ses biceps.

— Dis-moi ce que tu veux.

Ce qu'elle voulait ? Pouvait-elle vraiment le lui dire ?

— Dis-le-moi.

— Touche-moi, murmura-t-elle.

Ses pouces effleurèrent le cœur de sa féminité, et un long frémissement s'empara d'elle.

— J'adore te voir réagir à mes caresses.

Leurs bouches s'unirent en un baiser sensuel, brûlant. Langston plongea un doigt en elle, et Callee se cambra, accrochée à lui, mais il se retira. Alors qu'elle poussait un gémissement de déception, il recommença le même jeu, plus vite, tandis que sa langue entamait des va-et-vient sensuels dans sa bouche. Une tension monta en elle, de plus en plus intense, virevoltante, et finit par exploser.

Callee rejeta la tête en arrière et cria, secouée de tremblements voluptueux. Elle s'effondra sur l'épaule de Langston, haletante, et se laissa flotter dans le bien-être avant de revenir doucement à la réalité. Langston l'attira contre lui.

— Ta chambre ?

— Au bout du couloir.

Un bras autour de sa taille et l'autre sous ses genoux, il la porta jusqu'à son lit et l'allongea avec douceur. Comme elle tenait sa robe remontée sur sa poitrine, il secoua la tête en souriant.

— Je ne comprends pas pourquoi tu t'obstines à cacher ces merveilles de beauté féminine alors que je les révérais pas plus tard que tout à l'heure.

Il plia un genou et se pencha vers elle, mais elle l'arrêta d'une main sur sa poitrine.

— Peut-être parce que je ne veux pas être en reste.

— Vos désirs sont des ordres.

Il se déshabilla avec une lenteur étudiée. Avec une attention fascinée, Callee regarda ses longs doigts agiles tandis qu'ils s'affairaient sur les boutons de sa chemise. Elle retint son souffle lorsqu'il révéla son torse aux muscles bien dessinés. Puis il s'assit sur le lit pour se déchausser, et elle en profita pour caresser son large dos. Elle promena les lèvres sur ses épaules, sa nuque, avant de l'envelopper de ses bras. Les seins écrasés contre lui, elle effleura des mains sa poitrine couverte d'un fin duvet. Il se retourna pour l'embrasser.

— Je veux bien me déshabiller une seconde fois si tu continues comme ça.

— Pourquoi pas ?

Elle sema des baisers sur ses épaules et les mordilla doucement. Avec un grondement de plaisir, Langston se leva d'un bond et ôta son pantalon. Son boxer noir rejoignit ensuite les autres vêtements éparpillés par terre. Callee admira avec convoitise ses hanches minces, ses fesses fermes, ses cuisses puissantes. Décidément, cet homme était magnifique autant pile que face. Il ramassa son pantalon et, de son portefeuille, sortit deux préservatifs qu'il posa sur la table de chevet. Puis il se tourna vers elle.

— Puis-je t'aider à enlever ta robe ?

Sa politesse un peu guindée la fit sourire, alors qu'il se tenait ainsi devant elle, sa virilité érigée fièrement. Langston posa la main sur le bord de sa robe.

— Tu veux bien ?

— Oui, vas-y.

Il tira sur le vêtement et le lui passa par-dessus les épaules, la dénudant avec lenteur : d'abord les jambes, ensuite le ventre, puis l'ensemble de sa personne. Négligemment, Langston laissa tomber la jolie robe rose. Seule Callee avait de l'importance à ses yeux.

— Je n'ai jamais désiré personne comme toi.

C'était réciproque. Callee avait envie de lui avec une force qui la faisait trembler et qui la consumait littéralement. Captivée, elle le regarda ouvrir un étui et enfiler une protection. Langston s'allongea sur le lit et l'attira vers lui. Le visage niché dans le cou de Callee, il insinua un genou entre ses jambes et se mit à lui caresser les seins. Leurs pointes durcirent aussitôt, comme une invite à poursuivre, et il les honora l'un après l'autre avec sa bouche. Puis il se positionna entre ses jambes.

— Tu es sûre de ce que tu veux ? Tu n'auras pas de regrets ?

— Je n'ai jamais été plus sûre. Je te veux en moi. Maintenant.

Leurs lèvres se trouvèrent avec une fièvre renouvelée. Appuyé sur les mains, Langston la pénétra avec une lenteur exquise et il demeura immobile, comme pour savourer l'instant. Puis il se retira avant de revenir à la charge, de plus en plus vite, de plus en plus fort. Accrochée à lui, Callee se cambrait pour aller au-devant de ses assauts. La sensation alla *crescendo* dans un tourbillon vertigineux avant de s'effondrer pour laisser place à une extase qu'elle n'avait jamais connue. Elle susurra le nom de Langston avec bonheur. Lentement, elle redescendait sur terre, brisée et sans force, mais complète.

Langston continua ses poussées de plus belle. Callee l'enveloppa de ses bras. Tout à coup, il se tendit comme un ressort. Les yeux clos, il intensifia ses coups de reins dans un ultime effort avant d'atteindre la jouissance avec un grondement rauque. Il s'écroula sur elle, secoué de tremblements. Callee promena les mains le long de son dos, délicieusement écrasée par son corps. Elle ne se lassait pas de le toucher. Alors qu'elle commençait à être gênée pour respirer, il roula sur le côté et passa un bras autour d'elle pour l'attirer contre lui, puis il remonta la couverture sur eux. Callee ferma les yeux et se blottit dans sa chaleur.

— J'adore quand tu cries mon nom, murmura-t-il.

Callee tendit un bras ensommeillé vers le réveille-matin. C'était l'heure, déjà ? Elle avait l'impression qu'elle venait à peine de s'endormir. Elle se réfugia à nouveau dans la tiédeur à côté d'elle. Un bras ferme s'enroula autour de sa taille et la pressa contre un torse solide. Mmh... Langston. Ses lèvres lui chatouillèrent le cou, et l'une de ses mains couvrit ses seins nus.

— On laisse tout tomber et on reste ici. OK ?

Sa voix assourdie par le sommeil fit courir en elle un frisson brûlant.

— Bonne idée, mauvais timing. C'est le week-end du derby, l'un des plus chargés de l'année. Je dois y aller.

— On t'a proposé un nouveau job hier soir, murmura-t-il.

Oui, mais elle n'avait pas encore eu le temps d'y réfléchir. Elle avait eu autre chose à faire... Et ce n'était pas fini, apparemment : Langston venait de glisser la main sur son entrejambe.

— Langston, on n'a pas le temps...

— On n'aura qu'à prendre une douche ensemble, répondit-il en lui mordillant l'oreille.

Elle roula sur le côté, et leurs lèvres s'unirent. Les bras noués autour de son cou, elle se laissa entraîner lorsqu'il s'allongea sur le dos, puis elle l'enfourcha et il posa les mains sur ses hanches. Penchée sur lui pour l'embrasser, elle se positionna avec aisance. Elle aurait voulu se réveiller chaque matin de la sorte. Bien sûr, elle ne devait pas prendre ses désirs pour des réalités, mais elle entendait bien profiter de la situation tant qu'elle durerait.

Une demi-heure plus tard, Callee gisait contre lui, repue d'amour. Elle jeta un coup d'œil au réveille-matin et se redressa dans un sursaut.

— Cette fois-ci, il faut vraiment se lever. Tu exerces une mauvaise influence sur moi.

— Dis donc, c'est facile de m'accuser. C'est toi qui menais la danse, ce matin.

C'était vrai, et elle avait adoré cela. Langston était un amant merveilleux : généreux et attentionné.

— Je vais prendre une douche rapide avant de filer. Si tu veux que je te raccompagne, tu ferais mieux de bouger maintenant.

Tout en parlant, elle piocha dans le placard un jean et un T-shirt.

— Si tu préfères prendre un taxi, tu peux rester autant que tu veux. On se retrouve à la clinique plus tard.

— Il faut que je passe chez moi. Je ne peux pas venir au travail en smoking.

— Pourquoi pas ? Tu serais un médecin très élégant.

— Sans doute, mais mes bottes me manquent.

— Et ton gros 4x4 rouge, ajouta-t-elle en pouffant.

Il se leva en riant.

— Vous vous moquez encore de ma virilité, mademoiselle Dobson ?

— Et si je dis oui ?

— Dans ce cas, je vais devoir te prouver le contraire. Une fois de plus.

Callee entra sous le jet d'eau chaude en riant. Les matins après l'amour étaient parfois des moments de gêne, mais avec Langston tout semblait si naturel, si simple…

— Hé, laisse-moi un peu d'eau chaude.

Il lui donna une petite tape sur les fesses avant de la rejoindre.

— Je te lave si tu me rends la politesse.

— Euh… tu crois ?

— Allez, Callee. Un peu d'audace, que diable.

Elle n'avait jamais pris sa douche avec un homme. Avec Joe, oui, mais ils étaient des gamins, à l'époque. Avec Langston, ce n'était pas du tout pareil. Elle ne pouvait s'empêcher de toucher son corps luisant d'eau.

— Continue comme ça, ma belle, et ce sera reparti pour un tour.

Callee arriva à Churchill Downs avec seulement cinq minutes de retard. Malgré l'heure matinale, l'hippodrome tournait déjà à plein régime et, comme chaque année le jour des Kentucky Oaks, les places de stationnement étaient prises d'assaut. Il n'y avait pas de galop d'entraînement ce matin, donc elle se rendit directement à la clinique. Deux personnes attendaient dehors, et le jour n'était même pas levé. L'une d'elles venait pour une simple coupure à la main mais, aussi bénins soient-ils, de tels bobos pouvaient donner lieu à des infections chez le personnel d'écurie.

Callee terminait de désinfecter la plaie quand Langston arriva à son tour. Elle l'entendit parler à Carl, puis à l'homme dans la salle d'attente. Le bruit de ses bottes résonna alors dans le couloir, et elle l'aperçut qui conduisait le patient vers une salle d'examen. Mine de rien, elle appréciait de pouvoir compter sur son aide. Trop, sans doute. Ils terminèrent leur consultation à peu près en même temps.

— Callee, tu pourrais me renseigner sur un dossier ? Je ne le retrouve plus.

— Je mets de l'ordre dans la salle et j'arrive.

Langston lui adressa un regard appuyé avant de s'enfermer dans le bureau. Elle fronça les sourcils. Quoi ? Il regrettait déjà cette nuit ? Elle se dépêcha de le rejoindre.

— Qu'y a-t-il ?

Il se leva de son siège et referma la porte derrière eux.

— Rien. Tu me manquais.

— Comment ça ? J'étais là, juste à côté.

— Oui, mais je n'ai pas eu de baiser en arrivant.

Elle adorait ce Langston-là, bébête et attachant. Dire que le jour de leur rencontre elle l'avait trouvé insupportable de prétention… Mais depuis, heureusement, il avait lâché la bride et lui avait laissé entrevoir l'homme qu'il était vraiment.

— Il va falloir y remédier. Viens là.

Elle noua les bras autour de son cou et l'embrassa longuement. Enfin, ils s'écartèrent, et Langston posa son front sur le sien.

— Continue comme ça, et je ne vais pas pouvoir recevoir de patients aujourd'hui.

Langston avait commis une erreur monumentale. Et pourtant, si c'était à refaire, il n'aurait rien changé. Il s'était laissé embringuer dans une relation avec Callee. Elle commençait à compter pour lui, beaucoup trop compte tenu du fait qu'il serait parti dans deux semaines. Jamais il n'avait rien éprouvé de tel pour personne, même pour Emily. Il aurait voulu fuir… Ou rester… Il ne savait plus. Le pire, c'était qu'il ne pouvait parler de ses sentiments à personne à part Callee. Et pourtant, non, il ne pouvait pas rester. Il avait un métier. Un métier important, même.

Évidemment, elle pouvait aussi le suivre… Mais non. Sa vie était ici. Elle adorait son travail et ses collègues, tellement même qu'elle hésitait à accepter une offre taillée sur mesure.

Alors ?

Alors, il avait un boulot à mener à bien. Dès lundi, il fallait qu'il boucle ses entretiens pour finaliser ses recherches. Des femmes, il y en aurait d'autres.

Oui, mais des femmes comme Callee ?

Tout au long de la matinée, Langston tendit l'oreille au cas où Callee aurait besoin d'aide. Elle avait été bien occupée mais pas débordée. Deux fois, il avait passé la tête hors de son bureau, mais à chaque fois elle l'avait congédié d'un signe de la main.

À l'heure du déjeuner, il la trouva à la réception avec Carl, debout devant la télévision.

— C'est quelle course ?

— La quatrième, répondirent-ils en chœur sans le regarder.

Langston se posta derrière elle. Les chevaux venaient de s'élancer hors des stalles, et déjà le peloton s'étirait sur la piste. À mi-chemin, un pur-sang prit la tête, mais un autre dépassa le trio d'échappés et talonna le leader. La rumeur de la foule, non loin, s'infiltrait jusque dans la clinique. Le grondement des sabots s'amplifia à mesure que les chevaux arrivaient au tournant juste à côté de la zone des écuries. Callee se redressa contre Langston, frémissante, et il dut se retenir de la toucher. De toute façon, elle se fichait bien de lui en cet instant. Les chevaux venaient de passer à toute vitesse et ils entamaient le tournant avant la dernière ligne droite. Callee et Carl se mirent à crier des encouragements aux meneurs avec un enthousiasme contagieux. Lorsque le deuxième cheval doubla tous les autres in extremis et remporta la course, elle se retourna et jeta les bras autour du cou de Langston en sautillant.

— Il est facile de se prendre au jeu, j'avoue.

— N'est-ce pas ? Avec un peu de chance, tout à l'heure, on pourra voir les Oaks au bord de la piste.

— Les quoi ? demanda-t-il pour la taquiner.

Carl retourna à son bureau en secouant la tête.

— C'est une course de pouliches, répondit-elle d'un ton exagérément patient. Je t'en ai parlé pas plus tard qu'hier. Tu es désespérant.

— Non, j'ai faim. Ça tombe bien, c'est l'heure du déjeuner.

En fin d'après-midi, Callee passa la tête par la porte du bureau.

— Langston...

Il sursauta et leva les yeux de l'ordinateur.

— Désolée, je ne voulais pas te faire peur. Je n'ai plus de patient, et il est bientôt l'heure de fermer. Tu veux voir les Oaks ?

— Oui, bien sûr.

— Alors, viens. Ça va bientôt commencer.

Sans l'attendre, elle tourna les talons. Langston bondit de sa chaise et se hâta de la rattraper. Callee marcha droit vers la piste et se posta près de son poste d'observation habituel pour la course du matin, parmi d'autres spectateurs massés le long des barrières. Au loin, Langston distinguait les gradins et, au-dessus de la tribune principale, les tours jumelles en forme de clocher. L'ambiance était électrique. Toujours aussi sensible à l'humeur de Callee, il la sentait trembler à côté de lui. Une voix retentit soudain dans les haut-parleurs.

— Les chevaux sont sur le départ… Ils sont partis !

Autour d'eux, tout le monde se tut, et Callee s'empara de sa main. Quelques secondes plus tard, les chevaux déboulèrent devant eux. Déjà, ils étaient hors de vue. Leur passage n'avait duré que le temps d'un éclair, mais Langston devait bien avouer que c'était grisant de voir de si près la puissance des chevaux et les jockeys dans leurs casaques bariolées.

— C'est bien mieux qu'à la télé, dit-il, faute de mieux.

— Imagine ce que ce doit être depuis les tribunes. Là-haut, on voit l'ensemble du circuit.

Le ton mélancolique de sa voix n'échappa pas à Langston.

— Il n'est pas l'heure de fermer ?

— Si. Allez, viens.

Ils retournèrent à la clinique en silence. Langston aurait aimé lui demander si elle avait des projets pour la soirée, mais il n'osa pas le faire en présence de Carl. Il ne voulait pas partir du principe que leur nuit d'amour aurait une suite. L'initiative devait venir de Callee.

Alors qu'il rangeait ses affaires avant de partir, elle entra pour prendre son sac dans un tiroir. Elle le regarda avec hésitation.

— Euh… Je rentre chez moi.

Langston tendit le bras pour l'attirer sur ses genoux et il l'embrassa tendrement.

— J'en ai eu envie toute la journée.

Elle glissa un bras autour de son cou.

— Non, c'est vrai ?

— Oui, dit-il avec un autre baiser. Ça te dirait que j'achète un repas à emporter ? On pourrait dîner ensemble chez toi.

— Pourquoi pas ? Bonne idée.

Il la fit glisser hors de ses genoux avant de se lever.

— C'est dit. Que penses-tu de lasagnes avec une salade ?

— Beaucoup de bien.

— Dans ce cas, je vais passer commande chez l'Italien près de chez moi.

Il l'embrassa à nouveau, et elle s'alanguit contre lui. Comment pourrait-il renoncer à une femme pareille ? Il n'avait pourtant pas le choix s'il voulait tenir ses objectifs. Callee n'avait pas sa place dans ses projets de vie.

— Tu sais, pour une femme aussi petite, tu disposes d'une arme redoutable avec tes baisers. Je serais prêt à tout pour en avoir un.

Elle scruta son visage avec attention.

— C'est une bonne ou une mauvaise chose ?

— Je ne sais pas. J'hésite encore.

8

La situation prenait une tournure sérieuse. Callee avait pensé qu'ils en resteraient à une nuit tous les deux, mais voilà qu'elle invitait Langston à nouveau chez elle, prête à recommencer.

Lorsqu'il sonna, en fin de journée, elle le trouva chargé de deux gros sacs de courses.

— Laisse-moi en porter un. Bon sang, tu en as pris pour un régiment.

— Je me suis dit qu'on aurait besoin de reprendre des forces, lui dit-il avec un clin d'œil.

Callee sentit ses joues devenir brûlantes.

— Ne t'inquiète pas, je m'en occupe, ajouta-t-il.

Il passa devant elle et se dirigea vers la cuisine. Il s'était changé pour une tenue plus confortable, et c'était peu dire qu'il était sexy vêtu d'un polo noir et d'un jean, ses éternelles bottes aux pieds.

— Tu viens, Callee ? Je meurs de faim.

— J'arrive.

Lorsqu'elle entra dans la cuisine, elle se figea en le voyant vider les sacs sur le plan de travail. Ils n'avaient passé qu'une nuit ensemble, mais ils se comportaient déjà comme un couple, songea-t-elle, le cœur serré. Et pourtant, dans deux semaines, il ne serait plus là. Seuls resteraient le chagrin et les regrets.

— J'ai aussi apporté un cheesecake. Les lasagnes sont encore chaudes. Mangeons avant qu'elles ne refroidissent.

— Je prends des assiettes, murmura-t-elle.

Comme elle se détournait, il la saisit par la taille et la dévisagea un instant.

— Hé, ça va ? Tu préfères que je m'en aille ?

— Non, non. Ça me fait plaisir que tu sois là, vraiment. Simplement, on prend un peu vite nos marques ensemble. On dirait déjà un vieux couple.

Il la lâcha.

— Je ferais mieux de partir.

— S'il te plaît, non, dit-elle en lui prenant le bras. Je suis fatiguée, voilà tout. La journée a été longue.

Il la regarda à nouveau.

— Bon. Je reste un moment.

— Tant mieux. Je n'aime pas prendre mes repas seule.

Elle sortit d'un placard deux assiettes qu'elle lui tendit. Alors qu'il servait les lasagnes, elle remplit leurs verres de thé glacé, et disposa les couverts. Ils attaquèrent leur repas dans un silence poli.

— C'est vraiment très bon, finit-elle par dire.

— Mama Marzetti est une excellente cuisinière. Elle est aux petits soins pour moi depuis que je suis là. Il faut dire que je passe quasiment toutes mes soirées chez elle.

— C'est un peu triste, non ?

Comme il s'arrêtait de manger pour la regarder, Callee secoua la tête.

— Tu as mangé seul tous les soirs depuis que tu es là... J'aurais dû t'inviter. Et tu sors si souvent au restaurant que tu finis par te lier d'amitié avec la patronne. Je suis désolée.

— Il n'y a pas de quoi. J'ai l'habitude.

— Mais c'est encore pire, non ? Excuse-moi, je me rends compte que ce n'est pas très gentil.

— Pas de problème. Il y a sans doute du vrai dans ce que tu dis.

— Quoi qu'il en soit, ces lasagnes sont délicieuses. Il faudra que j'essaye ce restaurant à l'occasion.

— La patronne te fera sans doute un prix si tu lui dis que tu me connais.

Sous-entendu : « Quand je serai parti. » Elle avala sa bouchée avec difficulté. Par bonheur, Langston changea de sujet.

— Merci de m'avoir encouragé à voir les chevaux tout à l'heure. On se prend vite au jeu.

— N'est-ce pas ? Dommage qu'on ne puisse pas assister au derby. Enfin, la clinique passe avant tout. Si jamais je m'absentais, un patient aurait tout de suite besoin de moi.

— Ça se passe souvent comme ça.

Ils terminèrent leur dessert en silence, puis Langston se leva de table.

— Je ferais mieux de partir. Tu es fatiguée.

Il ramassa leurs assiettes pour les porter à l'évier.

Dis quelque chose, allez... Fais quelque chose !

— Langston...

Il lui jeta un coup d'œil par-dessus son épaule.

— S'il te plaît, ne pars pas.

— Callee, tout va bien. Je comprends, ne t'inquiète pas. Je n'aurais pas dû me faire des idées.

— Ce n'est pas ça. Simplement, tu m'as donné un aperçu de ce que ce serait de vivre avec toi et... et ça m'a plu, voilà.

Langston se lava les mains, puis il s'approcha d'elle.

— Cela ne change rien au fait que je pars dans deux semaines.

— Je sais bien. Tu n'as jamais laissé entendre autre chose.

Il prit sa joue en coupe dans sa main.

— Et si on se contentait de profiter du temps qu'il nous reste ?

Oui, c'était mieux que rien... Elle trouverait toujours le moyen de continuer à vivre lorsqu'il serait parti.

La sonnerie stridente du réveille-matin fit grogner Langston. Blottie contre son torse, Callee se tourna vers lui.

— Il est l'heure de se lever.

— Oui. J'ai l'impression qu'on vient juste de s'endormir.

Elle bâilla tandis qu'il lui caressait les hanches du bout des doigts.

— Je ferais mieux d'y aller. La journée s'annonce chargée.

Il lui saisit la main et joua avec ses doigts.

— On ne pourrait pas faire la grasse matinée, tous les deux ?

— Pourquoi pas demain ?

— Chiche, répondit-il en lui embrassant les doigts.

— Allez, gros paresseux. On se lève.

Pour toute réponse, Langston s'enfouit sous la couverture avec un grognement.

— On t'a déjà dit que celui qui dort avec les chouettes ne volera jamais avec les aigles ?

— D'où tiens-tu ce proverbe ?

— De mon père, dit-elle en se dirigeant vers l'armoire. Ça veut dire que tu ne peux pas passer une nuit blanche et être au mieux de ta forme le lendemain.

Langston rejeta la couverture et se leva.

— La faute à qui, dis donc ?

— Tu m'accuses, maintenant ? C'est pourtant toi qui m'as réveillée en pleine nuit.

— Je n'y suis pour rien. Tu poussais ton derrière délectable contre moi.

— J'avais froid.

— Et je t'ai réchauffée, n'est-ce pas ?

Elle se dirigea vers la salle de bains en secouant la tête.

— C'est bon, les torts sont partagés. Tu viens ?

Langston eut un petit rire. Décidément, la journée commençait bien. Très bien, même.

Callee leva les yeux des graphiques sur lesquels elle travaillait quand Langston fit irruption dans le bureau.

— J'ai une surprise pour toi. J'espère qu'elle te plaira. Dans le cas contraire, ne te sens obligée à rien.

— De quoi parles-tu ?

— Je me suis arrangé pour qu'on assiste aux deux dernières courses de la journée.

— Quoi ? Comment ?

— J'ai demandé la permission au Dr Bishop. Il a accepté de faire appel à un remplaçant afin qu'on ait quartier libre.

Au même instant, Carl apparut sur le seuil de la pièce.

— Callee, il y a un homme qui veut te voir.

— Ça doit être lui, justement, dit Langston en la suivant dans le couloir. J'espère que tu ne vas pas m'accuser d'avoir pris des libertés. Je voulais juste te faire une bonne surprise.

Callee ne répondit rien. À vrai dire, elle ne savait pas comment réagir. Langston passa devant elle et entra dans l'espace d'attente.

— Bonjour, vous devez être le Dr Lawson. Merci d'être venu. Voici Callee Dobson. C'est elle qui dirige la clinique.

Un médecin à la tête chenue échangea une poignée de main avec elle. Callee croisa le regard de Carl, qui lui sourit.

— Vas-y.

— Je ne peux pas me pointer là-bas en jean et T-shirt.

— J'ai pensé à ça aussi, intervint Langston. Et je t'ai commandé une robe et un chapeau. Ils devraient arriver d'une minute à l'autre.

À peine avait-il achevé sa phrase que la porte s'ouvrit sur un livreur portant deux boîtes volumineuses.

— Je cherche Callee Dobson.

Langston alla à sa rencontre et le soulagea de son chargement.

— Bien, dit Carl. Si vous le voulez bien, docteur Lawson, je vais vous faire visiter la clinique. Avec un peu de chance, la journée se terminera calmement.

Langston présenta les boîtes à Callee.

— Si tu ne veux pas y aller, pas de problème. Mais si tu en as envie, ne cherche pas d'excuse pour rester ici. Je respecterai ta décision, quelle qu'elle soit.

— Je ne sais pas quoi dire...

Elle voulait assister au derby, certes, mais Langston en avait trop fait.

— Ne dis rien, alors. File te préparer.

— Mais la clinique...

— Le Dr Lawson s'en occupera.

Callee regarda les boîtes.

— Bon, OK. D'où vient cette robe ?

— Je l'ai commandée ce matin. D'après la vendeuse, c'est pile ce qu'il faut pour l'occasion. Apparemment, elle peut s'adapter à plusieurs tailles. Allez, va te changer dans ton bureau. Je vais faire de même dans une salle d'examen.

— Tu as pensé à tout, dit-elle en souriant.

— Du moins, j'ai essayé. Mon costume est dans la voiture. Sur ce, arrête avec tes questions et va t'habiller. Je te retrouve ici dans...

Il consulta sa montre.

— Vingt minutes.

— Je vais dire oui pour cette fois-ci, mais ne recommence pas.

— Promis, dit-il avec un sourire lumineux.

Callee s'enferma dans son bureau avec les boîtes. La plus grande contenait une robe à larges motifs de fleurs roses, jaunes et vertes. Elle était croisée et ornée d'un volant qui soulignait le col et la bordure du devant jusqu'à la taille, nouée par une ceinture. Au fond du carton se trouvait une paire d'escarpins d'allure confortable. La seconde boîte renfermait un chapeau blanc à large bord, lui aussi décoré de fleurs, parfaitement assorti à la robe. Callee s'empressa d'enfiler sa nouvelle tenue. Elle ajusta la ceinture, esquissa quelques pas à droite, puis à gauche, fit flotter le tissu fluide autour de ses jambes. C'était la robe idéale pour une soirée de printemps au champ de courses. Callee n'avait jamais porté de chapeau, encore moins du style de celui-ci, mais lorsqu'elle l'essaya il lui allait à la perfection. Un sourire aux lèvres, elle rejoignit Langston.

Lorsqu'il la vit arriver, la mine radieuse, Langston eut l'impression d'être un roi. Il aurait aimé la faire toujours sourire ainsi. Il résista à l'envie de l'embrasser.

— Allons-y, dit-il en lui tenant la porte.

Une voiturette de golf les attendait devant la clinique. Alors que le chauffeur démarrait, Callee toucha le genou de Langston.

— Encore merci. C'est une belle surprise.

— De rien. Tu voulais tellement y aller… J'ai pensé que ce serait une belle façon de te souvenir de moi.

— Comme si je pouvais t'oublier, dit-elle, la tête contre son épaule. Comment as-tu organisé tout ça ?

— J'ai parlé ce matin au Dr Bishop, et il a donné son autorisation pour que tu finisses plus tôt. C'est lui qui t'a trouvé un remplaçant. M. Sorensen est d'accord pour nous accueillir dans sa loge. On sera juste au-dessus de la ligne d'arrivée. Qu'en penses-tu ?

— C'est merveilleux.

Elle enroula le bras autour de sa taille et le serra contre elle. La voiturette les déposa sur le parking devant les tribunes. Langston promena un regard autour de lui d'un air perdu.

— J'espère que tu connais le chemin.

— Oui. Les loges sont par là.

Elle le précéda dans le vieil édifice.

— Certaines parties du bâtiment ont plus d'un siècle. Le derby lui-même est encore plus ancien.

Ils se frayèrent un chemin à travers la foule, puis Callee s'arrêta devant un panneau d'affichage.

— La prochaine épreuve ne va pas commencer tout de suite. Ça t'embête si on fait un crochet du côté de l'enclos ? J'aimerais voir les chevaux de près.

— Pas de problème.

Elle marcha sans s'arrêter jusqu'à la barrière du paddock.

— Ils sont magnifiques, n'est-ce pas ?

Langston contempla son visage rayonnant et acquiesça. Elle

se détourna pour regarder les jockeys, qui montaient en selle avec l'aide des grooms.

Pas de doute, il fallait qu'il s'en aille, et vite. Il s'attachait beaucoup trop à Callee, et beaucoup trop vite. S'il n'était pas plus prudent, il risquait de la faire souffrir, et lui-même y laisserait des plumes. À vrai dire, il redoutait d'avoir déjà franchi le point de non-retour. Mais pour aujourd'hui, pouvait-il au moins profiter d'une soirée en sa compagnie ?

Callee le conduisit sous les tribunes.

— On va prendre l'ascenseur jusqu'à la terrasse des Clochers. La loge de M. Sorensen se trouve par là.

En chemin, elle s'empara d'une brochure sur un présentoir. Langston y jeta un coup d'œil par-dessus son épaule.

— Qu'est-ce que c'est ?

— Un programme. On y trouve tous les renseignements possibles et imaginables concernant les chevaux : le nombre de courses auxquelles ils ont participé, leur numéro, le nom du jockey, comment parier…

— Tu vas parier ?

— Non, je risquerais de me faire renvoyer. Mais j'aime faire comme si je pouvais. Tu viens ? Il faut se dépêcher : la prochaine épreuve débute dans quelques minutes.

Ils se hâtèrent le long d'un couloir qui longeait une zone de buffet, puis ils arrivèrent à une terrasse. Des spectateurs étaient massés le long d'une barrière en surplomb de la ligne d'arrivée. Langston se posta derrière elle, un bras autour de sa taille.

— On ne devait pas voir la course depuis une loge ?

— Pas le temps. Ça va commencer.

À peine avait-elle parlé que les chevaux bondissaient hors des stalles. Déjà, ils négociaient le tournant et disparaissaient hors de leur vue. Puis ils réapparurent au loin, tels des jouets minuscules sur la ligne d'en face, et prirent le dernier virage. Une rumeur s'éleva dans les tribunes alors que le peloton approchait de l'arrivée. Callee se mit à sautiller sur place en criant, puis elle jeta un bras autour de lui.

Langston eut un sourire mélancolique. Callee ne pourrait jamais quitter cet endroit. Ses amis, les chevaux, la ferveur de l'hippodrome… Elle avait tout cela dans le sang et ne consentirait jamais à lâcher cette vie pour lui. Le problème, au fond, c'était qu'ils n'aspiraient pas aux mêmes choses, elle et lui.

— On peut aller dans la loge maintenant, dit-elle. La prochaine course a lieu dans une demi-heure. Celle du derby a lieu à 18 h 57. Autrement dit, nous avons un peu de temps devant nous.

Il lui emboîta le pas jusqu'à une porte gardée par un vigile.

— Je suis Callee Dobson et voici le Dr Langston Watts. M. Sorensen nous attend.

Le gardien disparut à l'intérieur et ne tarda pas à revenir.

— Vous pouvez entrer.

M. Sorensen les accueillit avec un grand sourire.

— Ravi de vous voir. Je vous en prie, prenez place.

Ils allèrent s'asseoir à l'arrière, sur des sièges rembourrés et confortables. La loge dominait le champ de courses par une grande baie vitrée qui permettait de voir la mise en stalles avant l'épreuve suivante. Langston savait que ce genre d'espaces VIP existaient dans certains sports, mais il n'avait jamais songé que c'était le cas pour les courses hippiques. S'il avait réfléchi à la question, il aurait pu s'en douter. Callee le lui avait dit un jour : pour faire tourner une écurie, il fallait de l'argent. Beaucoup d'argent.

— Tu m'expliques le programme ? Tu parierais sur quel cheval ?

Callee ouvrit la brochure, et son doigt glissa le long d'une colonne.

— Celui-ci a peu de chances de gagner. Tu as vu sa cote ? Elle est énorme.

— Donc, tu recommandes lequel ?

— Grandeur du Texas, répliqua-t-elle sans hésitation.

— Tu me flattes.

— Je ne parle pas pour toi, gros bêta ! Dis, ça t'embête de

revenir à la terrasse pour voir la course ? Je préfère être à l'air libre, parmi la foule.

— Comme tu veux. Cette soirée est la tienne.

Ils sortirent et trouvèrent une place près de la balustrade.

— J'ai tout mis sur Grandeur du Texas ! brailla quelqu'un.

Ils se retournèrent et avisèrent un homme de forte corpulence dont la face rubiconde était assortie à son veston cramoisi. Il avait levé son verre avec un tel enthousiasme qu'il avait aspergé ceux et celles qui se tenaient trop près de lui. Langston secoua la tête, désapprobateur.

— Certaines personnes ne savent pas quand s'arrêter.

Mais bientôt, leur attention fut happée par la course. Lorsque son favori prit la tête du peloton, Callee se mit à crier. Langston ne pouvait s'empêcher de sourire de son enthousiasme. Derrière eux, l'homme au veston rouge ne tenait pas en place et s'époumonait. Alors que les chevaux entamaient la dernière ligne droite dans un tonnerre de sabots, Callee attrapa le bras de Langston et se mit à le secouer.

— Allez, Grandeur du Texas, allez !

Elle cria encore lorsqu'il passa la ligne d'arrivée.

— Il a gagné, Langston ! Il a gagné !

Folle de joie, elle jeta les bras autour de son cou et fit claquer une bise sur ses lèvres. Il lui rendit son baiser.

— Je veux bien que tu gagnes tous les jours si tu m'embrasses comme ça.

Callee s'écarta et promena un regard autour d'elle, comme si elle se reprochait un manque de professionnalisme.

— Avec un nom pareil, il ne pouvait pas perdre.

— Ça, je n'en sais rien, dit-il. En tout cas, c'était une belle course.

— Ce n'est pas lui qui dira le contraire…

Langston suivit le regard de Callee vers l'homme au veston rouge. Il continuait de sautiller, son verre dans une main et un billet dans l'autre.

— J'ai gagné, j'ai gagné…

Soudain, le verre lui glissa des doigts et se fracassa sur le sol de béton. L'homme s'agrippa la poitrine, poussa une plainte sourde et s'affaissa lourdement. Une femme cria.

— Je suis médecin, s'écria Langston. Reculez, s'il vous plaît. Et appelez une ambulance, vite.

L'homme était étalé sur le dos parmi les bris de verre. Du pied, Langston repoussa rapidement les éclats afin de s'agenouiller. Le visage de l'homme, cramoisi quelques instants plus tôt, était à présent d'une pâleur cireuse. Langston approcha sa joue de la bouche de l'inconnu et perçut un souffle ténu. Il appliqua deux doigts sur la carotide : pas de pouls. Callee se posta en face de lui.

— Attention au verre, lui dit-il.

Elle écarta les débris d'un coup de pied et s'accroupit.

— Il fait un infarctus, décréta Langston.

D'un haussement d'épaules, il ôta sa veste et la lui tendit.

— Cale-lui la tête avec ça. Il a dû se faire mal en tombant. Un défibrillateur, vite, ajouta-t-il à la cantonade. J'en ai vu un sur le mur, là-bas.

Il plaça les mains l'une sur l'autre au milieu du thorax et commença un massage cardiaque. Au bout de trente compressions, Callee pratiqua deux insufflations.

— Il a beaucoup bu depuis ce matin, dit quelqu'un.

Langston sentit que Callee se crispait. Pensait-elle à son ex ? Il lui jeta un coup d'œil, mais il n'avait pas le temps de la réconforter.

— Il me faudrait quelque chose pour stopper le saignement, dit-elle. Un chiffon, n'importe quoi.

Un serveur lui tendit des serviettes en tissu qu'elle glissa derrière la tête de l'homme. Un défibrillateur apparut enfin. D'un geste sec, Langston ouvrit la chemise du malade sans se soucier d'arracher les boutons, puis il régla l'appareil pendant que Callee plaçait les électrodes sur le torse du patient.

— Tout le monde s'écarte.

Il délivra le choc électrique et observa l'homme. Par bonheur, à la première tentative, ses paupières s'ouvrirent en papillonnant. Langston poussa un soupir de soulagement.

— Ne bougez pas, monsieur. L'ambulance va arriver d'une minute à l'autre. Tout va bien se passer.

Tout en parlant, il prit le poignet de l'homme pour vérifier le pouls. Une voix s'éleva soudain dans la foule.

— Faites place, s'il vous plaît...

Deux secouristes fendirent la foule et s'agenouillèrent à côté de Langston, qui se leva pour leur laisser le champ libre. Il s'approcha de Callee et lui prit la main.

— Ça va ?

Elle hocha la tête en souriant. Ensemble, ils regardèrent les ambulanciers charger l'homme sur une civière et partir avec lui, escortés par ses proches. Callee tira alors sur le bord de sa robe pour la rajuster. Une grosse tache de sang s'étalait près de la bordure.

— Mon Dieu, mais tu saignes !

— Ce n'est rien, juste une petite coupure. Je m'inquiète plus pour mon chapeau.

Une femme le lui tendit avec un sourire navré, et pour cause : la couronne était complètement défoncée.

— Je sais bien que perdre un chapeau ce n'est rien à côté de la vie d'un homme, mais tu venais de me l'offrir.

— Je t'en achèterai un autre. Pour l'heure, il faut soigner ton genou. Allez, viens.

Langston ramassa sa veste maculée de traces de pas et de sang, et il la fourra dans une poubelle avec un soupir.

— Commençons par trouver un poste de premiers secours.

— On peut s'en aller, si tu veux.

— Et rater la course du derby ?

— Ne te sens pas obligé à quoi que ce soit.

— Pas du tout ! Je me range à ce que tu veux.

Callee redressa le menton.

— Alors, rendons-nous présentables autant que possible pour dîner quelque part et voir une belle course.

Un employé leur indiqua l'emplacement du poste de soins. Là-bas, Langston rassembla le matériel nécessaire dans une trousse de secours, puis ils trouvèrent des toilettes mixtes. Appuyé sur un genou, Langston désinfecta la plaie avec des gestes doux et attentionnés, puis il sortit un spray antiseptique de la trousse.

— Attention, ça risque de piquer.

— C'est bon, je suis une grande fille.

Elle retint son souffle lorsqu'il aspergea du désinfectant sur la coupure, puis il l'éventa avec la main.

— Ça va déjà beaucoup mieux, dit-elle en souriant.

— Tant mieux. Je suis navré de t'avoir fait mal.

Langston termina d'appliquer un pansement en quelques gestes rapides, puis il déposa un baiser sur l'intérieur de sa cuisse. Callee sentit son cœur se gonfler. Comment arriverait-elle à lui dire adieu ?

Une heure plus tard, alors qu'ils attendaient le début de la course sur la terrasse, les notes de *My Old Kentucky Home* s'élevèrent soudain. Dans les tribunes, des milliers de voix entonnèrent la mélodie. Callee chantait à pleins poumons, sa bonne humeur revenue. Ils s'étaient tous les deux mis d'accord sur un cheval avec une cote intéressante, qui arriva deuxième derrière le favori. Mais pour Langston, l'essentiel était de voir Callee passer un bon moment. Tandis qu'ils s'attardaient sur les gradins, il promena un regard surpris autour de lui.

— Les gens ne partent pas ? Pourtant, c'était la dernière course, si je ne m'abuse.

— Ils attendent la cérémonie dans le cercle des Vainqueurs, là-bas.

Elle pointa le doigt vers un espace en demi-cercle, de l'autre côté du circuit. Plusieurs personnes s'y tenaient déjà, à commencer par le jockey gagnant avec son cheval.

— Là, le propriétaire reçoit la coupe en argent, ajouta-t-elle. Et là, le cheval vainqueur est drapé dans une couverture de roses.

— Pour quelqu'un qui n'est jamais venu au derby, tu sais beaucoup de choses.

— Mais grâce à toi, je ne peux plus dire que je n'y ai jamais assisté. On y va ?

— Je te suis.

À leur retour, Carl avait déjà fermé la clinique.

— Je dois récupérer mes affaires, dit-elle.

— Je t'attends dehors.

Callee ne s'absenta pas longtemps, mais elle prit le temps de se changer. Lorsqu'elle sortit, les boîtes sous le bras, Langston la déchargea.

— Je peux passer chez toi ce soir ?

Elle le regarda avec un doux sourire.

— J'espérais que tu me poserais la question.

Vingt minutes plus tard, Langston se gara derrière elle dans l'allée de sa maison. Il la suivit à l'intérieur et posa les boîtes sur une chaise.

— Je vais laisser la robe tremper, dit-elle. Avec un peu de chance, j'arriverai à faire partir les taches.

— Hé...

Elle le regarda. Langston ouvrit grand les bras, et elle se blottit dans leur étreinte. Il la tint serrée contre lui, puis il l'embrassa. Que pouvait-il désirer de plus ?

9

Au cours des jours suivants, Langston s'installa dans une routine qu'il n'aurait jamais imaginé adopter un jour, et encore moins apprécier. Chaque matin, Callee et lui faisaient l'amour au réveil. Ils prenaient leur douche ensemble, puis leur petit déjeuner, et ils filaient à la clinique. Le soir, Callee préparait le repas quand il n'apportait pas un plat cuisiné. Ensuite, ils regardaient la télévision, lisaient ou jouaient aux cartes avant de se mettre au lit. Langston n'en revenait pas de la facilité avec laquelle il s'était glissé dans cette vie domestique. Il y prenait trop de plaisir. Lors de ses précédentes missions, il n'avait jamais reculé devant le moment de partir. Là, en revanche, il redoutait l'instant où il lui faudrait dire adieu à Callee.

Un instant qui se rapprochait de jour en jour... Samedi soir, alors qu'ils allaient se coucher, son téléphone vibra. Il consulta l'identité de l'appelant et soupira.

— Tu m'excuses ? Je dois prendre cet appel.

À son retour dans la chambre, Callee dormait déjà. Lâchement, il s'en félicita. Lorsqu'il devrait lui parler de ce coup de fil, nul doute qu'elle le prendrait très mal. On avait besoin de lui à Dallas pour de nouveaux tests sur un prototype de plastique qu'il avait contribué à développer. Autrement dit, il devait partir dès mardi afin d'arriver à temps pour sa réunion. Il avait bien tenté d'insister pour poursuivre sa mission jusqu'à son terme, sans succès. Deux jours… Il lui restait seulement deux jours avec Callee… Comment allait-il lui annoncer la nouvelle ? Il se glissa sous la couverture, près de son corps tiède, et il l'attira contre lui. Elle soupira doucement dans un demi-sommeil. Bon sang, c'était presque aussi agréable que de faire l'amour. Pas de doute, il était dans de beaux draps. Dans tous les sens du terme.

Le lendemain, après une matinée passée au lit, ils prirent la route vers une ferme qui appartenait à des amis de Callee. Ils s'engagèrent sur un chemin de campagne qui déboucha sur une allée gravillonnée entre des barrières de bois blanches. Ils passèrent ensuite un ruisseau au niveau d'un gué, sous l'ombre de grands arbres. La vieille demeure de style fédéral se dressait au milieu d'antiques chênes et d'une pelouse impeccable comme celle d'un terrain de golf.

— Sympa, cet endroit, commenta Langston.

— En règle générale, les gens du coin prennent grand soin de leurs fermes. C'est le cas de M. et Mme Thompson, mais à leur âge l'entretien du domaine devient de plus en plus compliqué. D'ailleurs, ils envisagent de le vendre. Si j'avais l'argent, je l'achèterais sans aucune hésitation.

Callee émit un profond soupir.

— Bref, continue tout droit jusqu'aux écuries. Tu pourras te garer là-bas.

Langston fit comme elle disait et s'arrêta dans un nuage de poussière devant les portes d'un grand bâtiment de briques rouges. Il se tourna alors vers elle, le regard étréci.

— Ce n'est pas ce que je pense, dis ?

Elle lui lança un sourire espiègle.

— Je ne sais pas… À quoi penses-tu ?

— Tu n'essayerais pas de me faire monter à cheval ?

— Bien deviné.

— Callee, crois-tu vraiment que ce soit une bonne idée ? Les Thompson sont quoi pour toi, au juste ?

— Mes propriétaires et des amis. J'avais besoin d'une écurie pour mon cheval, et ils habitent beaucoup plus près que mes parents. Je les ai connus comme ça.

Elle sortit de la voiture et la contourna jusqu'à la portière du conducteur. Langston mit pied à terre à son tour.

— Donc, c'est ici que tu passes tes week-ends. Je m'étais posé la question.

— Il y a beaucoup de choses que tu ignores sur moi.

Langston la prit par la taille, et la coinça entre lui et la voiture.

— Peut-être, mais je connais celles qui comptent vraiment. Par exemple, la douceur de ta peau...

Il l'embrassa dans le cou.

— Ou encore la façon dont tu trembles chaque fois que je lèche ta hanche.

Du pouce, il caressa l'endroit qu'il venait de mentionner. Ses lèvres lui chatouillèrent l'oreille.

— Et surtout, la façon dont tu cries mon nom quand je te fais l'amour...

Callee ferma les yeux, alanguie contre lui. Quelqu'un toussota derrière eux, et Callee s'écarta de Langston si vite qu'elle trébucha. Il tendit le bras pour la stabiliser, et elle ajusta sa chemise précipitamment.

— Monsieur Thompson... Je ne vous ai pas entendu arriver.

— Je comprends, répondit-il avec malice. Tu étais occupée.

Les joues brûlantes, elle se tourna vers Langston.

— Je vous présente le Dr Langston Watts.

— Appelez-moi Langston, dit celui-ci en tendant la main. Ravi de vous rencontrer, monsieur Thompson. Vous avez là une jolie maison.

— Merci. Nous y avons passé cinquante belles années. Je venais juste vous dire bonjour et vous faire savoir que Mme Thompson vous attend pour prendre le thé.

— Nous n'y manquerons pas. Pour l'heure, nous allons faire

une petite promenade. Langston n'est jamais monté à cheval, donc ça vous embête si on prend Maribel ?

— Pas du tout. Une petite balade lui fera plaisir. Bon, je ne veux pas vous retenir davantage. À tout à l'heure !

Alors que M. Thompson s'éloignait, Callee prit Langston par la main.

— Viens, je vais te faire faire la connaissance de Maribel et de PG.

— PG ?

— Oui, Pride and Glory. C'est un descendant de Man o'War, un étalon légendaire du siècle dernier. Malheureusement pour lui, PG n'a pas tiré le gros lot à la loterie génétique. Par contre, il a toujours été un bon copain. Allez, viens. Une petite leçon d'équitation s'impose.

Mais Langston demeura immobile.

— Vraiment, Callee, tu ne crois pas que...

— Tu ne vas pas me dire que tu as peur d'un cheval ! Surtout Maribel... Elle ne ferait pas de mal à une mouche.

Elle entra dans une stalle et en ressortit avec un petit cheval. Langston ouvrit des yeux dépités.

— Tu ne vas pas me faire monter sur ce poney ? Mes pieds vont traîner par terre.

— Tu préfères Rebel ? C'est le grand étalon noir, là-bas.

Langston s'approcha avec un soupir.

— C'est bon. Maribel a l'air d'être une brave fille.

— Parfait ! Maintenant que les présentations sont faites, je vais t'apprendre quelques bases.

Au cours de la demi-heure qui suivit, elle lui montra comment aborder un cheval, puis comment passer la bride et attacher une selle.

— Maintenant, j'aimerais que tu fasses plus ample connaissance avec Maribel. Elle aime bien qu'on lui parle et qu'on la gratte derrière les oreilles. Pendant ce temps, je vais sortir PG.

— Tu vas me laisser seul avec elle ?

— Mais oui, ne t'inquiète pas. Je serai juste là. Et puis, Maribel n'embrasse pas au premier rendez-vous.

Langston regarda la bouche du cheval d'un air dubitatif.

— Tu me rassures.

Callee prépara PG, puis elle lâcha les rênes, certaine qu'il n'en profiterait pas pour vagabonder.

— Je vais te faire voir comment monter. Tiens les rênes, puis tu engages ton pied gauche dans l'étrier avant de balancer ta jambe droite par-dessus ta monture.

— C'est bon. J'ai vu ça dans des westerns.

Il suivit ses instructions et grimpa en selle sans problème.

— Parfait. C'est très bien, Maribel, dit Callee en flattant le cou de la jument.

— Et moi, alors ?

Elle tapota la cuisse de Langston.

— Ce n'était pas mal non plus. Bien. Faut-il que je te montre comment faire avancer le cheval et l'arrêter ? Ou as-tu appris ça dans les films aussi ?

— Là, il va me falloir une séance de rattrapage.

— OK. Tu lui presses les flancs avec les talons. Pas trop fort : Maribel n'aime pas qu'on la brusque. Pour l'arrêter, tu tires sur les rênes. Mais normalement, elle devrait suivre PG sans poser de problèmes. De toute façon, je serai toujours à tes côtés.

« Je serai toujours à tes côtés »...

Cela, Langston n'en doutait pas une seconde. Callee était du genre à ne jamais laisser tomber quelqu'un, surtout ceux qui comptaient pour elle. Elle l'aurait attendu, elle. Sa parole valait quelque chose.

Mais Emily aussi avait été sincère lorsqu'elle lui avait fait cette promesse. Certes, elle avait changé d'avis par la suite, mais avec le recul il ne pouvait pas lui en vouloir. Au contraire, il avait eu tort d'exiger qu'elle l'attende, et ce serait tout aussi injuste de le demander à Callee. D'autant plus qu'il devrait la quitter plus tôt que prévu… Comment lui annoncer la nouvelle ? Pas maintenant, en tout cas. Plus tard, quand l'occasion se présenterait. Pour l'heure, il voulait profiter du peu de temps qu'il leur restait.

Il pressa les talons contre les flancs de Maribel et suivit Callee hors de l'écurie. Elle se tourna vers lui, une main sur la croupe de PG.

— C'est une belle journée pour une balade, hein ?

— Où m'emmènes-tu ?

— On va faire le tour de la propriété pour vérifier l'état des barrières. Ensuite, on descendra jusqu'au ruisseau et on reviendra aux écuries.

Callee était parfaitement à l'aise sur sa monture, les épaules droites sans être guindées. Langston essaya de se détendre, mais il n'arrivait pas à lâcher le pommeau de la selle. Comme quoi, il n'était pas nécessaire de voyager à l'autre bout du monde pour sortir de sa zone de confort.

Ils sortirent d'un bosquet et coupèrent par un champ jusqu'à un ruisseau.

— C'est le torrent qu'on a traversé en voiture tout à l'heure ?

— Exactement. On va s'arrêter là pour faire boire les chevaux. On descend comme ceci…

Elle saisit le pommeau de la selle, jeta la jambe par-dessus la croupe du cheval et posa un pied à terre, puis deux. Elle passa ensuite les rênes par-dessus la tête de PG.

— À ton tour. Souviens-toi de bien tenir les rênes dans une main, autrement ton cheval risque de t'échapper.

Langston mit pied à terre, les jambes mal assurées.

— Pas mal, dit-elle. Il te faut juste un peu d'entraînement.

Une fois les bêtes désaltérées, ils les attachèrent à un arbre. Callee prit Langston par la main, et ils allèrent s'asseoir sur un grand rocher, Callee entre les jambes de Langston, le dos contre son torse. Il noua les bras autour de sa taille et posa son menton sur le haut de sa tête.

— C'est un endroit magnifique.

— N'est-ce pas ? renchérit-elle d'une voix rêveuse. Un vrai coin de paradis.

— Je croirais entendre mes parents au sujet de leur lopin de terre au Texas.

— Et alors ? Ce n'est pas une mauvaise chose. Ah, mais oui, j'oubliais… Pour toi, c'est une existence étriquée. Pourtant, la vie, c'est rarement tout ou rien. On peut aimer voyager tout en étant attaché à un endroit. C'est le cas de beaucoup de monde.

— Peut-être, mais pas le mien.

— As-tu vraiment essayé ? En as-tu envie, même ?

Langston garda le silence. Qu'avait-elle en tête, au juste ? Était-ce une manière de lui faire promettre l'impossible ? Par un bel après-midi de mai, près d'un joli ruisseau au milieu des arbres, il risquait de tenir des propos qu'il regretterait par la suite. Il lui pressa le bras.

— On y va ?

Callee se leva en dissimulant tant bien que mal un air blessé. Ils détachèrent les chevaux et les menèrent le long du ruisseau. Ils échangèrent à peine quelques paroles pendant le retour, comme s'ils préféraient ne pas ébruiter leurs pensées. Lorsqu'ils retrouvèrent l'allée, ils poursuivirent jusqu'à la clôture et la longèrent jusqu'aux écuries, puis ils mirent pied à terre.

— Tu apprends vite, dit-elle en souriant.

— Normal, j'ai un bon professeur.

Ils menèrent les chevaux aux écuries. Callee lui montra alors comment ôter la selle et le harnachement, et où les ranger.

— Après une promenade, un cheval doit toujours être pansé.

Elle lui indiqua comment faire, puis ils guidèrent les chevaux dans les stalles. Ensuite Callee se trempa les mains dans un bassin de collecte d'eau de pluie.

— Il se fait tard, et Mme Thompson nous attend.

Langston se lava les mains à son tour, puis ils regagnèrent la maison. Mme Thompson leur ouvrit la porte avec un sourire amical.

— Bonjour, Callee. Quel plaisir de te voir ! Tu nous amènes quelqu'un, ajouta-t-elle en regardant Langston.

Callee effectua les présentations, et la vieille dame s'effaça pour leur laisser le passage.

— Entrez donc. Le thé est prêt, et j'ai préparé des biscuits.

— C'est très gentil, mais nous ne pouvons pas rester longtemps.

— Vous avez sûrement le temps pour une tasse de thé avec un gâteau. Prenez donc place.

Callee s'assit, et Langston prit la chaise voisine. Puis il promena un regard autour de lui. S'il avait été enclin à s'installer quelque part, ça aurait été dans une maison comme celle-ci. Avec sa cheminée en brique, sa grande table de bois et son évier campagnard, cette salle de vie chaleureuse était faite pour accueillir une famille. Même l'imposant poêle en fonte procurait une impression de bien-être. Des panneaux lambrissés couraient tout autour de la pièce à mi-hauteur de murs jaune vif. Tout, dans cet endroit, indiquait que les gens qui vivaient ici étaient heureux. Avant de rencontrer Callee, aurait-il prêté attention à ce genre de détails ?

— Vous avez une jolie maison, madame Thompson.

— Merci, jeune homme. Elle a plus de cent vingt ans, vous savez. Elle en a vu, du monde.

La vieille dame s'interrompit pour déposer un plateau de gâteaux sur la table, puis elle se tourna vers la porte.

— Richard ! Callee est là, et le thé est prêt.

Alors qu'elle apportait des tasses et des petites assiettes, Callee se leva.

— Puis-je vous aider ?

— Non, non. Reste donc assise. Pour une fois, tu es mon invitée et rien que mon invitée. Donc, Langston, il me semble détecter une pointe d'accent texan dans votre voix.

— En effet. Je viens d'une petite ville du côté de Dallas.

— Et qu'est-ce qui vous amène dans le Kentucky ?

Langston lui résuma ses travaux de recherche.

— Impressionnant... Je suis sûre que Callee vous a été utile.

— En fait, c'est plutôt lui qui m'a aidée. Langston est un excellent médecin. Je ne sais pas comment je me débrouillerais sans lui.

Langston sentit son cœur se serrer. Décidément, elle ne facilitait pas son départ. M. Thompson entra sur ces entrefaites et s'attabla avec eux.

— Désolé, j'étais au milieu d'un article de journal.

Au bout d'une demi-heure de conversation amicale, Callee se leva, et Langston l'imita.

— Nous devons nous en aller. Toutes les barrières sont en parfait état, monsieur Thompson.

— Merci d'avoir vérifié. Il ne faut pas qu'elles soient endommagées lors de la vente. Et puisque nous abordons le sujet, je vais contacter l'agent immobilier dans une quinzaine de jours. Je suis navré, Callee, mais il va falloir chercher un autre hébergement pour PG.

Callee joua distraitement avec l'anse de sa tasse de thé.

— Je ne demanderais qu'à acheter cette maison, mais mes finances ne me le permettent pas.

— Je comprends. Moi-même, j'aimerais rester, mais nous avons trop de mal à grimper ces marches. Il nous faut une maison de plain-pied.

Langston jeta un coup d'œil à Callee. Son regard avait une expression de tristesse, la même que tout à l'heure, près du ruisseau. Il aurait fait n'importe quoi pour la faire disparaître.

— Je m'attendais à ce moment, mais pas si tôt, dit-elle. En tout cas, vous allez me manquer, tous les deux.

— Toi aussi, ma chérie, répondit Mme Thompson en la serrant dans ses bras.

Le vieux couple les raccompagna jusqu'à la porte.

— Je te tiens au courant au sujet de la vente, dit M. Thompson. Naturellement, je te laisserai le plus de temps possible pour t'organiser avec PG.

— Merci. Dans le pire des cas, je l'emmènerai chez mes parents, mais j'aimerais ne pas avoir à m'y résoudre. Ils habitent loin, tous les deux...

Elle serra M. et Mme Thompson dans ses bras une dernière fois, et Langston échangea une poignée de main avec eux.

— Madame Thompson, merci pour le thé.

— Je vous en prie, jeune homme...

La vieille dame le dévisagea longuement avant de hocher la tête.

— N'oubliez pas : les bonnes choses arrivent rarement deux fois dans la vie. Ne laissez pas filer votre chance.

10

Tout au long de la nuit et jusqu'aux petites heures du matin, Langston songea à l'énormité de ce qu'il s'apprêtait à annoncer à Callee. Bien sûr, il pouvait rester. Il pourrait peut-être même s'arranger pour travailler à distance, de Louisville. Là n'était pas le problème. En fait, il avait peur. Peur que sa relation échoue avec Callee comme elle avait échoué avec Emily. Son métier impliquait de nombreux déplacements, de longues périodes d'absence. Callee l'attendrait-elle ? Il ne voulait pas prendre le risque de revenir un jour pour la trouver au lit avec un autre. Une fois avait suffi, merci.

Cela dit, en toute franchise, n'avait-il pas une part de responsabilité dans sa mésaventure avec Emily ? S'il avait été plus disponible, elle ne se serait sans doute pas tournée vers Mark. Oui, mais s'il n'avait pas rompu avec Emily il n'aurait jamais connu Callee. Il se pressa contre elle et respira l'odeur de ses cheveux. Bon sang, elle allait tellement lui manquer… Jusqu'à la fin de ses jours. S'il restait, il aurait quotidiennement le bonheur de se réveiller à ses côtés… Mais non, il ne pouvait pas se permettre de penser une chose pareille.

La sonnerie du réveille-matin interrompit ses pensées. Le moment était venu. Cette fois, il était vraiment au pied du mur. Il la secoua doucement.

— C'est l'heure…

— Je sais, mais je ne veux pas me réveiller.

Elle roula vers lui et enfouit son visage dans son cou. La veille, leurs étreintes avaient été douces et poignantes comme si Callee avait cherché à le faire sienne. D'ailleurs, il avait bien peur qu'elle y soit arrivée.

— Moi aussi, j'aimerais bien rester ici, mais le travail nous appelle.

Allez, dis-lui…

Il respira un bon coup.

— Callee… J'ai quelque chose à te dire depuis samedi soir et je ne sais pas comment le faire. En fait, il n'y a pas de bon moment. De toute façon, ça ne peut pas attendre davantage.

— Quoi donc ? murmura-t-elle.

— Il faut que je parte demain. C'était l'objet de l'appel que j'ai reçu avant-hier.

Callee resta un long moment silencieuse, serrée contre lui. Puis, d'un geste vif, elle rejeta la couverture et se leva. Langston la regarda avec avidité, pour ne rien oublier de ce corps nu qu'il ne verrait sans doute plus jamais.

— Tu n'aurais pas pu en parler avant ? dit-elle en ramassant ses vêtements.

Il la dévisagea d'un air implorant.

— Je ne voulais pas gâcher une belle journée.

— Dis plutôt que tu n'avais pas le cran de me parler.

Il s'assit sur le bord du lit avec une grimace.

— Il y a un peu des deux, oui.

Elle lui jeta un regard noir.

— Ce n'est pourtant pas une fatalité. Tu le sais, non ?

— Pardon ?

— Tu n'es pas obligé de partir.

— Bien sûr que si. J'ai un travail, je te rappelle. C'est pour ça que je suis convoqué à Dallas.

— Non. Moi, je pense que tu t'enfuis. Tu pourrais rester ici, faire l'aller-retour.

— Tu es sérieuse ?

Callee prit un moment avant de répondre :

— Je t'aime beaucoup, Langston. Vraiment. Ça fait longtemps que je n'ai pas accepté quelqu'un dans ma vie, et a fortiori dans mon lit. Tu comptes beaucoup pour moi, mais, une relation à distance, j'ai bien peur que ça ne marche pas.

— Ça tombe bien, je pense pareil, dit-il en s'habillant. J'ai déjà donné, merci.

— Oui, mais pas avec moi.

— Callee, je ne veux pas prendre ce risque. Tu finirais par t'ennuyer de m'attendre.

Elle s'approcha, l'air implorant.

— C'est toute la confiance que tu m'accordes ? Ton ex t'a trompé, mais c'était ton ex, pas moi. Tu as peur de tenter ta chance, voilà tout.

— Ce n'est pas vrai.

— Bien sûr que si, c'est vrai. Tu as peur de souffrir, d'être déçu.

— Callee, c'est notre dernier jour. Arrêtons de nous disputer, OK ? On ne peut pas se quitter amis ?

Callee pinça les lèvres.

— On ne peut pas reporter cette conversation à demain puisque tu seras parti. Le problème, c'est que tu ne restes jamais assez longtemps quelque part pour affronter ces questions. Tu préfères les ignorer. Et c'est sans doute ça, le souci : tu prends la fuite, toujours. C'est peut-être pour cela que ton ex t'a lâché. Tu n'y as jamais réfléchi ? Peut-être que vous n'aviez pas envie des mêmes choses, elle et toi.

— Laisse Emily en dehors de tout ça. Tu ne sais pas de quoi tu parles.

— Ah bon ? Si tu avais été un peu plus disponible, elle t'aurait quand même plaqué ? Peut-être, ou peut-être pas. En tout cas, tu aurais été fixé. C'est trop facile de toujours faire porter le chapeau aux autres.

Il fit un pas vers elle, furieux.

— Parle pour toi ! Tu as grandi dans l'ombre de ton père et de ses ambitions pour toi. Si tu as changé de voie, c'est à cause d'un accident dans lequel tu n'as rien à voir. Depuis, tu vis pour un homme qui n'est plus là et tu te morfonds dans la culpabilité. Tu t'es trouvé une place dans cette clinique pour te racheter d'une faute totalement imaginaire, et tu y restes parce que c'est tellement plus confortable, n'est-ce pas ?

— Tu dis n'importe quoi.

Elle se dirigea vers la salle de bains, et il la suivit jusqu'au seuil de la pièce.

— Laisse-moi juste te donner un exemple. On t'a proposé un job de rêve, mais tu refuses d'y donner suite. Pourquoi ? Parce que tu as peur de te tromper, de faire un bond dans l'inconnu. Tu paniques à l'idée d'élargir ton horizon, de saisir de nouvelles opportunités.

— Tu en sais beaucoup sur ma vie, on dirait. Tu devrais prendre un peu de temps pour réfléchir à la tienne. Quand vas-tu arrêter de vivre comme un adolescent attardé ? Un jour ou l'autre, il faudra bien que tu retournes chez toi pour affronter ton passé et solder quelques comptes. Quand as-tu vu ta famille pour la dernière fois ? Ou Emily et Mark ? Qu'est-ce que tu comptes faire ? Continuer à les éviter ? Pourtant, ce sont des proches que tu es censé aimer, chérir.

— J'ai un boulot important.

Elle laissa tomber ses vêtements sur un meuble et entra dans la cabine de douche.

— Des excuses, tout ça.

— Cette discussion ne nous mène nulle part. Désolé, mais je retourne chez moi. J'ai des bagages à préparer.

— Oui. Pour ça, tu as l'habitude.

Il l'écrasa d'un regard noir avant de fourrer dans un sac les affaires qu'il avait laissées chez elle.

— J'aurais aimé qu'on se quitte en meilleurs termes.

— Pas autant que moi.

Langston s'en alla en claquant la porte et démarra dans un crissement de pneus. Le culot qu'elle avait de prétendre qu'il avait un problème... Et elle, alors ? S'il traînait des démons, ceux de Callee étaient mille fois pires.

Chez lui, Langston boucla sa valise et la déposa dans l'entrée avec son sac de voyage. Il considéra ses bagages avec un pincement au cœur. Toute sa vie tenait là-dedans. Bizarrement, jusqu'à présent, il n'avait jamais trouvé ça triste.

Il passa quelques coups de fil pour rendre les clés de son appartement et pour faire savoir à l'hôpital qu'il s'en allait plus tôt que prévu. Il ne lui restait plus qu'à se rendre à la clinique pour clore ses recherches. Il avait encore trois entretiens à réaliser : deux ce jour et le dernier le lendemain. Après quoi il pourrait partir.

Devant la clinique, lorsqu'il se gara à côté de la voiture de Callee, comme tous les jours depuis cinq semaines, il fut assailli par un chagrin tel qu'il reposa les bras sur le volant et se prit le front dans les mains. Ça lui brisait le cœur de laisser les choses dans un tel état entre eux. Callee comptait pour lui, plus qu'aucune femme avant elle en tout cas. Plus qu'Emily, même. Mais ses sentiments ne devaient pas lui dicter ses décisions.

Il mit pied à terre et redressa les épaules. Puis il se dirigea vers la clinique. Avec un peu de chance, Callee aurait eu le temps de se calmer un peu. Lorsqu'il entra, elle parlait à Carl. Elle ne lui accorda pas un regard. Manifestement, elle l'ignorait. C'était fou comme, en un clin d'œil, leur relation était passée du bonheur pur à un champ de ruines.

Langston occupa la matinée à mettre de l'ordre dans ses recherches puis, après le déjeuner, il sortit en quête des deux jockeys qu'il devait interroger. À son retour, Carl lui apprit que Callee s'était absentée pour rendre visite à Gina, qui avait repris le travail. Langston lui expliqua qu'il passerait le lendemain pour un dernier entretien avant de repartir pour Dallas.

Le soir venu, de retour chez lui, jamais son appartement ne lui avait semblé plus vide, plus glacial. Callee ne lui avait pas adressé la parole une seule fois. C'était simple, elle avait fait comme s'il n'existait pas. Mais si la journée lui avait paru tendue et interminable, la nuit fut encore pire. Fatigué de se tourner et de se retourner dans son lit, Langston s'allongea sur le canapé et s'abîma les yeux devant la télévision jusqu'à ce qu'il soit l'heure de se lever. Ses deux sacs chargés dans le coffre, il était prêt à prendre la route dès qu'il aurait terminé son entretien.

Ce fut chose faite en milieu de matinée. Le jockey parti, Langston se mit en quête de Callee pour lui dire au revoir. Il la trouva dans son bureau.

— Callee, on peut se parler ?

— On s'est déjà tout dit, je crois, répliqua-t-elle, les yeux rivés sur l'ordinateur.

— Non. J'avais autre chose à te dire... À te demander, en fait. Accepterais-tu de venir avec moi ? Je suis sûr que Valtech aurait une place pour toi.

— Ça ne changerait rien. Tu ne voudras pas que je te suive partout dans tes déplacements, et de toute façon je n'ai pas envie.

— Qu'est-ce qu'il te faut ? Qu'on s'appelle tous les jours, puis tous les deux jours, puis une fois par semaine, jusqu'à ce qu'on n'ait plus le temps de se parler ? Mieux vaut qu'on casse net. Ça fera moins mal, je te le garantis.

— Parole d'expert. Tu n'en es pas à ton coup d'essai.

Langston accusa le coup. Oui, il avait déjà vécu cette situation, mais avec Callee c'était mille fois pire, et les sirènes qui lui chantaient de rester étaient mille fois plus persuasives. Mais s'il y cédait, le bonheur ne serait au rendez-vous ni pour elle ni pour lui. Tôt ou tard, il finirait par s'en aller. Il soupira.

— Dans ce cas, je n'ai plus qu'à te remercier de m'avoir accueilli dans ta clinique. Je m'en vais. Tu m'accompagnes jusqu'à ma voiture ?

Callee le regarda avec tristesse et fit non de la tête.

— Je ne préfère pas. Je te souhaite une bonne continuation, Langston. Et une belle vie.

Puis elle se tourna à nouveau vers l'ordinateur. Ravalant sa déception, Langston regagna son véhicule. Il détestait partir ainsi, mais c'était moins dur que de s'accrocher à une relation pour la voir ensuite s'étioler lentement et mourir.

Il ouvrait la portière du conducteur lorsqu'une voiture de golf déboula avant de freiner brusquement devant la clinique. Assis à l'arrière, un homme ensanglanté soutenait son bras comme s'il était cassé. Langston fit aussitôt demi-tour. Callee allait avoir besoin de son aide.

En dépit de ses meilleures intentions, Callee s'était postée devant une fenêtre pour suivre du regard Langston tandis qu'il regagnait sa voiture. Non, elle n'allait pas pleurer. Elle valait mieux que cela. En tout cas, elle méritait mieux qu'un homme qui n'était pas prêt à des sacrifices pour elle.

Son attention fut attirée par une voiture de golf qui s'arrêta brusquement devant la clinique. Avisant sur le siège arrière un homme ensanglanté, elle se précipita dehors.

— Venez avec moi, on va soigner ça.

Le conducteur de la voiturette se plaça de l'autre côté du blessé pour l'aider à le transporter jusqu'à la clinique. Carl s'était absenté pour un rendez-vous, elle devrait donc se débrouiller toute seule.

— Callee ?

Langston ? Il était là, sur le seuil. Combien de fois devrait-elle lui dire adieu ? Pourquoi ne pouvait-il pas partir une bonne fois pour toutes ? Mais déjà, il était entré.

— Que s'est-il passé ?

— Un accident de vélo.

— Tu parles d'un accident... Qu'est-ce que je peux faire ?

Callee lui décocha un regard de biais.

— Tu ne devais pas t'en aller ?

— Plus tard. Là, tu as besoin de mon aide.

Il congédia le conducteur de la voiturette, puis il souleva le patient par un bras tandis que Callee le prenait par l'autre pour le hisser sur un divan d'examen. Toute la partie supérieure de son corps était couverte d'entailles et d'égratignures. Enfin, égratignures... Il aurait mieux valu parler de lacérations, songea-t-elle en l'examinant.

— Je suis Callee, et voici Langston. Nous sommes tous les deux médecins. Vous vous appelez...

— Rodriguez.

Langston, cependant, avait entrepris de découper la chemise du blessé.

— Navré de vous rencontrer dans ces circonstances, Rodriguez. Que s'est-il passé ?

— J'étais à vélo et j'ai été heurté par un 4x4 avec un van. Je suis tombé dans une écurie, sur des graviers.

— C'est dangereux, le vélo, marmonna Langston.

Callee s'approcha avec le nécessaire de soins.

— C'est un moyen de locomotion pratique par ici, dit-elle. Malheureusement, ce genre d'accidents arrive trop souvent.

Langston hocha la tête et poursuivit sa tâche tandis qu'elle disposait le sérum physiologique, les pansements et les instruments sur un plateau.

— Je n'ai jamais vu autant d'écorchures et de coupures. Elles sont superficielles, mais il y en a partout.

Rodriguez retira soudain son bras avec une grimace de douleur.

— Je vais prendre ses constantes. Tu me passes ton stéthoscope ?

Elle l'ôta de son cou et le lui tendit. Leurs doigts se frôlèrent, et un frisson électrique parcourut le bras de Callee. Décidément, certaines choses ne changeaient pas...

— Vous allez aussi découper mon pantalon ? demanda Rodriguez.

— Si vous pouvez l'enlever vous-même, ce ne sera pas nécessaire.

Rodriguez hocha la tête.

— Dans ce cas, je vous laisse avec Langston. Il va vous aider à vous déshabiller.

Devinant que le jeune homme avait besoin d'intimité, Callee sortit de la pièce. À son retour, celui-ci était revêtu d'une chemise d'hôpital.

— Vous êtes bien amoché, mais on devrait pouvoir se passer de points de suture. Seules les plus grosses coupures nécessitent un pansement. Les autres devront rester découvertes. Par contre, j'aimerais que vous passiez me voir tous les deux jours pour vérifier que vos plaies ne s'infectent pas.

— Je peux examiner votre tête ? demanda Langston.

Rodriguez acquiesça, et Langston se posta devant lui, lampe stylo à la main.

— Regardez la lumière... Bien. Maintenant, fixez un point au-dessus de mon épaule gauche. Ne bougez pas... Parfait.

Langston enfila alors des gants chirurgicaux.

— Je vais passer les mains sur votre cuir chevelu. Si vous ressentez la moindre douleur, dites-le-moi.

Alors qu'il lui massait le crâne tout doucement, Rodriguez tressaillit.

— Ça vous fait mal, là ?

— Oui.

— OK, vous avez un point de tension. Il se manifeste, donc c'est bon signe. Si vous remarquez des migraines, des problèmes de marche ou de vision trouble, vous devez en parler sans tarder à Callee, compris ? Une dernière chose : vous devriez passer un scanner cérébral.

Au bout d'une heure, les plaies de Rodriguez furent enfin nettoyées et bandées.

— Je ressemble à une momie, dit-il avec un faible sourire.

— Un peu, oui. Vous allez devoir veiller à ce que vos pansements restent bien secs et propres. Passez me voir dans deux jours, OK ? Je vais vous mettre à l'arrêt.

— Il faut que je travaille.

— Oui, mais pas dans une écurie.

Rodriguez ouvrit la bouche pour parler, mais elle le devança.

— Je sais, mais vous devrez vous faire remplacer pendant quelques jours. Les particules volatiles risquent de causer des infections. Ensuite, vous ne pourrez travailler qu'en extérieur dans un premier temps. En tout cas, vous êtes interdit de nettoyage jusqu'à nouvel ordre.

Du coin de l'œil, Callee vit Langston qui consultait sa montre.

— Merci pour ton aide.

— Désolé, je dois partir.

— Pas de problème. Je comprends.

Il hocha la tête avant de se tourner vers leur patient.

— Rodriguez, prenez soin de vous. Et soyez prudent à vélo.

Son regard s'attarda une dernière fois sur Callee. Langston lui toucha l'épaule, puis il tourna les talons et s'en alla.

11

Le trajet jusqu'à Dallas dura douze heures. Douze longues heures solitaires qui donnèrent à Langston l'occasion de réfléchir. Pourtant, il n'en avait pas envie. Il détestait la façon dont Callee et lui s'étaient quittés, mais, s'il avait continué à la voir, il n'aurait jamais réussi à lui dire adieu. Même à présent, il n'était pas sûr de survivre sans elle. Depuis qu'il était parti, en fin de matinée, il avait l'impression qu'un poids oppressait sa poitrine. Pire : ce sentiment d'oppression s'intensifiait à mesure qu'il s'éloignait. Mais il faudrait qu'il apprenne à vivre avec cette douleur. D'ici à quelques jours, elle serait sûrement partie.

Leurs conversations passaient en boucle dans sa tête. Était-ce vrai qu'il passait son temps à fuir ? Éludait-il sa part de responsabilité dans l'échec de sa relation avec Emily ? Il avait reproché à Callee de se cacher, mais en toute franchise cette critique valait aussi pour lui, non ? Pourquoi passait-il sa vie sur les routes, si ce n'était pour éviter de se confronter à son passé ? Cela faisait des années qu'il s'ingéniait à ne pas revenir à Prairie, chez ses parents. Chez Mark et Emily.

Épuisé émotionnellement, il fit escale dans un hôtel pour y passer la nuit, et une fois de plus il s'agita dans son lit sans trouver le sommeil. Il aurait aimé mettre son insomnie sur le compte de la nervosité du voyage, mais au fond il savait bien qu'il n'en était rien. Callee lui manquait. Maintes et maintes fois, dans un état de rêve éveillé, il avait tendu le bras pour la serrer contre lui, mais n'avait étreint qu'un oreiller froid.

Il régnait une chaleur étouffante à Dallas. Le front perlé de sueur, Langston regrettait déjà la brise fraîche et la verdure du Kentucky. Mercredi soir, après la réunion, il retrouva son appartement et se figea sur le seuil. Ses sacs tombèrent sur le carrelage avec un bruit sourd. Bon sang, cet endroit avait l'air plus stérile qu'une salle d'opération. Il était totalement dénué de vie. Ici, pas de coussins pastel, pas de lumières douces, pas de mobilier confortable comme chez Callee… Rien qui donne l'impression de se sentir chez soi, accueilli. Tout à coup, Langston se sentit aussi froid et vide que ce pied-à-terre sans âme.

Il fit le tour des lieux et sortit sans savoir trop quoi faire. Ses pas le portèrent jusqu'à sa voiture. Il roula un long moment au hasard avant de se rendre compte qu'il était presque arrivé à Prairie. Lorsqu'il aperçut le panneau à l'entrée de la bourgade, il se gara sur le bas-côté de la route pour le contempler. Le retour du fils prodigue, après des années d'absence… Il avait pourtant passé une jeunesse heureuse dans cette ville. Mais il s'était laissé déborder par l'amertume. À cause d'une blessure d'orgueil, il s'était éloigné de ses parents, coupé de ses amis. Il avait fait l'impasse sur tous les bons moments qu'il avait passés ici.

Ce bonheur qu'il avait fini par oublier, Callee l'avait fait resurgir. Avec elle, pour la première fois depuis des années, il avait éprouvé un véritable sentiment d'appartenance. Il avait été traité comme un membre à part entière de l'équipe. Preuve que tout n'était pas perdu… Raison de plus pour continuer sur cette lancée et pour enfin affronter son passé. Autrement dit, il devait parler à Mark et à Emily. Sa mère lui avait appris un jour qu'ils avaient emménagé chez les parents de Mark quand ces derniers étaient partis vivre en bord de mer.

Cinq minutes plus tard, il se garait devant un pavillon ceint d'une clôture blanche. Emily avait toujours voulu vivre dans une maison comme celle-ci. À l'époque, Langston y voyait la marque d'une vie pantouflarde, figée dans les habitudes. Et pourtant, quelques jours plus tôt, chez les Thompson, il n'avait pas eu cette impression. Là-bas, les barrières blanches avaient été une défense pour protéger un endroit cher.

Il frappa à la porte et attendit. Quel accueil allaient-ils lui réserver ? Seraient-ils contents de le revoir ou allaient-ils l'envoyer sur les roses ? Ce fut Mark qui ouvrit. Il avait pris de l'âge et un peu d'embonpoint, mais ses tempes grisonnantes lui donnaient un air distingué.

— Langston...

— Salut, Mark. Désolé, j'aurais dû téléphoner avant de passer, mais je n'ai pas votre numéro.

Des cris d'enfants lui parvenaient depuis l'arrière de la maison.

— On peut se parler une minute ou deux ?

Mark jeta un regard soucieux derrière lui.

— Entre. Emily est au fond avec les enfants. On s'apprêtait à faire griller des hamburgers.

— Je ne voulais pas vous déranger pendant le dîner. Je peux revenir plus tard.

— Non, non. C'est un très bon moment, au contraire. Je suis sûr qu'Emily sera ravie de te revoir. Moi, je le suis, en tout cas.

— Je ne resterai pas longtemps, dit-il en lui emboîtant le pas dans un couloir.

— Comment vas-tu depuis tout ce temps ? Chaque fois que je rencontre tes parents, ils sont fiers de me raconter ce que tu deviens. Ta réussite ne m'étonne pas. Tu as toujours été ambitieux. Cette ville ne te suffisait pas.

Langston promena un regard autour de lui. Il reconnaissait l'agencement de la maison. Partout, un désordre de jouets et de chaussures qui traînaient indiquait qu'une famille vivait là. À l'arrière, dans le patio, un garçon et une fillette s'amusaient sur une balançoire sous la surveillance d'Emily.

— Chérie !

Elle se tourna vers eux et ouvrit la bouche, stupéfaite. Puis un sourire s'épanouit sur ses lèvres.

— Langston ! Ça alors, quelle bonne surprise !

Elle n'avait pas changé, mis à part quelques rides au coin des yeux. Elle avait toujours cet air de douceur et de gaieté, à des années-lumière du caractère volontaire et audacieux de Callee.

— Louise, Willy, venez donc. Je voudrais vous présenter un vieil ami. Voici le Dr Langston Watts.

Celui-ci plia un genou pour se mettre à la hauteur des enfants.

— Ravi de vous connaître. Je suis un vieil ami de vos parents.

— On sait qui tu es, dit la fillette. Maman et papa parlent souvent de toi. Tu es le docteur.

Son petit frère eut un hochement de tête énergique.

— Vous avez fait plein de bêtises ensemble. Chaque fois que papa et maman en parlent, ils rigolent, même quand c'est pas drôle.

Langston échangea un sourire avec Emily et Mark.

— Ils me disent aussi de travailler dur si je veux être un bon docteur comme toi, ajouta le petit garçon. Un docteur qui aide les gens.

Emily et Mark l'avaient cité en exemple à leurs enfants ? Le cœur de Langston se gonfla. Il n'était pas sûr de mériter cette estime.

— C'est vrai, il faut bien travailler à l'école. Mais il faut aussi savoir s'amuser de temps en temps, hein ?

— Les enfants, allez jouer pendant qu'on parle entre adultes, dit encore Emily. Je vous appellerai pour le repas.

Elle s'installa avec Mark à une table de pique-nique, et Langston s'assit en face d'eux.

— Merci d'avoir accepté de me recevoir.

— Qu'est-ce qui t'amène après toutes ces années ?

Langston les regarda alternativement.

— Je vous dois des excuses. Je me suis mal comporté envers vous. Longtemps, je t'en ai voulu de ne pas m'avoir attendu, dit-il à Emily. Alors que c'est moi qui t'avais laissée tomber.

Puis il se tourna vers Mark.

— Pendant des années, j'ai cru que tu m'avais évincé auprès d'Emily. En réalité, vous êtes faits pour vivre ensemble. Nous ne voulions pas les mêmes choses, vous et moi.

Emily lui sourit avec douceur.

— Oui, tu voulais partir, et moi je voulais rester. Mais ne t'inquiète pas, ta réaction était compréhensible. On espérait juste que tu finirais par changer d'avis.

— Qu'est-ce qui t'a fait changer d'avis, d'ailleurs ?

— Je parie qu'il a rencontré quelqu'un, dit Emily.

— C'est tout à fait ça, dit Langston.

— Tu vois, Mark. J'ai toujours su que Langston nous pardonnerait lorsqu'il aurait trouvé celle qu'il lui fallait. Tu veux bien nous parler un peu d'elle, Langston ?

— Elle s'appelle Callee et elle est médecin à la clinique de l'hippodrome de Churchill Downs. Elle sourit tout le temps, connaît tout le monde là-bas. Elle adore les chevaux... Les robes de bal lui vont très bien...

— Elle a l'air d'être quelqu'un de formidable. Je suis heureuse pour toi. Tu restes pour le repas ?

— Merci, mais je n'ai pas encore vu mes parents, dit Langston en se levant. Une autre fois, sans doute ?

— Seulement si tu nous présentes Callee, dit Emily.

— Je vous le promets.

À condition, toutefois, que Callee veuille encore de lui...

Un quart d'heure plus tard, Langston entra chez ses parents et frappa à la porte de la cuisine. Sa mère lâcha le couteau avec lequel elle pelait une pomme.

— Langston !

— Salut, maman.

Elle se précipita vers lui, les larmes aux yeux, et le serra contre elle avec effusion. Son père apparut dans la pièce et le prit dans ses bras en lui assénant des tapes dans le dos.

— Quelle bonne surprise ! Assieds-toi, je t'apporte un café. Tu as pris ton repas ?

— Non, maman. J'aimerais vous inviter quelque part.

— Non, non, non. J'étais justement en train de préparer une tarte aux pommes, et ton père a réclamé des côtelettes de porc. Il y en a bien assez pour trois.

— Et ta mère est un vrai cordon-bleu.

Ses parents échangèrent un regard affectueux, un peu comme ceux que Callee avait eus pour lui. Comment avait-il fait pour ne pas les voir ? Sans doute parce qu'il n'avait pas eu envie d'y croire. Il n'avait pas confiance en ses sentiments.

— Maman, papa... je vous dois des excuses.

Mme Watts lui tendit une tasse.

— Pourquoi, mon chéri ?

— Eh bien, j'aurais dû vous rendre visite.

— Ton travail compte beaucoup pour toi, dit son père.

— Oui, mais pas autant que ceux que j'aime. Je viens de voir Emily et Mark...

— Ah bon ? Vos retrouvailles se sont bien passées ?

— Très bien, oui. Nous sommes réconciliés.

— Ah ! excellente nouvelle ! dit Mme Watts avec soulagement.

— J'ai un autre sujet qui me tient à cœur...

Il leur raconta son histoire avec Callee et la manière abrupte dont elle s'était terminée. Au fur et à mesure qu'il parlait, le doute se dissipait dans son esprit. Quelque chose manquait à sa vie, et ce quelque chose, c'était Callee. Et il était prêt à tout pour la récupérer.

Au cours des jours qui suivirent le départ de Langston, Callee se demanda souvent si elle tiendrait le coup. Elle ne cessait d'espérer son retour, croyait le voir à tout bout de champ et s'endormait chaque soir en pleurant. Elle avait toujours détesté les pleurnichards, et voilà qu'elle en devenait une. De toute façon, Langston était parti, et toutes les larmes du monde ne le ramèneraient pas. Il fallait qu'elle se ressaisisse. Après tout, elle avait déjà perdu un être cher et elle avait surmonté cette épreuve. Il n'y avait pas de raison pour qu'elle n'y parvienne pas cette fois-ci.

Callee aurait dû passer voir ses parents le week-end suivant, mais le déplacement fut au-dessus de ses forces et elle se contenta de leur téléphoner. La voix de sa mère lui mit aussitôt du baume au cœur.

— Quel plaisir de t'entendre, ma chérie ! Ça faisait longtemps.

— Je sais, maman. Avec le derby, j'ai été très occupée... Désolée. On se voit bientôt, promis.

— En tout cas, je suis contente de t'entendre.

Une boule d'émotion bloqua la gorge de Callee.

— Papa est là ? Je peux lui parler ?

— Il s'est absenté pour une visite, mais il ne devrait pas tarder.

— J'ai l'impression qu'il est toujours en déplacement. Il lui faudrait un assistant.

— Oui, mais il ne trouve personne de confiance.

— C'est ma faute. Il comptait sur moi.

— Pas du tout, voyons. Tu connais ton père. Quand il a une idée, il a du mal à en changer.

Mme Dobson marqua un silence avant de reprendre.

— Tu ne veux pas me dire ce qui se passe ?

Assise sur le lit, Callee tritura le bord de la courtepointe et y enfouit son visage. Le plaid avait gardé l'odeur de Langston.

— Oh ! rien de spécial.

— Taratata... J'entends dans ta voix que quelque chose ne va pas.

— Qu'est-ce qui te fait dire ça ?

— Je suis ta mère, et tu ne peux rien me cacher.

Callee cligna des paupières pour lutter contre les larmes.

— Allons, ma chérie, raconte-moi.

Il n'en fallut pas plus pour faire craquer Callee. Lorsqu'elle eut vidé son cœur, elle hoquetait, secouée de sanglots.

— Langston n'a pas cherché à me joindre depuis qu'il est

parti. Juste avant, on s'est disputés et il m'a dit des choses que je n'avais pas envie d'entendre sur moi et ma vie.

— Comme quoi ?

— Eh bien, d'après lui, je n'arrive pas à faire valoir mon point de vue auprès de papa. Et toute ma vie tourne autour de l'accident de Joe.

— Il n'a pas tort, ma chérie. Tu te rends responsable de la mort de Joe depuis trop longtemps. Ah ! ton père vient d'arriver. Attends, je lui passe le téléphone. Vous avez besoin de parler, tous les deux. Après cela, tu devrais réfléchir sérieusement à ce que tu attends de la vie. Toi seule peux en décider. Tiens, le voilà. À plus tard, ma chérie.

Les paumes moites, Callee se redressa sur le bord du lit.

— Ma chérie, comment vas-tu ?

— Salut, papa.

— On ne t'a pas vue depuis quelque temps. Tu as eu beaucoup de boulot, c'est ça ?

— Pas mal, oui. Désolée, je vous vois bientôt. Tu reviens de soigner quoi ?

— Une vieille jument avec un kyste au cou.

— J'adorais t'accompagner pendant tes tournées.

— Tu aurais fait un excellent véto. Mais tu en as décidé autrement.

— C'est vrai, mais à tes côtés j'ai appris tant de choses qui m'ont été utiles par la suite. Savoir faire preuve de compassion, par exemple, ou comment parler aux patients pour emporter leur adhésion.

Un silence tomba sur la ligne, puis Callee reprit la parole :

— Je sais que tu aurais préféré me voir marcher dans tes pas, mais je n'ai jamais regretté de changer de voie.

— C'est vrai, j'ai été déçu. J'avais de grands projets pour toi. Je me voyais déjà t'engager en tant qu'associée. Mais je pensais à moi et pas à toi.

— Ça ne m'aurait pas déplu de travailler avec toi.

— Ça, c'était avant l'accident. Je t'en ai voulu d'avoir changé après Joe. D'une certaine manière, c'était comme s'il t'avait arrachée à moi. Et puis, je t'ai vue t'épanouir dans ton nouveau métier. Au fait, j'ai entendu parler du sauvetage de ce groom coincé dans un van avec un cheval furieux. Et aussi de ce cas de grippe équine.

— Ah bon ? Comment ça ?

— Entre vétos, les nouvelles vont vite. Surtout lorsqu'il s'agit de ma fille.

— Le monde est petit.

— Je suis fier de toi. Fier de ton professionnalisme et de la personne que tu es devenue.

— Merci, papa. J'avais besoin d'entendre ça.

— Au fait, il paraît que tu as travaillé avec un grand médecin pendant quelques semaines.

Langston... Elle n'était pas sûre de vouloir évoquer le sujet avec son père.

— Il est parti il y a quelques jours.

— Il ne reviendra pas ?

Callee se tourna distraitement vers la vitre ensoleillée.

— Ça m'étonnerait. Au fait, on m'a proposé un nouveau boulot.

— Ah bon ?

— Oui. Il consiste à étudier les interactions entre les jockeys et les chevaux. Donc, je travaillerais aux côtés des humains et des animaux. Au début, je pensais dire non, mais j'ai changé d'avis. Apparemment, je pourrai diriger le programme d'ici à quelques années.

— C'est formidable, ma chérie. Tu mettrais à profit ta double casquette en médecine humaine et vétérinaire.

— Mais ça m'obligerait à lâcher la clinique.

— C'est facile de s'enfermer dans le confort de la routine. C'est beaucoup plus dur de sortir de ses habitudes.

Langston n'aurait pas dit mieux, songea-t-elle.

— Je suis sûr que rien n'est hors de ta portée du moment que tu t'en donnes les moyens. À toi de voir ce que tu veux vraiment.

— Tu parles comme maman.

— Ta mère est une femme intelligente.

Callee sentit à nouveau ses yeux se mouiller de larmes. Ses parents se connaissaient depuis l'adolescence. Ils avaient fondé une famille et vieilli ensemble, mais ils s'aimaient toujours. Callee aurait tellement voulu connaître ce bonheur... Pour cela, encore fallait-il qu'elle se donne les moyens d'obtenir ce qu'elle voulait. Langston avait raison : elle s'était réfugiée dans cette clinique comme dans un cocon douillet où elle était sûre de ne jamais commettre la moindre erreur. Résultat : elle avait peur des risques. Il était largement temps pour elle de se ressaisir et d'avancer.

Langston franchit le portail de pierre qui ouvrait sur la propriété des Thompson. Comme on était dimanche après-midi, Callee serait là pour voir PG. Serait-elle contente de le voir, lui ? Il l'espérait du fond du cœur. Son bonheur en dépendait.

Lorsque la silhouette de la maison se dessina devant lui, son cœur se mit à cogner dans sa poitrine. Les mains moites, il se gara au même emplacement que la semaine précédente, devant les écuries. Il reconnut la voiture de Callee, et le soulagement le submergea. Elle était là, ils allaient pouvoir se parler. Du moins, si elle consentait à lui adresser la parole et à l'écouter... Était-elle encore en colère contre lui ? Il le saurait bientôt. Il mit pied à terre et fit rouler ses épaules en prenant une grande inspiration. Puis il entra dans l'écurie avec un pincement d'appréhension.

Callee se tenait derrière PG et ne le vit pas arriver. Elle parlait au cheval tout en le brossant. Alors qu'elle contournait PG, elle se figea sur place, les yeux agrandis par la surprise.

— Langston, murmura-t-elle.

— Salut, Callee.

— Qu'est-ce que tu fais ici ? demanda-t-elle sèchement.

— Je suis venu te voir.

Malgré la pénombre, il lui sembla qu'elle avait minci depuis la dernière fois. Il l'avait rendue malheureuse, et ça le rendait malade.

— Ah bon ? Je te croyais à nouveau parti je ne sais où, en Inde ou ailleurs.

— Écoute, on peut se parler ?

— Je suis occupée. De toute façon, on s'est déjà tout dit, non ?

— Non, justement. Ces derniers jours, j'ai accepté quelque chose qui a tout changé pour moi.

Elle se remit à brosser PG avec une énergie redoublée.

— Ah ?

Langston fit un pas vers elle.

— Callee, pourrais-tu au moins me regarder ?

— Non.

Sa réponse se perdit dans un murmure à peine audible.

— Pourquoi ?

— Parce que c'est trop dur.

Seigneur, mais elle pleurait !

— Pourquoi es-tu revenu ? Tu disais toi-même qu'il valait mieux casser net. Qu'on souffrirait moins.

— Justement, j'essaye de t'expliquer pourquoi je suis là.

Elle darda sur lui un regard furieux.

— Pourquoi, alors ?

— Parce que je t'aime.

Callee cligna des paupières. Puis un sourire jaillit sur ses lèvres et illumina son visage. Elle laissa tomber la brosse et se précipita vers lui. Il ouvrit les bras et la fit virevolter avant de la serrer contre lui. Elle lui prit la bouche en un baiser qui le fit vaciller.

— Moi aussi, je t'aime.

Elle lui embrassa les yeux, les joues, mordilla une de ses oreilles. Leurs lèvres s'unirent longuement, tendrement. Enfin, il la laissa glisser le long de son corps jusqu'à ce que les pieds de Callee touchent le sol.

— Attends-moi ici.

Elle conduisit PG dans une stalle pour l'y enfermer.

— Callee, j'avais quelque chose à te dire.

— Je sais, et moi aussi. Viens avec moi, dit-elle en lui prenant la main.

Elle le mena jusqu'à un banc devant les écuries, et ils s'assirent. Langston se tourna vers elle et retira une brindille qui s'était coincée dans ses cheveux.

— M. et Mme Thompson ne vont pas se demander ce qu'on fabrique ?

— Ils ont pris leur après-midi pour visiter des maisons. Je peux parler en premier ?

— Je t'écoute.

— J'ai discuté avec mon père, dit-elle, rayonnante. Il m'a dit qu'il était fier de moi. Tout est réglé entre nous. Mon seul regret, c'est de ne pas avoir eu cette conversation plus tôt.

— Mieux vaut tard que jamais.

— Autre chose, je vais démissionner de la clinique pour accepter l'offre du Dr Mitchell.

— Non, c'est vrai ? C'est formidable, ma chérie. Ce poste est taillé sur mesure pour toi.

— C'est bien mon avis. En tout cas, sans tes encouragements, je n'aurais jamais sauté le pas. Tu avais raison de dire que la culpabilité était un prétexte pour éviter de prendre des risques. C'est toi qui m'as ouvert les yeux sur cette attitude, et je tenais à te remercier.

Elle planta un baiser rapide sur ses lèvres.

— Comme ça, je serai libre de t'accompagner ou de te rendre visite, selon ce que tu préfères. Peu importe, du moment que tu reviens dans ma vie.

— Justement, à ce propos...

Callee sentit son cœur se loger dans sa gorge. Il n'allait quand même pas refuser qu'elle le suive...

— Je reviens à Louisville pour y ouvrir une succursale de

Valtech. Je continuerai mes recherches mais conjointement avec l'université. Je vais aussi faire partie de l'équipe soignante de l'hôpital. Bien sûr, j'aurai encore des déplacements, mais moins qu'avant.

— Tu vivrais ici ?

Callee le dévisagea avec incrédulité. Son rêve devenait-il réalité ?

— Non, je ne peux pas te laisser faire ça pour moi, dit-elle en secouant la tête. Tu finirais par te lasser et par m'en vouloir. Je veux que tu sois heureux.

Il la fit taire d'un baiser.

— Ma chérie, je suis heureux partout du moment que tu es à mes côtés.

Elle prit entre ses mains ses joues ombrées d'une légère barbe et l'embrassa.

— Tu en es sûr ?

— Oui. Toi aussi, tu m'as rappelé quelques vérités dérangeantes. Je suis retourné à Prairie et j'ai rendu visite à Mark et Emily.

La bouche de Callee s'ouvrit en un *o* muet.

— Ça a dû être dur pour toi.

— Oui, mais c'était thérapeutique. J'espère que nous redeviendrons amis tous les trois. Ils veulent te rencontrer.

— Tu leur as parlé de moi ?

— Bien sûr. Emily a tout de suite deviné que j'étais tombé amoureux.

— Et tes parents ? Tu les as vus ?

— Oui, et ça s'est bien passé. Ils m'ont aidé à organiser mon projet.

— Quel projet ?

— Il concerne mon installation ici, à travers mes activités professionnelles et... Mais désolé, je commence par la fin.

Langston se leva du banc et posa un genou à terre devant elle.

— Callee Dobson, je t'aime et je suis à jamais à toi.

Le cœur de Callee bondit dans sa poitrine. Non, ce ne pouvait pas être... Il n'allait pas...

— Veux-tu m'épouser ?

— Oui ! Mille fois oui.

Elle s'élança sur lui avec un tel enthousiasme qu'il bascula. Ils tombèrent ensemble dans l'herbe. Langston lui prit la taille et la serra fort contre lui. Elle l'embrassa avec tout l'amour dont son cœur était empli. Au bout de quelques minutes, ils se levèrent et s'époussetèrent.

— Il y a autre chose, dit-il avec un sourire. Si je dois me marier, il nous faudrait un endroit pour élever nos enfants et héberger un cheval. Je pensais à une maison comme celle-ci.

Callee ouvrit de grands yeux.

— Tu voudrais acheter la ferme ?

— Si ça te fait plaisir, ça me fait plaisir à moi aussi.

— Elle serait parfaite. Tu sais que j'adore cette maison, surtout si tu vis ici avec moi. Dans mes rêves les plus chers, tes bottes de cow-boy traînent toujours à côté de mon lit.

— Ma chérie, mes années d'errance sont terminées. J'ai trouvé mon point d'ancrage, mon havre de paix. C'est toi.

KARIN BAINE

Le bébé d'une aventure

Traduction française de
GABY GRENAT

BLANCHE

HARLEQUIN

Titre original :
MIDWIFE'S ONE-NIGHT BABY SURPRISE

1

— Mais si, Lydia, je t'assure que je m'amuse !

Avec un sourire un peu forcé, Melissa Moran ajusta son chapeau de cow-boy pailleté de rose tout en veillant à ne pas gâcher le maquillage soigneusement élaboré par Lydia en début de soirée.

Lydia fit la moue. Il en aurait fallu davantage pour abuser celle qui était plus qu'une amie, carrément une sœur pour Melissa.

— Mel, s'il te plaît... c'est pour toi que j'ai organisé tout ça !

Le sourire tremblota sur les lèvres de Melissa.

— Je sais. J'apprécie tout ce que tu as fait et je t'en remercie du fond du cœur.

Pas vraiment convaincue, Lydia croisa les bras sur son T-shirt à l'imprimé panthère avant de reprendre sur un ton de reproche plein de tendresse :

— Écoute, Mel, je sais que tu viens de vivre dix-huit mois difficiles, mais c'est ton anniversaire aujourd'hui ! Ton trentième, pas ton centième, non ? Tu es jeune encore, tu as toute la vie devant toi.

— Moi, oui. Pas Chris.

— Je sais, c'est affreux de l'avoir perdu alors que vous aviez tant de projets ensemble, mais il n'est plus là, Mel. Toi, si. Je suis sûre qu'il ne voudrait pas que tu sois malheureuse.

Lydia posa la main sur l'épaule de son amie et la secoua affectueusement.

Melissa hocha la tête tristement. Ce que voudrait Chris ? Elle le savait parfaitement : qu'elle soit Mme O'Kane, avec un bébé dans les bras, comme ils l'avaient souhaité tous les deux. Hélas, le destin en avait décidé autrement. Et aujourd'hui, au lieu de se trouver tranquillement chez elle, elle avait été embarquée sur l'île Innis Holm, au large de l'Écosse, pour un festival de musique dont elle se moquait éperdument. Elle s'efforçait de s'amuser pour faire plaisir à son amie mais, franchement, ce genre d'événement n'était pas sa tasse de thé. Vraiment pas. Patauger dans la boue, dormir sous la tente, partager les douches et les toilettes ne correspondait pas à son idée de prendre du bon temps. Pourtant, elle aurait dû apprécier pareil cadeau, elle qui souffrait souvent de solitude depuis que ses parents étaient partis s'installer à l'étranger.

Elle avait dix-huit ans quand ils avaient décidé de s'expatrier, pressés par des soucis financiers. À ce moment-là, elle s'apprêtait à passer ses examens. Ils n'avaient pas proposé de remettre leur départ ni insisté pour qu'elle les accompagne. Dans ces conditions, leur relation étant devenue difficile, Melissa avait décidé que le plus sage était de rester en Écosse. Pourtant, alors que c'était son choix personnel, elle s'était tout de même sentie seule et abandonnée. Obligée de faire divers petits boulots pour payer ses études, elle n'avait guère eu l'opportunité de créer des liens avec des jeunes de son âge. L'obtention de son diplôme de sage-femme avait été un immense soulagement, et quelque temps plus tard, en faisant la connaissance de Chris, elle avait connu un autre grand bonheur. Avec lui, elle avait souhaité fonder une famille, avoir des enfants, mener une vie de femme entourée de l'affection des siens.

Ensemble, ils avaient construit un projet étalé sur cinq ans afin d'avoir le temps de faire des économies avant leur mariage. Ce délai arrivait à son terme lorsque Chris s'était un jour plaint d'une migraine atroce et de douleurs dans la nuque. Melissa avait appris plus tard qu'il s'agissait d'une rupture d'anévrisme. Cette hémorragie dans le cerveau l'avait tué avant qu'ils n'aient seulement le temps d'arriver en salle d'opération. Depuis, elle était anéantie. Il lui semblait que sa vie s'était terminée avec celle de Chris.

Cette grande douleur raviva son sentiment d'avoir été rejetée par ses parents. C'était tout à fait irrationnel de ressentir comme un abandon la mort de son amoureux, mais c'était exactement ce qu'elle éprouvait. Sans lui, la vie lui paraissait totalement dénuée d'intérêt.

Consciente de la dépression dans laquelle s'enfermait son amie, Lydia faisait tout son possible pour l'aider à sortir de ce marasme. Sans grand succès. C'est alors qu'elle avait pensé à organiser leur participation à ce festival. Ce serait une manière originale de fêter l'anniversaire de Melissa et l'occasion de la faire sortir de sa coquille. Hélas, aux yeux de la principale intéressée, c'était prématuré. Melissa ne se sentait pas prête à aller de l'avant. Si jamais elle y réussissait un jour…

En attendant, cette pauvre Lydia s'était donné un mal fou pour la distraire. La moindre des choses était de faire preuve de reconnaissance, même si cela l'obligeait à faire semblant de s'amuser sous la pluie, en compagnie de gens qu'elle ne connaissait ni d'Ève ni d'Adam et qu'elle ne reverrait jamais.

— Allez, viens, proposa Lydia en la prenant par la main pour l'entraîner vers la scène. Pas question de manquer le concert de ce soir !

Melissa se laissa faire et, pataugeant de conserve dans la gadoue, elles réussirent à trouver une place d'où elles apercevraient bien l'orchestre. *Au moins,* se dit-elle, *je ne serai pas complètement hors circuit puisque je connais la plupart des chansons qu'ils vont interpréter.*

Ce fut effectivement le cas. Peu à peu, entraînée par la musique, Melissa laissa tomber ses défenses et ses appréhensions. Elle oublia tout pour ne penser qu'à danser. En fin de soirée, Lydia eut le bonheur de voir son amie, déchaînée, chanter à tue-tête et s'agiter comme tout un chacun. Ses espoirs s'avéraient couronnés de succès : elle avait réussi à lui faire oublier momentanément son chagrin. C'était une réelle victoire.

Les yeux clos, Melissa laissait son corps se balancer librement au rythme de la musique, heureuse pour une fois d'oublier son deuil et de sentir la vie renaître en elle.

Lydia lui donna un petit coup de coude pour attirer son attention.

— Tu vois que tu aimes t'amuser !

Elle exultait.

— Ma mission sera remplie quand tu auras trouvé un beau jeune homme à ton goût pour terminer la soirée.

Melissa haussa les épaules. Quelle idée ! Autant Lydia était extravertie et entreprenante, autant elle-même était timide et réservée. Elle aurait bien aimé être capable de faire preuve d'autant de liberté que son amie, qui n'avait aucun scrupule à profiter de la vie. La jolie Lydia avait déjà embrassé trois garçons – de parfaits inconnus – jusque-là, en leur laissant entendre qu'elle pouvait très bien dormir ce soir ailleurs que sous sa propre tente. Elle était le genre de personne qui saisissait la vie à pleines mains et ne perdait jamais de temps à se lamenter ou à avoir des regrets. Tout en se disant qu'elle ferait bien de prendre exemple sur elle, Melissa sentait bien qu'elle n'était pas le genre de fille à se jeter au cou du premier venu.

— Je ne suis pas prête pour ça, Lydia. Chris était l'amour de ma vie.

Impossible pour elle d'imaginer trouver un homme qui le remplacerait. Jamais elle ne pourrait aimer quelqu'un d'autre autant que lui.

Lydia leva les yeux au ciel.

— Qui te parle d'amour ? Qui te parle de trouver un mari ? Allons, Mel, nous sommes à un festival ! Je ne pense pas que l'homme de tes rêves se trouve à deux pas de toi dans ce marécage, mais le meilleur moyen de faire des rencontres, c'est encore de les provoquer.

Ça, c'était du Lydia tout craché.

— Tu sais bien que Chris n'était pas un simple petit ami qui m'a plaqué sur un coup de tête. Il est mort.

— Je sais, je sais... Mais le principe reste le même. Il faut aller de l'avant. Prendre un peu de bon temps avec une personne du sexe opposé ne peut que te faire du bien.

Comme elles s'étaient rapprochées du bar, Lydia saisit un verre rempli d'une concoction orangée dans laquelle était fichée une ombrelle en papier et le tendit à Melissa. Après en avoir bu une gorgée, Melissa fronça les sourcils. Si c'était ça, le goût du « bon temps » dont parlait Lydia, c'était sûr qu'elle n'allait pas en raffoler.

La proposition de Lydia faisait tout de même du chemin dans sa tête.

— Tu comprends, Lydia, même si je rencontrais quelqu'un qui me plaise, il y a tellement longtemps que je ne suis sortie avec personne que je ne saurais même pas comment lui faire savoir que je suis intéressée.

Si jamais elle se sentait attirée par un autre homme que Chris, si jamais elle réussissait à ne pas avoir l'impression de le tromper et si jamais elle ne sombrait pas dans le ridicule le plus total, eh bien, ce serait carrément un miracle.

C'était Chris qui lui avait fait des avances quand ils s'étaient rencontrés au pub de leur petite ville. Jamais elle n'aurait osé faire le premier pas ! Il en avait été de même avec les quelques hommes qu'elle avait fréquentés avant Chris. Ces relations avaient toujours été éphémères car ils désiraient seulement s'amuser et lui reprochaient son sérieux. Ils avaient eu vite fait de la délaisser pour des filles moins farouches. Tous ces échecs s'étaient accumulés en elle, et maintenant que Chris l'avait quittée lui aussi, pour des raisons bien différentes, elle ne voulait plus rechercher un engagement durable. La douleur qui succédait à l'euphorie d'avoir rencontré l'âme sœur était bien trop violente.

Dans le fond, Lydia avait peut-être raison avec sa philosophie du « je t'aime et je te quitte ». D'elles deux, c'était incontestablement elle qui paraissait la plus heureuse.

Lydia haussa les épaules d'un air moqueur.

— Comment te comporter ? Allons, Melissa, arrête de plaisanter ! répliqua Lydia en riant. Allons, c'est comme le vélo, ça ne s'oublie pas.

— Sauf que...

— Arrête, Mel !

D'un geste affectueux, elle défit la tresse de cheveux qui pendait dans le dos de son amie, libérant la lourde masse de boucles sur les épaules de cette dernière.

— Avec ta crinière de cheveux roux, on ne verra que toi au milieu de la foule...

— Ma peau est trop blanche. Je n'ai pas la chance comme toi de dorer dès qu'il y a un rayon de soleil.

— Et alors ? Tu es du genre « beauté nordique ». Tiens, ajouta-t-elle en regardant par-dessus l'épaule de son amie. Il y a derrière toi un beau jeune festivalier qui ne te quitte pas des yeux depuis un bon moment.

Melissa se démancha le cou pour regarder qui pouvait bien s'intéresser à elle. Comme toujours se pressait près du bar une foule de jeunes déjà bien éméchés, prêts à accrocher la première fille qui passerait devant eux. Melissa ne leur jeta même pas un coup d'œil. En revanche, un peu plus loin, un bel homme aux cheveux très bruns, coupés court, la regardait en souriant.

Pour lui faire comprendre qu'il avait remarqué son regard, il leva sa bouteille de bière dans la direction des deux amies.

Les joues en feu, Melissa se détourna rapidement.

— Waouh... il est vraiment pas mal...

— Fonce, ma vieille ! conseilla Lydia.

Comme la plupart des autres hommes, il portait un T-shirt blanc et un jean délavé, mais il était difficile d'ignorer l'étincelle qui brillait dans son regard et son sourire gentiment effronté. Autour de lui, un groupe d'hommes et de femmes paraissait boire ses paroles.

— Tu vois ? Je suis sûre que tu pourrais passer un bon moment avec lui.

Tout en continuant à parler avec son groupe d'amis, l'homme en question continuait à fixer Melissa des yeux. Tous riaient, plaisantaient, paraissaient s'amuser de bon cœur. Finalement, elle était la seule à ne pas participer à cette ambiance de fête.

Le moment était peut-être venu de changer ?

Le cœur de Lachlan se mit à battre plus vite en voyant la jeune femme rousse s'approcher de leur groupe. C'était une chose de flirter de loin, une autre bien différente de donner une suite à ce premier contact. Depuis la rupture avec son ex et depuis son opération, il n'avait pas fréquenté de femme.

— On dirait que tu as fait une touche..., murmura son frère, Duncan, en regardant la belle jeune femme s'approcher.

— Laisse tomber ! Je suis venu ici pour écouter de la musique et célébrer la vie, pas pour draguer.

— Je suis le premier ravi de te savoir mélomane et en pleine forme. Tu aurais donc bien tort de t'interdire de regarder les jolies filles sous prétexte que ça n'a pas marché avec Julieann. Il y a certainement quelque part une femme faite pour toi.

— Tu parles avec la voix d'un homme marié et heureux de l'être. Moi, tu vois, puisque la vie m'accorde cette seconde chance, j'ai bien l'intention de m'amuser, pas de me passer la corde au cou.

Duncan, qui avait déjà une belle famille et pas de cancer lui dévorant le corps, ne voyait aucun inconvénient à cela. Pour Lachlan McNairn, c'était différent. Être obligé de regarder la mort en face l'avait amené à considérer les conséquences que sa disparition aurait pour ceux qu'il laisserait derrière lui, en particulier pour ses enfants s'il en avait.

L'autre raison qui l'incitait à s'amuser, c'était qu'il n'avait pas eu le loisir de le faire dans sa jeunesse. Il était à peine adolescent quand son père avait fui ses responsabilités et abandonné sa famille. En tant qu'aîné, il avait pris la relève. Personne mieux que lui ne savait à quel point il était dur de devoir renoncer à son enfance et à une partie de sa jeunesse pour prendre en charge sa mère, son frère et sa sœur. Jamais il n'accepterait de laisser pareille charge à qui que ce soit.

Malheureusement, son ex n'avait pas compris ce souci. Elle désirait fonder une famille avec tant d'obstination que Lachlan avait dû mettre fin à leur relation. Cette grave décision n'était pas le fruit d'un caprice ni de son égoïsme. Le traitement qu'il avait suivi pour son cancer des testicules l'avait probablement rendu stérile, ce qui contrariait Julieann. De son côté, il aurait estimé malhonnête d'avoir des enfants alors qu'il y avait encore un risque de récidive. Voilà pourquoi, si jamais il cédait au charme d'une festivalière, ce ne serait que pour une nuit et rien de plus.

Ce soir, avec son frère et ses amis, il était en train de fêter sa guérison et la prise de son poste d'urgentiste à l'hôpital de Glasgow. Il ouvrait ce soir le chapitre d'une nouvelle vie et n'avait pas l'intention d'y mêler des complications sentimentales.

La belle jeune femme était maintenant arrivée à sa hauteur et le fixait de son regard bleu ciel.

— Salut ! lança-t-elle en calant une mèche de cheveux roux derrière son oreille.

Il n'en fallut pas davantage pour que Lachlan se mette en mode séducteur.

— Lachlan, dit-il.

— Melissa.

Elle saisit la main qu'il lui tendait tout en se reprochant cette entrée en matière un peu trop formelle pour la soirée à laquelle ils assistaient. Le sourire qu'elle lui adressa eut tôt fait de le rassurer.

En matière de relations avec les femmes, son expérience était réduite. À part sa sœur et Julieann qu'il connaissait depuis le lycée, il n'avait guère eu l'occasion de pratiquer la jolie conversation. Alors que ses camarades sortaient faire la fête, il était resté chez lui pour s'occuper de son frère et de sa sœur pendant que leur mère travaillait. S'il n'avait pas rencontré Julieann au fast-food où il travaillait pour gagner un peu d'argent et si elle n'avait pas pris l'initiative de l'inviter à sortir avec elle, il n'aurait aucune expérience en la matière. Il avait attendu pour quitter la maison familiale que sa jeune sœur ait acquis son indépendance. Aussi estimait-il que son tour de s'amuser était enfin arrivé. Il avait bien l'intention d'en profiter.

— Ravi de faire ta connaissance, Melissa. J'ai l'impression que tu t'en payais une bonne tranche tout à l'heure en dansant !

Il avait en effet remarqué avec quel abandon elle suivait la musique, exactement comme si rien d'autre au monde ne comptait. C'était cet état de grâce qu'il recherchait pour lui-même. Lâcher prise sans avoir recours comme d'autres autour de lui à diverses substances peu recommandables. On lui avait administré suffisamment de produits pendant sa chimiothérapie pour lui ôter l'envie de seulement l'imaginer. D'ailleurs, il était clair que Melissa elle-même n'avait d'autre stimulant que son désir de profiter à plein de cette atmosphère de fête.

— Ah bon ? Tu me regardais danser ?

— Oui. Tu avais tellement l'air de te régaler que je n'arrivais pas à te quitter des yeux.

Lachlan s'était penché vers Melissa pour lui parler. Inutile que son frère entende leur conversation.

— Je suis venue avec mon amie Lydia, expliqua Melissa en jetant un coup d'œil sur cette dernière qui se tenait appuyée au bar.

— Vous fêtez quelque chose de particulier ? demanda-t-il en désignant du menton le chapeau de cow-boy qui brillait de toutes ses paillettes.

Ce chapeau, d'ailleurs, n'était pas en harmonie avec sa discrète robe noire imprimée d'étoiles. Lydia, qui ne reculait devant rien, arborait une tenue à l'imprimé léopard beaucoup plus exubérante, qui ne passait pas inaperçue, et c'était exactement ce qu'elle souhaitait.

Melissa porta la main à son chapeau qu'elle avait complètement oublié.

— C'est mon anniversaire.

— Alors, joyeux anniversaire, Melissa ! Tu fêtes ta majorité ?

Elle le transperça de son regard bleu glacier.

Oups…, pensa Lachlan. *Voilà une fille imperméable à la flatterie !*

— Désolée, je fête mes trente ans.

— C'est la meilleure période de la vie, assura Lachlan.

Le regard de Melissa étincela de malice.

— Tu parles d'expérience ?

— Eh bien… disons que pour moi les dix premiers mois de cette décennie ont été excellents.

C'était bien vrai. Il avait en peu de temps appris que son cancer des testicules avait été vaincu, qu'il venait d'obtenir un poste à Glasgow et qu'il allait s'installer dans cette ville où se trouvait une bonne partie de sa famille. Même s'il devait encore subir des contrôles réguliers et des analyses de sang pour être sûr que le cancer ne reprenait pas, comment rêver mieux ?

— Alors qu'est-ce que tu attends pour m'offrir un verre ? demanda Melissa avec un sourire aussi charmeur que taquin.

Lachlan apprécia ce franc-parler. Avec une fille comme ça, pas besoin de se casser la tête, elle savait dire ce qu'elle voulait. Comme il n'était pas à la recherche d'une relation sérieuse, ce festival était l'occasion pour lui de célébrer un nouveau chapitre de sa vie. Et si cela signifiait partager la fête avec une belle fille qui n'avait pas froid aux yeux, pourquoi pas ? D'ailleurs, il avait envie de la connaître un peu mieux.

— C'est ce que j'allais te proposer. Et aussi de nous écarter un peu pour aller dans un coin plus calme ?

— Bonne idée. C'est difficile de soutenir une conversation au milieu de ce raffut.

Ils prirent avec eux leurs gobelets en carton et commencèrent à s'éloigner.

— Je sais qu'il y a un bistrot de l'autre côté de la route, déclara

Lachlan. Avec un peu de chance, nous y trouverons un siège pour reposer nos vieux os.

Comme Melissa lui rendait son sourire, il eut le plaisir de constater qu'elle avait le sens de l'humour. Tant mieux ! Il n'avait aucune envie de surveiller chacun des mots qu'il allait prononcer. Il avait seulement le désir d'être lui-même et de s'amuser sans penser à rien.

Le souvenir de Julieann s'interposa un instant, mais il eut tôt fait de le chasser. Elle voulait toujours parler de leur futur, de leur installation, des enfants qu'ils auraient. Du côté de Duncan, la coupe était pleine aussi. En tant que frère aîné, Lachlan avait toujours su prêter une oreille amicale quand quelques nuages avaient assombri leur couple. Comme Duncan était très fier de sa famille, il avait accepté pour lui faire plaisir de passer des soirées entières à regarder les photos de ses enfants, alors que, par moments, tout ce qu'il souhaitait, c'était boire une bonne bière avec des copains sans problème.

La pluie fine d'été se transforma brusquement en violente averse alors qu'ils avaient fait à peine la moitié du chemin. Melissa poussa un petit cri de surprise. Ils jetèrent leurs gobelets dans la première poubelle venue, puis il l'attrapa par la main et ils partirent en courant vers l'abri de bus qui se trouvait sur le bord de la route. C'était trop drôle ! Tout à coup, il avait l'impression d'être redevenu adolescent. L'adolescent qu'il n'avait pas eu le temps d'être, libre, insouciant, heureux, tout simplement.

— Je suis trempée ! constata Melissa en secouant sa robe une fois qu'ils furent abrités.

— Tu crois que nous sommes des mauviettes ? demanda Lachlan. Personne d'autre que nous n'a l'air d'être dérangé. Regarde, tout le monde continue à danser comme si de rien n'était.

— Je m'en fiche ! Je préfère un bon feu de cheminée et un fauteuil confortable, déclara Melissa en s'asseyant sur le banc à la peinture rouge écaillée.

Lachlan prit place à côté d'elle.

— Ajoute un grog bien chaud à la scène, et je suis prêt à te tenir compagnie.

Et c'était vrai. En cet instant, il n'imaginait rien de plus agréable que de pouvoir partager un tel moment avec elle.

— Peut-être aussi une serviette-éponge et un sèche-cheveux ? suggéra Melissa.

Comme elle penchait la tête en avant, un torrent d'eau dégoulina de son chapeau qu'elle retira avant d'essorer ses cheveux.

En très peu de temps, ils avaient été mouillés jusqu'aux os. En dépit de la température douce, Melissa frissonnait.

— Dès que l'averse se calmera, nous irons nous mettre au chaud.

Assis dans leur abri, ils regardaient le rideau de pluie qu'ils avaient devant les yeux avec l'impression de se trouver derrière une cascade, coupés du monde extérieur.

Lachlan passa un bras autour des épaules de sa compagne dans l'espoir de lui communiquer un peu de chaleur à travers la robe de tissu fin qui collait à son corps. Elle lui adressa un sourire de reconnaissance. Avec une pointe d'autre chose aussi...

L'envie de se serrer davantage contre lui ? De l'attirance ? Du désir ? Il y avait bien longtemps qu'il n'avait pas aperçu ce genre de sourire ni ce genre de regard. La même attirance faisait battre le sang dans ses veines. Après sa rupture et son cancer, il n'avait plus pensé au sexe depuis très longtemps.

Et en ce moment, alors qu'il contemplait les yeux de Melissa, il se sentait l'homme le plus heureux du monde.

Alors il se pencha vers elle, posa ses lèvres sur la bouche qu'elle lui tendait, comme pour s'assurer qu'elle était bien réelle et pas le fruit de son imagination. Cette jeune femme qu'il ne connaissait pas quelques instants auparavant venait de réveiller en lui quelque chose qu'il avait cru mort à jamais.

Melissa se sentit fondre dans les bras de Lachlan. Elle avait oublié combien il était bon de se lover dans l'étreinte d'un homme, comme c'était délicieux de se sentir désirée. Voilà dix-huit mois qu'elle vivait seule, pleurant celui qu'elle avait aimé, totalement oublieuse d'elle-même. Lydia avait raison, elle avait la vie devant elle. Lachlan était en train de le lui rappeler.

Depuis son deuil, elle avait étouffé ses désirs. L'étreinte de cet homme les faisait renaître, et c'était délicieux. Une nuit avec lui l'aiderait à marquer le début de sa nouvelle existence. Sans Chris. Elle devait s'habituer à ce qu'il ne fasse plus partie de sa vie. Chacun des baisers de Lachlan le repoussait plus loin dans le passé.

Pour autant, elle n'était pas prête à se lancer dans une relation sérieuse. D'ailleurs, ce n'était pas le genre de chose qu'on attend d'une personne rencontrée un soir de festival de musique. Il lui suffisait de penser que dans quelques années cet homme ferait partie des souvenirs qu'elle s'était fabriqués le jour de son trentième anniversaire.

Alors sans hésiter, elle l'embrassa à pleine bouche. Le sang battait à ses oreilles. La chaleur des mains de Lachlan sur son corps l'empêchait de réfléchir. Seul vivait en elle le désir brûlant d'aller jusqu'au bout.

Lorsqu'il mit fin à leur baiser, elle se sentit abandonnée. Un vertige la submergea.

— Regarde, la pluie s'est calmée. Il faut en profiter. J'ai des serviettes et un sèche-cheveux dans ma chambre, viens avec moi.

— Dans ta chambre ?

— Oui. Je dors au pub. Je sais que c'est un peu de la triche, mais je refuse absolument de dormir sous une toile de tente plantée dans la gadoue.

Il la regardait d'un air coupable en faisant cet aveu, mais Melissa regrettait de ne pas avoir eu la même idée.

— C'est un choix qui me paraît marqué au coin du bon sens.

— Alors profites-en ! Viens te sécher tranquillement, il n'est pas question d'autre chose.

Melissa jeta un coup d'œil sur le pub éclairé un peu plus loin, puis à Lachlan qui la prenait par la main. Il lui apportait un sentiment de sécurité et en même temps il lui donnait l'impression d'être plus vivante qu'elle ne l'avait été depuis des mois.

— Dommage..., répondit-elle en lui adressant un clin d'œil. Ce qui m'intéressait justement, c'était « l'autre chose »...

Elle avait osé dire ça ? Oui. Et elle en était la première surprise. Mais si elle voulait convaincre Lachlan et elle-même par la même occasion qu'elle était le genre de femme à coucher une nuit et à partir le lendemain comme si rien ne s'était passé, il fallait qu'elle copie le style intrépide de Lydia. Elle n'avait pas envie de laisser passer cette occasion de mettre le passé derrière elle. Pour une nuit, elle allait penser seulement à s'amuser. Et franchement, coucher avec Lachlan était certainement le meilleur moyen d'y parvenir.

En montant dans l'ascenseur, Lachlan sentait son cœur battre la chamade. Le caractère direct de Melissa lui plaisait beaucoup car il rendait impossible tout malentendu, mais il ressentait tout de même pas mal d'appréhension. Melissa n'en était pas la cause. C'était lui qui doutait de sa virilité. Depuis le traitement de son cancer, il n'avait plus fait l'amour et il s'inquiétait de la performance qu'il serait capable de fournir. Tout en étant persuadé qu'il ne reverrait jamais Melissa, il n'avait pas envie de la décevoir ni de se mettre dans une situation embarrassante.

Au cours des mois de soins qui s'étaient écoulés, il avait redouté de devenir impuissant. Quelques consultations avec un psychologue lui avaient permis de surmonter ses craintes. Bien que le chirurgien ait reconstruit le testicule qu'on lui avait retiré, il savait qu'il lui manquait une partie de lui-même et il redoutait de ne plus être l'amant qu'il était autrefois.

Ses inquiétudes diminuèrent quand Melissa commença à l'embrasser dans l'ascenseur et à se serrer contre lui. Le désir qu'elle avait de lui était incontestablement le meilleur des aphrodisiaques.

Quand les portes de l'ascenseur s'ouvrirent, il l'entraîna vers sa chambre mais prit tout de même le temps de lui poser la question la plus importante.

— Tu es sûre que c'est ce que tu souhaites ?

À vrai dire, il se la posait aussi à lui-même. Avait-il réellement envie de faire l'amour avec une femme qu'il venait tout juste de rencontrer et qu'il ne reverrait jamais ?

La réponse de Melissa fusa sans aucune hésitation :

— Oui !

Il ressentait le même élan.

Entre eux, il n'y avait pas d'enjeu, pas d'obligation, pas d'attente. Si jamais leur rencontre s'avérait être un désastre, il n'aurait pas à s'inquiéter puisque chacun repartirait de son côté. Le charme de cette île résidait aussi dans le fait que les gens venaient de partout. Cela n'avait rien à voir avec une rencontre qu'il aurait faite à une fête près de chez lui. Il ne risquait pas de se heurter à Melissa au détour d'une rue. D'ailleurs, ils n'avaient échangé que leurs prénoms. Relation anonyme. Juste pour le plaisir. Exactement comme il avait l'intention d'aborder sa nouvelle existence.

Une fois que Melissa se fut débarrassée de son encombrant couvre-chef, il l'aida à retirer la robe qui collait à son corps. En même temps que sa silhouette parfaite, il découvrit ses affriolants sous-vêtements de dentelle noire mais s'aperçut qu'elle avait la chair de poule.

— Tu as froid !

— En dehors oui, mais à l'intérieur je brûle !

Un instant, un doute effleura l'esprit de Lachlan. Et si jamais Melissa n'était pas aussi décontractée qu'elle voulait le paraître ? Il le chassa très vite de son esprit. Pas question que pareille inquiétude lui fasse renoncer à cette nuit. D'ailleurs, en voyant la vitesse avec laquelle elle lui avait permis de retirer sa robe, il n'eut plus le moindre souci à ce sujet et s'abandonna complètement au désir qui montait en lui.

Sauf que... devait-il lui avouer qu'il n'avait pas fait l'amour depuis longtemps ? Lui parler de son opération ? Il décida que ce n'était pas la peine. Cela ne concernait que lui. Il souhaitait seulement que cela ne se devine pas. Aujourd'hui, lui qui avait regardé la mort en face se sentait plus vivant que jamais.

Il dégrafa le soutien-gorge, libéra la poitrine épanouie, découvrit qu'elle était exactement à la mesure des paumes de ses mains. Il la pressa, en taquina les pointes avec ses pouces et s'émerveilla de découvrir Melissa si sensible à ses caresses. Les mamelons rose pâle s'étaient dressés, tentateurs. Il en saisit un dans sa bouche, puis l'autre, joua avec, jusqu'à ce que Melissa s'arque sous le plaisir qu'elle éprouvait.

Au bout d'un moment, quand ce jeu ne leur suffit plus, et que Melissa entreprit de le déshabiller à son tour, Lachlan oublia complètement son appréhension. Il n'était plus qu'un homme comme les autres, dévoré de désir. Cependant, au moment où elle portait la main sur la fermeture Eclair de son jean, il eut un mouvement de recul.

— Attends !

Inquiète, Melissa leva les yeux vers lui.

— J'ai fait quelque chose qui te déplaît ?

Il se ressaisit. Non, une liaison sans lendemain comme celle qu'il était en train de vivre ne justifiait pas la révélation de ses ennuis de santé. Ce n'était pas facile de dire qu'on vous avait enlevé un testicule ! On ne pouvait pas glisser ça dans la conversation comme s'il s'agissait de quelque chose de parfaitement banal.

— Tu es marié ? reprit Melissa, visiblement soucieuse.

— Non. Je... je voulais juste m'assurer que tu es bien d'accord...

Cela dit, il ne l'empêcha pas de continuer. Jusqu'à présent, personne d'autre que les médecins et le chirurgien n'avait touché cette partie de son corps. Il appréhendait sa réaction. Mais lorsque

Melissa posa la main sur son sexe, il découvrit à son grand soulagement que l'expérience était on ne peut plus agréable.

C'était peut-être seulement un truc de mec de penser que cette opération lui avait fait perdre une partie de sa virilité ? Pourquoi redouter que Melissa le trouve moins séduisant si elle soupçonnait la vérité ? Elle paraissait ne rien remarquer. Tandis qu'il retenait son souffle, elle le dénuda totalement pour le caresser. Elle l'acceptait tel qu'il était. Il sentit alors la confiance en lui revenir. Quand il l'entraîna vers le lit, il se sentait redevenu lui-même.

Au moment où Lachlan s'allongea sur elle, Melissa avala sa salive nerveusement. Jamais elle ne s'était trouvée dans pareille situation avec un inconnu, mais jusqu'à présent l'expérience était très agréable. Lachlan l'avait embrassée sur tout le corps, attentif à ce qu'elle souhaitait, et ces préliminaires lui prouvaient à quel point elle avait envie de sexe. De sexe et de rien d'autre. Histoire de combler son désir mais aussi de se prouver que sa vie ne s'était pas arrêtée en même temps que celle de Chris et qu'elle était capable d'aller de l'avant.

Très vite, Lachlan plongea en elle, soudant leurs deux corps en un seul.

Les yeux clos, Melissa ne pensa plus à rien, toute livrée aux sensations qu'il éveillait en elle.

Elle allait profiter de sa liberté, de l'anonymat de cette liaison d'un soir, et demain elle reprendrait le cours normal de son existence.

Sa décision était prise. Dès que Lachlan se serait endormi, elle s'esquiverait sans bruit et ne conserverait de lui que le merveilleux souvenir d'une nuit sensuelle.

2

Trois mois plus tard

— Non, pas pour moi, merci, déclara Melissa en levant la main avant que Lydia ne remplisse sa tasse de café. Je prendrai plutôt un verre d'eau.

Lydia haussa les épaules.

— Comme tu veux, mais ce n'est pas ça qui va te permettre de tenir le coup pendant toute ta garde. J'espère au moins que tu n'as pas attrapé le même microbe que Lisa...

— Sûrement pas, marmonna Melissa. Ça m'étonnerait que Lisa souffre de la même indisposition que moi.

Son secret était devenu trop lourd. Elle ne pouvait plus le garder pour elle davantage.

Lydia fronça les sourcils pour observer Melissa par-dessus sa tasse.

— En fait, je trouve que tu n'es plus toi-même depuis quelque temps. Tu ne viens plus prendre l'apéro avec nous, tu sautes ta dose de caféine le matin... Est-ce que par hasard tu te serais lancée dans quelque régime bizarre ?

Melissa aurait bien aimé que ce soit seulement un caprice de ce genre qui l'empêche de rejoindre ses collègues au pub du coin à la fin de la semaine. Sa vie serait bien plus simple si elle n'avait qu'à se soucier de compter les calories. Elle avait effectivement pris du poids ces derniers temps, mais ce n'était pas à cause de son manque de modération. Du moins côté nourriture...

— Lydia, il faut que je te dise quelque chose...

À l'idée de prononcer à haute voix les mots fatidiques, son estomac se contracta. Une fois qu'elle l'aurait reconnu publiquement, il lui faudrait accepter que l'événement était bien réel.

Une expression choquée et incrédule apparut sur le visage de Lydia.

— Tu es enceinte ?

Melissa hocha la tête, enfin soulagée de partager la nouvelle avec quelqu'un. Cette nouvelle énorme qui allait changer sa vie du tout au tout. Les larmes lui montèrent aux yeux. Sans doute les hormones avaient-elles leur part dans cette émotivité car ces derniers temps elle pleurait facilement.

— Oui, jackpot, ma chérie. Je suis enceinte. Dire que tu es sage-femme et que tu n'as pas été capable de le deviner... Tu es sûre d'avoir réussi ton diplôme ?

Melissa essayait de plaisanter. Pourtant, depuis le résultat du test qui bouleversait sa vie, elle avait fait son possible pour cacher son état. Plus par déni de sa part que par désir de ne pas partager cette nouvelle avant la fin du troisième mois.

Lydia hocha la tête.

— Je ne savais pas que tu fréquentais quelqu'un.

— Je ne fréquente personne.

— Mais alors ?

Lydia ouvrait des yeux ronds comme des soucoupes.

— Tu veux dire... c'est le gars du festival ?

— Exactement. Le gars du festival.

Impossible de faire comme si rien ne s'était passé. Elle gardait de cette soirée un souvenir durable de son insouciance.

Lydia hocha la tête une nouvelle fois.

— C'est incroyable, Mel ! Pendant tes études de sage-femme, on a dû t'apprendre comment on fait les bébés, non ?

Melissa encaissa la moquerie bien méritée. Elle se l'était déjà adressée à elle-même plus d'une fois.

— Je sais... J'ai été idiote. Quand j'étais avec Chris, j'étais tranquille parce que je prenais la pilule. À sa mort, j'ai arrêté puisque je n'en avais plus besoin.

Seulement, le soir du concert, un ouragan de désir l'avait empêchée de penser à un quelconque moyen de contraception. Lachlan s'était sans doute lui aussi laissé emporter par la même violence sensuelle. Le résultat de cette imprudence était qu'elle devrait vivre désormais avec les conséquences de cette folie passagère.

— Bon, reprit Lydia. Ce qui est fait est fait. Comment tu réagis à tout ça ?

— Je ne sais pas. Chris et moi avions prévu d'avoir des enfants. Quand il est mort, j'ai pensé que c'était la fin de ce rêve. J'ai toujours souhaité devenir mère, mais les circonstances de cette grossesse entrent en conflit avec mes émotions. Tu comprends, je ne peux compter que sur moi-même. Jamais je n'ai imaginé devoir élever seule un enfant conçu au cours d'une aventure d'une nuit.

Les parents de Melissa vivaient aux États-Unis depuis des années. Elle n'avait conservé qu'un contact épisodique avec eux. La nouvelle ne les toucherait guère. Depuis leur départ au début des études de leur fille, ils avaient sans doute le sentiment que leur devoir de parents était arrivé à son terme. Du jour au lendemain, ils l'avaient considérée comme une adulte à part entière, capable de se débrouiller dans la vie et de subvenir elle-même à ses besoins.

À ce quasi-désert affectif s'ajouteraient des problèmes d'ordre pratique. Comment réussirait-elle à s'occuper seule de son bébé tout en menant de front sa carrière ? Elle n'avait pas encore réellement réfléchi aux difficultés qui l'attendaient, mais il faudrait bien en venir là.

— J'imagine que le père n'est pas au courant ? s'enquit Lydia.

Melissa retint avec peine un rire hystérique.

— Je ne connais même pas son nom de famille ! Ni quoi que

ce soit à son sujet. En plus, nous avions convenu qu'il s'agissait d'une aventure d'une nuit et basta. Histoire de me faire oublier le deuil de l'homme de ma vie.

En fait, même si elle avait eu de plus amples informations sur le père de son enfant, Melissa n'aurait certainement pas essayé d'entrer en contact avec lui. À quoi bon bouleverser son univers à lui aussi ? Lachlan n'avait pas signé un contrat de paternité, juste une nuit d'amusement, sans engagement.

D'ailleurs, le fait de ne rien savoir au sujet de ce dernier était une bonne excuse pour le tenir en dehors de cette histoire qu'elle-même n'avait pas encore assimilée. La culpabilité d'avoir trahi le souvenir de Chris et le fait de se trouver enceinte d'un autre homme pesaient déjà suffisamment lourd sur sa conscience. À quoi bon ajouter à ce poids la présence de Lachlan pour le lui rappeler chaque jour ?

En d'autres circonstances, mariée avec Chris, l'homme qu'elle aimait, fonder une famille aurait été un bonheur immense. Vivre ce qui avait été leur rêve avec un autre homme serait se moquer de tous les projets qu'ils avaient faits ensemble. La réalité était si éloignée de son rêve qu'elle avait envie d'en pleurer.

Voilà à quoi mène une liaison éphémère et sans engagement…

Cette grossesse résultait d'une erreur, c'est vrai. Eh bien, elle mettrait un point d'honneur à élever cet enfant elle-même en souvenir de Chris et sans s'encombrer d'un homme auquel elle avait cédé dans un moment d'égarement. De toute façon, même si elle le souhaitait, elle serait bien en peine de le retrouver. Dieu sait sous quels cieux il était retourné !

Lydia avait recouvré ses esprits.

— Écoute, Mel, c'est le genre de surprise qui arrive quelquefois, nous le savons toutes les deux. C'est la vie qui veut ça.

Elle ouvrit grand ses bras pour enlacer son amie dans une étreinte affectueuse.

— Et je sais que tu feras une mère sensationnelle !

— Je l'espère… Vraiment, je l'espère.

Melissa se laissa aller un moment au réconfort offert par son amie. Puis elle pensa aux patientes qui l'attendaient et se ressaisit afin de reprendre son travail le plus sereinement possible.

— N'oublie pas que tu peux venir me parler chaque fois que tu en as envie, ajouta Lydia. J'adore imaginer que je vais devenir « tante Lydia ».

— Merci beaucoup. J'avoue que, si tu veux bien de temps en temps jouer le rôle de baby-sitter en plus de celui de mon amie, je ne refuserai pas.

Lydia la serra un peu plus fort contre elle avant de la relâcher.

— Tu peux compter sur moi. Sans problème. Je serai toujours là pour toi.

Une fois de plus, Melissa sentit les larmes lui monter aux yeux. Elle les chassa en prenant une grande inspiration.

— Merci, Lydia. Et maintenant, il faut que j'aille m'occuper de toutes ces dames qui sont dans le même état que moi. Mais avec un père connu à la clé…

En ce qui la concernait, elle avait encore six mois devant elle pour s'habituer à sa nouvelle situation. Elle se rendit donc dans la salle qui lui avait été affectée pour recevoir ses patientes. Au moins, pendant qu'elle travaillait, elle n'avait pas le temps de s'appesantir sur son sort. Déjà, à la mort de Chris, c'était son travail qui lui avait donné le courage de se lever le matin. Ses patientes avaient besoin de ses conseils, de son aide, elles avaient en elle une confiance totale. Elle travaillait au dispensaire du quartier, mais faisait souvent des gardes à l'hôpital. Restait à souhaiter que son état lui permettrait de continuer à suivre cet emploi du temps car elle avait bien l'intention de travailler jusqu'à la fin de sa grossesse.

En consultant sa fiche, elle eut le plaisir de découvrir que Claire Burns était la première sur sa liste de la journée. C'était une jeune femme chaleureuse, séparée de son mari, qui arrivait en fin de grossesse. Pour Melissa, c'était réconfortant de connaître quelqu'un qui se trouvait dans une situation identique à la sienne et qui avait réussi à mener sa grossesse à bien sans s'effondrer.

— Entrez ! répondit Melissa au petit coup frappé à la porte, tout en préparant les appareils dont elle avait besoin pour ces examens prénataux.

— Bonjour, Melissa, répondit la voix enjouée de Claire. Je ne viens pas seule aujourd'hui !

Supposant qu'il s'agissait là de la fin de la brouille avec son mari, Melissa se tourna pour attraper un siège destiné à la personne accompagnante.

Mais lorsqu'elle leva les yeux et aperçut l'homme qui pénétrait dans la pièce à la suite de Claire, elle faillit se trouver mal.

— Melissa, reprit Claire, je vous présente Lachlan.

Puis, se tournant vers ce dernier, elle ajouta :

— Lachlan, je te présente Melissa qui me suit depuis le début de ma grossesse.

Lachlan… l'homme qui avait mis Melissa dans la situation difficile qui était la sienne désormais et qu'elle n'avait pas réussi à chasser de sa mémoire.

Visiblement aussi stupéfait que Melissa elle-même, Lachlan lui tendit la main.

— Enchanté, déclara-t-il, comme s'ils venaient de se rencontrer pour la première fois.

Pour des raisons bien compréhensibles, il ne tenait pas à expliquer qu'ils avaient déjà fait connaissance. Ailleurs et dans des circonstances bien différentes…

Quels bons acteurs ils faisaient tous les deux !

Submergée par l'émotion, Melissa réussit à bégayer un pauvre « Bonjour ! », avant de s'effondrer sur la chaise prévue pour le nouveau venu.

Si, au moment où elle avait découvert Lachlan, elle avait eu un sursaut de joie en se souvenant du moment merveilleux qu'ils avaient passé ensemble, elle fut vite envahie par une douloureuse déception. Si Lachlan se trouvait là, c'était parce qu'il était le père du bébé d'une autre femme. Il lui avait menti en lui assurant qu'il n'était pas marié. Pire encore, il avait trompé son épouse enceinte. Dire que pendant le peu de temps où elle l'avait connu elle avait pensé qu'il était un type bien ! Quelle grossière erreur…

Elle fit un effort pour se mettre debout. Elle devait absolument se ressaisir. Reprendre la routine quotidienne. Oublier le lamentable épisode du passé. Ignorer la rougeur qui était montée au visage de Lachlan quand il l'avait reconnue. Il avait bien raison d'avoir honte ! Coucher avec une inconnue alors que sa femme attendait son enfant… pouvait-on imaginer pire lâcheté ?

— Comment vous sentez-vous, Claire ? demanda-t-elle en plaçant le tensiomètre sur le bras de sa patiente au moment où sa propre tension aurait fait exploser l'appareil si elle s'était trouvée à la place de cette dernière.

— Mieux que jamais depuis que Lachlan est venu me retrouver, assura cette dernière avec le sourire ravi d'une jeune femme heureuse d'être bientôt mère.

Ce bonheur éclatant fit monter la nausée au bord des lèvres de Melissa. Quel supplice de voir sa patiente fondre de reconnaissance pour un homme qui les avait trompées toutes les deux !

Je dois demeurer professionnelle… Peu importent mes propres sentiments…

— Allongez-vous, Claire. Je vais regarder les progrès qu'a faits votre bébé depuis la dernière visite.

Elle adressa un grand sourire au jeune couple.

Claire se leva péniblement de son fauteuil, visiblement gênée par son ventre devenu encombrant. Lachlan se précipita pour la soutenir. Parfait gentleman. Parfait salopard aussi…

Melissa prit le relais, et aida Claire à se hisser sur le lit, non sans avoir jeté auparavant un regard noir à Lachlan. Ah, pas question de laisser ce beau monsieur s'en tirer à si bon compte. Si elle n'arrivait pas à lui parler en privé pour lui dire tout le bien qu'elle pensait de lui, il aurait au moins le souvenir de ce regard qui en disait long sur l'estime dans laquelle elle le tenait.

D'une secousse, elle mit le rideau de séparation en place, rejetant à l'écart cet homme qui sans le vouloir avait tout de même bouleversé sa vie.

Une fois allongée, Claire posa la main sur son ventre rond.

— Je ressens comme une douleur sourde, et il me semble que mon bébé remue moins que d'habitude.

Après s'être lavé les mains, Melissa vérifia la position du bébé.

— Elle est en train de se préparer à venir au monde. La tête est déjà engagée. Je pense que vous ne devriez pas tarder à faire connaissance avec votre petite fille.

La joie inonda le visage de Claire, une joie que Melissa espéra éprouver elle aussi quand le moment serait venu. Arrivée à ce stade, elle aurait sûrement surmonté sa surprise et mis la dernière main aux préparatifs nécessaires à l'arrivée du bébé. Pour l'instant, elle était encore en état de choc, et rencontrer Lachlan aujourd'hui n'était certainement pas le meilleur moyen de le surmonter.

— Si vous saviez comme je suis impatiente ! reprit Claire. Lachlan a construit lui-même le berceau et décoré la nurserie. Je ne sais pas ce que je ferais sans lui. Comme je sais que j'attends une petite fille, je n'ai pas voulu déroger à la tradition. Je lui ai demandé de tout peindre en rose !

En écoutant ces louanges, Melissa réussit à tenir sa langue. Pas de commentaires… C'était la moindre des choses que ce père indigne se rende utile après avoir abandonné sa femme pendant toute sa grossesse.

Elle réalisa qu'elle se trouvait dans la même situation que Claire, à une différence près cependant, et de taille : Lachlan ne savait pas qu'il avait engendré un autre enfant, et il n'y aurait pas de charmante réunion familiale le jour où elle accoucherait. Bien sûr, elle ferait son possible pour que son enfant reçoive autant d'amour que si ses deux parents se trouvaient auprès de lui, mais tout de même… Elle savait trop bien ce que l'on ressentait quand on était abandonné, même si cela se produisait à l'âge adulte.

Une consolation lui vint toutefois à l'esprit. Que Lachlan ne fasse pas partie de leur vie n'était après tout qu'un détail. Un homme qui ne s'occupait pas de son épouse enceinte n'était sûrement pas du genre à s'intéresser à un enfant conçu avec une femme qu'il connaissait à peine.

Pendant que Claire se rhabillait, Melissa fit le test habituel dans le flacon d'urine que la jeune femme avait apporté avec elle.

— Tout paraît parfait. Je ne pense pas que vous dépassiez la date prévue pour l'accouchement. Autrement dit, la prochaine fois que je vous verrai, vous aurez votre petite fille dans les bras !

Depuis toujours, c'était la visite qu'elle préférait dans son métier. Celle-ci serait certainement douce-amère. Elle ne s'imaginait pas heureuse de voir Lachlan attendri par le bébé. Mais cette fois au moins, elle serait armée pour faire face à cette nouvelle rencontre.

— Mon sac est prêt, reprit Claire. Je n'ai qu'à me laisser conduire à la maternité quand le moment sera venu.

— C'est parfait ! Voyons… vous aviez dit ne vouloir personne avec vous en salle d'accouchement, mais peut-être avez-vous changé d'avis aujourd'hui et souhaitez-vous y admettre votre mari ?

La plupart de ses patientes en effet souhaitaient avoir une personne aimée auprès d'elles. Claire, au contraire, avait insisté depuis le début pour rester seule, disant qu'elle devrait s'habituer dès le départ à tout gérer elle-même. Melissa avait trouvé cette attitude courageuse et pensait s'en inspirer, tout en imaginant bien que Lydia ne serait pas d'accord sur ce point.

Claire se retourna vivement.

— Mon mari ? Vous plaisantez ? Pourquoi voulez-vous que j'invite mon mari pour la naissance alors que je ne l'ai pas vu depuis des mois !

La proposition de Melissa avait l'air de la contrarier au plus haut point.

Lachlan fronçait les sourcils, comme pour bien montrer à Melissa qu'elle venait de commettre une gaffe.

— Heu… je suis désolée, Claire. Je pensais simplement que Lachlan serait heureux de vous soutenir puisqu'il est ici aujourd'hui.

— Pff… c'est hors de question. Mon frère n'a rien à faire en salle d'accouchement.

Un silence de plomb tomba sur les trois protagonistes.

Enfin, le voile se déchirait. Melissa aurait aimé pouvoir se cacher dans un trou de souris.

— Votre frère ?

— Oui. Il vient juste de s'installer en ville et il m'a donné un sérieux coup de main pour préparer la naissance du bébé.

— Vous m'avez pris pour le père ? intervint Lachlan. Vous pensiez que j'avais abandonné mon épouse et mon enfant à naître ?

Le malentendu amusait Claire, pas du tout Lachlan.

À son tour, il adressa un regard meurtrier à Melissa. Visiblement, il était fort mécontent qu'elle l'ait cru capable d'abandonner sa famille pour coucher avec une étrangère.

— Je… je suis désolée…, balbutia Melissa.

Comment aurait-elle pu deviner qu'il n'était pas ce genre d'homme ?

— Il n'y a pas de mal, assura Claire.

Debout à côté d'elle, Lachlan ne paraissait pas du tout de cet avis. L'accusation que Melissa avait portée contre lui l'avait visiblement affecté.

— D'ailleurs, il y a des chances maintenant pour que vous le rencontriez assez souvent, reprit Claire.

— Ah, vraiment ? demanda Melissa, dont l'estomac se nouait à nouveau de la plus désagréable façon.

Lachlan s'adressa directement à Melissa.

— Je viens de prendre ici un poste d'urgentiste. Nous nous croiserons sans doute de temps en temps, ajouta-t-il en desserrant à peine les dents.

C'était clair, il était tout aussi peu heureux qu'elle de cette rencontre.

— Vous… vous allez travailler ici ?

Le hochement de tête confirma les pires craintes de Melissa. La salle de soins se mit à tourner autour d'elle.

Glasgow était une grande ville, mais travailler dans un dispensaire de quartier signifiait habiter le secteur. Autrement dit, ils allaient fréquenter les mêmes rues, les mêmes commerçants… Voilà quelque chose qu'elle n'avait pas prévu en envisageant son futur de maman solo.

— Melissa, vous vous sentez bien ? demanda Claire, alarmée par la pâleur de la soignante.

Terrassée par des émotions contradictoires, Melissa avait l'impression qu'on lui parlait de très loin. La tête lui tournait. Elle aurait aimé s'évanouir pour sortir de ce mauvais pas.

Au contraire, une multitude de pensées l'assaillaient. Au début, elle avait été triste de penser qu'elle ne le verrait plus alors qu'ils avaient passé de si bons moments ensemble. Ensuite, elle avait été heureuse de se dire qu'il ne lui resterait de lui qu'un agréable et lointain souvenir. Aujourd'hui, elle réalisait que l'attirance qu'elle avait éprouvée pour lui existait toujours. Et même que… que peut-être elle ne serait pas seule dans cette histoire et que Lachlan serait là pour la soutenir ?

Il était là. Devant elle. En chair et en os. Impossible de faire comme s'il n'avait existé que dans un lointain passé pour se concentrer sur l'avenir qu'elle avait envisagé pour elle et son bébé. Sans lui.

Sans lui ?

Oui.

Car le laisser entrer dans sa vie bouleverserait tous ses plans et aggraverait le sentiment de culpabilité qu'elle éprouvait envers Chris. Un autre risque se profilait aussi : elle avait accepté de coucher avec Lachlan alors qu'ils venaient tout juste de se rencontrer parce qu'il lui avait tout de suite plu. Voulait-elle courir le risque de voir cette attirance se développer ? Une attirance qui la mènerait à quoi ? À une prochaine rupture, sans aucun doute.

Le plus sûr était certainement de faire comme si rien de cela ne le concernait.

Malheureusement, elle ne pourrait plus cacher sa grossesse très longtemps. S'ils se rencontraient au courant des mois suivants, il ne manquerait pas de faire le lien avec ce qui s'était passé entre eux.

Voilà qu'au moment où elle avait accepté sa situation et décidé de la conduite à adopter, tout, brusquement, lui échappait. Ce n'était pas ce qu'elle avait planifié.

Elle tituba, se raccrocha au bureau et ferma les yeux dans l'espoir de retrouver son calme.

Deux mains sûres la maintinrent debout et la guidèrent jusqu'à la chaise. Une voix familière lui demanda si elle se sentait mieux. Une voix qu'elle avait déjà entendue en rêve. Dans le fond, elle était peut-être endormie, en train de faire un cauchemar ?

— Melissa ? J'appelle un médecin ?

À nouveau, cette voix de velours qui lui avait murmuré tant de mots grisants au cours de leur folle nuit. Cette nuit qui avait changé sa vie à jamais.

— Non, merci, tout va bien.

Elle repoussa les mains de Lachlan. Ce n'était pas en la soutenant dans ses bras qu'il allait l'aider à retrouver son sang-froid !

— Je n'ai pas pris de petit déjeuner ce matin, voilà tout. Pardonnez-moi ce petit coup de pompe. Je vais aller grignoter quelque chose avant de recevoir ma prochaine patiente.

— Grave erreur, Melissa, de sauter le petit déjeuner, intervint Claire. C'est le repas le plus important de la journée. Je m'en suis bien rendu compte au début de ma grossesse quand les nausées matinales m'empêchaient de manger. J'avais régulièrement de gros passages à vide dans la matinée. D'ailleurs, qui sait, vous êtes peut-être enceinte ? demanda-t-elle en riant.

Melissa aurait bien aimé rire aussi, mais elle n'y réussit pas. Pour elle, il n'y avait rien de drôle là-dedans.

Elle se contenta de se figer, prise dans la lumière aveuglante de la vérité.

— Melissa ?

Dans la voix de Lachlan perçait la question qu'il n'osait pas formuler. Ce qu'elle allait lui répondre affecterait à jamais leur vie à tous les deux.

Mais si elle parlait, qu'y avait-il à gagner, à part un bouleversement complet de leur existence à tous les deux ? Ni l'un ni l'autre n'avait besoin de se trouver contraint à une coparentalité pour le restant de leurs jours.

— Quelle imagination ! s'exclama Melissa en ravalant la vérité pour que la question de Claire passe pour une plaisanterie.

— Pardon ! Mon état fait que je vois des bébés partout.

— C'est bien compréhensible.

Melissa s'empara de son agenda.

— Je vais vous fixer un prochain rendez-vous, mais je pense que vous n'en aurez pas besoin.

— Merci beaucoup, dit Claire en se mettant debout avec l'aide de son frère.

Une fois la porte refermée derrière eux, Melissa poussa un énorme soupir de soulagement.

Étant donné qu'ils travaillaient tous les deux dans le domaine médical et dans le même secteur, il était possible que Lachlan apprenne la vérité. Sur le coup, la panique s'était emparée d'elle, mais Lachlan n'avait pas posé de questions. En fait, c'était à peine s'il l'avait saluée en partant. Elle s'inquiétait sans doute pour rien.

L'alarme avait été chaude, mais elle était en droit d'espérer qu'il était désormais hors de sa vie pour de bon.

— Tu vois, je te l'avais bien dit : elle est charmante, dit Claire en quittant le bâtiment.

Lachlan écoutait à peine. Son esprit était fixé sur le souvenir de la jeune femme aux longs cheveux roux qui dansait dans la boue et qu'il avait embrassée sous la pluie. Jamais il n'avait imaginé la revoir. D'autant moins qu'elle était partie au milieu de la nuit ou au petit matin, sans laisser la moindre trace derrière elle, à part la joie qu'elle lui avait mise au cœur. Et au corps. Tout cela, il l'avait gardé pour lui. Ni Duncan ni Claire n'étaient au courant de son aventure du festival.

Depuis que Claire avait plaisanté au sujet d'une hypothétique grossesse, il était obsédé par cette idée. Était-ce le fruit de son imagination ou bien avait-elle réellement changé depuis leur rencontre ?

Melissa n'avait pas répondu tout de suite à la question de Claire. Elle avait hésité une fraction de seconde. Bien sûr, elle avait parfaitement le droit de garder cette information pour elle-même, mais sa réaction quand elle l'avait aperçu lui avait paru alarmante. Et quand elle avait appris qu'il venait de s'installer en ville, elle avait failli s'évanouir. Il y avait là plus que la gêne de se retrouver en face d'un homme avec lequel on avait eu une aventure d'une nuit.

Et si jamais ce bébé dont elle n'avait pas voulu parler en présence de Claire était le sien ?

Il se rappelait ne pas avoir utilisé de protection mais, étant donné son histoire médicale, ses chances de concevoir un enfant étaient plus que minimes. En outre, il était persuadé qu'une fille aussi hardie et entreprenante que Melissa prenait la pilule pour être tranquille. Et pourtant...

À lui maintenant de chercher la vérité. Bien que fonder une famille ne fasse pas partie de ses plans, il n'était pas du tout disposé à suivre le mauvais exemple de son père et à abandonner son enfant.

De toute façon, étant donné leurs professions, Melissa allait certainement faire partie de sa vie à Glasgow. Finalement, cette perspective lui paraissait beaucoup moins effrayante qu'il ne l'aurait imaginé.

3

— Quel soulagement de vous voir arriver ! s'exclama le futur père en ouvrant la porte à Lachlan et à son collègue. J'avais très peur d'être obligé de mettre moi-même cet enfant au monde.

Il tendit la main aux deux infirmiers.

— Je suis Gordon, le futur père.

— Scot. Je suis le chauffeur de l'ambulance.

— Lachlan, l'urgentiste. J'imagine que vous avez appelé la sage-femme ?

En matière d'accouchements, Lachlan n'intervenait que lorsqu'il n'y avait pas d'autre solution, la priorité revenant bien entendu aux sages-femmes.

— Oui, bien sûr, répondit Gordon. Malheureusement, elle est bloquée dans la circulation et elle nous a demandé de vous appeler au cas où elle n'arriverait pas à temps. Heureusement que vous êtes là parce que le bébé a l'air pressé de découvrir le monde…

— Bon, eh bien, allons voir où en est le travail.

— Mon épouse, Marie, se trouve à l'étage.

Lachlan emboîta donc le pas à Gordon dans l'escalier qui conduisait à la chambre.

— Bonjour, Marie. Je suis Lachlan, l'urgentiste. Je vous aiderai à mettre votre enfant au monde si la sage-femme n'est pas là pour le faire elle-même.

— Très bien, approuva Marie.

— Est-ce que vous aviez prévu un accouchement à domicile ?

Marie hocha la tête.

— Oui, c'est ce que nous souhaitions. Ce que nous n'avions pas prévu, c'est que la sage-femme se trouverait coincée dans une tempête qui bloque la circulation, déclara la jeune femme entre deux respirations haletantes.

— Je comprends… Si elle arrive avant le bébé, nous vous confierons à ses mains expertes mais, en l'attendant, je vais regarder où en est la dilatation.

Les accouchements à domicile se faisaient plus fréquents car, pour certaines femmes, mettre leur enfant au monde dans le confort de leur maison, dans un environnement familier, rendait l'expérience moins stressante. L'atmosphère y était plus paisible que sous les spots d'une salle d'accouchement médicalisée, entourée du bruit des différentes machines de contrôle et des pleurs des bébés déjà nés. Tout au moins, dans la mesure où elles recevaient le soutien de la sage-femme qui les avait suivies et n'avaient pas besoin d'appeler les urgences à la dernière minute comme c'était le cas aujourd'hui.

Lachlan s'appliquait à ne rien montrer de son appréhension, mais il se sentait anxieux à l'idée de mettre un enfant au monde. Il connaissait la théorie par cœur, mais il n'était encore jamais passé à la pratique tout seul.

— En voici une autre…, souffla Marie, les dents serrées pour accueillir la nouvelle contraction.

— Respirez tranquillement. Profondément.

Il prit la main de Marie et se mit à respirer avec elle sans tenir compte de la force avec laquelle la jeune femme serra la sienne jusqu'à ce que la contraction s'achève.

Une fois la circulation revenue dans ses doigts gourds, il alla se laver soigneusement les mains avant de procéder à l'examen.

— Remontez les pieds et écartez les jambes pour que je voie à quel point de dilatation vous en êtes.

Étant donné qu'il s'agissait du premier accouchement de Marie, il avait espéré avoir le temps de la transférer à l'hôpital, mais il comprit rapidement que ce n'était pas envisageable.

— La dilatation est presque achevée. On dirait bien que votre bébé sera bientôt là.

Marie parut soulagée mais, lorsque Lachlan poussa son inspection un peu plus loin, il commença à s'inquiéter.

— Quand vous avez passé les radios à l'hôpital, est-ce qu'on vous a dit que le bébé risquait de se présenter par le siège ?

— Non.

Inquiète de comprendre que les choses ne se passaient pas comme prévu, Marie attrapa la main de son mari.

Lachlan continua à parler d'une voix calme.

— Je pense que votre bébé a changé de position. Il se présente par le siège.

Lachlan s'efforçait de contenir son appréhension afin de ne pas affoler la parturiente, mais son anxiété était montée d'un cran.

Quand le bébé ne se présentait pas par la tête, la naissance était plus délicate pour la mère et pour la personne qui l'assistait. Ici, de surcroît, il n'aurait pas à sa disposition les ressources de l'hôpital si cela s'avérait nécessaire.

— Ça va bien se passer ? demanda Gordon.

— Oui. Le cœur du bébé bat normalement, mais sa position va un peu compliquer les choses. Ne vous inquiétez pas, tout ira bien. Restez calme comme vous l'êtes maintenant et aidez Marie à le rester elle aussi.

Marie approuva d'un signe de tête et serra la main de son mari en sentant une nouvelle contraction approcher. Une fois qu'elle fut passée, Lachlan donna un antalgique à la future maman afin qu'elle demeure aussi détendue que possible pour la phase suivante.

C'est à ce moment-là qu'on frappa à la porte d'entrée. Un soupir de soulagement s'échappa de leur poitrine à tous les trois.

— Ce doit être la sage-femme, dit Gordon en se précipitant dans l'escalier pour aller lui ouvrir.

C'était bien elle en effet. Melissa.

— Je suis désolée d'avoir tardé ! La tempête a fait tomber des arbres qui ont bloqué la route. J'ai perdu beaucoup de temps à attendre qu'elle soit dégagée.

Elle retira son manteau pendant que Gordon lui donnait les dernières informations.

— La dilatation est complète, mais le bébé se présente par le siège.

Melissa se hâta de rejoindre la parturiente. Quand elle découvrit Lachlan, elle n'eut pas de mal à maîtriser sa surprise. Depuis le jour où elle l'avait retrouvé en compagnie de Claire, elle savait que cela arriverait un jour ou l'autre.

Quant à Lachlan, il était content de la voir, pour une multitude de raisons, la première étant évidemment cette naissance difficile, mais aussi à un niveau personnel. Cet accouchement, une fois achevé, lui offrirait l'occasion de parler à Melissa. Il tenait à faire en sorte de ne plus être une mauvaise surprise chaque fois que leur travail leur donnerait l'occasion de se rencontrer.

— Tout va bien, assura Melissa après avoir examiné Marie.

Quand elle avait reçu l'appel de Gordon, elle ne s'attendait pas à cela. Un accouchement par le siège était plus compliqué, mais elle avait assez de métier pour ne pas s'en inquiéter. En revanche, elle n'avait pas imaginé que Lachlan ferait partie du décor. Elle ne savait toujours pas si elle souhaitait le mettre au courant de sa grossesse ou pas. Dans le fond, passer un peu de temps avec lui lui permettrait de mieux le connaître et de faire le bon choix.

Déjà, sa profession, qui exigeait un grand sens des responsabilités, parlait en sa faveur. L'aide qu'il apportait à sa sœur, Claire, également. Une petite voix en elle pointait que c'était là le genre de qualités qu'on était en droit d'attendre d'un bon père. Simplement, elle n'était pas certaine de le vouloir dans sa vie à elle.

En attendant, l'urgence était de s'occuper de Marie.

— À la prochaine contraction, je vous demanderai de pousser, d'accord ?

Marie hocha la tête tandis que son mari essuyait la sueur de son front avec un linge frais. Mettre un enfant au monde était bien sûr d'abord l'affaire de la mère, mais les pères qui choisissaient de rester auprès de leur épouse étaient généralement d'un grand soutien. Quand cette dernière était très anxieuse, leur rôle était même déterminant.

Elle-même n'avait pas encore réfléchi à une personne qui resterait auprès d'elle au moment de son accouchement. Au départ, elle ne voulait personne, mais Lydia ne lui laisserait certainement pas le choix. Malgré toute son amitié, ce ne serait pas aussi réconfortant que d'avoir près de soi l'homme de sa vie. Un homme qui vous ramènerait chez vous ensuite et qui partagerait les responsabilités et les bonheurs. Très raisonnablement, elle se répétait que ce qui comptait, c'était que le bébé soit en bonne santé, mais tout de même elle serait sûrement un peu déprimée de se retrouver seule à ce moment-là.

D'ailleurs, en supposant qu'elle confesse à Lachlan qu'il était le père, et qu'il veuille assister à la naissance, ce ne serait pas le chaleureux tableau familial qu'elle avait imaginé. Le pire, ce serait qu'elle en arrive à souhaiter que Lachlan participe, mais elle ne voulait pas risquer son cœur dans ce qui pouvait n'être que du temps perdu.

Lui permettre d'entrer dans sa vie la rendrait vulnérable car, s'il souhaitait s'impliquer auprès du bébé, ce serait par obligation et non par amour. Un engagement aussi sérieux ne devait pas être pris sous la contrainte. Comment un enfant pourrait-il être heureux en sentant que c'était le devoir qui liait son père et non l'affection ? Le plus sage était de maintenir Lachlan à distance.

En même temps, ce n'était pas honnête de le laisser dans l'ignorance. Si quelqu'un devait décider de son rôle de père, c'était à lui de le dire, pas à elle.

— Ça recommence ! dit Marie en se cramponnant à la main de son mari.

Melissa l'aida à respirer pendant le temps de la contraction jusqu'à ce que le bébé commence à apparaître.

— Restez bien calme, Marie. C'est à votre bébé de décider comment il veut faire son entrée dans le monde.

Cette façon de ne pas intervenir ne venait pas spontanément à Melissa, mais c'était en fait la meilleure manière d'éviter des complications.

Avec un peu de chance, la seule raison d'amener la mère et l'enfant à l'hôpital serait de vérifier qu'ils étaient tous les deux en bonne santé.

— C'est bien, Marie. Arrêtez de pousser maintenant. Votre bébé va arriver tout seul !

En effet, il glissait doucement hors du corps de sa mère sous le regard attentif de Melissa. Elle l'accueillit, coupa le cordon ombilical et commença sa toilette.

— Pourquoi est-ce qu'il ne crie pas ? demanda Marie, inquiète.

— Certains bébés ont besoin d'un peu de temps pour s'habituer à leur nouvel environnement, expliqua Melissa.

Elle ne voulait pas s'affoler. Il arrivait en effet qu'un peu d'aide soit nécessaire avant qu'ils ne puissent respirer par eux-mêmes, mais les regards inquiets posés sur elle la rendaient anxieuse.

— Lachlan, passez-moi le respirateur qui se trouve dans ma sacoche…

Sans le moindre signe d'inquiétude ni la plus petite hésitation, Lachlan plaça le masque sur la bouche de l'enfant et insuffla de l'air dans ses poumons. Le stress était d'autant plus fort qu'ils ne se trouvaient pas dans un hôpital. Si leur intervention ne marchait pas, cela entraînerait la mort du bébé. La responsabilité reposait sur les épaules de Melissa, mais Lachlan était si confiant et efficace qu'elle n'aurait pu rêver meilleur collaborateur dans cette situation d'urgence. Ce n'était pas sa spécialité, mais il n'hésitait pas à jouer le rôle qu'elle lui demandait. Dans le fond, si elle rechignait à lui parler de sa grossesse, c'était surtout pour son confort à elle…

Très vite, ils virent la poitrine du nouveau-né se soulever et s'abaisser. Tout le monde soupira de soulagement.

— Il va bien ? demanda Marie en accueillant son fils dans ses bras pour son premier câlin.

— Oui, très bien, mais étant donné les circonstances il vaut mieux que vous alliez à l'hôpital pour y être examinés tous les deux. Lachlan va vous y accompagner en ambulance, et je vous suivrai avec ma voiture.

— Je peux le prendre dans mes bras ? demanda Gordon, pressé lui aussi de faire la connaissance de son fils.

— Bien sûr ! Tenez-le pendant que je prépare Marie pour son transfert.

Marie tendit le nouveau-né à son mari.

— Pense à bien lui maintenir la tête, conseilla Marie.

Le regard plein d'amour que Gordon porta sur son fils fit monter les larmes aux yeux de Melissa. Pas seulement parce que c'était en soi un moment émouvant, mais parce qu'elle envisageait de priver son enfant du même accueil de la part de son père.

— Félicitations, déclara Lachlan en se retirant. Je vous attends en bas.

Melissa assura la délivrance et s'assura que Marie pouvait être conduite à l'hôpital sans problème.

Avant de sortir, Lachlan adressa à Melissa un sourire et un petit signe de tête. Le résultat fut que le cœur de cette dernière se mit à brûler de l'envie de lui dire son secret. Car même si elle ne voulait pas qu'il interfère dans sa vie, même si elle redoutait d'aimer à nouveau, elle venait de comprendre quelque chose d'essentiel : elle n'avait pas le droit de le priver de choisir le rôle qu'il voulait jouer dans la vie de son propre enfant. Et tant pis si cela leur faisait courir à tous les deux le risque de souffrir.

Une fois qu'elle l'aurait mis au courant, elle aurait fait son devoir ; la suite lui appartiendrait. À lui seul.

— Tu n'as pas besoin d'attendre toi aussi, déclara Melissa une fois qu'elle eut retrouvé Lachlan à l'hôpital.

— J'ai terminé ma garde, je préfère rester. Ça me fera plaisir d'avoir de leurs nouvelles. C'est la première fois que j'assiste à une naissance par le siège.

Effectivement, il s'était tenu en retrait de manière à laisser le champ libre à Melissa. Il avait pu observer avec quel calme elle s'était comportée, en particulier au moment où elle avait constaté que le bébé ne respirait pas. Franchement, elle l'avait impressionné.

— Une naissance, c'est toujours étonnant.

— C'est toi que j'ai trouvée étonnante !

Après leur rencontre au festival, il aurait volontiers classé Melissa comme une baba cool insouciante et irresponsable. Il découvrait que ce n'était pas du tout le cas. Elle était forte, indépendante, et n'avait besoin de personne pour mener sa barque dans la vie. Pourtant, il se sentait attiré par elle, et encore davantage quand revenaient à sa mémoire les souvenirs de la nuit qu'ils avaient passée ensemble au festival.

Depuis le traitement qu'il avait subi à cause de son cancer, il n'avait jamais envisagé de se lancer dans une relation amoureuse. Les soins l'avaient laissé épuisé, aussi bien émotionnellement que physiquement. Il avait encore besoin de temps pour reprendre une vie normale. Tant pis si Melissa s'intéressait à lui en dehors de la sphère professionnelle ; pour lui, le moment n'était pas arrivé. Il ne sentait pas prêt.

— Les naissances par le siège ne sont pas courantes, commenta Melissa. Si nous allions prendre un thé pour partager nos émotions ?

En la voyant rougir, Lachlan comprit qu'elle aussi pensait à leur folle nuit de sexe. La seule et unique fois où ils avaient « partagé leurs émotions ».

— Volontiers, approuva Lachlan, sans être tout à fait sûr que c'était une bonne idée en ce qui le concernait.

Mais pourquoi refuser cette occasion de faire mieux connaissance avec elle ? Il connaissait peu de monde encore, et elle venait de lui prouver qu'elle n'était pas l'écervelée qu'il aurait pu imaginer. Même s'ils ne reprenaient pas le même style de relation, ils pouvaient au moins envisager de se fréquenter amicalement.

Melissa l'entraîna vers la cafétéria, en regrettant de ne pas avoir à leur disposition un petit café sympathique où ils auraient pu discuter tranquillement.

Une fois qu'ils furent installés devant leur thé fumant, Lachlan se détendit un peu.

— Je suis vraiment content que tu sois arrivée à temps pour que tout se passe bien pour cette naissance. J'aurais fait mon possible pour assurer, mais rien ne vaut une sage-femme expérimentée, surtout quand le bébé se présente par le siège.

— Allons, tu t'en serais très bien sorti, je n'en doute pas, assura Melissa.

Puis, une fois un peu apaisée elle aussi, elle reprit :

— Si j'ai bien compris, tu es venu t'installer à Glasgow pour te rapprocher de ta sœur ?

Avec cette question, elle quittait le registre professionnel pour passer à la vie privée, mais Lachlan trouva sa curiosité tout à fait normale puisque ni l'un ni l'autre n'avait imaginé que leurs chemins se croiseraient à nouveau un jour.

— En partie. J'étais arrivé à un tournant de ma vie. Je voulais prendre un nouveau départ et, quand on m'a proposé ce poste, il m'a paru idéal puisqu'il me permettait en même temps d'être près d'elle quand son bébé arriverait. Elle n'a personne ici.

— Vos parents ne peuvent pas lui donner un coup de main ?

— Notre mère vit à la campagne où elle travaille dans une ferme. Elle refuse absolument de venir vivre en ville. Quant à mon père, c'est à peine si je me souviens de lui. Par contre, je me rappelle très bien dans quelle situation financière lamentable il nous a laissés alors que nous étions tout petits. Ma mère a dû travailler doublement pour nous assurer le nécessaire. Comme j'étais l'aîné, c'est moi qui ai pratiquement élevé mon frère Duncan et ma sœur Claire.

Il s'interrompit un instant.

— Et toi, reprit-il, tu as de la famille dans la région ?

— Non. Mes parents vivent aux États-Unis. Ils sont partis quand j'avais dix-huit ans.

— Et depuis, tu te débrouilles seule ?

— Oui. Nous n'avons que des contacts très espacés. J'ai moi-même financé mes études de sage-femme.

— Bravo. Tu es une femme forte, Melissa. Tu peux être fière de toi.

En la voyant rosir sous le compliment, Lachlan comprit qu'il n'y avait pas grand monde autour d'elle pour lui en faire.

— Je ne sais pas, répondit Melissa. J'ai raté plein de trucs. Voir Gordon et Marie si unis m'a donné de quoi réfléchir.

Le silence les enveloppa un instant.

— Lachlan...

— Oui ?

— J'ai quelque chose à te dire.

Le cœur de Lachlan battait fort dans sa poitrine. Il craignait de ne pas être prêt à entendre ce qu'elle s'apprêtait à lui annoncer.

Le regard de Melissa plongea dans le sien, comme si elle essayait de lui communiquer son message par télépathie plutôt qu'avec des mots. Finalement, ils lui montèrent aux lèvres.

— Lachlan, je suis enceinte.

— Ah... félicitations.

Il ne trouvait rien d'autre à répondre. Pourquoi lui annoncer cela ici ? Et maintenant ?

Elle penchait la tête comme si elle se sentait coupable de quelque chose de grave. Peut-être était-elle engagée dans une relation sérieuse quand ils avaient passé la nuit ensemble ? Elle redoutait alors qu'il parle de leur rencontre à quelqu'un ?

— Si tu fréquentes quelqu'un, ne t'inquiète pas, je ne dirai rien de nous à personne.

Elle prit une gorgée de thé, puis reposa sa tasse avant de poursuivre.

— Lachlan, je ne fréquente personne. Je n'ai couché avec personne depuis le festival. En fait, tu es le seul homme avec lequel j'ai fait l'amour depuis presque deux ans.

Lachlan mit beaucoup de temps avant d'assimiler ce qu'elle venait de lui dire. Finalement, l'énormité de ce que recouvraient ces quelques mots s'imposa à lui. Il ne connaissait rien de la vie de Melissa mais, si elle n'était pas le genre de fille à coucher à droite et à gauche, c'était que, comme lui-même, elle essayait de rompre avec son ancienne vie. Comme lui, elle était à ce moment-là en train de traverser une période difficile.

— Alors ? demanda-t-il.

— Eh bien... c'est toi le père de mon bébé.

— Mais tu n'as rien dit l'autre jour !

— J'étais très surprise de te voir avec Claire. Je ne savais pas comment te parler. À vrai dire, je me posais même la question de savoir si je devais te mettre au courant.

Lachlan paraissait pétrifié.

Un long moment, il demeura immobile, à la recherche de son souffle.

— Moi ? Le père de ton bébé ?

Voilà que ce qui devait être une aventure d'une nuit s'était transformé en un engagement à vie.

— Oui.

— Si je n'étais pas venu accompagner ma sœur, tu ne m'aurais jamais rien dit ?

Elle haussa les épaules.

— Sans doute. Tu te souviens de ce que nous avions convenu ? On se plaît, on couche ensemble et on se quitte comme si rien ne s'était passé.

— Peut-être, mais attendre un enfant abolit toutes les règles convenues pour un coup d'un soir.

Il n'était pas préparé à ce qu'il lui arrivait. Melissa n'y était sans doute pas davantage que lui-même.

— Je ne connaissais même pas ton nom de famille !

— Tu l'aurais découvert si tu avais essayé.

Autrement dit, elle n'avait pas eu l'intention de l'informer de sa grossesse. S'il n'était pas venu à Glasgow, il ne l'aurait jamais su et il aurait continué à croire que sa santé l'empêcherait à jamais de devenir père.

Bien sûr, Melissa ne savait rien de son histoire médicale, mais sa décision de garder le silence sur son état l'atteignait personnellement.

— C'était compliqué pour moi, Lachlan. Mon amie Lydia m'avait traînée à ce festival pour mon anniversaire dans l'espoir de me faire oublier la mort de mon fiancé dix-huit mois plus tôt.

— Je suis désolé… Que lui est-il arrivé ?

Voilà qui expliquait l'attitude désinvolte de Melissa le soir du festival et son silence ensuite. Ce devait être bien difficile de surmonter un deuil pareil. En tout cas, il avait vu juste quand il avait senti que leur rencontre éphémère n'était anodine ni pour lui ni pour elle.

— Rupture d'anévrisme. Brutale.

Le regard de Melissa s'était fait lointain, comme si elle revivait ce moment qui avait mis fin à son bonheur.

C'était ce même regard qu'il avait aperçu sur le visage des membres de sa famille quand il avait annoncé son cancer. Dans son cas, le dénouement avait été plus heureux. En tout cas, jusqu'à maintenant.

— Quelle horreur pour toi ! murmura-t-il en lui prenant la main par-dessus la table.

C'était la première fois qu'il la touchait depuis qu'ils s'étaient retrouvés. La peau de Melissa était aussi douce et tiède que dans son souvenir.

Malgré sa tristesse, elle s'efforçait de lui sourire.

— Nous avions prévu de nous marier et de fonder une famille.

À sa mort, j'ai enterré ce rêve en même temps que lui. Quand j'ai découvert que j'étais enceinte, j'ai été aussi choquée que toi en ce moment. Je ne me suis pas encore habituée à cette idée.

Cet aveu aidait Lachlan à comprendre pourquoi elle ne lui avait rien avoué plus tôt. Malgré la première impression qu'il avait eue d'elle, Melissa était du genre à s'installer dans une vie de famille. Elle avait dû comprendre que ce n'était pas ce que lui-même désirait. Au lieu de mettre au monde un bébé au sein d'une famille aimante, elle avait dû redouter de se trouver liée à un fêtard rencontré au hasard d'une nuit de festival. Et cela, avant même d'être informée de ses problèmes de santé.

— Qu'est-ce qui t'a amenée à me parler aujourd'hui ?

Avant de s'engager à quoi que ce soit, Lachlan voulait savoir si elle ne le laisserait pas tomber à la première difficulté, comme l'avait fait son père ou son bon à rien de beau-frère.

Melissa n'avait pas retiré sa main. Il interpréta cela comme un signe favorable.

— J'ai vu à quel point tu étais dévoué à Claire et à son futur bébé.

— C'est normal. Claire est ma petite sœur. Comme je te le disais tout à l'heure, c'est moi qui l'ai élevée. Je veux être sûr que son enfant aura près de lui le modèle d'un homme responsable. Bref, celui que nous n'avons pas eu, elle et moi. Je ferai de mon mieux pour les soutenir tous les deux.

— Tu es un bon grand frère. En le découvrant, j'ai compris que ce n'était pas juste d'écouter mon égoïsme plutôt que l'intérêt du bébé. Ce soir, Marie et Gordon m'ont confortée dans cette idée. Je pense que tu as les qualités qui feront de toi un bon père. Mais c'est à toi de décider si tu désires t'investir ou pas.

— Si tu me laisses cette chance, je suis prêt à assumer mon rôle.

— C'est Claire qui va être surprise, non ?

Avec ces mots, Melissa voulait rappeler que cette naissance concernerait d'autres personnes qu'eux-mêmes.

— Certainement. Et tes parents ? Tu le leur as annoncé ?

— Pas encore.

Lachlan se mit à rire.

— Au moins, maintenant, tu pourras leur donner le nom de famille de ton futur enfant !

Elle rit à son tour, heureuse de sentir que leur relation progressait.

— Sérieusement, Melissa, il faudra que tu m'expliques ce que tu attends de moi. Nous sommes impliqués tous les deux.

— Je n'attends rien, Lachlan. Si tu veux garder tes distances, je le comprendrai parfaitement.

Lachlan ne la croyait pas tout à fait. Il lui avait semblé comprendre que, malgré son courage, elle redoutait de devoir faire face seule. Il n'avait pas l'intention de se soustraire aux conséquences de ses actes.

— Pas question. Je suis concerné moi aussi.

— Écoute… Je dois passer mon examen du troisième mois bientôt. Si tu veux, je te propose de m'y accompagner.

— Très volontiers.

L'échographie les mettrait face à la réalité. Ils verraient leur bébé et ils ne pourraient plus imaginer que ce qu'il leur arrivait n'était qu'une question de mots. Ils avaient engendré une vie.

Une vie dont ils étaient responsables.

Tous les deux.

4

— Merci de m'accompagner, déclara Melissa pendant que Lachlan garait la voiture à proximité de l'hôpital.

Regarder Lachlan dans les yeux après lui avoir avoué qu'il était le père de son enfant n'avait pas été facile. Ce matin, avant de lui demander de l'emmener parce que ses violentes nausées l'empêchaient de prendre le volant, Melissa avait hésité un long moment. Elle avait d'abord envisagé de demander ce service à Lydia, mais c'était un peu idiot puisque de toute façon Lachlan souhaitait assister à l'examen.

— Pas de problème, répondit-il aimablement.

— J'ai préféré ne pas prendre le risque de me sentir mal sur le trajet. Ce sont sûrement les nerfs qui me tracassent à cause de l'échographie, mais j'apprécie de ne pas être seule.

Tout bien considéré, Lachlan avait bien pris la nouvelle de sa grossesse. Beaucoup d'hommes auraient pris leurs jambes à leur cou si on avait lâché pareille bombe dans leur vie. Lachlan ne l'avait pas fait.

Il descendit ouvrir la portière de Melissa et l'aida à sortir de la voiture.

— Claire a été ravie d'apprendre que son enfant aurait un compagnon de jeu.

— Tu lui as annoncé la nouvelle ?

— Bien sûr. J'en ai fait part à toute ma famille, qui est enchantée.

Claire s'est moquée de moi. Il paraît qu'avec un père aussi peu dégourdi ni toi ni le bébé n'avez tiré le gros lot !

Melissa ne put s'empêcher de rire. C'était amusant de voir que les frères et sœurs adultes continuaient à se taquiner comme s'ils étaient encore des gamins. Aux réunions de famille, Chris et son frère ne s'en privaient guère, et Lydia et sa sœur se disputaient souvent pour des histoires de vêtements quand ce n'était pas pour des garçons. Ces chamailleries pleines d'affection faisaient parfois regretter à Melissa d'être enfant unique. Si elle arrivait à créer une relation stable avec quelqu'un, elle aimerait avoir un autre enfant pour que celui qu'elle attendait ne soit pas seul dans la vie. Mais cette fois-là, ce ne serait pas le hasard qui déciderait à sa place, elle s'en faisait la promesse solennelle.

Lachlan riait aussi.

— Je lui ai répondu qu'elle se trompait lourdement puisque je suis beau, drôle et capable de m'occuper de deux jeunes femmes enceintes !

Il plaisantait, mais tout ce qu'il disait était vrai. C'était bien là le problème. Si elle laissait Lachlan entrer dans sa vie, elle courrait le risque de s'attacher à lui et de souffrir atrocement une fois de plus si jamais il l'abandonnait lui aussi comme l'avaient fait ses parents et Chris.

C'était sans doute son enfance solitaire qui lui avait donné envie de fonder une famille. Depuis longtemps, elle désirait créer autour d'elle ce cocon de sécurité pour être certaine de ne plus jamais être seule. Les choses ne se présentaient pas comme elle l'avait prévu. Elle était heureuse d'accueillir bientôt un enfant, mais elle ne pourrait pas lui offrir la famille qu'elle aurait souhaitée. Lachlan s'impliquerait d'une façon ou d'une autre, elle en était sûre maintenant, mais cela n'aurait rien à voir avec la présence de deux parents aimants qui élèvent leur enfant sous le même toit.

— Encore une fois, merci pour ton soutien, Lachlan. Tu as bien dit aux uns et aux autres que nous ne formions pas un couple ?

Melissa ne voulait pas que plane l'ombre d'un malentendu

sur leur relation. La situation évoluerait sans doute, mais il y avait peu de chances pour qu'ils finissent tous les trois comme une famille unie.

— Oui. Par contre, je suis resté dans le vague à propos des circonstances de notre rencontre...

— Tu as bien fait. Cela dit, tu as encore le temps de ne pas venir assister à l'échographie. Ce n'est pas parce que tu as eu la gentillesse de m'accompagner ici que tu es obligé d'entrer. Je veux que tu te sentes parfaitement libre.

— Pas question de rater cette occasion d'apercevoir mon bébé pour la première fois !

Un pli contrarié barra le front de Lachlan.

— Il me semblait que tu souhaitais ma présence...

— C'est vrai mais, comme ce n'est pas toi qui en as manifesté le désir, je t'offre une porte de sortie au cas où...

Melissa devinait qu'une fois qu'ils auraient vu le bébé ensemble leur relation changerait. Ils auraient atteint un point de non-retour.

Lachlan s'arrêta et la fixa de son regard sombre.

— J'ai dit que je t'accompagnerais, je le fais. Si tu essayes de m'écarter de mes responsabilités, je te préviens que ça ne marchera pas. Que tu le veuilles ou non, il s'agit de mon enfant à moi aussi.

Au lieu de rassurer Melissa, ces paroles prononcées sur un ton sans appel l'inquiétèrent. Elles prouvaient que Lachlan était ici par devoir. Était-ce ce dont elle avait besoin ? La rencontre avec Marie et Gordon, leur complicité lors de la naissance difficile de leur enfant lui avaient ouvert les yeux et l'avaient décidée à parler. En pensant à son propre accouchement, elle avait compris à quel point ce serait réconfortant pour elle aussi d'avoir quelqu'un qui la soutiendrait. Mais un homme en service commandé ? Certainement pas !

C'était son sens des responsabilités qui guidait Lachlan, pas un attachement affectueux à son enfant à naître. Pas davantage un lien amoureux avec elle. Que se passerait-il pour le bébé et elle-même si un jour il décidait de suivre un chemin dans lequel elle n'avait pas sa place alors qu'elle l'aurait accueilli dans sa vie ?

Ils demeurèrent silencieux dans la salle d'attente, assis de part et d'autre d'une chaise vide. Un abîme les séparait des différents couples présents qui se tenaient par la main ou conversaient joyeusement en attendant de découvrir leur bébé.

— Melissa Moran ?

En entendant son nom, Melissa se leva sans même regarder si Lachlan lui emboîtait le pas.

Elle eut la surprise de le voir s'asseoir près du lit et ensuite fixer l'écran avec la plus grande attention. Il était peut-être plus impliqué qu'elle ne le pensait ?

— Vous pouvez relever un peu votre T-shirt et baisser votre ceinture ? demanda la manipulatrice. Je voudrais éviter de mettre du gel sur vos vêtements.

Melissa obéit docilement. Se trouver du côté de la patiente alors que d'ordinaire c'était elle qui donnait les instructions et les conseils aux futures mamans lui paraissait assez bizarre. Elle devrait s'habituer à cette inversion des rôles puisqu'elle avait encore six mois de grossesse devant elle. Autant vivre cela comme une expérience qui l'aiderait à mieux comprendre et soutenir les femmes qu'elle suivait.

— Désolée, ça va être froid ! prévint la manipulatrice en déposant le gel sur la peau de Melissa.

Son ventre commençait à s'arrondir, ce qui pour Melissa était une source de réconfort. Elle était heureuse de penser que son bébé y grandissait, bien au chaud et bien protégé. Tout à coup, le fait de se trouver exposée au regard de Lachlan l'emplit de gêne. Pourtant, trois mois plus tôt, il avait vu bien davantage de son corps ! Il l'avait trouvée belle alors. Elle avait envie de l'être encore. C'était troublant, car malgré elle, malgré le chaos qu'était devenue leur vie, elle continuait à ressentir de l'attirance pour lui.

Quelques instants plus tôt, il plaisantait en évoquant la taquinerie de Claire, mais c'était vrai qu'il était beau. Séduisant en diable avec ses cheveux noirs et ses yeux sombres. Voilà qui n'aidait pas Melissa à clarifier la situation. Plus il lui plaisait, plus elle serait vulnérable. Le tenir à l'écart était une façon de se préserver. De se préparer à ce qu'un jour il ne soit plus là.

Il se pencha sur le lit.

— Ça va, Melissa ? Tu es toute rouge !

La gêne de Melissa ne fit que grandir.

— Ça va très bien. Je suis un peu émue, c'est tout.

— Je cherche à écouter le cœur du bébé, expliqua l'opératrice. Cela demande parfois un peu de temps, ne vous inquiétez pas.

C'était plus vite dit que fait. Melissa savait mieux que personne que bien des problèmes pouvaient être détectés à ce stade de la grossesse. Elle n'osait pas respirer en attendant d'être rassurée.

Lachlan avait sans doute deviné son anxiété car il lui prit la main. Ce simple contact suffit à apaiser Melissa. Elle sentait la pression du Doppler qui bougeait sur son ventre à la recherche du cœur du bébé. Les yeux des trois personnes étaient fixés sur l'écran, leurs oreilles tendues.

— Nous y voilà ! dit l'opératrice en souriant.

Tout à coup, la pièce fut emplie par les battements du cœur du bébé. C'était impressionnant. Melissa serra la main de Lachlan. Cette fois, la réalité était irréfutable. Quand elle leva les yeux vers lui, il lui sourit et se pencha pour déposer un baiser dans ses cheveux.

Comment interpréter ce geste ? Pouvait-elle croire qu'il serait auprès d'elle quand elle aurait besoin de lui ? Rien n'était moins sûr. Pour sa sécurité émotionnelle et celle du bébé, mieux valait rester sur la défensive.

Ces derniers temps, les bébés colonisaient complètement le cerveau de Lachlan. Entre celui qu'attendait Claire et celui de Melissa qui le concernait au premier chef, il avait l'impression que l'univers entier tournait autour de ces petites créatures. Le soir de l'échographie, il ne réussit pas à s'endormir. Au lieu de rester dans son lit à chercher le sommeil, il décida d'aller faire des courses dans une épicerie de nuit. Bien entendu, il oublia la moitié de ce qu'il devait acheter, mais en sortit chargé de mille bricoles pour Melissa et le bébé.

Allait-il les rapporter chez lui ?

Pourquoi ne pas passer chez elle ?

Sa décision fut vite prise. Il rassembla tous ses achats et fila vers sa voiture.

Depuis qu'il avait appris la grossesse, il avait pris l'habitude d'appeler Melissa chaque jour ou de lui envoyer un message pour s'informer de sa santé car elle lui avait dit souffrir de brûlures d'estomac. Puis, inquiet qu'elle ne le trouve intrusif, il lui avait demandé de lui dire franchement si cela ne la gênait pas qu'il prenne aussi régulièrement de ses nouvelles. Elle lui avait assuré que non, ce qui lui avait fait grand plaisir.

En roulant vers la maison de Melissa, il repensa au moment émouvant de l'échographie. Cela lui fit chaud au cœur. Non seulement ils avaient ensemble aperçu leur bébé, mais elle lui avait même permis de lui tenir la main. C'était un progrès. Il leur en restait beaucoup à faire d'ici la naissance puisqu'il leur faudrait s'organiser pour partager les soins à donner au bébé. Heureusement, en s'organisant en fonction de leurs différentes gardes, ils devraient réussir à assurer une présence constante auprès de lui. Lachlan était fermement décidé à être un père présent. Rien ne lui paraissait plus important que de passer du temps avec son enfant. Cette paternité lui était arrivée par hasard, mais il allait apprendre son rôle, bien résolu à faire de son mieux.

Sa vie avait pris un nouvel élan depuis qu'il avait aperçu son enfant. Il avait désormais une raison supplémentaire pour se lever le matin. D'ailleurs, plus les jours passaient, plus il découvrait qu'il avait hâte d'être père.

Il freina pour laisser une jeune femme traverser la route. Elle ressemblait un peu à Julieann. Avec le recul, il reconnaissait que l'échec de sa relation avec celle-ci était en grande partie causée par sa crainte de ne jamais pouvoir devenir père. Les médecins l'avaient prévenu de ce risque lié au traitement qu'il avait suivi pour soigner son cancer. Jusqu'à sa maladie, il avait toujours envisagé de fonder une famille mais, mis au pied du mur, il avait laissé la peur le gagner. Comment supporter l'humiliation et la souffrance de ne pas pouvoir la rendre enceinte alors qu'elle le désirait tant ? Quant à la perspective d'avoir recours à des moyens modernes de conception, il avait refusé de l'envisager. Après avoir passé autant de temps dans les hôpitaux à cause de son cancer, il les fuyait comme la peste. Le hasard lui avait facilité les choses. C'était inattendu, mais cet enfant serait désiré et aimé.

Un moment plus tard, il sonnait chez Melissa.

— Lachlan ? Qu'est-ce que tu fais ici ? demanda Melissa en ouvrant la porte.

Elle resserra la ceinture de sa robe de chambre.

— Désolé de passer si tard, déclara Lachlan, un peu gêné tout de même. J'espère que je ne t'ai pas réveillée ?

Elle avait les traits tirés et paraissait fatiguée.

— Pour me réveiller, il aurait fallu que je dorme ! Notre rejeton m'en fait voir de toutes les couleurs.

Elle posa la main sur son ventre et bâilla.

— Regarde, reprit Lachlan, je suis allé faire des courses et j'ai ramené quelques petites choses. Je peux entrer ?

C'était un peu présomptueux de sa part de débarquer à cette heure tardive, mais il éprouvait un besoin irrépressible de s'occuper de sa famille. Melissa en faisait partie désormais.

Même si elle n'avait pas encore surmonté le chagrin d'avoir perdu son fiancé, ils étaient liés l'un à l'autre par cet enfant qu'ils attendaient, quand bien même il n'était pas question de sentiments entre eux.

La seule relation sérieuse qu'il avait eue s'était mal terminée. Il en serait autrement pour celle-ci qui mettait en jeu le bonheur d'un enfant. Sa libido passerait après le rôle de père que le hasard lui avait offert car c'était peut-être la seule chance de sa vie d'avoir un enfant. Le comportement de son père était l'exemple parfait de ce qu'il ne voulait pas devenir : absent et oublieux des conséquences de ses actes.

Melissa se frotta les yeux en bâillant une nouvelle fois.

— Si jamais dans tout ça tu as une plaquette de chocolat, tu es le bienvenu.

— Évidemment, j'ai du chocolat ! Il m'a semblé que ça faisait partie de tes péchés mignons.

— Très juste. Et comme j'ai le droit de prendre encore quelques kilos, autant en profiter !

À la suite de Melissa, Lachlan pénétra dans la maison après avoir attrapé l'autre cadeau qu'il avait posé contre le mur.

Melissa alla s'asseoir dans le salon où il la suivit.

— Comment te sens-tu ? Tu as encore des brûlures d'estomac ?

— Non, aujourd'hui, ça s'est bien passé de ce côté-là, mais je suis fatiguée en permanence.

— Si je pouvais échanger ma place contre la tienne, je le ferais volontiers... Hélas, la nature n'a pas prévu ça.

Un sourire éclaira le visage de Melissa.

— Dommage, en effet. Ça me plairait bien de temps en temps !

— À défaut, je pense avoir trouvé quelque chose qui te rendra la vie plus confortable pendant les mois à venir.

— Qu'est-ce que c'est ?

— Un oreiller anti-reflux. Il paraît que c'est efficace contre les brûlures d'estomac parce qu'il redresse la personne, ce qui lui évite de dormir à plat. Il devrait aussi soulager ton dos. On essaye ?

Joignant le geste à la parole, il alla placer le coussin dans le dos de Melissa qui remua un peu pour bien s'installer et se carra ensuite dans son fauteuil avec un soupir d'aise.

— Il me semble que j'en ressens déjà les bienfaits !

— Tant mieux si cela te soulage un peu.

— C'est vraiment sympa d'avoir cherché un moyen de m'aider à mieux dormir. Et de t'être dérangé pour venir jusque chez moi.

Elle se redressa en lui adressant un sourire amical.

— Je te fais un thé ?

Lachlan l'arrêta d'un geste.

— Reste assise, je m'en charge.

Il était heureux de pouvoir la soulager un peu car, visiblement, personne ne s'occupait d'elle depuis longtemps.

Prévenus, les parents de Melissa avaient bien accepté la nouvelle de la future naissance, mais ils n'avaient pas envisagé de venir lui rendre visite. La mère de Lachlan avait été folle de joie à l'idée de voir la famille s'agrandir et de savoir qu'il pouvait être père malgré les gros soucis de santé qu'il avait eus. Lui faire comprendre qu'ils n'avaient pas pour autant l'intention de vivre ensemble avait été compliqué, mais il avait insisté jusqu'à ce qu'elle l'accepte. Autant lui ouvrir les yeux une bonne fois pour toutes.

Finalement, cet arrangement lui convenait plutôt bien car, en regardant autour de lui, il ne pouvait que constater à quel point les relations étaient éphémères. Son père les avait abandonnés, le mari de Claire avait disparu sans laisser d'adresse, les parents de Melissa étaient plus ou moins aux abonnés absents. Le malheureux Chris avait lui aussi déserté sans le vouloir en mourant à la fleur de l'âge. Il y en avait toujours un des deux qui restait sur le carreau et, compte tenu de son histoire médicale, il était persuadé qu'il serait le premier à disparaître, même si c'était bien contre son gré. En attendant que cette heure soit venue, il allait faire tout ce qui était en son pouvoir pour sa famille nouveau style, même si cela l'obligeait à maintenir une certaine distance affective avec la mère de son enfant. C'était le mieux pour eux deux car ainsi Melissa n'aurait pas à affronter la douleur de perdre une nouvelle fois l'homme qu'elle aimait.

Lachlan retourna dans la cuisine vider son sac à provisions. La main sur l'estomac, comme pour prévenir une nouvelle crise de douleurs, Melissa le suivit. Il rangea les divers articles qu'il avait apportés dans les placards et le réfrigérateur, puis fit chauffer une tasse de lait dans laquelle il ajouta une cuillère de miel.

— Essaye de boire ça, il paraît que ça soulage les brûlures d'estomac.

— Humm... ça sent bon. Je me rappelle que, quand j'étais petite, ma maman me préparait une tasse de lait chaud chaque soir avant de me mettre au lit.

Lachlan eut ainsi le plaisir de constater qu'il faisait remonter d'heureux souvenirs à la mémoire de Melissa. Le moment venu, il se souviendrait de cet épisode afin de créer pour son enfant des moments de petits plaisirs, un peu comme une réserve de bonheur dans laquelle il pourrait puiser plus tard.

— J'ai mis au frais des sachets de salade, et des bananes et des noix dans le compotier. Dans ton cas, il vaut mieux manger peu et souvent plutôt que de faire un gros repas.

En remarquant le regard surpris de Melissa, il ajouta :

— Et s'il te plaît, ne me reproche pas d'en faire trop !

— J'aurais bien tort de me plaindre de toutes tes attentions...

— Je sais que tu es bien plus calée que moi pour tout ce qui concerne la grossesse puisque c'est toi qui conseilles les femmes enceintes en matière de régime alimentaire, mais il m'a semblé que tu serais contente de ne pas avoir à faire le marché. Je me trompe ?

Melissa se mit à rire.

— Pas du tout. J'ajouterai que je sais très bien donner des conseils aux autres, mais que je ne les suis pas moi-même...

— Ça, c'est ton problème ! Moi, je veux seulement te montrer que je suis là pour toi et pour le bébé.

Maintenant que le moment de tension à l'occasion de l'échographie s'était dissipé, il voulait être bien certain que Melissa ne doutait pas de son implication.

— Je n'en doute pas, tu as amplement fait tes preuves.

Lachlan jeta un coup d'œil autour de lui dans cette cuisine chaleureuse. Il ne pouvait s'empêcher de s'imaginer en train de préparer leur dîner pendant que Melissa le regarderait faire, le bébé dans les bras. Scène domestique qui aurait pu faire partie de leur avenir s'ils étaient dans une véritable relation. En réalité, ils étaient encore des étrangers l'un pour l'autre, chacun lourdement chargé d'un passé qui les empêchait d'offrir un environnement affectif stable à leur enfant. Cela, il ne devait jamais l'oublier. Le bébé était à lui, mais la mère ne lui appartenait pas.

Il s'approcha de Melissa.

— Donne-moi ta tasse. Je vais la rincer pendant que tu retournes t'asseoir.

Quelques instants plus tard, il la rejoignait dans le salon.

— Voilà, j'ai tout rangé. Je vais rentrer chez moi et te laisser dormir tranquille.

Roulée en boule sur le canapé, l'oreiller serré contre elle comme si c'était un amoureux, ce qui n'était sans doute pas la façon de l'utiliser prévue par le fabricant, elle s'était endormie. Elle paraissait sereine. Un sourire flottait sur ses lèvres. À quoi rêvait-elle ? Sans doute au bébé. Peut-être à lui ?

Une émotion très douce s'empara de Lachlan. Comme Melissa ne pouvait pas le voir, il baissa la garde et se laissa submerger par ce bien-être inconnu. Avec sa couronne de cheveux roux étalée autour de son visage, elle était belle. Ce n'était pas une découverte. Elle lui avait plu dès qu'il l'avait aperçue, petite fée à la chevelure incendiaire, en train de danser dans la boue du festival. En revanche, ce qu'il avait appris récemment, c'étaient sa force et sa façon d'être indépendante. Elle avait su surmonter une jeunesse difficile, et achevé des études sans rien devoir à personne. Elle saurait mener sa grossesse à bien et pourrait être capable de se passer de lui. Autrement dit, il avait beaucoup de chance qu'elle lui permette de s'investir lui aussi.

Penché sur elle, il écarta la mèche de cheveux qui lui barrait le front avant d'y déposer un baiser. Ensuite, il déplia le plaid placé au bout du canapé et l'étendit sur elle pour qu'elle reste bien au chaud au cas où elle y terminerait la nuit.

Tout en se retirant sur la pointe des pieds, il emplit ses yeux du spectacle de Melissa profondément endormie.

Et maintenant ? Que lui restait-il à faire ?
Le plus difficile : s'empêcher de tomber amoureux d'elle.

Avant d'ouvrir les yeux, Melissa attendit d'entendre la porte d'entrée se refermer.

Elle prit une profonde inspiration avant de se redresser. Il lui avait fallu faire appel à toutes ses forces pour se retenir d'attirer Lachlan contre elle quand il l'avait embrassée sur le front. Il était incroyablement attentionné. Hélas, toute cette gentillesse était loin de calmer l'attirance qu'elle continuait à éprouver pour lui. Au contraire, elle jetait de l'huile sur le feu de son désir. Comment ne pas craquer pour un homme qui vous offrait un oreiller confortable et vous apportait des provisions choisies exactement pour vous ? Il avait trouvé le moyen de lui faire sentir qu'elle et le bébé étaient importants pour lui. Ce serait difficile de ne pas s'habituer à se laisser traiter comme une princesse.

Et pourtant, c'était tellement bon ! Il y avait si longtemps que personne n'avait veillé sur elle. Se laisser glisser dans la romance serait facile et agréable si… si Chris qu'elle avait aimé ne lui avait pas été arraché cruellement. La peur de souffrir encore la retenait de se laisser aller à des visions de famille heureuse et soudée. De cela, il n'était pas question. Savoir que Lachlan était un homme honorable et qu'il tiendrait son rôle devait lui suffire. Tant pis si son bonheur ne prenait pas une tournure romantique. La vie n'était pas un conte de fées, voilà tout.

Par conséquent, il y avait une marche à suivre.

Premièrement, ne pas se sentir fondre parce que Lachlan l'avait embrassée.

Deuxièmement : ne pas se poser la question de savoir si ce baiser était le signe qu'il ressentait quelque tendresse pour elle.

Troisièmement : ne pas se préoccuper des sentiments qu'elle éprouvait pour lui.

5

— C'est encore un peu tôt pour préparer la nurserie, mais il me semble que ce serait sympa de chercher quelques idées pour l'aménager dans quelque temps, déclara Lachlan en poussant la porte du magasin spécialisé dans les articles pour femmes enceintes et nouveau-nés.

Melissa ne s'y était encore jamais aventurée.

Elle hésita un instant à entrer.

— Tu sais, je suis superstitieuse. Je ne veux rien acheter pour le bébé avant le dernier mois.

— Ça ne nous empêche pas de faire un peu de lèche-vitrines, non ?

— C'est vrai. D'autant plus que j'ai besoin de changer ma garde-robe. D'ici peu, les coutures de mes vêtements vont craquer de partout.

C'était clair, son ventre à peine arrondi allait bientôt se métamorphoser en un encombrant ballot, identique à celui des patientes qu'elle recevait chaque jour. À ce stade, toutes présentaient les mêmes symptômes, mal au dos, envie de passer souvent aux toilettes, sommeil difficile à cause des mouvements du bébé... Bref, un moment arrivait où accoucher signifiait autant reprendre le contrôle de son corps que faire la connaissance du bébé.

— Quelle importance ? Je suis sûr que tu seras toujours belle.

Melissa hocha la tête. Elle ne voulait pas être dupe de ces mots gentils. Inutile d'y attacher de l'importance. Lachlan s'efforçait simplement de rassurer la mère de son futur enfant. Dommage qu'un simple compliment de sa part fasse battre son cœur plus vite. C'était cela qui l'avait fait hésiter avant d'accepter de sortir avec lui aujourd'hui. Puis, en se rappelant à quel point il s'était montré présent et attentif, elle avait décidé de faire quelques concessions. Si elle refusait trop souvent ses propositions, elle créerait une distance peu souhaitable entre lui et son enfant, ce qui ne serait pas une bonne chose. Aller faire des courses avec lui ne lui avait pas paru trop dangereux, mais cela ferait plaisir à Lachlan.

Elle posa les mains sur son ventre. C'était le bébé qui était important, pas elle.

Lachlan paraissait en effet tout content de la voir s'avancer au milieu des poussettes et des étalages de vêtements minuscules.

— Je te préviens, comme je suis nul en décoration, je te laisserai t'en occuper. Par contre, côté bricolage, je peux être efficace. Si tu es d'accord, je fabriquerai le berceau, comme je l'ai fait pour le bébé de Claire, et je peindrai les murs de la couleur que tu choisiras.

— Parfait ! s'exclama Melissa en riant. Pendant ce temps, je te regarderai, confortablement installée dans mon fauteuil, une tasse de thé à la main.

Cette perspective lui plaisait beaucoup, mais l'inquiétait un peu en même temps car cela augmenterait leur degré d'intimité.

— Tu me diras s'il convient de peindre des arcs-en-ciel et des licornes ou des trains et des petites voitures.

— Pourquoi pas quelque chose de plus neutre ? proposa Melissa en attrapant un nounours jaune pâle.

— Tu ne veux pas connaître le sexe du bébé ? Côté déco, ça faciliterait les choses !

— Non, j'ai envie d'avoir la surprise de le découvrir. En plus, je n'ai pas l'intention de respecter les stéréotypes de genre. Bleu pour les garçons, rose pour les filles ? Non, merci, très peu pour moi.

— D'accord pour ça, mais moi je suis impatient de savoir si je vais avoir un fils ou une fille.

— Tu veux vraiment savoir ?

— Oui.

— Moi, je refuse de choisir un prénom et de prévoir un style de vie pour mon bébé avant d'avoir découvert sa frimousse.

— Comme tu voudras. Nous avons encore du temps devant nous pour en reparler.

Lachlan n'insista pas et se mit à regarder les landaus, mais la conversation avait agacé Melissa.

Ils avaient des idées opposées sur cette question sans importance, mais d'autres sujets de dissension ne manqueraient pas de surgir. Il y aurait plus tard des choix essentiels à faire et, en tant que coparents, ils devraient les faire ensemble. Elle commençait à prendre la mesure des implications qui résultaient de son comportement insouciant trois mois plus tôt, mais il était trop tard pour changer quoi que ce soit. La seule façon de survivre serait de traiter ces problèmes sans y mettre aucune affectivité.

Un peu tranquillisée par cette nouvelle résolution, elle retrouva son calme.

— Je vais monter à l'étage chercher un pantalon à la taille élastique. Tu ne seras pas surpris si je te dis que mes jeans ne sont plus adaptés à ma nouvelle silhouette.

Elle se dirigea vers l'escalator.

L'enthousiasme que manifestait Lachlan à propos de la naissance aurait été merveilleux pour n'importe quel autre couple que le leur. Dans leur cas, Melissa le trouvait plutôt inquiétant. Après tout, ce bébé était avant tout le sien ! Elle était la première en ligne pour prendre soin de lui. Lachlan n'avait été qu'un donneur de sperme. Voilà ce qu'elle devait se mettre dans la tête pour sauvegarder sa tranquillité.

Devant elle dans l'escalator, une jeune femme s'appliquait à maintenir un bébé sur sa hanche tout en tenant par la main un petit garçon qui s'efforçait de lui échapper. Il y réussit finalement et se mit à gravir les marches en courant.

— Henry ! Attends-moi !

La jeune mère épuisée partit à sa poursuite, mais le petit Henry était visiblement possédé par le démon de la curiosité. Découvrir le monde par soi-même, quel bonheur ! Arrivé au sommet de l'escalator qui descendait, il avait posé sa main sur la rampe.

— Henry, c'est dangereux, recule-toi, s'il te plaît ! commandait la mère que le bébé qu'elle portait l'empêchait de se dépêcher.

Malheureusement, le jeune aventurier en avait décidé autrement. Persuadé qu'il avait affaire à un nouveau genre de manège, il venait d'enfourcher la rampe.

Melissa aurait voulu le retenir, mais elle arriva trop tard, elle aussi. Elle ne put que regarder l'enfant tomber, puis dévaler tout le long de l'escalier mécanique. Une fois arrivé en bas, il demeura immobile sur le sol, sans doute inconscient, pendant que sa mère réclamait des secours.

— Lachlan ! appela Melissa.

Il serait capable de donner les premiers soins au petit désobéissant en attendant qu'on le conduise à l'hôpital.

Très vite, Lachlan arriva à côté de l'enfant et s'agenouilla près de lui.

— Appelez une ambulance, ordonna Melissa à un jeune caissier qui, alerté par les cris de la mère, venait voir ce qui se passait.

Ensuite, elle prit la mère par la main pour l'aider à descendre.

— Lachlan est urgentiste, il va s'occuper de Henry, ne vous inquiétez pas.

Quelqu'un apporta une chaise et un verre d'eau pour la mère devenue pâle comme un linge. Une autre personne arriva avec le kit de premiers secours que Lachlan avait demandé.

— Qu'est-ce que je peux faire pour t'aider ? demanda Melissa.

— Déboutonne son manteau pour qu'il respire plus facilement. Il est évanoui avec une blessure à la tête qui saigne beaucoup.

Le jeune caissier avait eu la bonne idée d'emmener la mère

à l'écart pour lui éviter un spectacle qui n'aurait pu que l'affoler davantage.

Melissa passa l'information pour la rassurer.

— Dites à sa mère que Henry respire et que sa chute sera sans doute sans gravité. Et aussi que l'équipe du magasin a appelé une ambulance, que mon ami est urgentiste et que Henry ne peut pas être entre de meilleures mains.

Elle avait pris le pouls du petit garçon et découvert avec soulagement qu'il était normal.

Apparemment, il s'agissait d'une simple commotion, mais, au cas où il y aurait des blessures plus graves, il convenait de prendre toutes les précautions pour ne pas aggraver son état en attendant qu'il soit examiné à l'hôpital.

— Je pense qu'il n'a rien de cassé, déclara Lachlan. Mais il faudra tout de même faire une radio. Son pouls est normal, mais je remarque que le contour de son œil et sa joue ont déjà commencé à enfler.

Il se redressa.

— Est-ce que quelqu'un pourrait apporter de la glace ?

Melissa n'était pas habituée à ce genre d'urgence. Quand on faisait appel à elle, il y avait en général un bébé en route et elle avait sa sacoche avec elle. Heureusement que Lachlan se trouvait là lui aussi ! Elle était heureuse de ne pas avoir à affronter la situation toute seule. Elle n'était pas coutumière du travail en équipe, mais elle découvrait qu'il présentait bien des avantages.

C'était là quelque chose dont elle saurait se souvenir, dans son travail mais aussi dans sa vie personnelle. Quand le bébé arriverait, elle aurait bien besoin d'aide et de soutien. En voyant Lachlan si calme et efficace, il ne faisait aucun doute qu'il serait capable de changer des couches ou de donner quelques biberons !

On leur apporta un sac de glaçons qu'elle posa sur le visage de l'enfant afin de limiter l'enflure. Elle remarqua alors à quel point il ressemblait à sa mère. Leur bébé à eux, de qui prendrait-il les traits ? Même si cela devait lui rappeler qu'elle avait conçu cet enfant sans Chris, elle espérait qu'il serait un mini-Lachlan, avec des boucles sombres et des yeux très noirs.

En réfléchissant à ce souhait, elle découvrit avec surprise qu'avoir un souvenir de Lachlan dans sa vie lui paraissait plus important maintenant que de continuer à pleurer Chris. Finalement, leur relation n'avait pas été aussi extraordinaire qu'elle se plaisait à l'imaginer.

Chris avait été son premier amour véritable, et elle avait été persuadée qu'elle passerait le restant de sa vie avec lui en élevant leur famille. Mais il avait aussi un côté moins séduisant car il exprimait très peu ses émotions. Quand elle lui avait fait part de son désir d'enfant, il ne s'était guère montré enthousiaste. Lachlan, au contraire, était déjà extraordinairement impliqué et fou de joie à l'idée de devenir père.

— Ça va, Melissa ? demanda-t-il, inquiet de savoir comment elle supportait ce petit drame.

— Très bien. J'espère seulement que l'ambulance ne va pas tarder.

Cette façon qu'il avait de s'inquiéter pour elle alors qu'il s'occupait de l'enfant blessé la touchait beaucoup.

Les personnes présentes auraient sans doute du mal à oublier cet accident. Henry était si petit, allongé là par terre… C'était impossible de ne pas être ému en le voyant. Mais elle pensait surtout à la mère qui sanglotait maintenant. Une angoisse nouvelle lui faisait battre le cœur. Comment réagirait-elle s'il arrivait quelque chose à son enfant ?

— Henry ? Tu m'entends ? demandait Lachlan. Tu peux ouvrir les yeux ?

Il avait beau reposer ses questions, il n'obtenait pas de réponse. Après avoir nettoyé le sang de la blessure, il avait découvert que quelques points de suture seraient nécessaires. En attendant, il posa sur la plaie un pansement stérile.

— La radio qu'il passera à l'hôpital permettra de vérifier qu'il n'y a pas de fracture.

Tout en parlant, il tapotait la joue du petit garçon pour essayer de le faire revenir à lui.

— Allez, Henry, ouvre les yeux ! Pour que je puisse dire à ta maman que tout va bien.

Cette fois, les paupières de l'enfant se soulevèrent un peu.

— Maman..., appela-t-il d'une voix rauque.

En l'entendant, la mère poussa un soupir de soulagement. Elle s'approcha et s'agenouilla auprès de son fils, puis lui caressa le front et les cheveux sans tenir compte du sang qui les collait encore.

Melissa l'observait. Chacun des gestes de la jeune femme était empreint de douceur.

— Tu as fait une vilaine chute, mon amour, mais tout va bien. Je reste avec toi... Tout va bien, ne t'inquiète pas.

Que d'émotions impliquait la responsabilité d'un parent envers son enfant...

Ensuite, elle considéra Lachlan, si compétent et calme dans ce moment de crise. Ce serait une bonne chose que d'être liée à un homme comme lui dans l'accompagnement et l'éducation de leur enfant.

— Eh bien... c'était chaud ! conclut Lachlan une fois que Henry, sa mère et son petit frère furent emmenés dans une ambulance.

— Oui. Ça m'a paru plus difficile que d'habitude de voir un enfant en danger, déclara Melissa en posant une main sur son ventre.

Pendant qu'ils retournaient vers la voiture de Lachlan, l'esprit de Melissa continuait à réfléchir. Son travail allait lui paraître encore plus émouvant quand elle aurait elle-même mis un enfant au monde. Et dans les cas où l'enfant ne survivait pas, ce qui heureusement était rarissime, ce serait encore plus difficile de le supporter.

Lachlan la prit par le bras.

— Je t'avouerai que j'étais moi-même très ému pendant que je m'occupais de ce petit garçon.

Cette remarque surprit Melissa. Elle n'avait pas imaginé que lui aussi pouvait être troublé. Il ne portait pas l'enfant mais, apparemment, l'instinct paternel parlait fort en lui.

— Nous avons été sous le choc tous les deux, reconnut Melissa.

— Il nous faudra un moment pour décompresser... Quand je pense que j'avais prévu un après-midi de détente !

Ils s'installèrent dans la voiture, puis bouclèrent leur ceinture de sécurité.

— Allons, tu ne t'attendais tout de même pas à un buffet garni accompagné de champagne ! plaisanta Melissa.

De toute façon, indépendamment de l'accident, flâner dans un magasin de ce genre avec Lachlan ne pouvait pas être pour elle un moment de détente. Elle était trop partagée entre son plaisir de le voir assumer son rôle de père et sa crainte de trop s'engager émotionnellement avec lui.

Il se mit à rire.

— Non, je ne suis pas naïf à ce point ! J'espérais seulement passer un bon moment avec toi en pensant à notre futur enfant.

Cette déclaration plongea encore davantage Melissa dans une sorte de confusion.

Ils firent le trajet du retour en silence mais, une fois devant chez elle, elle n'eut pas le cœur de le laisser partir comme ça.

— Tu rentres prendre un thé ?

— Je ne veux pas te déranger...

— La journée a été dure. Viens !

Son expérience de soignante lui avait appris qu'il était difficile de se remettre d'un choc. À quoi bon rester chacun dans son coin à revivre dans la solitude tout ce dont ils avaient été témoins ?

— C'est moi qui le prépare aujourd'hui. Va t'asseoir.

Bien contente d'avoir été assez en forme le matin pour ranger la pièce, elle le laissa s'installer comme il le souhaitait. Les nausées matinales se faisant moins fortes, Melissa appréciait de retrouver un peu de son efficacité.

Quand elle le rejoignit, une tasse de thé dans chaque main,

Lachlan était en train de regarder les photos exposées sur les rayons de sa bibliothèque.

— C'est Chris ? demanda-t-il en désignant une photo du jour de leurs fiançailles.

Ces clichés faisaient partie depuis si longtemps de son environnement que Melissa les avait oubliés. Bien que Chris ait beaucoup compté dans sa vie, elle regrettait de ne pas les avoir enlevés.

Même s'ils ne formaient pas un couple véritable, elle ne voulait pas mettre Lachlan mal à l'aise en lui rappelant que ce n'était pas avec lui qu'elle avait souhaité fonder une famille. En plus, voir Chris la regarder droit dans les yeux alors qu'elle n'avait plus évoqué son souvenir depuis plusieurs jours la dérangeait réellement. Elle avait pensé à son bébé, lutté contre les sentiments que Lachlan éveillait en elle et... Chris ne lui avait pas manqué du tout.

Était-elle devenue un monstre d'indifférence ?

Quand elle avait annoncé la mort de Chris à ses parents, leur façon de la consoler avait été de lui répondre qu'elle allait apprendre à vivre avec son chagrin. À l'époque, elle les avait trouvés insensibles de penser qu'elle allait si facilement l'oublier. Bouleversée, elle leur avait même demandé de ne pas venir assister aux obsèques.

Aujourd'hui pourtant, elle s'apercevait qu'ils avaient raison. La vie avait continué. Tout en sachant que Chris resterait toujours dans son cœur, son attention s'était maintenant focalisée sur Lachlan et le bébé. Rien ne ramènerait Chris mais, avec un bébé en route, elle ne pouvait pas continuer à vivre dans le passé. L'important, c'était l'avenir, et Chris, malheureusement, n'en faisait plus partie.

— Oui, c'est Chris. La photo a été prise le jour de nos fiançailles.

Comme cela lui paraissait lointain ! Il s'agissait d'une autre vie. À peine se sentait-elle concernée par tout cela aujourd'hui. Même involontairement, Lachlan avait ouvert un nouveau chapitre de son existence. La grossesse était un accident, certes, mais c'était la meilleure chose qui ait pu lui arriver car, désormais, elle était obligée de se tourner vers le futur auquel le bébé donnait un sens.

Lachlan se passa une main sur le front.

— Je suis désolé. Il était ta dernière relation avant… avant que… bref, tu sais ce que je veux dire.

— Oui.

— Tu étais encore triste de l'avoir perdu ?

— Oui. Lydia m'avait organisé cette fête pour m'aider à tourner la page.

Avec un haussement d'épaules, elle soupira.

— Je lui dois beaucoup.

Phrase énigmatique, que Lachlan ne sut trop comment interpréter et que Melissa n'essaya pas d'éclaircir.

Elle reposa la photo sur l'étagère en se promettant de la retirer le jour même.

— Et toi, Lachlan, où en étais-tu dans ta vie amoureuse ?

Il prit la tasse de thé qu'elle lui tendait.

— J'avais rompu avec mon amoureuse six mois avant notre rencontre.

— Ah…

Ils allèrent s'asseoir, chacun dans un fauteuil.

Voilà qui expliquait pourquoi il n'envisageait pas de se lancer dans une relation durable.

Le visage de Lachlan s'était fait sérieux.

— Il faut que je te dise quelque chose…

Il avait parlé sur un ton si grave que Melissa s'affola. Sa tête se vida de son sang, et le vertige s'empara d'elle. Qu'allait-il lui avouer ? Les précautions dont il s'entourait n'auguraient rien de bon. Malgré toutes les mesures qu'elle avait prises afin de ne pas se laisser embarquer dans une histoire sentimentale avec lui, si jamais il lui annonçait qu'il la quittait, elle serait dévastée. Elle avait pris l'habitude de sa présence, de ses attentions, même si parfois elle estimait qu'il s'investissait trop.

— Je t'écoute…

La gorge serrée, elle se redressa pour essuyer le coup avec autant de dignité que possible.

— Eh bien...

— Oui ?

— Eh bien, avant de te rencontrer, j'ai été soigné pour un cancer des testicules.

Le choc était rude. Pas le genre de choc qu'elle redoutait, mais celui-ci ne valait pas mieux. Quelles conséquences cela pouvait-il avoir sur le bébé ? Et sur elle-même ?

Tout en se reprochant son égoïsme, elle ne pouvait s'empêcher de se demander ce qu'il adviendrait d'eux si jamais il disparaissait de leur vie comme l'avait fait Chris.

— Il a fallu m'enlever un testicule. J'ai suivi une chimiothérapie et une reconstruction chirurgicale.

Gêné, il n'osait pas la regarder dans les yeux.

— J'aurais dû t'en parler plus tôt, mais c'est le genre d'aveu qu'on a du mal à caser dans une conversation.

— Je comprends...

— Quand nous nous sommes rencontrés au festival, je traversais une période difficile. Nous fêtions tous les deux quelque chose : toi, ton anniversaire ; moi, la fin de mon traitement.

— Ce qui explique notre conduite un peu folle ce soir-là, reconnut Melissa.

— Exactement. Je ne pensais pas que nous nous reverrions un jour, et apparemment tu ne l'envisageais pas davantage. Je n'avais donc pas de raison de t'en parler.

— C'est vrai. Je n'ai rien à te reprocher.

— Comme le médecin m'avait prévenu que j'aurais sans doute du mal à devenir père, l'idée d'utiliser un préservatif ne m'est jamais venue à l'esprit.

Melissa hocha la tête. Avec presque l'envie de sourire tant le pronostic médical s'était avéré démenti.

— Je te remercie pour ton honnêteté. Je n'ai aucune raison

de t'en vouloir de ton silence, les circonstances l'expliquent parfaitement.

Tout de même, elle était contrariée. Si elle avait su qu'il avait été aussi gravement malade, elle aurait réfléchi à deux fois avant de le laisser s'immiscer dans sa vie, malgré la sympathie et l'attirance qu'elle éprouvait pour lui. L'existence l'avait déjà bien éprouvée, elle ne se sentait pas la force d'affronter un nouveau deuil.

Lachlan releva le visage pour la fixer dans les yeux.

— Je ne veux pas de secret entre nous. Nous ne formons pas un couple au sens habituel du terme, mais nos vies vont rester proches l'une de l'autre pendant de longues années. Du moins, je l'espère ! ajouta-t-il avec un sourire.

Melissa n'apprécia qu'à moitié sa plaisanterie. Elle lui rappelait que, dans l'existence, rien n'était garanti sur la durée. Et elle découvrait en même temps qu'elle n'imaginait pas sa vie sans lui.

Leur rencontre et surtout la suite qu'ils lui avaient donnée s'expliquaient par les blessures dont ils souffraient l'un et l'autre. Dans le cas de Lachlan, c'était encore pire si son amie l'avait quitté pour des raisons dont il n'était pas responsable. Melissa pensa qu'à sa place elle ne serait pas partie. Au contraire, au lieu de l'abandonner, elle se serait efforcée de passer le plus de temps possible avec lui.

— Dans le fond, cette maladie m'a fait réfléchir à ce que je voulais vraiment dans la vie, reprit Lachlan. Julieann désirait absolument fonder une famille, moi non.

Ces mots furent reçus comme un coup de poing dans l'estomac par Melissa. C'était clair, Lachlan n'avait jamais souhaité devenir père. Il l'accompagnait par pur sens du devoir. Comment envisager une relation de longue durée sur une telle base ? Le rêve de Lachlan était de vivre sans attaches, de s'amuser, de voyager, alors que désormais il était lesté de la responsabilité d'un enfant. Quelle serait sa réaction si jamais quelqu'un ou quelque projet plus enthousiasmant se présentait à lui ? Serait-il capable d'y résister ? Logiquement, non.

Spontanément, elle s'écarta un peu de lui. Cette perspective relevait déjà du mauvais rêve, mais il y avait pire encore. Quel cauchemar ce serait si jamais il retombait malade ! Rien ne garantissait qu'il serait là sur le long terme.

Lachlan poursuivit sans faire de commentaire sur ce mouvement de recul.

— Tout cela nous prouve bien l'ironie du sort. Il ne nous reste qu'à vivre au mieux notre situation.

Melissa frissonna.

Ce n'étaient pas là les mots d'un homme enchanté par sa prochaine paternité. Elle s'était trompée sur son compte. Peut-être avait-il joué ce rôle pour qu'elle ne soit pas triste ? Il était le genre de personne qui aimait faire plaisir aux autres, mais cela ne lui suffisait pas, elle voulait plus.

— Si tu es là par devoir, Lachlan, il est encore temps de te retirer. Je ne veux pas que tu disparaisses quand notre enfant sera en âge de souffrir de ta désertion. Je peux assumer seule.

Après avoir posé sa tasse de thé sur la table basse, elle se carra dans son fauteuil, disposée à se battre jusqu'à ce qu'il lui avoue la vérité. Si fonder une famille ne présentait pas de réel intérêt à ses yeux, qu'il le dise tout de suite !

Il fronça les sourcils d'un air contrarié.

— Je croyais que nous avions réglé cette question, Melissa. Je t'ai accompagnée à l'échographie, je t'ai emmenée faire des courses parce que je suis partant pour cette aventure. À cent pour cent.

— Tu viens de me dire que la paternité ne t'attirait pas, comment as-tu pu changer du tout au tout pour une femme que tu connais à peine ?

À son tour, il s'appuya contre le dossier de son fauteuil et prit son temps pour réfléchir à sa réponse.

Melissa ne savait pas s'il fallait se réjouir ou s'inquiéter de ce comportement.

— Tu sais, Melissa, comme je te l'ai déjà dit, j'ai grandi sans la présence d'un père. C'est moi qui ai joué ce rôle dans la famille alors que ce poids était bien trop lourd pour mes épaules de très jeune homme. Je ne veux pas reproduire ce modèle, voilà tout.

Il n'y avait rien de critiquable là-dedans, au contraire. D'ailleurs, elle aurait pu faire pareil. Renoncer à une famille à elle pour être certaine de ne pas décevoir ses enfants comme ses parents l'avaient fait envers elle.

Elle regarda Lachlan qui demeurait calme et attentif.

Chacun d'eux gérait son passé comme il le pouvait, en essayant de se protéger au mieux.

À elle maintenant d'expliquer son comportement.

— Pour moi, c'est l'inverse. Quand mes parents sont partis vivre à l'étranger, j'ai vécu leur départ comme un abandon même si j'étais déjà une jeune adulte. J'ai eu à cœur de combler ce vide le plus vite possible. Je voulais tout de suite avoir des enfants. Chris était plus raisonnable que moi. Il préférait attendre que nous ayons commencé à gagner notre vie et mis un peu d'argent de côté. En fait, je ne suis pas sûre qu'il ait été vraiment désireux d'avoir un enfant. Il trouvait toujours un prétexte pour reculer le moment : nous n'avions pas assez d'économies, il voulait d'abord avoir une promotion, il valait mieux attendre que nous soyons mariés pour ne choquer personne… Bref, il reculait à chacune de mes propositions.

Elle soupira longuement.

Dans le fond, elle s'était peut-être trompée du tout au tout en pensant que Chris désirait la même chose qu'elle. Peut-être était-elle en train de commettre la même erreur avec Lachlan ? Qui sait si avec ses efforts pour paraître un futur père heureux de l'être il ne jouait pas la comédie ?

Lachlan se passa la main dans les cheveux.

— Il manifestait sans doute une grande prudence.

— Avec le recul, je me rends compte que j'étais la seule à parler de ce projet. Sans doute parce que je pensais régler mes problèmes personnels avec notre relation.

— Tu ne crois pas que nous faisons tous plus ou moins la

même erreur ? Moi, j'ai laissé la peur d'être absent comme mon père l'avait été détruire la relation avec mon ex.

— Mais pour quelle raison étais-tu tellement persuadé que tu serais un père absent ?

Lachlan s'éclaircit la voix.

— À cause du cancer. Il y a toujours un risque de récidive.

La gorge sèche, Melissa sentait son estomac se révolter à ces mots. Les circonstances ne leur avaient pas permis de prendre en compte ce facteur. Au moment où elle commençait à apprécier son soutien et à s'y habituer, Lachlan lui avouait qu'il ne vivrait peut-être pas très longtemps.

— Tu vas bien pour l'instant ? Tu m'as dit que les derniers contrôles étaient bons, c'est vrai ?

Dans sa crainte d'apprendre quelque chose d'inquiétant, Melissa sentait la crise de nerfs approcher.

— Oui, les médecins m'affirment que tout est au mieux. Je crois que je suis en train de devenir un peu paranoïaque, conclut-il avec un sourire d'excuse.

— D'accord mais, maintenant que tu n'as plus à décider puisque tu *sais* que tu vas être père, qu'est-ce que tu ressens ?

Le sourire de Lachlan s'accentua.

— Je pense que le destin a bien fait les choses. Il m'a obligé à constater que tout ne dépend pas de moi.

— À moi aussi, reconnut Melissa.

— La vérité, reprit Lachlan, c'est qu'avant mon cancer je désirais avoir des enfants. Plus tard, quand les médecins m'ont annoncé que j'aurais probablement des difficultés à devenir père, je me suis convaincu que ce n'était pas ce que je souhaitais. Je ne voulais pas passer ma vie à essayer de le devenir pour être chaque fois déçu. C'est à cause de moi que ma relation avec Julieann s'est terminée.

— Bref, l'avenir nous effraye autant l'un que l'autre, conclut Melissa, mais, tant que nous nous soutiendrons, tout ira bien.

— Tu peux compter sur moi jusqu'à mon dernier souffle,

assura Lachlan. Toi et le bébé êtes ce que j'ai de plus important dans la vie, ajouta-t-il en regardant Melissa dans les yeux.

Comme elle avait envie de le croire ! D'être sûre qu'il ne partirait pas à la première occasion, mais surtout qu'il ne serait pas là seulement par obligation. En dépit de toutes les raisons qu'elle avait de ne pas y céder, Melissa sentait que chaque jour son attirance pour Lachlan ne faisait que grandir. Et en ce moment, avec la façon qu'il avait de la regarder, elle pouvait même croire qu'elle aurait la famille heureuse dont elle rêvait.

Aussi, lorsque Lachlan rapprocha son visage, le regard fixé sur la bouche qu'elle lui tendait, elle le trouva irrésistible.

Il savait que ce n'était pas une bonne idée, mais il allait l'embrasser. En la voyant lever le visage vers lui, fermer les paupières, il comprit qu'elle le souhaitait autant que lui. Il n'en fallut pas davantage pour que cède le dernier fil qui le rattachait encore à la raison.

Les lèvres de Melissa étaient aussi douces que dans son souvenir. Quand il sentit qu'elle s'abandonnait, il approfondit son baiser, prit son visage entre les mains, joua avec sa langue, soucieux seulement des sensations délicieuses qu'elle suscitait en lui. Le monde entier s'était anéanti autour de lui. Il ne s'inquiétait plus de rien, seulement du désir qu'il avait de rester avec elle.

Il la sentait encore vulnérable, surtout après les émotions qu'ils avaient connues aujourd'hui au magasin. Il n'était pas le genre d'homme à profiter de sa faiblesse.

À regret, il s'écarta d'elle.

— Lachlan ? murmura-t-elle en clignant des yeux.

— Désolé, je n'aurais pas dû faire ça. Nous avons eu tous les deux une journée chargée en émotions.

— Ce n'est pas la première fois que nous nous embrassons, dit-elle en posant les mains sur son ventre pour lui remettre en mémoire qu'ils étaient allés beaucoup plus loin quelques mois plus tôt.

— Je sais, mais c'est le passé. Maintenant, nous devons nous appliquer à devenir de bons parents pour le bébé.

Il se mit debout.

Melissa regretta de s'être laissée aller à la tentation.

— Si tu as besoin de moi, déclara Lachlan, passe-moi un coup de fil. Et dis-moi quand tu auras un nouveau rendez-vous médical. Je tiens à t'y accompagner.

Comme elle faisait mine de se lever, il l'arrêta d'un geste.

— Non, reste assise. Je peux sortir tout seul.

Il se hâta vers la porte, désolé de ce faux pas. S'il n'arrivait pas à contenir son attirance pour Melissa, il allait tout ruiner. Il avait menti en disant que le passé était loin d'eux. Au contraire, les moments qu'ils avaient partagés au festival restaient comme une brûlure dans son corps. Et quand il l'embrassait en se disant que cela ne comptait pas, c'était un mensonge de plus.

À partir de maintenant, il allait limiter ses interactions avec Melissa à des rencontres dans des lieux publics et veillerait à ce que leurs conversations ne tournent qu'autour du bébé. C'était la meilleure façon de se protéger.

Un baiser avec Melissa n'avait rien à voir avec un baiser échangé dans une relation de courte durée, c'était là que résidait le danger. Se lancer dans une romance avec elle lui ferait courir le risque d'un échec. Si jamais, lasse de lui, elle le rejetait, il serait du même coup rejeté de la vie de son enfant avant même qu'il ne soit né. Non, le risque était trop grand pour céder à une attirance dont il ne pouvait être certain qu'elle durerait.

Le cap devait être maintenu, quoi qu'il en coûte : il serait un père présent, pas un amoureux.

6

Lydia était très vexée.

— Tu t'es remise avec le père de ton bébé et tu as attendu aujourd'hui pour m'en parler ? Franchement, tu exagères !

Elle avait réagi exactement comme Melissa s'y était préparée : avec véhémence. C'était pour cette raison que Melissa avait attendu qu'elles soient sorties de l'hôpital et rentrées chez elles pour lui téléphoner et lui annoncer qu'elle avait retrouvé Lachlan.

Le moment n'était peut-être pas idéal car elles avaient eu toutes les deux une dure journée, mais, comme Lachlan paraissait prendre ses distances depuis leur baiser, Melissa éprouvait le besoin de trouver un soutien.

Chaque fois qu'elle demandait un service à Lachlan, il répondait présent, mais quelque chose de leur entente implicite avait disparu. Un peu comme si, de sang-froid, il avait décidé de ne pas se rapprocher d'elle. Était-il en train de le faire à cause du baiser échangé ? Y voyait-il un dépassement des bornes convenues entre eux ? Si c'était le cas, il était à blâmer autant qu'elle ! Pourquoi serait-elle la seule à en être punie ? Elle n'avait pas envie de supporter qu'il l'embrasse quand il en avait envie pour disparaître ensuite comme si rien ne s'était passé.

Après l'incident survenu au magasin, ils s'étaient épanchés l'un et l'autre, avaient parlé de leur passé, avaient laissé l'émotion les gagner. Était-ce pour cette raison qu'il l'avait embrassée ?

Parce qu'ils venaient de partager des informations très privées sur leur vie ? Cela ne l'aidait pas à comprendre pourquoi il fuyait maintenant sa maison comme un chat échaudé se méfie de l'eau froide. Depuis quelque temps, il était redevenu un étranger. Tant pis pour lui, elle n'allait pas lui courir après ! Pas question de le forcer à revenir vers elle de quelque manière que ce soit. Et encore moins de lui laisser supposer que sans lui elle était perdue. Et si leur relation lui manquait cruellement, il n'avait pas besoin de le savoir.

Voilà pourquoi elle se trouvait maintenant au téléphone avec Lydia dans l'espoir de combler le vide que l'absence de Lachlan laissait dans sa vie.

— Je préférerais que tu l'appelles par son nom : Lachlan.

— Si ça te fait plaisir, pourquoi pas... Mais où est-il ? Quand est-ce que je vais faire sa connaissance ?

— Un pas après l'autre, Lydia. Je ne veux pas l'effrayer. Nous n'en sommes encore qu'au stade où nous nous habituons à l'idée d'élever ensemble un enfant. Si jamais ça ne marche pas, promets-moi que tu seras là pour me soutenir.

Lydia lui avait si souvent proposé son aide qu'elle ne se sentait pas gênée de lui faire cette demande. Elle avait compris que son beau rêve d'indépendance n'était qu'une vision de l'esprit et qu'il valait mieux être accompagné dans les moments importants de la vie.

— Mais bien sûr, ma chérie. Tante Lydia est toujours dans les starting-blocks, même si elle espère que tout marchera bien pour vous deux. Pourquoi ne seriez-vous pas heureux ?

— Humm... je ne suis pas sûre que ce soit au programme mais, tant qu'il se montrera un bon père, je serai contente.

Demander plus serait irréaliste, et elle avait décidé d'être raisonnable.

Après quelques échanges plus superficiels, Melissa raccrocha et décida d'aller se coucher. Elle était fatiguée. Très fatiguée. Mais en arrivant à l'étage, elle se rendit compte qu'elle avait laissé son téléphone dans le salon. Elle l'y aurait volontiers laissé, mais elle en avait besoin pour se réveiller le lendemain matin. Avec un grognement de mauvaise humeur résignée, elle se retourna et commença à descendre l'escalier. Le malheur voulut qu'elle rate la première marche et perde l'équilibre. Avant d'avoir compris ce qu'il lui arrivait, elle dégringolait jusqu'en bas, son dos cognant durement chaque marche dans sa chute. Elle finit par atterrir dans la pièce du séjour et resta un moment allongée sur le dos.

Quand elle reprit ses esprits, ses mains se portèrent tout de suite à son ventre. La chute avait été sévère et, même à ce stade encore précoce de sa grossesse, il était possible que le bébé en ait souffert.

Pourtant, avant de laisser la panique s'emparer d'elle, elle se rappela que le corps maternel avec son sac amniotique était fait pour protéger le bébé. Ça, c'était la théorie qu'elle avait apprise dans les livres, qui n'empêchait pas son esprit de battre la campagne. Une rupture de placenta était-elle à craindre ? Si c'était le cas, le bébé n'était plus correctement alimenté en oxygène. Elle-même pouvait souffrir d'une hémorragie interne… D'accord, elle avait roulé sur le dos, pas sur le ventre, mais tout de même elle avait besoin d'être rassurée.

Malheureusement, elle n'avait pas son téléphone sous la main. Malgré son inquiétude, elle était obligée de bouger. Lentement, elle s'appuya contre le mur pour se mettre debout. Aussitôt, une violente douleur monta le long de sa jambe, et elle retomba par terre. Impossible de faire supporter à sa jambe le poids de son corps. Elle avait dû se faire mal à la cheville.

Après plusieurs autres tentatives et quelques noms d'oiseaux lancés contre le sort, elle réussit à se traîner jusqu'au salon. Elle s'écroula dans un fauteuil en sanglotant de douleur et d'inquiétude. Lachlan était la seule personne qu'elle ait envie d'avoir auprès d'elle en ce moment. Il lui prendrait la main… Il lui parlerait de sa voix apaisante comme il le faisait à ses patients… Il la rassurerait en lui promettant que tout irait bien.

En tâtonnant, elle chercha son nom dans les contacts, persuadée qu'il viendrait aussitôt, même si c'était par devoir.

Par devoir ?

Non. Elle ne voulait pas de lui « par devoir ». Si c'était tout ce qu'il était disposé à lui offrir désormais, elle le refusait.

À contrecœur, le souffle court, elle appela les urgences de l'hôpital.

— J'ai besoin d'une ambulance, expliqua-t-elle à la personne de service, une main sur le ventre, espérant que le bébé allait bien.

En dépit des conditions de sa conception, cet enfant était devenu le centre de sa vie, son seul bonheur, sa seule famille.

— Allez, mon bébé, cramponne-toi ! souffla-t-elle, espérant que l'amour qu'elle lui portait l'aiderait à rester bien accroché au creux de son corps.

— Une femme enceinte est tombée dans un escalier. Il faut aller voir comment elle a supporté cette chute.

Scot, le chauffeur de l'ambulance, reportait l'essentiel du message reçu à l'urgentiste qui l'accompagnait.

— On y va tout de suite, répondit Lachlan qui se trouvait de service ce soir-là.

Depuis quelque temps, il se sentait concerné de près par tout ce qui touchait à la maternité. La pensée de Melissa ne quittait pas son esprit, et il ne cessait de se reprocher d'avoir tout gâché en l'embrassant.

Il devait se concentrer sur sa relation avec le bébé, pas avec la mère. Avec ce baiser, il avait essayé de faire passer leur relation au-delà de leur projet d'être seulement deux parents. Maintenant, à cause de ce faux pas, il risquait de les perdre tous les deux.

Dès qu'il avait compris le danger, il avait décidé de faire machine arrière, se contentant de lui envoyer un message à propos de sa prochaine échographie. C'était difficile de rester loin d'elle mais, si c'était le prix à payer pour qu'elle l'accepte comme coparent, cela en valait largement la peine.

Scot tapa l'adresse indiquée sur le GPS.

— Quel est le nom de la personne ? demanda Lachlan.

— Moran. Melissa Moran.

Lachlan sursauta.

— Melissa Moran ?

— Oui.

— Plein gaz, Scot ! Tout de suite !

— Tu la connais ?

— C'est la mère de mon futur enfant.

Scot accusa le coup. Quelle surprise... Lachlan ne lui avait jamais dit fréquenter qui que ce soit, et encore moins qu'il allait avoir un enfant.

Aussitôt, il mit en marche les phares, la sirène et toute sa compétence de chauffeur expérimenté pour arriver le plus vite possible.

— Désolé, Lachlan, je ne savais pas tout ça. J'espère que tout ira bien, dit-il aussi amicalement que possible.

Mais Lachlan avait pâli. Melissa en était juste au début du deuxième trimestre, une fausse couche était encore possible. Elle-même était peut-être blessée ? Cette pensée lui était insupportable.

Lorsqu'ils furent arrivés devant la maison de Melissa, il attrapa sa sacoche et se précipita hors de l'ambulance.

Une fois devant la porte, il se pencha sur le pot de fleurs pour prendre la clé qu'elle y laissait en cas d'urgence. Quand elle lui avait dit cela, il s'était mis à rire, mais cette précaution s'avérait bien utile aujourd'hui. Il lui était reconnaissant d'avoir eu cette présence d'esprit.

— Melissa, c'est Lachlan ! cria-t-il en ouvrant la porte. Tu as demandé une ambulance ?

— Lachlan ? Je suis dans le salon.

Il détesta l'entendre lui répondre d'une voix faible entre deux sanglots. Comme elle avait dû avoir peur, toute seule, alors qu'il aurait dû être avec elle. Au diable ses inquiétudes ! En pensant à sa relation avec le bébé, il avait oublié de penser à la mère.

En la trouvant roulée en boule dans son fauteuil, les bras entourant son ventre pour le protéger, sa gorge se serra. Il se précipita vers elle et la prit dans ses bras. Visiblement, elle en avait grand besoin.

— Ça va aller, Melissa, ça va aller…

Il sentit qu'elle hochait la tête contre sa poitrine. Elle pleurait si fort que ses larmes mouillaient sa blouse de travail.

Dire qu'il s'était tant battu pour se persuader qu'il n'éprouvait rien pour cette femme ! Ce combat était terminé. Il acceptait ses sentiments. Il aurait décroché la lune pour Melissa si elle le lui avait demandé. Un long moment, il la garda serrée contre lui, aussi bien pour son réconfort à lui que pour celui de Melissa. Enfin, il pensa à l'examiner.

Heureusement, tous les signes étaient normaux. Le cœur battait un peu vite, mais c'était compréhensible en pareille circonstance.

Melissa le regardait à travers ses larmes.

— Ma sacoche était à portée de main, ce qui fait que j'ai pu vérifier le cœur du bébé avec mon propre appareil, expliqua-t-elle.

— Parfait, approuva Lachlan.

Bien sûr, elle avait d'abord pensé à l'enfant… Il en avait assez vu pour estimer que ni l'un ni l'autre n'aurait à souffrir de la chute, mais il ne serait complètement rassuré qu'après les examens faits à l'hôpital.

— On t'emmène de toute façon. On te fera une échographie pour nous rassurer tous les deux.

Elle approuva d'un signe de tête et n'opposa aucune résistance quand il l'aida à se mettre debout. Tout de suite, il la vit grimacer de douleur.

— Qu'est-ce qui se passe, Melissa ?

— Je crois que je me suis fait mal à la cheville en tombant.

— Tu aurais dû le dire plus tôt ! lui reprocha Lachlan.

Puis, se tournant vers Scot, il reprit :

— S'il te plaît, va chercher le fauteuil roulant.

En attendant, il força Melissa à se rasseoir en protestant intérieurement contre ce désir qu'elle avait toujours de tout décider pour elle-même.

Arriveraient-ils jamais à retrouver l'agréable camaraderie qu'ils avaient construite avant ce baiser qui avait tout gâché ?

Un peu plus tard, quand ils aperçurent leur bébé sur l'écran du moniteur, ils furent aussi rassurés l'un que l'autre. Il n'avait pas souffert de la dégringolade de sa mère. En écoutant son petit cœur battre comme si de rien n'était, Lachlan sentit une joie sauvage l'envahir. Cet enfant était la preuve que son corps n'avait pas failli. Il avait déjoué les pronostics médicaux. Il allait être père !

C'est seulement après avoir été tranquillisée au sujet du bébé que Melissa consentit à se laisser examiner. Elle insista pour aller toute seule aux rayons X. Lachlan dut ravaler son envie de l'y accompagner.

Lorsque enfin il la vit revenir toute souriante, il se sentit le plus heureux des hommes. Elle produisait sur lui un effet euphorisant qui lui avait terriblement manqué ces derniers jours.

— C'est juste une foulure, annonça-t-elle en exhibant la bande qui entourait sa cheville.

— Je t'en prie, Melissa, ne me fais plus jamais une frayeur pareille !

Il la prit dans ses bras, la serra longuement contre lui avant de se souvenir qu'elle avait mal au pied et que c'était sans doute douloureux pour elle de se tenir debout.

Une fois assis l'un près de l'autre, il réalisa à quel point sa logique avait basculé. Au lieu de s'inquiéter à propos d'une récidive de son cancer, ou de craindre d'être un aussi mauvais père que le sien, il était resté entièrement concentré sur le moment présent. Sur le bonheur que la vie lui apportait.

— Je suis désolé de ne pas avoir été près de toi...

— Tu plaisantes ? demanda-t-elle en souriant. Tu t'imagines

debout au pied de mon escalier toute la nuit, en attendant que je dégringole ?

Évidemment, ce n'était pas très réaliste...

— Tu as dîné avant d'aller te coucher ? demanda-t-il pour se rattraper.

— Non. J'étais trop fatiguée pour cuisiner quoi que ce soit.

— Si je rentrais avec toi pour te préparer quelque chose ?

— Ce n'est pas la peine, je me sens très bien.

Il la regarda dans les yeux.

— Moi, non. Je n'ai pas envie de me retrouver seul, avoua-t-il. Et je vais me faire du souci pour toi.

S'il rentrait chez lui tout de suite, il allait passer et repasser dans son esprit les événements de la soirée et s'inquiéter pour elle.

— Bon, rentre avec moi et reste pour la nuit si ça peut te tranquilliser.

Lachlan lui jeta un regard interrogatif que Melissa eut tôt fait d'interpréter.

— Non, pas de galipettes au programme, cher ami. Je veux seulement m'assurer que tu ne vas pas te torturer les méninges en pensant à tout ce qui aurait pu m'arriver en tombant. Tu dormiras sur le canapé, voilà tout.

Pour la première fois de la soirée, elle lui sourit.

Lachlan prit la main qu'elle lui tendait et l'aida à se diriger vers la sortie.

Rien de meilleur ne pouvait lui arriver que de passer la nuit chez Melissa. Même si...

7

— Tu veux bien me donner un coup de main dans la cuisine ? demanda Melissa en inspectant ce qu'elle trouvait dans le réfrigérateur.

Sa chute et l'inquiétude qu'elle avait éprouvée ensuite avaient achevé de l'épuiser. Pourtant, elle savait qu'elle n'arriverait pas à s'endormir. En outre, la présence de Lachlan sous son toit n'était pas faite pour la calmer. Elle l'avait acceptée uniquement par gentillesse, pour éviter qu'il se morfonde seul chez lui.

À quoi bon préparer un repas ? Elle n'avait pas faim. Peu importait, son bébé avait besoin d'être nourri. D'ailleurs, le fait de s'affairer dans la cuisine avec Lachlan les aiderait à penser à autre chose qu'à leurs problèmes personnels.

Le baiser qu'ils avaient échangé l'avait beaucoup surprise. Lachlan s'était toujours montré attentif à elle, mais elle n'avait jamais senti qu'il éprouvait pour elle autre chose que le souci de prendre soin de la mère de son enfant. Ce baiser disait tout à fait autre chose. Il avait dévoilé un désir qui bouillonnait en lui sans doute depuis pas mal de temps. Pourquoi s'en étonner ? Elle éprouvait la même chose ! Les sentiments qu'elle s'était tant efforcée de refouler avaient brusquement explosé, révélant une passion dont la violence la surprenait.

Ce soir, Lachlan avait manifesté une tendresse qui accompagnait cette attirance physique. Elle avait ressenti plus que du simple désir sexuel et tout à fait autre chose qu'un comportement de convenance. Il se souciait d'elle, c'était certain. Comment résister à cela quand on s'était sentie abandonnée à deux reprises ? Quand on était lasse de lutter contre les désirs auxquels on avait au contraire envie de s'abandonner avec délices ?

Lachlan retira sa veste.

— Un coup de main ? Bien volontiers !

Il alla l'accrocher dans l'entrée avant de rejoindre Melissa dans la cuisine.

— Si nous nous contentions de faire une soupe ? Une bonne vraie soupe, qui nous remettrait d'aplomb ?

— Bonne idée. Je ne me sens pas capable d'avaler un vrai repas.

— Je te propose de t'asseoir et de t'occuper des légumes pendant que je rince les lentilles.

— Parfait. Ce sera réconfortant et nourrissant. Exactement ce dont nous avons besoin.

Elle s'installa donc à la table de la cuisine et commença à couper en morceaux oignons, céleri et carottes que Lachlan avait déjà nettoyés.

— Dis donc, déclara Melissa, je t'ai vu à l'œuvre tout à l'heure avec le couteau. Ton habileté m'a éblouie !

— C'est une question d'habitude...

— D'habitude ?

— Oui. Pendant des années, comme ma mère travaillait tard, c'est moi qui ai préparé les repas pour toute la famille. Il m'arrive même d'être assez créatif en cuisine, et j'ai appris à respecter un budget serré.

Un sourire flottait sur ses lèvres. Était-ce lié à la nostalgie d'une époque où il était le pilier des siens ?

— Ce devait être compliqué pour toi ?

Malgré l'éloignement actuel de ses parents, tant géographique qu'affectif, Melissa reconnaissait avoir eu la chance de vivre avec eux sans souci pendant sa jeunesse. Jamais elle n'avait eu à s'inquiéter de ce qui était normalement réservé aux adultes, comme gérer un budget ou préparer régulièrement les repas.

Ses parents formaient un couple très traditionnel. Sa mère restait à la maison dont elle s'occupait tandis que son père travaillait à l'extérieur pour gagner l'argent nécessaire à leur entretien. C'était en grande partie pour cette raison qu'elle avait été si choquée de voir qu'ils partaient sans insister pour l'emmener avec eux, sans imaginer qu'elle allait vivre cela comme un abandon. Jusque-là, elle avait considéré leur présence comme un dû. Elle leur en avait beaucoup voulu au moment de leur départ. Aujourd'hui, en réfléchissant avec toute la clairvoyance dont elle était capable, elle comprenait que sa colère et les reproches qu'elle leur avait faits alors expliquaient leur éloignement affectif.

Si le monde avait été fait à son idée, ils auraient dû être auprès d'elle pendant sa grossesse. S'ils étaient là, elle aurait davantage de soutien et d'aide au moment de la naissance. Heureusement, elle avait encore du temps devant elle pour reprendre un contact apaisé avec eux et peut-être même les persuader de venir la voir.

D'un geste de professionnel, Lachlan faisait revenir les oignons dans la marmite.

— Non, ce n'était pas compliqué. Je me suis très vite fait une raison. Mon père était parti ? C'était à moi de prendre le relais. Je me suis tout de suite senti responsable de chacun. Je ne me suis jamais posé de questions à ce sujet.

— Tu as fait preuve de beaucoup de maturité.

— Un peu trop vite sans doute. Car ensuite la perspective de devenir père à mon tour m'effrayait beaucoup. Puis ma maladie s'est ajoutée à ce souci. Tout cela était trop lourd pour me permettre d'envisager l'avenir avec insouciance.

— Tu as la chance d'avoir été bien soigné. Et même de concevoir un enfant alors que les médecins t'avaient laissé peu d'espoir !

— C'est vrai. J'ai eu beaucoup de chance jusqu'à maintenant.

— Je suis bien d'accord.

C'était sans doute le souci d'une récidive qui avait amené

Melissa à refréner ses sentiments. Par peur que, au cas où Lachlan accepterait de faire sa vie avec elle, le destin ne le lui arrache comme cela s'était passé avec Chris.

— Les membres de ta famille demeurent dans les environs, reprit-elle. Tu les vois souvent ?

— Non, certainement pas assez. Mon frère Duncan était avec moi au festival. Il est marié, avec des enfants, ce qui fait que nous nous voyons pour les anniversaires et ce genre d'occasion. Ma mère continue à travailler beaucoup.

— C'est son choix ?

— Je pense que c'est surtout une habitude qu'elle a contractée par nécessité et dont elle aurait du mal à se défaire maintenant que la maison est vide.

— Pourtant, Claire va avoir un bébé...

— Justement, je compte là-dessus pour lui proposer de venir s'installer chez Claire au moment de la naissance. Et ensuite, de déménager pour venir habiter par ici. Ce serait idéal pour nous aussi quand le bébé arrivera. Avec deux bambins dans les bras, elle ne se plaindra plus qu'elle ne sait pas quoi faire quand elle reste chez elle !

Melissa comprit que, malgré le discours qu'il tenait à propos de la nouvelle vie qu'il avait envisagé de mener, il souhaitait en fait rassembler près de lui tous les gens qu'il aimait.

Faisait-elle ou non partie du « package » ? Elle n'aurait su le dire, mais elle enviait les liens forts qui unissaient cette famille. Des soirs comme celui-ci, en dépit de leurs malentendus, ses parents lui manquaient. C'était pour faire plaisir à Lachlan qu'elle avait accepté qu'il vienne dormir chez elle, mais finalement c'était lui qui lui rendait service en lui évitant de broyer du noir. Intéressant renversement de situation !

— Tu sais, je pense que je vais joindre mes parents à nouveau. Ma prochaine maternité m'a rendue plus indulgente à leur égard. J'ai envie de renouer ce lien, même s'ils ne souhaitent pas venir pour la naissance.

— Voilà qui me paraît tout à fait positif mais, qu'ils viennent ou non, n'oublie pas que je serai là pour m'occuper de toi.

Tout en parlant, il la fixait de son regard sombre. La sincérité de son engagement ne faisait pas de doute. Il n'en fallait pas davantage pour bouleverser Melissa.

À ce moment-là renaquit de ses cendres la mystérieuse attraction qu'ils avaient ressentie à maintes reprises sans vouloir se l'avouer. Ils demeuraient les yeux dans les yeux pendant que la soupe débordait...

Brusquement, le bruit de l'eau qui grésillait sur la plaque de cuisson les fit réagir tous les deux.

— Laisse... Je m'en occupe, proposa Melissa. Mets le couvert pendant ce temps.

Lachlan préféra prendre la situation en main en retirant tout de suite la casserole du feu et en refoulant le baiser qu'il avait au bord des lèvres.

Melissa fut très déçue. Elle avait vu le regard de son invité s'attarder longuement sur sa bouche et avait deviné son intention. Malheureusement, elle aussi dut accepter la frustration et se contenter de maudire intérieurement toutes les soupes aux lentilles du monde.

Elle le laissa prendre la direction des opérations. Essuyer la plaque, mixer la soupe, griller le pain, sortir le beurre du réfrigérateur... rien de cela ne lui posait problème. L'expérience qu'il avait acquise dans sa jeunesse rendait ses gestes sûrs et efficaces, et pour Melissa le regarder s'affairer était plus sûr que continuer à imaginer le scénario qu'elle avait eu en tête un instant plus tôt...

Une fois le repas prêt, ils prirent place à la table de la cuisine.

— Délicieux ! déclara Lachlan après avoir avalé une cuillère de leur préparation.

— C'est exactement ce qu'il nous fallait, approuva Melissa.

La chaleur qui remplissait son estomac était un bien pauvre ersatz de celle que lui auraient procuré les baisers de Lachlan, mais elle était néanmoins réconfortante.

— Nous en avons préparé une grande cocotte. Tu crois que je pourrai en emporter demain au travail ?

— Bien sûr. J'ai des boîtes prévues pour cet usage. Je vais t'en chercher une au garage.

Quand elle revint un moment plus tard, Lachlan était en train de faire la vaisselle. Il bâillait. Lui aussi était fatigué… Elle eut honte de sa paresse. S'il n'en avait tenu qu'à elle, elle aurait tout laissé en plan et serait partie se coucher tout de suite. Là encore, elle percevait à quel point il avait été habitué à ne compter que sur lui en l'absence de sa mère.

— Lachlan, arrête maintenant, tu es certainement aussi épuisé que moi ! Je vais tout de suite chercher des draps et des couvertures pour préparer le canapé.

Elle partit fouiller dans le grand placard de l'entrée à la recherche du nécessaire. C'était rare que des invités restent dormir chez elle. Seule Lydia quand elle avait un peu trop fait la fête profitait de temps à autre de son hospitalité. Mais que le sofa soit confortable lui importait peu. Elle avait tellement dansé qu'elle aurait aussi bien dormi au milieu de la rue !

Quand elle revint dans le salon, elle faillit lâcher son chargement en découvrant Lachlan torse nu, pieds nus, vêtu seulement de son boxer. Oh là là… elle avait oublié à quel point il était bel homme.

Était-ce son imagination ou bien était-il réellement plus séduisant que la dernière fois qu'elle l'avait vu nu ? Depuis ce moment, ils étaient quasiment devenus des étrangers l'un pour l'autre ; c'était normal qu'elle soit surprise.

— Excuse-moi, dit Lachlan qui percevait son trouble. J'ai voulu gagner du temps et me mettre à l'aise plus vite.

— Pas de problème. C'est juste que… que je n'ai pas l'habitude de trouver des hommes à moitié nus installés dans ma maison !

Elle s'efforçait de plaisanter, mais prit grand soin de se détourner de lui pendant qu'elle préparait le couchage sur le canapé.

— Merci de m'accueillir chez toi ce soir. Je dormirai beaucoup plus tranquillement en sachant que, si tu as besoin de quoi que ce soit, je serai à portée de voix.

— Ce n'est pas nécessaire, mais bon… puisque ça te rassure !

— Tu sais, reprit Lachlan, c'est génial de vivre seul jusqu'au moment où on a un problème comme celui qui t'est arrivé aujourd'hui. À ce moment-là, on est bien content d'avoir de la compagnie.

— Je n'irai pas jusqu'à dire que vivre seul est génial. Au contraire, je suis contente de penser que la maison va devenir plus vivante quand le bébé sera là pour me tenir compagnie.

Confus, Lachlan passa la main dans ses cheveux.

— Désolé, Melissa, je ne voulais pas te rappeler de mauvais souvenirs.

— Pas de problème. Bonne nuit, Lachlan !

Sur ce, elle partit vers l'escalier en réalisant qu'elle n'avait plus pensé à Chris depuis plusieurs jours.

Contrairement à ce qu'elle avait redouté, elle s'endormit aussitôt la tête posée sur l'oreiller. Ce furent des brûlures à l'estomac qui la tirèrent du sommeil au milieu de la nuit. Cette manifestation était un problème récurrent que rien ne paraissait calmer. À cela s'ajoutait aujourd'hui la douleur de sa cheville.

Elle s'efforça de rester calme pour retrouver le sommeil, mais son corps refusait de coopérer. Après avoir lutté un moment, elle dut se résoudre à descendre malgré sa mauvaise cheville pour chercher quelque chose qui la réconforte.

Elle n'alluma pas de crainte de déranger Lachlan, et s'avança jusqu'à la cuisine en tâtonnant dans le noir le long du mur. Là, elle entrouvrit à peine le réfrigérateur pour maintenir le plus d'obscurité possible et attrapa la bouteille de lait.

— Tu n'arrives pas à dormir, toi non plus ?

Cette voix sortie de l'ombre dans son dos la fit sursauter. Elle renversa la bouteille, et le lait se répandit par terre.

Puisque Lachlan était réveillé, autant éclairer ! Elle le découvrit alors, toujours vêtu seulement de son boxer, assis au bar du petit déjeuner, clignant des yeux à cause de la lumière.

— Tu m'as fait peur ! Je croyais que tu dormais sur le canapé.

— Ton canapé est très confortable, mais je n'ai pas réussi à trouver le sommeil.

Il se leva en voyant Melissa chercher du regard le balai à franges.

— Laisse-moi essuyer ça !

C'était un ordre. Inutile de discuter. Melissa s'installa donc sur le siège qu'il venait de quitter.

Fascinée, elle regarda ses muscles jouer sous la peau pendant qu'il passait la serpillière, et sentit sa tension monter d'un cran.

— Je... je venais chercher quelque chose contre mes brûlures d'estomac. Avec ma maladresse, il ne reste plus beaucoup de lait.

— Tu n'as pas de la glace au congélateur ?

— Si, bien sûr !

Elle se leva pour aller prendre une boîte de son parfum préféré, caramel-chocolat, qu'elle avait en réserve.

— Tu crois que cette dégustation va nous aider à nous endormir ? demanda Lachlan.

— Nous verrons bien... Au moins, elle rendra notre veillée plus agréable. Comme en plus je n'ai pas à me soucier de ma ligne, autant en profiter ! ajouta-t-elle en plongeant la cuillère de service dans le bac pour se servir une bonne portion de crème glacée.

— Tu as raison. Et ça ne peut pas faire de mal au bébé, commenta Lachlan, tout heureux de la voir aussi contente.

— Quel délice ! commenta-t-elle, les yeux clos.

Quand elle rouvrit les paupières, elle découvrit que Lachlan la regardait avec une étincelle dans le regard qui n'avait rien à voir avec sa portion de glace. Elle frissonna. D'un délicieux frisson à la pensée qu'en dépit de sa mauvaise mine il la trouvait quand même désirable.

— Ça ira comme ça ? demanda-t-il en s'apprêtant à remettre le couvercle sur la boîte.

— Oui, je crois que j'ai déjà exagéré.

Il se leva pour éloigner la tentation de leurs yeux et la ranger dans le congélateur.

— Je me sens bien mieux, déclara Melissa. Il n'y a que ma cheville qui me tracasse un peu, mais c'est seulement une question de jours.

Elle posa les mains sur son ventre dont la rondeur était certainement imperceptible pour qui que ce soit pour l'instant, mais ce geste la réconfortait. Elle aimait penser que son bébé grandissait là, bien à l'abri. Mais tout en essayant de se convaincre une fois de plus qu'elle n'avait besoin de personne, plus le temps avançait, plus elle comprenait qu'elle aurait besoin de soutien. Un conseil important qu'elle donnait toujours à ses patientes était de s'assurer de la présence d'une personne de confiance à ses côtés. *« La grossesse et la période qui suit la naissance ne sont pas un long fleuve tranquille »*, leur disait-elle. *« Vous pouvez connaître des épisodes légèrement dépressifs, une grande fatigue, un besoin de dormir plus que ce que le bébé vous permet... C'est à ces moments-là que vous apprécierez de ne pas être seule pour faire face à tout. »*

En ce moment, assise dans sa cuisine, elle comprenait à quel point ces conseils étaient pertinents. Et combien elle devrait se les donner à elle-même !

Lachlan remarqua qu'elle avait les larmes aux yeux.

— Tu me dis que tu te sens bien, mais tu pleures ! Qu'est-ce que tu as ?

— Rien...

Et sur ce, elle fondit en larmes.

Étrange logique ! Lachlan la regardait, désorienté. Que faire ? Il passa son bras autour d'elle.

— N'oublie pas que je suis là ! murmura-t-il à son oreille en posant ses mains sur celles de Melissa, comme pour protéger lui aussi le petit être qui s'y abritait.

— Comment te croire, Lachlan ? Tu t'es montré si distant ces derniers temps.

— Je suis désolé. Je n'ai jamais eu l'intention de te faire de la peine, mais...

— Mais ?

— Mais j'ai peur de faire quelque chose que nous regretterions tous les deux ensuite.

— Comme de m'embrasser, par exemple ?

— Oui.

— Ce serait si grave ?

— Sûrement.

— Pourquoi ?

— Parce que je ne veux pas me lancer dans une romance qui risque de faire long feu et gâcher notre complicité de parents.

Melissa se redressa.

— Et moi, alors ? Je n'ai pas mon mot à dire là-dedans ?

Même bouleversée comme elle l'était en ce moment, elle vibrait de sentir le corps de Lachlan contre le sien. Elle avait envie de toucher sa peau. Elle avait envie de lui. Du même désir physique, presque sauvage, qu'elle avait éprouvé la nuit du festival.

— Si c'est ce qui te fait peur, pourquoi m'avoir embrassée ?

Lachlan ferma les yeux.

— Pourquoi ? Tu veux savoir ?

— Oui.

— Eh bien, parce que j'en avais envie ! Tu me plais, Melissa. Mais ma libido passe après ce dont mon bébé a besoin. C'est-à-dire d'un père.

— Et tu ne crois pas que le bonheur empêche les gens d'être de bons parents ? Nous sommes attirés l'un par l'autre. Moi, je suis fatiguée de faire comme si je n'avais pas envie de toi. Tu crois que ce serait vraiment terrible que nous nous réconfortions l'un l'autre ?

Quand ils s'étaient rencontrés, ils traversaient tous les deux une période émotionnellement difficile. Cette nuit-là, ils avaient oublié tout ce qui existait en dehors de leur chambre, tout ce qui n'était pas eux-mêmes et le plaisir qu'ils se donnaient l'un à l'autre. Pourquoi ne pas faire la même chose maintenant ?

Lachlan soupira.

— J'en ai envie moi aussi, tu peux en être sûre. Mais tant de choses sont en jeu...

Melissa ne comprenait que trop bien ces réticences car elle les ressentait elle aussi. Pourtant, elle était prête à tout pour revivre la liberté sensuelle intense à laquelle ils avaient goûté. Elle voulait tout oublier, responsabilités, soucis, convenances... au moins une fois avant qu'ils ne deviennent parents.

— Rien ne nous oblige à nous faire des promesses d'éternité ! plaida Melissa. Céder à notre désir n'affectera pas la façon dont nous nous occuperons de cet enfant.

Son regard s'était fait implorant.

— Lachlan, j'ai envie de toi. J'ai besoin de toi. Même si c'est seulement pour cette nuit.

Ce qu'elle suggérait ne correspondait pas à son vœu profond. Elle souhaitait beaucoup plus qu'un bout de nuit volé – une entorse à leur accord. Peu importait... Elle avait appris qu'on ne pouvait pas tout avoir. Elle se contenterait de ce morceau de bonheur. Pour l'instant, elle avait besoin qu'il la prenne dans ses bras. Qu'il la désire aussi fort qu'elle le désirait. Elle avait besoin de se sentir aimée, même si cette certitude disparaissait avec la naissance du jour.

Lachlan avait du mal à croire ce qu'il entendait. L'inquiétude qu'il ressentait à propos de la santé de Melissa et du bébé l'avait tenu éveillé, mais pas seulement. Comment gérer les sentiments qu'il éprouvait pour elle ? De plus en plus cela relevait de la mission impossible. Se laisser aller à une romance avec Melissa l'aurait comblé, mais que se passerait-il si – *quand* — elle se terminerait ? Parce que c'était ainsi que se terminaient les histoires d'amour :

on tournait la page et on passait à la suivante. Et l'enfant dans tout ça ?

L'insistance de Melissa l'incitait à croire qu'ils pouvaient tout avoir. Au moins cette nuit.

Il en avait assez de réfléchir, de peser le pour et le contre, d'envisager l'avenir sous différentes formes… L'alerte d'aujourd'hui lui avait révélé à quel point il tenait à elle.

D'ailleurs, Melissa ne désarmait pas.

— On s'est posé moins de questions le jour de notre rencontre ! Tu te rappelles ? On a couché ensemble sans même connaître nos noms.

À cette évocation, une étincelle de malice brilla dans son regard. Visiblement, elle ne conservait pas un mauvais souvenir de leur insouciance d'alors.

— C'est vrai, mais le sort nous a forcé la main. Si je n'étais pas venu m'installer à Glasgow, je n'aurais jamais rien su du bébé. Nous vivrions aussi éloignés l'un de l'autre que si nous habitions des planètes différentes.

Et pourtant, je penserais encore à toi…, ajouta-t-il *in petto.*

— Aujourd'hui, c'est différent. Nous contrôlons la situation. La décision nous appartient et à nous seuls. Ce n'est pas le hasard qui est aux commandes.

Elle posa une main sur la peau nue de Lachlan, à l'emplacement du cœur.

Ce geste n'était pas nécessaire pour enflammer Lachlan qui brûlait déjà de désir contenu.

— Tu es sûre de ce que tu veux ?

Tout en posant cette question, il se demandait s'il était capable de faire l'amour avec Melissa sans s'investir sentimentalement. Ce serait pourtant de la sagesse et le meilleur moyen de sortir indemne de cette aventure.

Sans un mot, Melissa se leva, se dressa sur la pointe des pieds et l'embrassa. À quoi bon tergiverser encore ? Elle avait décidé à sa place.

Il la prit par la main et monta l'escalier avec elle. Le silence était leur complice.

Une fois près du lit, il déboutonna la chemise de nuit de Melissa. Elle retenait son souffle, comme si brusquement sa hardiesse de tout à l'heure l'avait abandonnée. Quand elle se trouva nue devant lui, il remarqua qu'elle se mordait la lèvre, comme si la nervosité l'avait gagnée. De quoi avait-elle peur ? Bien sûr, la grossesse avait modifié son corps depuis leur première rencontre, il s'était fait plus lourd, moins svelte, mais elle était toujours incroyablement belle.

— Melissa…, murmura-t-il. Superbe Melissa…

Il l'embrassa sur la bouche. Longuement, savamment. Pour qu'elle oublie de penser aux transformations de son corps. Il prit ses seins dans ses mains et les trouva davantage épanouis. Puis, se souvenant du plaisir qu'il lui avait donné ainsi autrefois, il prit un téton dans sa bouche et le taquina du bout de la langue. La réponse de Melissa fut encore plus intense que dans son souvenir. Les pointes se dressèrent aussitôt. Lachlan se laissa emporter par cette réponse.

Il l'embrassa encore plus fort, lui passa un bras autour de la taille et l'allongea sur le lit avec mille précautions malgré son impatience. Son érection contenue par son boxer était si violente qu'elle lui faisait presque mal. Il avait hâte de se débarrasser de ce vêtement exigu et encombrant.

Melissa l'avait deviné car elle s'en chargea à sa place pour caresser librement sa virilité.

— Tu m'as tellement manqué…, murmura-t-il dans son cou.

Il l'embrassait et la mordillait tour à tour, grisé par le parfum de lavande qu'il n'avait plus respiré depuis ce qu'il lui paraissait être une éternité.

Ils étaient corps à corps maintenant, peau contre peau. La caresse de Melissa s'accentua jusqu'à le faire trembler de tout son corps. Elle était sûre d'elle. Elle était sûre pour eux deux. Grâce à elle, il se sentait un homme à part entière, viril à cent pour cent, puissant, en pleine santé.

L'impatience fut plus forte que son désir de savourer ce moment. Il pénétra Melissa d'un coup de reins. Elle poussa un cri de plaisir, lui un cri de triomphe. Non, même si leur arrangement lui en donnait la liberté, jamais il ne ferait l'amour avec une autre femme qu'elle.

Pour le sentir encore plus proche d'elle, Melissa avait croisé les jambes autour de sa taille et passé les bras autour de son cou. Elle enserrait sa virilité dans une puissante gaine de douceur qui lui faisait perdre la tête. Il l'adorait. Il adorait la façon qu'elle avait de le faire vivre. Il adorait leur complicité sexuelle. Si jamais... Pour éviter de réfléchir, il donna un nouveau coup de reins et se laissa emporter par le plaisir sensuel qui les unissait au point de ne faire d'eux qu'un seul corps.

À chacun de ses mouvements, les gémissements de Melissa devenaient de plus en plus puissants et lui faisaient comprendre qu'elle se rapprochait de l'orgasme. Le bonheur de pouvoir lui donner autant de plaisir l'amena au bord des larmes. Il fallait qu'elle soit aussi comblée que lui-même ! Et ensuite... qui sait ? Elle voudrait recommencer, encore et encore. Alors, elle lui ferait peut-être une place dans sa vie ?

Le cri qu'elle poussa au moment de l'orgasme résonna dans la chambre. Les secousses du plaisir qu'elle éprouvait passaient dans son corps à lui, longues vagues déferlantes qui l'emportèrent jusqu'au dernier pic de tension supportable. Alors il ne se retint plus, et déversa dans un râle sourd tous les sentiments qu'il éprouvait pour elle mais qu'il n'osait formuler avec des mots. Ensuite, pantelant, tremblant de cette explosion de jouissance, il s'allongea près d'elle.

Par-dessus leurs poitrines soulevées d'un même souffle, épuisés, ils se sourirent. Exactement comme s'ils avaient gagné le gros lot.

8

— Bonjour !

Melissa cligna des yeux en entendant la voix de Lachlan, persuadée qu'elle était en train de rêver.

Elle se redressa sur l'oreiller. Non, elle ne rêvait pas, Lachlan était bien là, debout en face d'elle, un plateau dans les mains.

— Heu… bonjour, répondit-elle d'une voix encore endormie.

Sur le plateau, elle aperçut un verre de jus d'orange, une pile de tranches de pain grillé et un bol de céréales.

— C'est ce que j'ai trouvé dans ton placard mais, si tu as envie d'autre chose, je peux faire un saut à l'épicerie du coin pour aller te le chercher.

— Non, j'irai faire des courses plus tard. Viens plutôt m'aider à manger tout ça, proposa-t-elle en entrouvrant le lit pour lui permettre de s'y glisser à côté d'elle.

Quelle belle surprise ! Melissa n'avait pas osé espérer que Lachlan serait encore chez elle ce matin. Et encore moins qu'il lui préparerait ce petit déjeuner royal. Tout cela était très attentionné de sa part. Pas du tout le comportement d'un homme intéressé seulement par le sexe.

Ni l'un ni l'autre n'avait éprouvé le besoin de s'enfuir après avoir cédé à la tentation. C'était une différence énorme avec leur première fois. Leur entente sexuelle était inouïe. Jamais elle n'avait éprouvé autant de jouissance avec Chris. Avec Lachlan, c'était comme si chacun devinait ce qui ferait plaisir à l'autre au moment où il le souhaitait. La passion fusait dans chaque baiser, avec chaque caresse. Et le meilleur cette fois-ci était qu'ils n'avaient pas eu à se soucier des conséquences puisque le bébé était déjà conçu. Cela leur avait donné un intense sentiment de liberté. Melissa s'efforçait de refréner ses sentiments, mais elle avait maintenant la certitude que Lachlan resterait après la naissance du bébé.

Oseraient-ils recommencer pareille escapade sexuelle ? Faire l'amour avec un bébé qui pleure à côté, quand on manque de sommeil et qu'il y a des couches à changer, serait sûrement moins facile et moins agréable. Au cas où leur relation se terminerait rapidement, comme tant d'autres, pourquoi ne pas profiter du répit qui leur était offert pour profiter de la vie et de leurs corps ?

— Tu sais, dans quelques mois, je vais être aussi grosse qu'une baleine. Nous ne pourrons plus être capables de faire tout ça. Ou tu n'en auras plus envie…

Lachlan posa dans son assiette ce qui restait de son toast et prit le visage de Melissa entre ses mains.

— Pour moi, tu seras toujours belle. J'aurai toujours envie de toi.

Ces simples mots suffirent pour rallumer le désir au creux du corps de Melissa. Sans doute parce qu'elle lui avait rappelé de ne pas laisser les sentiments s'en mêler, il avait totalement lâché prise. Leur nuit avait été torride. Elle n'arrivait pas à se rassasier de lui ; elle voulait l'embrasser, le toucher, le sentir allongé près d'elle.

C'était peut-être lamentable de sa part de se résoudre à noyer sa solitude avec le sexe tout en niant les sentiments qu'elle éprouvait pour lui. Il était aussi un homme, pas seulement le père de son enfant. En plus d'être un agréable partenaire avec qui faire l'amour, il était devenu une personne présente dans son quotidien.

L'idée que toutes les relations amoureuses avaient une fin, rapide le plus souvent, l'empêchait de le reconnaître. Si la présence de Lachlan dans sa vie devait être éphémère comme elle s'y attendait, autant en profiter tant que les transformations de son corps lui en laissaient le loisir. Sans qu'il soit question de sentiments.

Elle repoussa le plateau du petit déjeuner.

Faire l'amour encore une fois avec Lachlan serait la meilleure façon de commencer la journée.

Avec une audace qu'elle alla puiser au plus profond d'elle-même, elle le fit se mettre sur le dos et le chevaucha. Elle était toujours nue, consciente que la lumière du matin n'aurait aucune indulgence pour les défauts de son corps, mais elle avait besoin de le convaincre, et elle avec lui, que cela n'avait pas d'importance.

Lachlan glissa la main contre le sexe de Melissa, le pressa du pouce, le taquina, joua avec jusqu'à ce qu'ils soient l'un et l'autre devenus incapables de supporter plus longtemps ces caresses. Alors il se glissa en elle, la remplit de son membre dressé pour qu'ils ne forment plus qu'un seul corps.

Melissa bougeait les hanches, qu'il maintenait contre lui de ses deux mains. Il relevait un peu la tête à chacune des poussées qu'il donnait de tout son corps mais aussi de toute son âme.

Chacun aurait aimé que ce moment dure toujours parce qu'ils connaissaient la félicité totale. Ni l'un ni l'autre n'aurait souhaité être nulle part ailleurs.

Ce fut à contrecœur que Lachlan quitta le lit. La tentation de rester dans ce cocon avec Melissa était terrible. Il aurait tout donné pour que le reste du monde n'existe pas. Malheureusement, il devait partir travailler. La pensée qu'il aurait bientôt une famille à entretenir lui donna le courage de repousser les draps.

— Si nous dînions ensemble demain soir puisque nous ne sommes pas de garde ? proposa-t-il.

— Avec plaisir, marmonna Melissa, encore à moitié endormie.

— Je passerai te prendre vers 20 heures, dit-il en l'embrassant.

Ce qui devait être un simple petit baiser d'au revoir évolua tout de suite en une étreinte passionnée. Chaque fois, c'était la même chose, comme si leurs deux corps attendaient le moindre contact pour s'embraser. C'était cette alchimie stupéfiante qui l'empêchait de rester superficiel avec Melissa, même s'il refusait de le reconnaître.

Au départ, ils étaient vulnérables. Ensuite, leur préoccupation commune pour le bébé les avait liés l'un à l'autre. Maintenant qu'ils avaient la liberté de profiter l'un de l'autre, Lachlan découvrait qu'il pourrait avec la plus grande facilité s'habituer à cette douceur de vivre.

Un bâillement de bien-être et de paresse heureuse le fit s'étirer de bonheur. Où trouver la force de quitter ce nid de douceur ? Pourtant, il devait encore passer chez lui prendre une douche et s'habiller pour le travail... Était-ce vraiment nécessaire de passer autant de temps à analyser ses moindres faits et gestes ? La sagesse n'était-elle pas de vivre intensément le moment présent, surtout quand il était aussi délicieux que ce qui lui était accordé en ce moment ?

L'alarme de son téléphone retentit comme un glas.

Il ne put retenir un grognement de protestation.

— Je me lève, Melissa... sinon je vais être en retard au travail.

— Je t'accompagne si tu veux.

— Non, reste ici. Je préfère me souvenir de toi enroulée entre les draps, avec tes beaux cheveux en auréole autour de ta tête.

C'était cette image qu'il voulait garder avec lui tout au long de la journée. Elle l'aiderait à croire que son univers se résumait à cette chambre où ils avaient été si heureux.

— Si tu y tiens, je ne vais pas te contrarier... Une grasse matinée sera la bienvenue parce que, comme tu sais, je n'ai pas beaucoup dormi cette nuit !

— Sage décision. Je t'enverrai un message dans la journée.

— J'attends demain soir avec impatience, dit-elle en s'enroulant dans le drap.

— Moi aussi.

Alors finalement, où était le problème ? se demanda-t-il.

Dans un monde idéal, ils seraient follement amoureux, élèveraient ensemble leur enfant dans la maison où ils vivraient tous les trois.

Pourquoi est-ce que cette perspective devait rester purement imaginaire alors qu'ils étaient si heureux tous les deux ?

9

À la fin de sa journée de travail, Melissa se dépêcha de retirer son uniforme pour rejoindre Lachlan qui venait la chercher. Il l'accueillit d'un baiser sur la joue et l'aida à prendre place à l'avant, à côté de lui. Elle lui laissait le volant avec plaisir car la perspective de passer une nouvelle nuit avec lui la rendait fébrile.

Leur relation avait changé la nuit précédente, ce qui la rendait heureuse et plus anxieuse en même temps. Ils n'avaient pas parlé du futur et, pourtant, ils formaient un couple désormais.

La crainte de voir Lachlan s'éloigner d'elle était toujours présente, mais à quoi bon laisser ce sentiment négatif occuper le devant de sa scène mentale ? Pourquoi ne pas profiter avec insouciance de ce que cette soirée lui apporterait ?

Ils avaient convenu de discuter de l'arrangement à mettre au point pour la garde de leur enfant. Cela n'empêchait pas Melissa d'espérer qu'ils finiraient la nuit ensemble. D'ailleurs, si elle s'écoutait, si elle n'était pas consciente de la nécessité de pourvoir aux besoins matériels de leur enfant, elle lui aurait demandé de filer tout de suite chez elle !

Elle lui adressa un sourire.

— Comme je n'ai rien mangé depuis midi, j'aimerais que tu m'emmènes dans un endroit où on me servira un vrai repas, pas dans un restaurant chic où deux haricots verts se battent en duel dans une assiette grande comme une roue de charrette. J'ai vraiment faim ! Pas toi ?

Lachlan gardait les yeux fixés sur la route. Des feux orange apparurent devant eux dans le noir. Lachlan ralentit.

— On dirait qu'il y a eu un accident devant nous, déclara-t-il en regardant attentivement à travers le pare-brise.

Les feux arrière de la voiture qui les précédait s'allumèrent brusquement au moment où le chauffeur freina. Sur le bas-côté de la route, plusieurs personnes sortaient de leur véhicule, l'air inquiet. Visiblement, il s'était passé quelque chose de grave. Lachlan sentit la perspective d'une soirée tranquille avec Melissa s'éloigner à la vitesse grand V. Il s'arrêta lui aussi, détacha sa ceinture de sécurité et coupa le moteur.

— Je vais voir ce qui se passe. Il y a peut-être des blessés. Attends-moi ici.

Au lieu de lui obéir, elle attrapa sa sacoche de sage-femme qu'elle avait posée sur le siège arrière et lui emboîta le pas.

Au départ, c'étaient des feux de circulation temporaires qui avaient ralenti la circulation, mais les voitures restèrent sur place même lorsque le signal vert apparut. C'était facile de comprendre pourquoi. Une grosse machine destinée aux travaux sur la route avait basculé dans le fossé. Des cris de panique confirmaient qu'il s'agissait plus que d'une pelleteuse renversée.

Lachlan ne fit ni une ni deux. Il descendit dans le fossé pour évaluer les dégâts. Melissa le suivit en prenant des précautions pour ne pas glisser dans la terre meuble. Le regard mécontent que Lachlan lui adressa ne lui échappa pas, mais elle n'en tint pas compte.

— Ne me fais pas de remontrances ! Nous sommes tous les deux des professionnels de santé. Moi aussi, j'ai des instruments et des médicaments dans ma sacoche.

Lachlan lui tendit la main pour l'aider à arriver jusqu'aux hommes revêtus de gilets orange et d'un casque de protection rassemblés autour de la pelleteuse.

Lachlan se présenta comme urgentiste actuellement en dehors de ses heures de service mais prêt à aider si besoin était.

— J'ai appelé une ambulance, déclara l'un des ouvriers présents, mais l'un de nos hommes est coincé là-dessous. Pauvre Paul... Je ne sais pas ce qui s'est passé. Peut-être un effondrement de terrain ? Le conducteur a pu sauter in extremis de l'engin, mais Paul travaillait dans le fossé. Il n'a pas eu le temps de se mettre à l'abri.

Plusieurs ouvriers s'efforçaient de soulever le godet de la pelleteuse sous lequel était coincé le malheureux Paul.

— C'est ce qu'il faut faire, approuva Lachlan. Il faut alléger la pression qui pèse sur lui le plus vite possible.

En effet, au-delà d'un délai d'une quinzaine de minutes, l'écrasement provoqué par le poids pouvait provoquer des dégâts irréversibles et amener à un arrêt cardiaque.

Sans hésiter, il alla se joindre aux ouvriers qui s'efforçaient de soulever l'énorme godet et, à force de joindre le travail de leurs muscles, ils réussirent à dégager Paul, pâle comme un mort mais conscient.

— Je... Pas respirer..., haleta-t-il.

— N'essayez pas de parler, conseilla Lachlan. Je vais vous examiner.

— Je crois avoir de quoi vous soulager un peu en attendant l'arrivée de l'ambulance, proposa Melissa en fouillant dans son sac.

Elle en sortit un réanimateur manuel.

En tant que sage-femme, elle avait aussi reçu une formation de premiers secours, ce qui rendait son concours précieux.

— Super ! dit Lachlan, qui la laissa aider Paul à respirer pendant qu'il évaluait ses blessures.

— Il est resté longtemps sous le godet ? demanda Lachlan.

— À peu près cinq minutes, répondit l'un de ses collègues.

— Alors il y a de l'espoir.

Il s'adressa ensuite à Paul.

— Dites-moi où vous avez mal.

Le blessé souleva un bras qui tremblait, puis toucha sa poitrine.

— Nulle part ailleurs ?

Lachlan redoutait des blessures internes. Il regrettait de ne pas avoir de quoi procéder à un électrocardiogramme, ce qui lui aurait permis de mieux évaluer la situation et donc une meilleure prise en charge dès son arrivée à l'hôpital. Il ne pouvait rien faire de plus que d'assurer autant de confort que possible au blessé avant l'arrivée de l'équipe de secours.

— En attendant qu'on vous passe au scanner, je vais vous faire une piqûre d'antalgique. Vous avez certainement quelques côtes cassées.

Paul écarta de son visage le masque qui l'aidait à respirer.

— Je vais mourir ?

— Non, sûrement pas, mais vous aurez besoin de vous reposer un certain temps.

Lachlan redoutait ce genre de question. Dans les urgences auxquelles il avait souvent affaire, il était impossible d'évaluer les dégâts avec certitude. Ce qui paraissait bénin au départ pouvait finalement révéler qu'une côte cassée avait perforé un poumon et entraînerait la mort du blessé.

— C'est que... nous allons avoir un bébé..., souffla Paul en haletant de douleur.

Lachlan échangea un regard complice avec Melissa.

— Félicitations ! Raison de plus pour rester tranquille.

Lui aussi ressentait ce besoin de partager la nouvelle avec tous ceux qui l'entouraient. Le bébé ne lui apparaissait plus comme un inconvénient mais comme un sujet de fierté. Il lui restait à s'assurer que Melissa avait fait le même chemin que lui.

Paul fit une grimace de douleur avant de reprendre :

— Il y a des années que nous essayions d'avoir un enfant. Alors maintenant qu'il est prêt à naître, je ne veux pas les quitter ! Ma famille, c'est toute ma vie.

Personne au monde n'aurait pu mieux le comprendre que Lachlan. Continuer à prétendre qu'il ne ressentait rien pour

Melissa sous prétexte que ce ne serait sans doute pas éternel était stupide.

— Vous allez très vite retrouver votre épouse, Paul.

Mieux valait réconforter le blessé en l'aidant à envisager des moments agréables que de le laisser s'inquiéter d'un futur sur lequel de toute manière il n'avait pas de prise.

Conseil qu'il ferait bien de se donner à lui-même par la même occasion… Car, obnubilés comme ils l'étaient l'un et l'autre par la peur de l'avenir à cause de leurs déceptions passées, ils se privaient de l'occasion de profiter du lien qui s'était créé entre eux.

Melissa prenait chaque jour un peu plus d'importance dans sa vie. En ce moment même, il la regardait s'occuper de désinfecter les blessures de Paul et de mettre un pansement sur celles qui étaient plus profondes. Tout cela avec des gestes professionnels mais aussi avec une bonté et une gentillesse qu'on n'apprend pas dans les livres et qui viennent droit du cœur.

À ce moment-là, les sirènes de l'ambulance retentirent. Quelques instants plus tard, deux urgentistes descendaient les rejoindre dans le fossé. Lachlan leur fit un rapide compte rendu des blessures qu'il avait observées sur Paul, et tous ensemble ils l'installèrent sur un brancard pour l'amener dans l'ambulance.

— Je vais appeler ta femme ! lança un des ouvriers.

— Merci pour votre aide à tous les deux, dit un autre.

— Heureux d'avoir pu vous donner un coup de main, répondit Lachlan en lui serrant la main.

Quand ils eurent rassemblé leur matériel, il aida Melissa à remonter vers la route.

Elle tremblait comme une feuille en claquant des dents.

— Tu es gelée ! remarqua Lachlan. Jamais je n'aurais dû te permettre de rester aussi longtemps dans le froid.

Il attrapa sa veste qu'il avait laissée sur le siège arrière et la jeta sur les épaules de Melissa.

— Si tu arrêtais d'avoir ces idées dignes du Moyen Âge ?

rétorqua-t-elle. Tu n'as rien à me permettre ni à me défendre. C'est moi qui décide de ce que je veux faire, pas toi.

Lachlan soupira. Évidemment… il serait temps qu'il l'accepte.

— Je mets le chauffage en route de toute façon. J'ai froid moi aussi.

L'habitacle de la voiture commença à tiédir, ce qui était bien agréable car il fallut encore un peu de temps pour que la circulation reprenne normalement.

— C'est l'adrénaline qui nous tenait chaud, dit Melissa en riant. C'est sans doute ce qu'on appelle « être dans le feu de l'action » !

Puis, après un temps d'arrêt, elle ajouta :

— Pauvre homme. J'espère qu'il s'en tirera bien.

Lachlan hocha la tête.

— Il y a toutes les chances pour que ce soit le cas.

Un sentiment bizarre, qui relevait d'une sorte de superstition inconnue de lui jusque-là, lui faisait penser que, si Paul allait bien, ce serait la même chose pour eux. Il ne chercha pas à lutter contre. Dans le fond, c'était plutôt rassurant car le pronostic qu'il avait émis sur Paul l'était aussi.

— Tu sais, reprit-il, ton calme et ton efficacité m'ont impressionné tout à l'heure.

Il l'avait déjà vue à l'œuvre lors de l'accouchement difficile de Marie, mais ce soir il avait compris combien elle était fiable dans les circonstances les plus imprévisibles.

Pour toute réponse, Melissa laissa échapper un bâillement en posant sa tête sur l'épaule de Lachlan. Depuis qu'ils avaient arrêté de refouler les sentiments qu'ils éprouvaient l'un pour l'autre, une grande confiance s'était installée dans leurs rapports.

Lachlan trouvait cela très agréable. Il lui arrivait maintenant d'imaginer une vie différente de celle qu'ils menaient actuellement. Une dans laquelle le cancer n'aurait pas sa place et où aucun amoureux ne cesserait de l'être. Une vie où ils pourraient tranquillement rentrer chez eux avec leur enfant assis à l'arrière.

Bref, une vie normale. Celle qu'il n'avait jamais connue et qu'il avait cru qu'il n'aurait jamais.

Après un nouveau bâillement, Melissa redressa la tête.

— Finalement, je n'ai plus faim du tout. Je suis trop fatiguée. Ça te contrarierait que nous rentrions directement ?

— Pas du tout. Je rebrousse chemin dès que c'est possible. L'essentiel est que tu te reposes.

Avant même qu'il ait eu l'occasion de faire demi-tour, la respiration régulière de Melissa l'informa qu'elle avait sombré dans le sommeil.

Quand il fut garé devant la maison de Melissa, il lui tapota doucement l'épaule.

— Nous sommes arrivés, Melissa !

Elle leva la tête, étira son cou.

— Tu veux entrer un moment ?

— Non, il vaut mieux que tu te reposes.

— Ça va mieux maintenant. Nous devions parler du bébé ce soir.

— Je sais, mais nous pouvons avoir cette conversation plus tard. Elle est importante mais pas urgente.

Melissa dégrafa sa ceinture et sortit de la voiture.

— C'est vrai, mais je me sens bien. Parler un moment avec toi ne va pas m'épuiser.

Il n'en était pas persuadé, mais il préféra ne pas la contrarier.

Une fois à l'intérieur, elle retira ses chaussures et se lova sur le canapé. S'asseoir à côté d'elle parut la chose la plus naturelle du monde à Lachlan. Il souleva les pieds de Melissa, les posa sur ses genoux et commença à les masser.

— Quel agréable soulagement ! souffla Melissa en fermant les yeux et en laissant échapper de petits soupirs de plaisir.

Bien entendu, ceux-ci ne laissèrent pas Lachlan indifférent, mais ce soir il avait mieux à faire que contenter sa libido.

— Je suis content de pouvoir t'offrir ça.

— Tu fais beaucoup pour moi.

— Tant mieux. Et j'en ferai autant pour le bébé.

— Tu veux qu'on en parle ?

— Oui. J'ai envie de savoir quel rôle je jouerai dans sa vie.

Melissa releva le nez.

— Eh bien… tu es son père !

Comme cela avait l'air simple !

— Oui, bien sûr, mais je ne veux pas être seulement un père du dimanche.

— Je comprends.

Melissa se redressa et retira ses pieds. Était-il allé trop loin dans ses exigences ? Jusqu'à présent, ils avaient évité ce sujet de conversation qui les aurait obligés à regarder en face leurs sentiments l'un vis-à-vis de l'autre. Ils s'étaient tellement dit qu'ils ne voulaient plus jamais partager leur vie avec quelqu'un d'autre !

Lachlan comprit qu'il ne pouvait pas se dérober.

— Je veux être un père aussi présent que possible. C'est-à-dire, pour le moment, partager équitablement sa garde avec toi. Plus tard, partager les trajets à l'école, les vacances, aller aux réunions parents-professeurs, le conduire chez le médecin…

Ce n'étaient pas des mots en l'air. Il avait eu l'exemple d'un père démissionnaire ? Il en prendrait l'exact contre-pied. Son but était clair : devenir le père qu'il n'avait jamais eu.

Melissa l'écoutait en silence, envisageant les conséquences que cette implication aurait sur sa propre vie. Seul le temps leur permettrait de savoir si cela fonctionnerait, mais le jeu en valait la chandelle.

Au bout d'un moment, elle se décida à répondre :

— Je suis sûre que nous arriverons à un arrangement satisfaisant. Comme j'ai l'intention de recommencer à travailler, ce sera bien pratique que nous puissions nous relayer auprès du bébé.

Lachlan fut tout étonné de voir avec quelle facilité elle acceptait sa proposition.

— Génial ! Du coup, je peux annoncer que je vais être père ?

Cet enthousiasme fit un peu mal au cœur à Melissa tant il

prouvait à quel point Lachlan avait dû souffrir de garder sa joie secrète.

— Si c'est ce que tu souhaites, pourquoi pas ? De toute façon, ça ne sert à rien de nous taire davantage.

Un soupir de bien-être échappa à Lachlan. Par rapport au moment où elle ne voulait même pas lui annoncer qu'elle était enceinte, Melissa avait considérablement évolué.

— Je te remercie. Je pense que cela rendra la situation plus facile entre nous.

— Moi aussi. Et maintenant, si nous allions nous coucher ? proposa-t-elle en le prenant par la main pour l'entraîner vers l'escalier.

Lachlan se laissa faire sans la moindre résistance. Peu importait s'ils faisaient l'amour ou si elle s'endormait à peine la tête posée sur l'oreiller. La seule chose qui comptait, c'était qu'il puisse la prendre dans ses bras. Ce geste leur était devenu naturel. Désormais, ils n'avaient plus aucune raison de se retrancher derrière leurs défenses initiales.

10

Pendant les deux semaines qui suivirent, Melissa et Lachlan passèrent du lit de l'un au lit de l'autre. Dans la journée, il leur arrivait même d'échanger des messages coquins. Ils vivaient une aventure délicieuse. Combien de temps cette idylle durerait-elle ? Ils n'en avaient pas la moindre idée, mais l'intensité de ce qu'ils vivaient sous la couette ne laissait présager aucun signe de désintérêt. Quant aux sentiments que Lachlan éprouvait pour Melissa, ils ne cessaient de grandir.

Par ailleurs, les liens familiaux se resserraient. Melissa avait accepté de l'accompagner à la petite fête que donnerait Claire en l'honneur de la naissance de son bébé, à laquelle toute la famille était invitée.

Elle avait rencontré la mère de Lachlan à l'occasion des visites post-natales de Claire, situation a priori assez embarrassante mais qui s'était avérée plutôt agréable dans la mesure où Susan avait trouvé Melissa très sympathique.

Lachlan souhaitait qu'elle fasse la connaissance de tout le monde, grands et petits, avant la naissance. Cela ne déplaisait pas à Melissa qui avait grandi dans une famille réduite à sa plus simple expression. Elle était heureuse de penser que son bébé aurait beaucoup de monde autour de lui et qu'elle-même aurait du soutien si nécessaire.

Quand elle réfléchissait à la relation qu'elle avait eue avec

Chris, elle se demandait si elle ne s'était pas attachée à lui pour cette raison. Une fois ses parents partis, elle avait éprouvé le besoin de se raccrocher à quelqu'un. Chris s'était trouvé sur son chemin à ce moment-là. C'était un homme bien, mais jamais elle n'avait éprouvé pour lui ce qu'elle ressentait pour Lachlan.

Au lieu de la réconforter, cette découverte l'angoissait. Plus que jamais elle craignait que Lachlan se lasse d'elle et l'abandonne pour une vie plus conforme à ses goûts d'homme libre. Chris n'avait jamais manifesté beaucoup d'enthousiasme à l'idée de former une famille avec elle, et pourtant elle s'était sentie anéantie par sa mort. Maintenant qu'elle était sur le point d'en fonder une avec Lachlan et qu'ils se voyaient avec plaisir, il n'était pas déraisonnable d'imaginer que leur relation continuerait après la naissance. C'était ce qu'elle espérait avec force car, s'il disparaissait de sa vie, elle perdrait bien plus qu'auparavant, avec la mort de Chris.

Par crainte de l'effrayer, elle avait montré beaucoup de réticence à laisser Lachlan s'investir dans ce qui serait leur vie. Elle avait tenu à le persuader qu'elle n'avait pas besoin de lui et que ses responsabilités seraient limitées. C'était faux. Archi-faux. Elle ne pouvait pas se passer de lui.

Quand elle sonna à la maison de Claire, l'appréhension faisait battre son cœur trop vite. Elle y était pourtant venue à plusieurs reprises faire des visites en tant que sage-femme. Mais cette fois-ci, c'était la rencontre officielle avec la famille.

— Bonjour, Melissa. Entre ! dit Claire en venant lui ouvrir, la petite Melanie dans les bras. Mon frère n'est pas avec toi ?

— Il a été retardé à l'hôpital, mais il devrait bientôt arriver.

Quand Lachlan lui avait téléphoné pour lui faire part de ce contretemps, l'idée de devoir rencontrer sa famille toute seule l'avait contrariée, mais elle avait décidé de ne pas l'attendre.

Une fois dans la salle de séjour, elle fut assaillie par le bruit de l'assemblée familiale. Des rires, des conversations à voix haute, les cris des enfants… Elle se sentit submergée. En tant que fille unique, elle avait été élevée dans une maison calme. Elle n'était pas accoutumée à un pareil niveau sonore, et trouver autant de personnes dans la même pièce, pas très grande de surcroît, la déstabilisa.

Une fois le choc surmonté, elle se demanda si son enfant serait accepté dans ce cercle ou s'il resterait à l'écart, solitaire comme elle-même l'avait été.

— Écoutez, tout le monde ! annonça Claire en faisant passer Melissa devant elle. Je vous présente Melissa.

— Bonsoir, répondit cette dernière, intimidée d'être devenue le centre de l'attention.

Brusquement, elle fut emportée dans une valse de présentations, chacun tenant à s'avancer en personne vers elle.

— Je suis Duncan, le petit frère de Lachlan. J'ai souvent entendu Claire parler de toi.

— Je suis Charlie.

— Et moi, Ava.

Quelques enfants adorables se rapprochèrent d'elle. Elle se pencha pour leur parler.

— Ça me fait plaisir de vous rencontrer ! Je m'appelle Melissa.

— Tu es la copine d'oncle Lachlan, déclara le plus grand garçon aux boucles brunes.

— Oui, c'est ça.

— Si vous la laissiez un peu respirer ? dit Claire.

Puis elle s'adressa à Melissa :

— Viens avec moi dans la cuisine chercher quelque chose à boire.

Melissa la suivit avec un certain soulagement et un peu de contrariété. Elle aurait aimé que Lachlan soit avec elle en ce moment, il lui aurait facilité cette rencontre, mais cela prouvait qu'elle comptait trop sur lui. Elle s'était laissé piéger, habituée à penser à eux en tant que couple, en tant que famille.

— Merci, Claire, de m'offrir ce répit. Je ne suis pas habituée aux grands rassemblements familiaux.

— Oui, je sais, dit Claire en servant un verre de vin à Melissa. Lachlan nous a dit que tu étais enfant unique et que tes parents vivaient aux États-Unis.

Melissa dévorait des yeux la petite nièce de Lachlan. Un élan d'amour la poussait vers cette petite personne qui suçait son poing avec application. Était-ce parce qu'elle faisait partie de la famille de Lachlan ou bien parce qu'elle avait l'espoir de pouvoir un jour la considérer elle aussi comme sa petite nièce ?

— Ne t'inquiète pas pour le vin, ajouta Claire. Il ne contient pas d'alcool.

Melissa lui sourit.

— Merci pour ton attention. Maintenant, les rôles sont un peu inversés ! Tu as plus d'expérience que moi en matière de grossesse et de maternité.

— Merci à toi d'avoir accepté mon invitation. Nous n'avons guère eu l'occasion de parler depuis que j'ai découvert que tu attendais le bébé de mon frère.

Pour Melissa, cela avait été une très bonne chose qu'elles ne se soient rencontrées que sur un plan professionnel, souvent en présence de Susan. Cela lui avait permis d'échapper aux questions que Claire lui aurait immanquablement posées au sujet de ses « intentions » envers Lachlan.

— C'est vrai.

— Il y a longtemps que j'ai envie de te demander où tu en es de tes intentions envers mon frère ?

Et vlan ! Elle y avait droit. En plein dans le mille.

Voilà qui lui donnait presque envie de rire !

— Disons que… pour l'instant, la situation n'est pas idéale, mais nous sommes tous les deux décidés à faire de notre mieux pour être de bons parents.

Avec cette réponse assez vague, elle espérait que Claire comprendrait qu'elle n'avait pas envie de s'étaler sur sa vie personnelle.

Lachlan et elle n'avaient pas cherché à définir leur relation ni ce qu'ils en attendaient. Ni l'un ni l'autre n'en avait envie alors qu'ils étaient si heureux ensemble maintenant qu'ils ne se posaient plus de questions.

Un branle-bas en provenance de la salle de séjour leur signala que quelqu'un venait d'arriver, ce qui évita à Melissa d'avoir à préciser sa réponse.

— Salut, frangin ! lança Claire, qui fut la première à l'accueillir.

— Bonsoir à vous deux... Vous avez l'air bien sérieuses !

— En effet, notre conversation est de la plus haute importance. Je suis en train d'expliquer à Melissa que tu as besoin d'un entraînement en puériculture.

Elle lui tendit la petite fille.

— Si tu changeais Melanie pendant que je sors ce qui risque de brûler dans le four ?

Melissa se mit à rire.

— Eh bien, ta sœur n'y va pas par quatre chemins ! Elle ne t'a même pas demandé ton avis !

— C'est son style. Il faut s'y faire, voilà tout.

Il tendit le sac de toilette du bébé à Melissa.

— Allons à l'étage où c'est plus calme... Je n'ai pas envie que tout le monde se moque de ma maladresse...

Comme sa sœur, il n'attendit pas de réponse de la part de Melissa pour sortir de la cuisine. Elle lui emboîta le pas sans discuter, bien contente elle aussi d'avoir un moment en tête à tête avec lui avant de descendre retrouver tout le monde.

La nurserie avait été peinte par Lachlan en rose pâle, selon le souhait de Claire, qui savait qu'elle attendait une petite fille. Lachlan déposa délicatement Melanie sur la table à langer.

— Allez, ma belle, on va faire un peu de toilette...

Melissa sortit les lingettes et la couche propre du sac, et le regarda avec amusement devenir gaga devant la petite. Il chantonnait une comptine. Pas affectée le moins du monde par les fausses notes de son oncle, Melanie gazouillait et gigotait de bon cœur.

La scène était réellement attendrissante. Elle le dévisageait, heureuse de découvrir qu'il était parfaitement à l'aise avec le bébé. Il serait sans doute un bon père…

— Tu as eu une longue journée de travail. Il y a eu des complications ?

Lachlan la regarda comme s'il ne comprenait pas de quoi elle lui parlait.

— Qu'est-ce que tu veux dire ?

— Comment ça s'est passé à l'hôpital ? Tu as été retenu ?

— Oh non, je n'étais pas au travail.

Ce fut au tour de Melissa d'être surprise.

— Ah bon ? Je croyais que…

— J'étais bien à l'hôpital, mais pas à cause du travail.

Le pli qui barrait son front ne laissait rien présager d'agréable.

— À cause de quoi ?

— Attends, laisse-moi coucher Melanie dans son berceau. Nous parlerons après.

Que se passait-il ? L'anxiété s'empara d'elle. Dans sa vie, les surprises n'avaient jamais été agréables. Chaque fois, elles avaient bouleversé sa vie. Même si la découverte de sa grossesse ne faisait pas partie de ces dernières, elle n'avait pas envie de vivre d'autres bouleversements.

Une fois Melanie installée dans son berceau, Lachlan entraîna Melissa dans le couloir. Il avait l'air préoccupé.

— Lachlan, dis-moi ce qui se passe… Je suis inquiète.

— Je… J'ai eu aujourd'hui les résultats de mes dernières analyses. Je ne t'en avais pas parlé parce que je ne voulais pas que tu te fasses du souci. Les analyses de sang ne sont pas très bonnes. Les marqueurs ont révélé la présence de protéines habituellement fabriquées par des cellules cancéreuses. C'est probablement anodin, mais on m'a tout de même fait de nouvelles prises de sang tout à l'heure.

Melissa hocha la tête.

Elle l'avait deviné. Malgré les paroles rassurantes de Lachlan, son estomac s'était noué. Lachlan devait lui-même être bouleversé émotionnellement. La perspective de devoir une nouvelle fois lutter contre le cancer devait lui paraître terrifiante.

— Quand est-ce que tu auras les résultats ?

— Très vite. S'il s'avère que le cancer redémarre, je vais avoir à passer une série de scanners et peut-être subir une nouvelle chimio.

Plus il parlait, plus Melissa sentait son cœur défaillir.

Si c'était le cas, le traitement risquait de ne pas être aussi efficace que la fois précédente. Il allait vivre dans l'incertitude pendant des mois. Peut-être même ne survivrait-il pas à tout cela ? En tout cas, il serait fatigué, nauséeux. Il mettrait fin à leur relation. Il allait la quitter. Continuer à le voir, l'aimer chaque jour davantage ne ferait qu'augmenter sa douleur quand il partirait. C'était inévitable.

Penser à elle à un moment où il avait au contraire grand besoin de son soutien faisait honte à Melissa. Mais elle devait aussi penser à l'enfant. Elle ne se sentait pas capable de s'occuper de lui en même temps que du bébé. Perdre Chris lui avait brisé le cœur. Perdre Lachlan au moment où ils s'apprêtaient à construire une famille serait encore pire. Elle ne voyait pas d'autre solution que de le quitter avant que le cancer ne les tue tous les deux.

— Je suis désolée, Lachlan.

— Tu n'y es pour rien !

Le petit sourire qu'il lui adressa tordit le cœur de Melissa.

— Ce doit être très dur pour toi...

Que c'était difficile de rester calme ! Elle s'éclaircit la voix.

— Je pense... Il me semble que nous devrions peut-être un peu calmer les choses entre nous pour que tu puisses te concentrer sur ta santé.

— Ça n'est peut-être rien, mais il m'a semblé nécessaire de t'en parler.

— Je l'espère du fond du cœur. Pour toi, bien sûr, mais aussi pour le bébé. Il faut que je me préserve pour lui. Tu as ta famille pour te soutenir. Moi... je n'en suis pas capable en ce moment.

— C'est-à-dire ? demanda-t-il, le regard lourd d'angoisse.

— Si tu le souhaites toujours, tu peux continuer à t'impliquer pour notre enfant, mais nous devons mettre un terme à ce qui existe entre nous. Chacun de nous a ses priorités.

Elle s'exprimait sur un ton dont le calme la surprenait elle-même, qui se sentait hurler à l'intérieur. Était-elle maudite ? Pourquoi ne pouvait-elle jamais garder l'homme qu'elle aimait ? Une chose était sûre : elle préférait être seule que le voir dépérir sous ses yeux. En mettant de la distance entre eux, ce serait moins douloureux.

Lachlan paraissait effondré.

— Tu le penses vraiment ?

Un reproche justifié perçait dans sa voix.

— Nous parlerons plus tard de notre organisation en ce qui concerne le bébé, mais je préfère partir tout de suite. Il n'y a aucune raison de rendre les choses encore plus difficiles pour ta famille. Tu leur présenteras mes excuses. Je m'en vais. Ne me suis pas.

Les yeux brouillés de larmes, les jambes en coton, elle s'éloigna en titubant.

La dernière chose qu'elle vit fut le visage de Lachlan, déformé par la souffrance qu'elle venait de lui infliger.

Quant à elle… comment pourrait-elle survivre sans lui ?

11

— On nous appelle sur le lieu d'un accident impliquant une femme enceinte, déclara Scot à Lachlan qui prenait place à côté de lui dans l'ambulance.

— Alors filons sans attendre !

Chaque fois qu'une femme et un enfant étaient en danger, Lachlan pensait à Melissa et à son enfant qu'elle portait.

Il s'était lancé dans cette relation avec elle de toute son âme, persuadé qu'il avait fait une découverte capitale qui lui permettrait de mettre entre parenthèses ses angoisses passées pour ne s'intéresser qu'à ce que la vie lui offrait. Ou qu'il pensait qu'elle lui offrait... Il s'était tellement investi dans son projet de vie avec Melissa et le bébé qu'il n'avait pas vu qu'elle ne se sentait pas aussi concernée que lui. Cette erreur le laissait le cœur brisé et livré une fois de plus à la solitude. Le jour où, chez Claire, elle avait brutalement mis un point final à leur liaison, il avait senti son monde s'écrouler.

Désormais, il devait une fois de plus affronter la mort. Le plus douloureux était qu'il devrait le faire seul. La femme qu'il pensait avoir à ses côtés pour l'aider dans cette épreuve l'avait quitté au moment où il avait le plus besoin d'elle. Dur rappel qu'on ne pouvait compter sur personne si ce n'était sur soi-même. Depuis que son père avait abandonné sa famille, il aurait pourtant dû le savoir...

Hélas, il avait beau essayer de le nier ou souhaiter qu'il en soit autrement, il était amoureux de Melissa. En dépit de la blessure que lui causait cette rupture, il s'efforçait de faire bonne figure devant sa famille et cachait de son mieux sa souffrance de ne plus pouvoir lui parler.

Pour l'instant, attendre sans elle le résultat de ses tests représentait une véritable torture, même s'il comprenait très bien la raison de cette désertion. Elle préférait s'occuper seule de leur bébé plutôt que de le voir privé brutalement de la présence de son père. D'ailleurs… ne devrait-il pas lui abandonner totalement le soin d'élever leur enfant ?

Ce serait peut-être une situation qu'il leur faudrait accepter tous les deux ?

— Melissa ?

En entendant le cri désespéré de sa patiente, Melissa se précipita à l'étage, sa sacoche à la main.

L'accouchement de Tess, la jeune femme en question, prévu dans trois semaines ne s'annonçait pas sous les meilleurs auspices. Tess était certainement très angoissée. Mais rien n'avait préparé Melissa à découvrir le spectacle qui s'offrit à ses yeux quand elle ouvrit la porte de la chambre. Une traînée de sang allait de la salle de bains jusqu'au lit sur le bord duquel Tess était assise, pâle comme un linge. Sur son jean, une grande tache de sang s'agrandissait de minute en minute.

Tess paraissait terrorisée.

— Melissa, j'ai peur !

Melissa aurait voulu la rassurer tout de suite, mais elle ne pouvait pas prononcer les paroles apaisantes que Tess avait besoin d'entendre. Elle devait se contenter de lui donner des conseils.

— Allongez-vous, Tess. Respirez profondément. Je sais que c'est difficile, mais efforcez-vous de rester calme.

Elle lui donna l'exemple en respirant elle-même profondément pour l'encourager à faire comme elle.

Une fois cette respiration mise en place, elle sortit son téléphone pour appeler une ambulance.

Elle prit la précaution de sortir dans le couloir pour épargner à la jeune femme le compte rendu alarmant qu'elle allait faire au service d'urgence. Dans le cas d'une hémorragie, chaque minute comptait.

— Vous aurez une ambulance d'ici une heure à peu près, répondit le préposé, n'ayant pas mesuré la gravité de la situation.

— Non, répondit Melissa. Nous ne pouvons pas attendre une heure, c'est une question de vie ou de mort.

— Nous allons faire notre possible pour vous en envoyer une rapidement.

De rage et d'impuissance, Melissa avait envie de jeter son téléphone contre le mur. Elle était livrée à elle-même. La vie de Tess et de son bébé reposait entre ses mains.

— Melissa, est-ce que mon bébé va mourir ? demanda Tess en sanglotant quand elle la rejoignit.

— Je vais faire mon possible pour que cela n'arrive pas.

Elle s'approcha du lit.

— Laissez-moi vous faire un peu de toilette et vous examiner.

Les battements de cœur du bébé ralentissaient. Il fallait faire vite. S'il s'agissait d'une rupture de placenta comme elle le craignait, le bébé risquait de mourir.

— Il faut que le bébé naisse tout de suite. Vous avez des contractions ?

— Oui.

— Rapprochées ?

— Oui. Toutes les deux minutes il me semble.

C'était une bonne nouvelle puisque cela signifiait que le bébé s'apprêtait à naître. L'accouchement serait donc plus facile.

L'hémorragie ne s'arrêtait pas pour autant. Tess était de plus en plus blanche. Il fallait l'hospitaliser au plus vite pour lui faire une transfusion de sang.

— L'ambulance est en route, Tess. Elle vous conduira à l'hôpital où vous et votre bébé recevrez les meilleurs soins. En attendant, nous allons faire en sorte que la naissance se passe le mieux possible.

Tess hocha la tête faiblement.

— À la prochaine contraction, vous pousserez, d'accord ?

Une fois que le bébé serait là, elle pourrait se concentrer sur la mère.

Tess s'agrippa à la main de Melissa.

— S'il vous plaît, restez avec moi !

— Bien sûr, Tess. Je ne vous quitte pas.

— Si jamais il m'arrive quelque chose, prenez soin de mon bébé...

Voilà qui en disait long sur la situation de cette jeune femme obligée de confier son enfant à une personne qu'elle ne connaissait quasiment pas. Ce dénuement affectif eut un effet de déclic sur Melissa.

Tess n'avait pas le choix. Le père du bébé l'avait abandonnée en apprenant qu'elle était enceinte. Elle, elle avait volontairement écarté Lachlan de sa vie, certaine de pouvoir assumer seule la situation. Aujourd'hui, face à cette jeune mère privée d'affection, elle prenait conscience que ce n'était pas nécessaire. Et tout au fond d'elle-même, elle savait aussi qu'elle ne le souhaitait pas.

— Tout ira bien. Concentrez-vous sur vos contractions pour aider votre bébé à venir au monde.

Le visage de Tess se crispa sous la douleur qui lui déchirait le corps.

— C'est le moment, Tess. Poussez !

— Je suis trop fatiguée, protesta Tess en pleurant.

— Je sais, Tess, mais il faut aider votre bébé. Rassemblez vos forces, il a besoin de vous en ce moment.

Tess serra les dents, puis poussa un cri de souffrance.

— Bravo, Tess ! Très bien. J'aperçois sa tête. Maintenant, concentrez-vous sur votre respiration.

Tess était épuisée, c'était évident. Sa respiration était entrecoupée de sanglots, mais le but était presque atteint.

Melissa l'aida à contrôler sa respiration quand il fallut laisser le bébé glisser tout seul hors du ventre de sa mère.

Elle lui fit une toilette rapide, et le cri qu'il poussa fut la meilleure chose qu'elle pouvait souhaiter.

— Vous avez une petite fille, annonça Melissa en posant le bébé sur la poitrine de sa mère.

Le regard débordant d'amour que la jeune femme posa sur son bébé fit monter les larmes aux yeux de Melissa.

— Une petite fille..., murmura Tess avec un faible sourire.

— Ne vous endormez pas, Tess, conseilla Melissa. L'ambulance va arriver !

L'hémorragie paraissait se calmer, mais une transfusion était indispensable. Le plus vite possible.

— Tess !

La jeune mère commençait à perdre conscience. Melissa constata que son pouls faiblissait.

Cette petite fille avait besoin de sa mère !

Le bruit lointain de la sirène de l'ambulance lui retira un gros poids de la poitrine, mais ce soulagement fut de courte durée. Tess avait perdu conscience. Elle ne respirait plus.

Melissa déposa le bébé dans le berceau qui se trouvait près du lit de Tess et commença la respiration artificielle sur la jeune femme. Elle comptait chacune des pressions qu'elle exerçait tout en surveillant si quelque signe de vie se manifestait sur la jeune accouchée. Ses bras commençaient à ressentir une fatigue qui les faisait trembler.

— Un, deux, trois...

Elle continuait, s'interrompait de temps en temps pour écouter le cœur jusqu'à ce que, enfin, elle décèle un faible battement.

En approchant son oreille de la bouche de Tess, elle perçut un léger souffle d'air. Tess avait recommencé à respirer. Melissa la plaça en position latérale de sécurité pour lui permettre de garder ses voies respiratoires dégagées et ouvertes, et pour que, en cas de vomissement, elle ne risque pas de s'étouffer.

Il ne lui restait plus qu'à attendre les secours.

Épuisée elle aussi, elle se laissa tomber dans le fauteuil qui se trouvait dans la chambre.

— Je peux monter ? appela une voix depuis le rez-de-chaussée.

Melissa sursauta et se précipita pour accueillir les urgentistes. Tout en le redoutant, elle espérait que Lachlan ferait partie de l'équipe. Il lui aurait apporté le soutien dont elle avait cruellement besoin. En découvrant que ce n'était pas le cas, elle éprouva une vraie déception.

L'équipe de secours prépara Tess pour le transport pendant que Melissa prenait le bébé dans ses bras.

— Ta maman va se remettre très vite..., lui murmura-t-elle d'une voix émue.

Elle imaginait maintenant tout ce qui pourrait aller de travers au moment de son propre accouchement. Allait-elle le vivre toute seule comme cela avait été le cas pour Tess alors que Lachlan devrait être auprès d'elle ? Cela lui paraissait impensable maintenant.

Et si je prenais un animal de compagnie ?

Cette idée trottait dans la tête de Melissa. Ce serait tellement bon d'avoir quelqu'un à qui parler à la fin d'une journée harassante, même si ce quelqu'un ne pouvait pas répondre !

Depuis la mort de Chris, elle avait pris l'habitude de vivre seule, mais ces dernières semaines sans Lachlan avaient considérablement renforcé son sentiment de solitude. Elle aimait partager les difficultés rencontrées dans sa journée avec quelqu'un qui les comprenait. Échanger avec lui, ou tout simplement le voir rentrer chez elle. Sa maison lui paraissait démesurément grande. Son lit, douloureusement vide. Il lui manquait.

Parfois, les nuits lui paraissaient interminables. Et ce n'était pas seulement dû aux problèmes de sommeil liés à son état. Elle n'arrêtait pas de penser à Lachlan. À ce qu'ils avaient vécu ensemble, au futur qu'ils avaient envisagé.

Si seulement il ne courait pas le risque d'être à nouveau agressé par le cancer…

Si seulement elle était plus courageuse…

L'appréhension de se trouver seule dans son lit à tourner et retourner tout cela dans sa tête l'incita à s'installer devant la télévision malgré sa fatigue, dans l'espoir de s'assoupir. Ce serait au moins un peu de repos.

Ce soir, elle avait mal au dos, et des crampes ne cessaient de tracasser ses jambes. Dire que bientôt s'ajouteraient à cela la prise de poids et les coups de pied du bébé qui s'agiterait dans son ventre ! Désormais, elle éprouverait plus de sympathie pour les femmes dont elle s'occupait. Être enceinte soi-même vous enseignait bien plus de choses que tous les livres du monde !

Chaque jour Lachlan lui envoyait un message pour lui demander de ses nouvelles et s'assurer que tout allait bien. C'était déjà beaucoup, mais cela n'avait rien de comparable à sa présence auprès d'elle.

Lydia aussi se montrait très amicale et passait souvent la voir mais, même si elle était restée vingt-quatre heures sur vingt-quatre avec elle, cela n'aurait pas rempli le vide laissé par Lachlan.

Heureusement, son travail lui permettait d'échapper à ces idées noires.

Le lendemain, malgré la mauvaise nuit qu'elle avait passée, elle se rendit normalement à la clinique où elle accueillit un couple qui paraissait très anxieux. Elle venait de leur confirmer que les tests de grossesse étaient bien positifs.

Malgré leur désir de fonder une famille, aucun sourire n'apparut sur leur visage lorsqu'elle leur annonça la nouvelle. Au contraire, elle vit leurs mains se serrer encore plus fort.

— Je n'ose pas encore me réjouir, confessa Abby. Vous comprenez, après ce qui s'est passé la première fois…

La jeune femme avait fait une fausse couche l'année précédente, mais rien ne laissait craindre le même accident.

Melissa leur adressa un sourire rassurant.

— Je comprends votre inquiétude, mais il n'y a aucune raison pour que cette grossesse ne se déroule pas le plus normalement du monde. Une fausse couche est un événement douloureux, mais c'est quelque chose qui arrive parfois. Vous n'en êtes absolument pas responsable. Surtout, que ce mauvais souvenir ne vous empêche pas de profiter de votre bonheur actuel !

— J'ai peur de ce qui peut arriver... Nous avons été tellement malheureux...

Elle avait les larmes aux yeux. Des pleurs de chagrin pour le bébé perdu, des pleurs d'anxiété pour le bébé à venir.

— Je vous promets de vous suivre avec une attention particulière, assura Melissa. Encore une fois, vivez dans le présent, ne vous encombrez pas du passé.

Ce conseil lui parut particulièrement ironique car c'était exactement ce qu'elle-même n'arrivait pas à faire. Elle traînait ses deuils passés comme des boulets qui l'empêchaient d'aller de l'avant.

Le jeune couple la remercia chaleureusement pour ses paroles réconfortantes et la quitta un peu moins anxieux.

Une fois seule, Melissa s'accorda un peu de temps pour réfléchir à la façon dont elle menait sa propre vie. À tout ce qu'elle avait rejeté en rompant avec Lachlan. Elle faisait exactement le contraire de ce qu'elle conseillait aux autres. Pire encore, elle laissait Lachlan affronter tout seul un des moments les plus difficiles de son existence.

En fait, elle avait eu le même comportement que celui qu'elle avait reproché à ses parents pendant des années. Si elle n'arrivait pas à le leur pardonner, comment pouvait-elle espérer que Lachlan serait plus indulgent envers elle ?

Elle comprenait, alors que c'était peut-être trop tard, que c'était cela qu'elle voulait : Lachlan, son indulgence, une famille.

La peur de le perdre l'angoissait tellement qu'elle n'avait pas voulu voir qu'elle était amoureuse de lui. Et pourtant, la perspective de ne pas l'avoir du tout dans sa vie lui apparaissait bien pire que celle de profiter avec lui du temps qui leur serait accordé, aussi court soit-il. Même si c'était pour peu de temps, ils pouvaient fonder une famille. Si seulement ce n'était pas trop tard...

Lachlan sortit du bureau du médecin complètement abasourdi par l'annonce de ses résultats. Il évoluait dans une sorte de brouillard, incapable de savoir où aller maintenant qu'il n'avait plus Melissa pour lui servir de port d'attache.

Normalement, en cette période, ils devraient s'apprêter à accueillir leur bébé. N'importe quel père serait en train de peindre la nurserie et de fabriquer le berceau. Lui, il avait été rejeté. Il ne savait plus du tout quelle serait sa place dans la vie de cet enfant.

La situation serait-elle différente s'il avait avoué à Melissa qu'il l'aimait ? En ce qui le concernait, leur séparation n'avait rien facilité. Au contraire, les sentiments qu'il éprouvait pour elle s'en étaient trouvés renforcés.

Il n'aurait peut-être plus jamais la chance de devenir père. De toute façon, il ne voudrait jamais avoir un enfant avec une autre femme que Melissa.

À force de penser à elle aussi intensément, il en arrivait à avoir des hallucinations. Sans doute parce qu'il désirait tant qu'elle le serre dans ses bras en lui promettant que tout irait bien. C'était trop demander...

Et voilà que brusquement l'hallucination lui jetait les bras autour du cou. Il sentait l'haleine tiède de Melissa, respirait son parfum de lavande, entendait sa voix chuchoter à son oreille.

— Claire m'a dit où te trouver. Lachlan... je suis tellement, tellement désolée...

Elle se serrait si fort contre lui qu'il était à deux doigts de la suffocation mais heureux de comprendre qu'il ne rêvait pas.

— Tu es venue me chercher ?

Il n'en croyait pas ses yeux.

— Oui.

Elle recula d'un pas, l'air confus.

— Excuse-moi, je suis certainement la personne que tu as le moins envie de voir en ce moment.

Comme elle se trompait !

Bien au contraire, elle était la seule personne au monde dont il souhaitait la présence, mais pouvait-il se réjouir ? Elle lui avait déclaré avec tant d'assurance qu'elle ne voulait plus le voir !

— Qu'est-ce qui t'amène ici ?

— C'est... Je regrette ce que je t'ai dit chez Claire. J'ai eu du temps pour réfléchir. Aujourd'hui, j'ai honte de ma réaction. J'aurais dû rester près de toi pour te soutenir dans l'épreuve. Est-ce que c'est trop tard maintenant ?

Ce brusque revirement laissa Lachlan très déconcerté malgré son bonheur de la voir. Il ne voulait pas que Melissa soit venue uniquement à cause de sa culpabilité.

— Je ne comprends pas ce que tu souhaites, Melissa. Tu m'avais dit que tu ne voulais plus que nous ayons de relation personnelle. Qu'est-ce qui a changé ?

Elle l'avait quitté une fois. Est-ce qu'il pourrait lui faire confiance si jamais le pire arrivait ?

Par-dessus tout, il avait besoin de savoir si elle éprouvait pour lui les mêmes sentiments qu'il ressentait pour elle. Sans cela, il serait toujours celui qui souffrirait.

Melissa baissa la tête.

— J'ai honte, Lachlan. La panique s'est emparée de moi quand tu as dit que le cancer risquait de redémarrer. J'ai eu peur de te perdre et j'ai été assez idiote pour croire que, si je partais tout de suite, ma douleur serait moins grande. J'ai été très égoïste.

Le cœur battant, Lachlan s'efforçait de contrôler l'espoir

qu'il leur restait une chance. Il souhaitait de toutes ses forces la retrouver, mais il voulait être sûr d'elle.

— Qu'est-ce que tu envisages ?

Si Melissa n'était venue le trouver que pour apaiser sa culpabilité, leur relation n'avait pas d'avenir.

Melissa leva les yeux vers lui. Avala sa salive.

— Lachlan, je t'aime. C'est stupide, mais c'est la raison pour laquelle j'avais peur de te perdre. Ces derniers jours m'ont prouvé que la vie sans toi ne m'intéresse pas. Je te soutiendrai tout au long de ton traitement. Nous serons là tous les deux pour notre enfant aussi longtemps que ce sera possible. C'est tout ce que je souhaite.

Ces mots étaient les plus doux que Lachlan ait entendus de toute sa vie. Elle l'aimait. Elle voulait vivre avec lui. Elle acceptait de se montrer vulnérable à un moment où il pouvait la rejeter. Cela ne devait pas être facile pour elle.

Allait-il se montrer aussi courageux qu'elle ? Même si cela devait mettre son cœur en jeu une fois de plus ?

— Melissa, si nous nous permettions d'être heureux ?

Il s'avança, l'attira contre lui. Il n'était plus question de fierté, de peur, de honte, de maladie... Rien ne troublait le bonheur qu'ils étaient en train d'éprouver.

Accrochée à la chemise de Lachlan, Melissa planta son regard dans le sien.

— Je veux vivre avec toi aussi longtemps que tu le souhaiteras.

— Eh bien, ça risque de durer un certain temps ! répondit-il en riant.

Melissa le regarda sans comprendre.

Lachlan souriait toujours. Cette fois, il avait de bonnes nouvelles à annoncer. Il espérait que cela ne changerait rien à ce qu'ils venaient de se dire.

— Mes résultats sont bons. Nous nous sommes fait beaucoup de souci pour rien. En fait, il n'y a pas de récidive de mon cancer.

À ces mots, les yeux de Melissa s'embuèrent de larmes. Elle enterra son visage dans la poitrine de Lachlan.

— Quel bonheur ! Comme je suis heureuse pour toi.

— Cela ne nous donne pas la certitude qu'il ne reviendra jamais mais, s'il le faut, nous l'affronterons.

— Oui. Ensemble.

Ce mot vint cimenter leur avenir. C'étaient une promesse et un engagement de l'un envers l'autre et envers leur enfant. Plus jamais ils ne regarderaient en arrière. Leur vie de famille était devant eux.

Après tant d'années au cours desquelles il avait vécu en faisant passer les autres avant lui, il obtenait ce qu'il souhaitait le plus au monde. Melissa. Un bébé. Une famille.

Melissa tendit la main pour caresser la joue de Lachlan.

— Je t'aime. Tu es là, avec moi, c'est la seule chose qui compte. Je te promets que, s'il le faut, je combattrai ton cancer de toutes mes forces chaque jour de la semaine.

Elle releva son visage vers lui.

— Je t'en prie, reste. Je t'en prie, aime-moi !

Le ton de sa voix était presque désespéré.

— Je t'aime, Melissa. Je veux vivre avec toi.

— Vraiment ?

— Vraiment.

Épilogue

— Tu sais que mes parents t'adorent ? demanda Melissa en se tournant dans le lit.

Enceinte de huit mois maintenant, elle trouvait la manœuvre de plus en plus compliquée. Trouver une position confortable était devenu si difficile que dormir était de plus en plus problématique. Au stade auquel elle était parvenue, elle avait autant hâte de retrouver la libre disposition de son corps que de faire la connaissance de son bébé.

— Oui. Jilly, Angus et moi nous entendons comme larrons en foire. Il faut bien reconnaître que je suis un homme exceptionnel !

Lachlan avait vivement encouragé Melissa à renouer avec ses parents. Après quelque temps de réflexion, elle avait décidé de leur accorder une seconde chance. À sa grande surprise, elle avait découvert qu'ils étaient fous de joie à l'idée de la revoir. Apparemment, comme ils ne s'étaient pas quittés dans les meilleurs termes, ils avaient préféré ne pas se manifester, mais leur amour pour leur fille était resté intact.

Au cours des mois précédents, ils avaient partagé beaucoup d'appels vidéo et écarté tout malentendu. C'est ainsi qu'ils avaient fait la connaissance de Lachlan. Ils avaient prévu de venir pour la naissance et souhaitaient rester en Angleterre quelques semaines. Ils envisageaient même de rentrer définitivement pour avoir la possibilité de voir Melissa et sa famille de manière régulière.

— « Un homme exceptionnel »... Quelle modestie ! plaisanta Melissa en se lovant contre lui autant que sa rotondité le lui permettait.

Rien n'était aussi réconfortant à la fin de la journée que de se nicher dans ses bras et de sentir à quel point il l'aimait. Dans quelques semaines, leur routine serait changée par l'arrivée de leur enfant. À cette pensée, elle sentait son cœur déborder de joie.

À la mort de Chris, elle avait cru son projet de famille à jamais impossible. Grâce à Lachlan, non seulement il était sur le point de se réaliser, mais à ce bonheur s'ajoutait celui d'avoir retrouvé ses parents.

— Je ne suis ni modeste ni timide, renchérit Lachlan. Sinon, nous ne serions pas ensemble maintenant.

— Pardon ? Tu oublies que c'est moi qui ai fait le premier pas vers toi !

— Parce que je n'arrêtais pas de te regarder... Tu avais bien compris que tu m'intéressais. C'est ce qui t'a donné le feu vert.

— Eh bien, je me félicite de l'avoir compris !

— Et je t'en félicite aussi, répondit Lachlan en l'embrassant. Je crois que ce jour-là a été le meilleur de ma vie.

Il s'interrompit un moment. L'embrassa de nouveau.

— Si on se mariait ?

Melissa sursauta.

— Quoi ?

— Je te propose de m'épouser. Il est encore temps avant la naissance. Comme ça, nous formerons une famille parfaitement en règle.

Melissa doutait encore de ce qu'elle venait d'entendre.

— Et au cas où tu te poserais des questions sur mes motivations, sache que je te demande de m'épouser parce que je t'aime. Je t'aime, point final.

Melissa éclata de rire.

— Point final ? Non, tu te trompes, Lachlan, nous n'en sommes qu'au début. Au tout début de notre histoire !

ANNIE CLAYDON

Un amour de médecin

Traduction française de
C. DUTEIL

BLANCHE

HARLEQUIN

Titre original :
A DOCTOR TO HEAL HER HEART

Ce roman a déjà été publié en 2020.

1

A 6 h 30 du matin, la plage était déserte, à l'exception de quelques rares joggeurs et d'un promeneur solitaire avec son chien. Après la nuit chaude et moite, la brise marine était rafraîchissante.

— Tu as l'air d'un débris échoué sur le sable...

Luttant contre la tentation de fermer les yeux, Euan Scott se laissa choir dans le transat délavé qui lui tendait les bras.

— Je sais. Pour tout dire, je me sens...

— ... pire ? demanda David Watson en se penchant vers lui, ce qui fit grincer son transat. Qu'est-ce qui t'arrive ?

— Une gamine de la clinique, Kirsty, a fait une overdose hier, répondit Euan, encore hanté par les lèvres bleues de la jeune fille.

— Comment va-t-elle ?

— Elle tient bon. Son cœur s'est arrêté trois fois et elle a eu une hémorragie intracrânienne. Ses parents sont avec elle.

— Bon sang. D'après ce que tu m'avais dit, elle progressait si bien...

Euan ne voulait pas y songer. Ni à l'état de Kirsty quand elle se réveillerait. *Si* elle se réveillait.

Il se passa la main sur le visage, comme pour chasser ces pensées. D'autres gosses avaient besoin de lui, il ne pouvait pas se permettre de craquer.

— Quel est le programme de la semaine ? demanda-t-il.

— D'abord, tu rentres chez toi et tu dors.

— Et notre réunion du lundi matin ?

Les deux directeurs du Driftwood Drugs Initiative se voyaient rarement pendant la semaine. David collectait des fonds et gérait l'institution pendant qu'Euan s'occupait des patients. La réunion du lundi matin était leur seule occasion de faire le point et discuter, loin du bureau. Quand il faisait mauvais, ils se retrouvaient au café du port ; par beau temps, ils préféraient la plage.

David haussa les épaules.

— De mon côté ça va. Mais toi, tu as besoin de dormir, dit-il d'un ton sans appel en rangeant son ordinateur portable dans sa sacoche. Autre chose ?

— Pas vraiment, répondit Euan, trop las pour réfléchir.

— Bon. Mel travaille aujourd'hui, elle réglera les éventuels problèmes. Je te revois au bureau à midi.

— Pourquoi à midi ?

— Le programmeur arrive de Londres, tu as oublié ? Pour la présentation du logiciel.

Euan aurait préféré être dispensé de cette corvée et passer une heure de plus au lit.

— Tu as besoin de moi ? C'est ton bébé, après tout.

— Moi, l'idée m'emballe, c'est toi qu'il faut convaincre.

Ce rendez-vous tombait mal. Mais Euan avait promis à David d'évaluer le logiciel en toute objectivité.

— D'accord. Je serai là à midi.

— 11 h 30. Et habille-toi correctement, dit David avec malice.

— Costume-cravate ?

— Tu as ça dans ta garde-robe ? demanda David, railleur.

— Peut-être. Quelque part.

David se leva en riant et plia son transat.

— Evite surtout le short. Je veux convaincre ce type que nous sommes un organisme sérieux, et qu'il ne trouvera pas mieux pour lancer son logiciel.

— Je peux pianoter sur un clavier en short, tu sais. Je le fais tout le temps, dit Euan en riant, s'attirant un regard noir de son ami. Bon, d'accord. 11 h 30. Douché, rasé, et sans short.

A 11 h 50, Euan était assis dans la grande pièce lumineuse qui faisait office de bureau et de salle de réunion. La porte était soigneusement fermée pour indiquer que David et lui ne voulaient pas être dérangés, et la fenêtre grande ouverte pour lutter contre la chaleur estivale.

Les deux amis avaient passé vingt minutes à revoir leurs besoins en informatique. David trompait désormais l'attente en déplaçant les chaises autour de la table tandis qu'Euan traquait une mouche récalcitrante.

— Nous sommes une organisation caritative, nous mettons l'argent dans nos missions plutôt que dans nos performances administratives, dit Euan, ramassant un journal qui traînait pour frapper l'intruse. L'informatique n'est pas mon truc, mais j'ai dit que je te soutiendrais et je n'ai qu'une parole. Si ce type ne fait pas l'affaire, nous trouverons quelqu'un d'autre.

Le téléphone sonna, et Euan décrocha.

— Oui, Maya… ?

— Sam Lockyear vous attend à la réception.

— Merci. Faites-le monter. Vous pourriez peut-être en profiter pour nous apporter du café ?

Un gloussement étouffé résonna dans le combiné, surprenant Euan. En quoi sa requête était-elle si drôle ?

— J'en monterai avec les sandwichs dans une demi-heure.

L'informatique était le domaine de David. Il allait donc passer à l'action. Pendant les deux prochaines heures, Euan n'aurait pas grand-chose à faire, sinon poser quelques questions et paraître s'intéresser aux réponses. David dirigerait comme à son habitude l'entretien avec brio, depuis l'instant où il accueillerait leur invité en haut de l'escalier jusqu'à la poignée de main finale.

— Sam, je vous présente Euan, le codirecteur, dit David.

David était-il aussi déconcerté qu'Euan ? En tout cas, il n'en montra rien.

— Ravie de vous connaître, dit la jeune femme, tout sourire, en tendant à Euan une petite main parfaitement manucurée.

Les effluves d'un parfum de luxe parvinrent aux narines d'Euan tandis qu'il lui serrait la main, aussi douce qu'elle en avait l'air.

Il n'était pas expert en la matière, mais il aurait parié que son tailleur venait de chez un créateur. A en juger par sa couleur rouge, sa propriétaire n'aimait pas passer inaperçue.

Elle prit place à la table et, plaquant un nouveau sourire sur sa jolie bouche, elle sortit de sa sacoche un ordinateur portable et deux petites tablettes.

— Merci d'être venue, dit David avant de dérouler son boniment standard sur les activités de Driftwood.

Pour ne pas fixer ouvertement leur invitée, Euan s'absorba dans la contemplation du plafond.

— Je suis contente d'être ici, dit « Sam ». J'ai étudié votre travail avec beaucoup d'intérêt.

— Vraiment ?

— La Driftwood Drugs Initiative... Il y a une raison particulière à ce nom ?

— L'image du bois flotté — *driftwood* — peut surprendre. Mais quand nous avons commencé, tout ce que nous possédions avait été récupéré un peu partout. Nous aimions en plaisanter, et le nom est resté.

Elle hocha la tête en souriant.

— Vous avez progressé, puisque vous opérez aujourd'hui à partir de deux sites, ce bureau qui s'occupe de l'administration et de la sensibilisation du public, et la clinique où vous travaillez directement avec vos patients. Votre approche concrète, qui fournit un soutien médical et social aux drogués et leurs familles, est très appréciée des agences de médicaments et du secteur médical...

— Je doute que vous ayez appris tout cela sur notre site Web, dit David avec un petit rire.

— Non, en effet. Il y a de bonnes informations dessus, mais son manque de clarté les rend difficiles à trouver. Cela ne contribue pas à sensibiliser le public.

Elle était bien informée, intelligente, honnête. Et très belle. On aurait dit une sirène sur le rivage, appelant les marins en perdition. Euan chassa cette pensée. Il n'était ni marin, ni perdu.

— Vous avez raison, dit David. Et nous envisageons d'y remédier, n'est-ce pas, Euan ?

Euan ne l'avait jamais envisagé à proprement parler, puisque c'était du ressort de David. Son domaine à lui était surtout les soins médicaux, il n'était pas persuadé qu'un programme informatique lui apporterait grand-chose.

— Peut-être devrions-nous commencer par jeter un coup d'œil au logiciel, dit Sam Lockyear, qui contrôlait sans effort le déroulement de la réunion. Vous devez avoir des questions pour moi.

— Oui, répondit David en prenant ses notes.

— Je pense que le programme y répondra. Il parle de lui-même, dit-elle en leur tendant les tablettes avec un grand sourire.

— Nous l'espérons, dit Euan.

Il avait du mal à rester insensible au sourire de la jeune femme. Soudain, malgré lui, il chercha son regard pour capter son attention, et un grand trouble s'empara de lui.

— C'est un bon début, dit-elle.

Ses yeux gris avaient juste la bonne dose d'humour. Elle soutint un moment son regard, puis reporta son attention sur l'ordinateur. La tension se relâcha, il faillit soupirer. Elle pianota, allumant la tablette qu'il avait devant lui.

Cool. Pas de projecteur ni d'explications à grand renfort d'images sur un mur. Elle avait élevé la programmation au rang d'art. Il fit glisser un doigt hésitant sur l'écran de sa tablette et tapa. Une nouvelle page apparut.

Sam lui jeta un regard de reproche. A quoi ressemblait-elle avec les cheveux défaits, plutôt que tirés en un chignon strict ?

— Vous pourrez jouer dans un moment, dit-elle. Laissez-moi d'abord vous exposer l'essentiel.

— D'accord. Désolé, dit-il avec un sourire idiot avant de se composer une expression sévère.

Le logiciel était aussi impressionnant que sa créatrice. Elle avait pris en compte la série de besoins dont David lui avait fait part, et élaboré un programme répondant à leurs exigences. Quand Maya leur apporta les sandwichs et le café, David était conquis.

— J'aimerais voir le module de rapports, dit-il, posant devant lui l'assiette que lui tendait Maya. Nous devons faire des comptes rendus à nos donateurs sur les différents projets en cours. Beaucoup ont des questions spécifiques concernant les objectifs et les résultats, nos réponses sont déterminantes pour l'obtention des financements nécessaires.

Elle se pencha légèrement en avant, le visage radieux, comme si elle leur réservait une bonne surprise, et sourit à Maya qui lui tendait une tasse de café.

— Merci... Maya.

La secrétaire poussa l'assiette de sandwichs vers elle et sortit discrètement de la pièce.

— Ils ont l'air délicieux, dit Sam, en choisissant un avant de proposer l'assiette à David.

Réussissant brillamment à grignoter son sandwich, déguster son café, et pianoter en même temps sur son clavier, elle leur montra comment les questions et les mots clés pouvaient être entrés dans le système, et des rapports individuels créés pour chaque donateur.

— Excellent, fit David, visiblement impressionné. Euan, tu as des questions ? ajouta-t-il pour la forme.

— Oui, une ou deux...

Dans ce genre de réunion, mieux valait savoir à quoi s'attendre, et Sam s'était déjà fait une opinion sur les directeurs de Driftwood Drugs Initiative. David Watson était l'organisateur et faisait tourner la boîte. Le Dr Euan Scott était l'élément imprévisible, capable de sortir des questions pièges et autres suggestions incongrues.

Elle se força à le regarder dans les yeux.

— Je vous écoute.

Il s'adossa à sa chaise, le front plissé. Euan Scott était unique en son genre. Séduisant, sans aucun doute. Même si elle n'avait pas été favorablement impressionnée par ses qualifications et ses réalisations, elle aurait su qu'il n'était pas seulement un beau gosse au look de surfeur. Derrière ses yeux couleur caramel, elle sentait bouillonner des pensées et des émotions qu'elle ne savait pas interpréter.

Elle devait se ressaisir. L'entretien se passait bien, ce n'était pas le moment de tout gâcher.

— Ce programme n'est pas encore utilisé par d'autres ?

Son premier coup, et il avait immédiatement trouvé son talon d'Achille.

— Non, pas encore. Je cherche quelqu'un qui relèvera ce défi, dit-elle, sentant qu'Euan aimait les challenges.

— Et vous pensez que c'est nous ?

Elle se pencha légèrement en arrière, les yeux étrécis. Six ans plus tôt, Sally et elle s'étaient lancées dans la vente de leurs propres logiciels. Au début, elle avait été nerveuse, angoissée. Sal lui avait appris tous les petits trucs, toutes les techniques, quand rester sur la réserve et quand faire preuve de candeur. Elles avaient formé une équipe formidable. Mais la sagesse de Sal ne pouvait pas l'aider aujourd'hui. Imaginer Euan Scott tout nu ne ferait sûrement rien pour la calmer…

— Les nouveaux programmes sont difficiles à lancer, surtout ceux destinés au secteur à but non lucratif. Rares sont les entreprises qui acceptent d'être les premières à utiliser un logiciel qui n'a pas fait ses preuves, si bon soit-il. J'ai besoin de quelqu'un d'assez visionnaire pour tenter quelque chose de nouveau. En retour, je suis prête à travailler main dans la main avec vous pour m'assurer que le programme répond à tous vos besoins.

— C'est une situation qui comporte des risques, dit Euan en passant la main dans ses courts cheveux blonds.

— Pas plus que celle dans laquelle vous vous trouvez déjà. D'après mon enquête, vous correspondez aux clients que je recherche. Votre association est petite, novatrice, prospère, et vous voulez vous agrandir. Un bon système de programmation vous y aidera, mais je devine que vous n'avez pas beaucoup d'argent à investir dedans.

Il hocha la tête avec un lent sourire.

— J'imagine qu'il y aura quelques surprises.

— J'espère que nous pourrons apprendre les uns des autres. Et puis, on ne peut jamais tout prévoir, n'est-ce pas ? dit-elle avec un haussement d'épaules.

Elle était prête à parier qu'Euan Scott n'avait pas fini de la surprendre.

— Pourquoi faites-vous cela ? demanda-t-il.

La question, pour le moins inattendue, la prit de court.

— Vous voulez savoir pourquoi je crée des logiciels ?

— Non, vous êtes manifestement douée pour cela. Je veux savoir pourquoi vous vous impliquez autant et consacrez tant de temps à quelque chose qui ne vous apportera pas de gratification financière substantielle.

Elle avait déjà préparé la réponse.

— Comme vous avez dû le voir dans mon CV, j'ai été directrice et copropriétaire d'une société de conseil en informatique extrêmement prospère. Il y a deux ans, quand je l'ai vendue, j'avais le choix entre aller au soleil siroter des cocktails, et faire quelque chose que j'aime en me rendant utile par la même occasion.

— Vous n'aimez pas les cocktails ? Ni le soleil ?

— J'adore les deux. En vacances.

Le regard intense d'Euan Scott la sondait à la recherche de

la vraie réponse. Il ne jugeait pas, n'attendait rien, il donnait l'impression de pouvoir pratiquement tout accepter et comprendre, du moment que c'était la vérité.

— Je... Je fais ça pour soutenir une cause qui me tient à cœur. J'ai... des raisons personnelles.

Il soutint encore un moment son regard, puis détourna les yeux. Etourdie, elle eut la sensation qu'elle allait glisser de sa chaise et s'affaler par terre. Puis il hocha la tête.

— Je peux comprendre cela, dit-il.

David raccompagna Sam à la porte en promettant de la rappeler pour lui faire part de leur décision. Quand il regagna le bureau, il souriait.

— Eh bien, c'était une sacrée surprise.

— Tu ne m'avais pas dit que Sam Lockyear était un homme ?

Elle n'aurait pas pu être plus femme. De son chignon impeccable à... Euan décida qu'il n'avait déjà que trop pensé à ses orteils soigneusement manucurés.

— Je le croyais. Son nom ne donnait pas d'indice, mais tu as vu ses e-mails. Aucune des femmes que je connais ne s'exprime comme ça.

Les courriers qu'elle avait envoyés étaient concis et dénués de toute amabilité, ne révélant rien du charme qu'elle dégageait en personne.

— Alors, qu'en penses-tu ?

David se laissa tomber sur une chaise en ricanant.

— N'intervertis pas les rôles. Qu'en penses-tu, *toi* ? C'est toi qu'elle va suivre pendant deux semaines, pas moi.

— Je ne crois pas qu'elle nous ait laissé le choix. Son logiciel est génial, et son offre trop belle pour être ignorée. Je ne sais pas trop comment elle s'intégrera à la clinique, mais on verra ça le moment venu.

David acquiesça pensivement.

— Quelles sont ses « raisons personnelles », à ton avis ?

— Est-ce vraiment important ? répondit Euan qui s'était posé la même question.

— Je te le demande.

Euan avait ses raisons à lui de s'être lancé dans l'aventure. L'addiction de son ex-femme, qui avait détruit leur mariage, ne regardait que lui. Mais il exigeait une parfaite honnêteté de ceux qui l'entouraient, et il se devait de donner l'exemple.

— Elle ne sera pas directement impliquée dans notre travail, elle se contentera d'observer, dit-il. Il nous suffit de savoir que son logiciel fonctionne pour nous.

— Tu commences à avoir l'air convaincu.

— Il n'y a que les imbéciles qui ne changent pas d'avis, dit Euan en se levant et en vérifiant le contenu de son portefeuille. Tu veux bien l'appeler pour lui donner notre réponse ? Je dois aller à la banque chercher du liquide. Et quelque chose à manger.

— Alors tu me conseilles de la suivre dans l'aventure ?

— Si elle est disposée à passer deux semaines avec nous pour mieux connaître notre travail, je ferai de mon mieux pour... satisfaire ses exigences.

Euan renvoya la boule de papier que David lui avait jetée à la tête et sourit lorsqu'elle atterrit dans la corbeille. Il s'occuperait le moment venu de la mystérieuse classification informatique des aspects les plus intangibles de son travail. Pour l'heure, il avait faim.

Mais il était écrit que Sam Lockyear ne disparaîtrait pas si vite.

Euan ne résista pas à l'envie de faire sa promenade préférée, même si elle lui imposait un petit détour sur le chemin de la banque.

S'il ne s'était pas accoudé pour contempler la mer au mur de pierre qui longeait la plage, il ne l'aurait pas vue. Et sans sa veste rouge vif accrochée au dossier de sa chaise, elle se serait fondue dans la foule. Elle était assise à la terrasse d'un des cafés qui fleurissaient l'été sur le front de mer, ses jambes nues offertes au soleil, le fin tissu de son chemisier flottant dans la brise.

Avait-elle envie de compagnie ? Euan décida que non. Ce qui ne l'empêchait pas de la contempler de loin. Soudain, elle redressa la tête et, plongeant la main dans son sac, elle regarda l'écran de son téléphone portable puis le porta à son oreille.

C'était probablement David. Comment aurait-il réagi s'il l'avait vue ôter les épingles de son chignon en parlant et secouer la tête pour laisser ses cheveux tomber sur ses épaules en longues mèches brillantes ?

Elle posa son téléphone sur la table et leva ses deux poings en l'air en signe de victoire.

Euan ne put s'empêcher de sourire, elle avait failli estourbir le serveur. Elle bondit sur ses pieds pour lui présenter ses excuses. Ils rirent et, acceptant une tasse de café, elle lui désigna le menu.

Fasciné, Euan la regarda déguster son café. Il sourit quand le serveur revint avec un énorme *sundae* qu'elle attaqua avec gourmandise.

Peut-être s'adapterait-elle mieux à la clinique qu'il ne l'avait pensé, tout compte fait. Ruminant cette pensée, il se redressa et se rendit à la banque par le chemin le plus direct.

2

La seconde impression qu'Euan eut de Sam fut aussi déconcertante que la première. Quand elle frappa à la porte des bureaux de Driftwood Drugs Initiative à 8 heures tapantes le samedi suivant, il faillit ne pas la reconnaître. Malgré les nuages qui voilaient le soleil, son regard était caché derrière des lunettes de soleil et la visière d'une casquette.

Elle le salua et enleva sa casquette, qu'elle fourra dans la poche de son pantalon militaire. Avec ses chaussures plates, son visage sans fard et sa longue natte sur l'épaule, elle paraissait plus jeune, plus fragile. Son blouson en cuir kaki, ni trop râpé ni trop neuf, était usé à l'épaule, sans doute par la lanière de sa sacoche d'ordinateur.

— Je ne suis pas trop en avance, j'espère, dit-elle.

La remarque aurait pu sembler condescendante, puisqu'elle arrivait de Londres alors qu'Euan habitait à dix minutes à pied. Comment savoir ? Il ne voyait toujours pas ses yeux et son visage ne révélait rien.

— Non, répondit-il en désignant la tasse qu'il tenait à la main. Juste à temps pour le café.

Elle ramassa le sac de voyage qu'elle avait posé à ses pieds et Euan alla fermer la porte derrière elle.

— Laissez-moi vous débarrasser.

Elle hésita avant de lui confier son sac d'un air vaguement soupçonneux, comme si elle pensait qu'il allait s'enfuir avec.

— Voulez-vous voir la chambre ? Elle n'est pas grande…

— Ça ira. J'ai juste besoin d'un lit et d'une salle de bains.

Il n'y avait pas que son apparence qui avait changé. La femme d'affaires sûre d'elle avait complètement disparu. C'était comme si Sam s'était dépouillée de cette identité en ôtant son tailleur rouge.

Il lui fit signe de le suivre, veillant à ne pas la toucher en la précédant dans l'étroit vestibule. Il ouvrit la porte du petit escalier qui menait à l'appartement aménagé sous les combles. L'odeur du désinfectant flottait dans l'air, mêlé au parfum subtil du linge fraîchement lavé.

— C'est génial.

Elle regarda le débarras meublé de deux fauteuils et d'une petite table basse et se dirigea vers la partie un peu plus spacieuse, qui abritait un lit et une minuscule penderie. Euan posa son sac sur le lit et elle s'assit à côté.

— Bon matelas. C'est tout ce qu'il me faut, dit-elle avec un sourire qui semblait sincère. Ma tenue convient pour la clinique ? David m'a dit de ne pas faire de frais de toilette, je suis venue comme je suis.

— C'est comme ça que vous êtes ? demanda-t-il sans réfléchir.

— Oui, répondit-elle, ôtant enfin ses lunettes de soleil et montrant ses yeux gris, clairs et lumineux, magnifiques. Je suis une geek.

Son sourire était contagieux, Euan s'aperçut qu'il souriait aussi.

— Et c'est à ça que ressemble une geek ?

Elle haussa les épaules.

— Eh bien, le stéréotype, c'est plutôt un type avec une barbe de deux jours et une blague informatique ringarde sur son T-shirt. Mais je n'aime pas ce look.

Il soupira. Elle était comme une matriochka. Chaque fois qu'il croyait voir la vraie Sam, il y en avait une autre dessous, exquise, différente. Soudain, l'irruption, dans l'équilibre délicat de la clinique, de cette femme énigmatique ne lui parut pas une si bonne idée que cela. D'autant qu'elle n'avait pas voulu expliciter les raisons pour lesquelles elle était là.

Il avait prévu de l'emmener sur-le-champ à la clinique, mais il venait de changer d'avis. Il avait besoin de réfléchir, ce qui semblait impossible quand elle était dans les parages. Peut-être parce qu'elle sentait si bon.

— Je dois partir dans une demi-heure, dit-il. J'ai une consultation à la clinique ce matin.

— Un samedi matin ?

— C'est souvent le week-end que nous sommes le plus occupés. Les gens qui travaillent ne peuvent venir que le soir et le week-end.

Il s'attendait à ce qu'elle soit surprise, mais ce ne fut pas le cas. Beaucoup de gens s'imaginaient que les toxicomanes dormaient par terre, portaient des vêtements sales et n'avaient pas de travail. Cela arrivait, bien sûr, mais Euan comptait aussi un agent de change et plusieurs chefs d'entreprise parmi ses patients.

— Oui, bien sûr, dit-elle en enlevant son blouson, dévoilant un haut violet coupé dans un tissu si vaporeux qu'il éprouva une irrésistible envie de le toucher. Quand pourrai-je vous rejoindre ?

A sa mimique, elle avait compris qu'il l'avait mise sur la touche. Il aurait dû se sentir coupable, elle s'était levée tôt pour venir, mais ses patients passaient avant tout.

— Si nous nous retrouvions pour déjeuner ? David sera là dans une demi-heure, il vous expliquera le fonctionnement de la clinique et vous parlera du nouveau centre d'accueil que nous projetons d'ouvrir prochainement.

Le visage de Sam s'éclaira.

— Bonne idée. Comme cela, j'aurai une vue d'ensemble avant de voir comment les choses marchent en pratique. Retrouvons-nous donc à... midi et demi, cela vous va ?

Sam entendit les pas d'Euan décroître dans l'escalier, puis la porte d'entrée claqua derrière lui. Elle se laissa choir sur le lit et regarda autour d'elle. L'appartement était petit, d'une propreté scrupuleuse, et déjà chauffé par le soleil. La lucarne au-dessus de sa tête s'ouvrait-elle pour ventiler la pièce ? Il n'y avait qu'une façon de le savoir, grimper sur quelque chose et s'en assurer.

Voilà, elle était enfin sur la bonne voie. Elle avait fait une promesse à Sal, et elle avait franchi la première étape vers sa réalisation. En deux ans de travail, elle avait eu de nombreuses déceptions, bien des gens faisant semblant de s'intéresser à ses logiciels par simple acquit de conscience.

— Nous serons en haut de l'échelle d'ici Noël !

La vieille plaisanterie lui arracha un sourire, et une larme perla au coin de ses yeux. Quels que soient la période de l'année et les aléas de leurs projets, Sally avait toujours fêté leurs avancées à coups de crème glacée en portant ce toast. Un Noël, elles avaient même vraiment grimpé en haut d'une échelle. Sal avait au moins connu ça.

Sam secoua la tête. Peu importait qu'elle soit toute seule dans ce bâtiment vide, et tant pis si elle se sentait d'autant plus rejetée que cela venait d'Euan Scott. Il pouvait être aussi beau qu'il voulait, aussi difficile qu'il en avait envie. Elle avait un objectif à atteindre, elle ne laisserait personne se mettre en travers de son chemin.

Le travail de la matinée avec David s'était déroulé tranquillement, ce qui avait apaisé Sam. Il lui avait ensuite proposé de l'accompagner à la clinique, un peu comme il aurait offert à quelqu'un de le suivre dans la cage aux lions. Elle avait décliné la proposition avec un sourire, et glissé ses clés et son portable dans sa poche. Si Euan la croyait incapable de s'intégrer, elle lui montrerait qu'elle savait se rendre invisible.

La clinique se trouvait au bout d'une enfilade de petits magasins et de bureaux, dans une rue qui partait du front de mer. Aucun panneau ne l'identifiait. L'entrée franchie, on se trouvait devant une nouvelle série de portes, comme s'il fallait passer par un sas pour pénétrer dans les lieux. Elle remarqua les discrètes caméras de surveillance. Qui l'observait de derrière son écran ?

Les portes s'ouvrirent devant elle avec un bruit sourd, lui révélant un vaste espace clair avec de confortables fauteuils et un bureau d'accueil. La décoration murale était composée d'épaves en tout genre provenant probablement d'un ratissage en règle de la plage. Au fond de la salle, Euan était en grande conversation avec un jeune homme en salopette. De derrière le bureau, une femme sourit à Sam.

— Vous devez être Sam. Je m'appelle Liz. Soyez la bienvenue.

De taille et d'âge moyens, la femme avait un sourire lumineux. En jean et tablier à fleurs, elle brandissait une clé à molette et semblait préoccupée par ce qui se passait derrière la réception.

— Merci, répondit Sam. Je viens voir Euan, mais il a l'air occupé.

— Il l'est, généralement..., dit Liz en regardant les deux hommes. Il parle à mon fils, là. Jamie est censé réparer la fuite du lavabo de la cuisine.

— Mais c'est vous qui tenez la clé à molette ?

Liz éclata de rire.

— Exactement. Jamie a une idée fixe et il a besoin d'en parler à Euan. En attendant, je contiens l'inondation.

Euan parlait avec animation. Grand et mince, les membres déliés, il possédait une grâce naturelle et semblait bien dans sa peau. Sam sentit un trouble inattendu lui picoter la nuque.

— La plomberie mise à part, que faites-vous ici normalement ? demanda-t-elle à la femme.

— Je suis bénévole. Je passe deux jours par semaine à tenir la réception et faire de petits travaux.

— Et Jamie ?

— Il est la raison de ma présence ici, répondit Liz. Cette clinique lui a sauvé la vie.

Le regard de Sam revint aux deux hommes. Elle avait lu les

statistiques, étudié de près les rapports, mais c'était différent, maintenant. Jamie était là car Euan avait réussi à changer le cours de sa vie, alors qu'elle-même avait échoué avec Sally.

Des questions se bousculaient dans sa tête, qu'elle n'osait pas formuler. Après tout, elle n'était pas là pour obtenir de l'aide, mais pour apporter la sienne.

— Je peux vous demander quelque chose ?

— N'est-ce pas pour cela que vous êtes là ? David nous a prévenus que vous auriez plein de questions à poser.

— Ça n'en est pas vraiment une. Je me demandais juste comment Jamie allait, maintenant.

Liz rit, son visage s'illumina.

— Il va bien. Il a des hauts et des bas, comme tout le monde, mais il est sur la bonne voie. Il travaille dans l'entreprise de construction de son oncle et a repris ses études pour décrocher une qualification.

— Je suis contente de l'entendre.

— Merci. C'est bon de pouvoir le dire...

Liz fut interrompue par l'Interphone de la porte d'entrée. Elle vérifia l'écran situé derrière l'accueil et appuya sur un bouton. Un petit groupe entra, que Liz semblait connaître, suivi d'un couple de quinquagénaires qui paraissaient un peu perdus.

— Excusez-moi, j'en ai pour un instant. Je crois qu'ils viennent voir Euan. Si vous alliez patienter dans le jardin ?

— J'attendrai ici, si ça ne vous ennuie pas, répondit Sam en désignant les fauteuils de la réception.

Liz se dirigea vers le couple, qu'elle invita à s'asseoir. Euan parlait toujours, mais il dut sentir le regard de Sam et se retourna. Pendant un instant délicieux, ce fut comme s'ils étaient seuls dans la pièce.

Puis il se tourna vers les nouveaux venus. Il leur adressa le sourire qui — selon Sam — aurait dû lui revenir de droit. Les priant de patienter quelques instants, il entraîna Jamie à l'écart pour terminer leur conversation en privé.

En entendant la porte d'entrée s'ouvrir, Euan avait su qu'il s'agissait de Sam. Il allait l'accueillir quand Jamie l'avait intercepté, et Liz avait surgi de la cuisine pour faire entrer Sam. Il avait juste eu le temps de l'apercevoir avant que Jamie ne monopolise son attention.

— Qu'est-ce qui se passe, Jamie ?

— Je suis allé voir Kirsty l'autre jour, dit le jeune homme, fixant un point derrière lui, ce qui n'était pas bon signe. J'ai emmené maman avec moi pour que ses parents ne croient pas que j'avais une mauvaise influence sur elle.

— C'était ce qu'ils croyaient ? demanda Euan, essayant vainement de capter son regard.

— Non. Sa mère a pleuré et son père m'a serré la main.

— Alors, qu'est-ce que ça fait d'être bien considéré ?

Jamie balaya la question d'un haussement d'épaules, l'esprit visiblement ailleurs.

— Je n'arrête pas de réfléchir. Kirsty a toujours été prudente…

— Prendre de la cocaïne n'est jamais anodin, Jamie.

— Je sais. Mais il doit y avoir autre chose qui circule dans les rues.

C'était vrai. Il avait entendu des rumeurs, et les résultats des tests effectués par la police sur la poudre blanche trouvée sur Kirsty l'avaient confirmé. De la cocaïne au degré de pureté anormalement élevé était en circulation, une très mauvaise nouvelle. Mais mieux valait ne pas entrer dans les détails avec Jamie.

— Je connais encore des gens, dit le jeune homme. Je peux me renseigner, découvrir ce qui se passe…

— Tu trouves que c'est une bonne idée ?

— Il faut que je fasse quelque chose. Kirsty ne sera plus jamais la même, n'est-ce pas ?

— Elle a déjà récupéré beaucoup mieux que je n'espérais, et elle est encore en désintox. Si tu veux vraiment lui venir en aide, elle a besoin de tous ses amis en ce moment.

— Et quand ça se reproduira avec une autre personne, je ferai ami-ami avec elle aussi ? Eh bien, ma vie sociale va être drôlement active, fit Jamie avec colère.

— La police et les associations de lutte contre la drogue font leur travail, mon garçon. Laisse-les agir, et contente-toi d'aider Kirsty et de t'aider toi-même.

— Et s'ils ne le font pas ? demanda Jamie, les poings serrés. Je ne peux pas rester assis les bras croisés.

— Je n'ai pas les réponses, Jamie. La vie est dure. Elle fait mal, met en colère, fait passer des nuits blanches.

Le jeune homme soupira.

— Et le truc est de rester clean jour après jour.

— Tu l'as dit, répondit Euan.

Il sentit un souffle sur sa nuque. La porte d'entrée s'était ouverte. Se retournant, il plongea dans les profondeurs vertigineuses du regard lumineux de Sam.

Puis il détourna les yeux vers un couple d'âge mûr qui parlait à Liz. Si c'étaient les gens qu'il attendait, ils avaient une heure de retard, mais ils avaient fait un long voyage pour le voir. Pourrait-il les aider à retrouver leur fille ? Il devait au moins essayer. Il les salua et entraîna Jamie à l'écart du groupe qui venait pour la séance de l'après-midi.

— Appelle-moi quand tu veux, Jamie.

— Inutile. C'est de Kirsty qu'on parle, pas de moi.

— Tu en es sûr ?

Le jeune homme le fixa un moment, et haussa les épaules.

— Kirsty est une amie, et je n'ai pas vu venir le problème. Quel genre de personne suis-je donc ?

Cette question avait hanté Euan pendant des années. Il avait été aveugle, trop occupé pour se rendre compte de l'addiction de sa propre femme. Il savait ce que ce genre de culpabilité avait de destructeur.

— Un être humain, répondit-il. Tu es un bon ami pour Kirsty, mais tu n'es pas responsable de ses actes. Tu ne dois pas te reprocher ce qui lui est arrivé.

Jamie hocha la tête en silence.

— Je vais à l'hôpital tout à l'heure, dit-il. Je vous appellerai pour vous donner de ses nouvelles.

— Merci. Ça va aller toi ? demanda Euan en le scrutant.

— Oui. Allez aider quelqu'un d'autre. Je vais bien.

— Nous en reparlerons plus tard, dit Euan.

Euan trouva Sam dans la cuisine en train de préparer du thé, pendant que Liz bavardait avec M. et Mme Pearson. Sam leva vers lui un visage plein d'espoir.

— Etes-vous prêt à m'accorder un peu du temps que vous m'avez promis ?

— Je suis désolé, Sam, mais ces personnes sont là pour me voir, et c'est important.

Elle acquiesça gravement.

— Très bien. J'attendrai. Vous voulez du thé ?

— Hum, s'il en reste pour moi, répondit-il, conscient qu'il serait grossier d'accepter le thé et de la planter là.

— Largement, dit-elle en ouvrant le placard pour prendre une tasse.

— Merci, Sam. Je ferai aussi vite que possible. Vous voulez patienter dans le jardin ?

— Non, merci, je préfère me rendre utile.

Evitant son regard, elle se tourna vers Ian, l'animateur de la séance de groupe de l'après-midi, qui venait d'arriver.

— Euan, vous pouvez voir Pete ? demanda Ian. Il a de vilaines contusions, comme s'il s'était battu.

— Encore ? Quand ? Hier soir ?

— Oui. Et il ne veut toujours pas aller à l'hôpital...

— Très bien. J'arrive dans une minute, dit Euan.

Sam ne pouvait qu'écouter la conversation, aussi resta-t-il évasif.

— Votre groupe aimerait du thé ? demanda-t-elle.

— Oui, c'est une bonne idée, merci, répondit Ian.

— Sam, vous n'avez pas besoin…

— Combien de tasses ? demanda Sam.

— Six, merci… Euan, on a de l'ibuprofène en réserve ?

— Non, il n'y en a plus.

— Tant pis. J'irai en chercher à la pharmacie du coin de la rue.

Euan soupira. Sam se donnait du mal pour se rendre utile, sans doute aussi dans l'espoir de lui faire passer un message. Pour le moment, il ne pouvait que la laisser faire en espérant que Liz la surveillerait de près.

— Apportez-moi l'ibuprofène avant de le ranger, dit-il à Ian. Tous les médicaments doivent être répertoriés.

Sam consentit enfin à le regarder. Deux secondes.

— C'est une bonne chose, dit-elle avant de se détourner pour prendre d'autres tasses dans le placard.

Euan s'était retiré dans le calme de son cabinet de consultation. C'étaient souvent les familles des drogués qui le touchaient le plus. M. et Mme Pearson lui avaient donné leurs coordonnées, l'avaient remercié et étaient partis. En ce moment, ils étaient probablement assis dans leur voiture, à essayer de se réconforter mutuellement.

Euan décrocha son téléphone. Il allait passer quelques coups de fil en espérant que quelqu'un avait vu Ellie Pearson. Peut-être était-elle venue ici, mais il en doutait.

Il passa une quinzaine de minutes au téléphone, sans résultat, puis rédigea une note pour les assistantes sociales et les bénévoles de la clinique. Il était peu probable que l'un d'entre eux ait vu Ellie mais il avait assuré les Pearson que la clinique Driftwood ne laissait jamais tomber personne.

Ces paroles lui revinrent avec la force d'une gifle. N'avait-il pas laissé tomber Sam ce matin même ? On frappa discrètement à la porte, et Liz passa la tête dans le bureau.

— Je descends, Liz, dit-il.

— Très bien. Sam est dans le jardin avec Jamie. Je leur ai apporté de quoi déjeuner.

Au moins quelqu'un avait pensé que Sam devait avoir faim...

— Liz, vous êtes une perle. Merci.

— De rien. Il fallait bien que vous parliez à ces malheureux parents... Sam est en train de montrer à Jamie comment créer un blog. Vous pouvez leur laisser une vingtaine de minutes ?

Euan se leva et regarda par la fenêtre. Sam et Jamie étaient assis sur un banc à l'ombre d'un grand arbre, absorbés par leur tâche. Un moment donné, elle éclata de rire, et Euan se surprit à envier Jamie. Ridicule. Jamie avait simplement fait ce que lui-même aurait dû faire en accueillant la jeune femme et en s'intéressant à son travail.

— Alors Jamie s'est décidé ? C'est bien, dit-il. Si vous alliez les rejoindre, Liz ? Je peux descendre m'occuper de la réception.

— Non, c'est bon. Ils n'ont pas besoin de moi. Je ne comprends même pas ce qu'est un blog.

Il la regarda se diriger vers la porte en souriant. Liz et Jamie revenaient de loin, elle commençait seulement à faire de nouveau confiance à son fils.

— Je vous apporterai une tasse de thé, alors. Celui au gingembre et au miel que vous aimez, d'accord ?

Euan était assis sur les marches descendant au jardin, mais Sam avait décidé de ne pas bouger quand Jamie était parti. Si elle ne harcelait pas Euan et qu'elle se rendait utile, peut-être finirait-il par tolérer sa présence.

Lorsqu'il traversa la pelouse pour venir vers elle, elle regarda ailleurs. Et ne leva pas les yeux de son écran quand il s'assit à côté d'elle sur le banc.

— C'était gentil à vous d'aider Jamie pour le blog, dit-il.

— C'est facile quand on sait s'y prendre, répondit-elle.

Enfin. Une réaction.

— Alors, ce n'était pas gentil…

Elle releva la tête, et son sourire malicieux balaya toutes ses bonnes résolutions.

— Vous avez le temps de me parler maintenant ?

— C'est ce que je venais vous dire…, répondit-il, d'une voix hésitante.

Ses yeux marron clair reflétaient son incertitude, le rendant encore plus irrésistible.

— Si vous n'avez pas le temps, ce n'est pas grave, dit-elle. Etre ici m'en apprend beaucoup sur le fonctionnement de la clinique.

— Pouvons-nous recommencer depuis le début ? demanda-t-il en lui tendant la main.

Elle leva une main hésitante.

— Ne soyez pas aussi soupçonneuse, Sam. J'essaie seulement de m'excuser.

— Ah, c'est ça ! Généralement, « je suis désolé » marche assez bien.

Les doigts de Sam touchaient presque les siens. Presque.

— Très bien. Je suis désolé. Vous avez trouvé du temps pour nous, et je trouverai du temps pour vous désormais.

Pourquoi cette simple remarque résonnait-elle presque comme une demande en mariage ? Elle sentit ses doigts trembler.

— Vous avez des doutes concernant ce projet informatique, n'est-ce pas ? dit-elle dans un murmure.

— David a besoin de se décharger un peu de ce fardeau… Oui, j'ai des doutes, dit-il avec un sourire contrit. Mais je suis ouvert, et je ne demande qu'à être convaincu.

C'était suffisant pour le moment. Elle prit sa main et la serra, s'efforçant d'ignorer la caresse de ses doigts.

— Bonjour, je m'appelle Euan.

— Sam. Ravie de vous connaître, Euan.

3

Sam ne pouvait pas accuser Euan de faire dans la demi-mesure. Elle avait trouvé frustrant qu'il accorde toute son attention à d'autres, et ne pouvait nier en avoir éprouvé une certaine jalousie. Mais maintenant qu'il se consacrait enfin à elle, elle se sentait toute chose.

Pendant qu'il lui faisait visiter la clinique, son enthousiasme communicatif la gagna. Les confortables salles de consultation, le jardin reposant. La grande pièce commune où un petit groupe bavardait devant un café. Des gens allaient et venaient, et Euan avait un sourire pour chacun.

Il garda pour la fin son cabinet de consultation, qui faisait également office de bureau. A présent qu'ils étaient loin des parties communes, il s'animait en parlant, appuyé à son bureau pendant qu'elle prenait des notes.

— Nous sommes dans une période de transition. Quand le nouveau centre d'accueil sera opérationnel, cela allégera nos consultations ici et nous permettra d'étendre nos services de proximité.

— C'est prévu pour quand ?

— La nouvelle année.

— Comment comptez-vous étendre vos services ?

— Nous projetons d'organiser des consultations et de constituer des groupes réservés aux utilisateurs de drogues dites

« mondaines », la kétamine, l'ecstasy, la méthamphétamine, ce genre de substance... Et comme un nombre croissant de personnes viennent nous consulter pour des problèmes de dépendance aux stéroïdes, nous cherchons quelqu'un ayant de l'expérience dans ce domaine spécifique.

— Ferez-vous des choses différentes ici et au centre d'accueil ?

— Oui. Cet endroit est idéal pour les consultations et les séances de groupes, car il est central et facile d'accès. Le centre d'accueil est situé hors de la ville, donc plus indiqué pour les conférences sur le week-end et les longs séjours.

— Les gens accepteront-ils de payer pour avoir accès au centre d'accueil ?

— S'ils peuvent se le permettre, ils feront un don. Nous ne refusons personne pour des raisons financières, et tous les patients sont traités de la même façon, qu'ils paient ou pas.

— Ça semble si... si paisible ici, dit-elle.

— C'est un bon jour, répondit-il en riant. Nous essayons d'entretenir une atmosphère détendue, mais ce n'est pas toujours comme ça. Surmonter une addiction est un parcours long et difficile.

— Mais vous guidez les gens dans cette épreuve, pour les ramener à la vie.

Elle voulait l'entendre dire qu'il pouvait déplacer des montagnes à lui tout seul. Sauver le monde. Quelqu'un devait le faire puisqu'elle en était incapable.

Il s'assombrit soudain et s'assit dans un des fauteuils destinés aux patients.

— Nous n'arrivons pas à les sauver tous. La clinique a un taux de réussite très élevé, mais nous ne pouvons pas faire de miracles. Certains de nos patients arrêtent purement et simplement de prendre de la drogue, d'autres modifient leurs habitudes... et nous en perdons un certain nombre.

Elle sentit sa gorge s'assécher.

— Mais enfin... quand quelqu'un *veut* cesser de se droguer et qu'il se fait aider...

— C'est un bon début. Mais l'addiction est un puissant mécanisme. Vouloir arrêter et obtenir l'aide appropriée est la première étape essentielle d'un très long parcours. Beaucoup de nos patients ont déjà plusieurs cures de désintoxication à leur actif.

— Comment faites-vous ? demanda-t-elle.

Même elle perçut le désespoir qui avait vibré dans sa voix. Ces deux dernières années, elle s'était persuadée que, si Sally avait parlé de sa toxicomanie, tout se serait bien passé. Cela n'avait pas été un grand réconfort, mais une sorte de bouée à laquelle elle s'accrochait dans son immense douleur. Et voilà qu'Euan la lui enlevait.

Il se pencha vers elle et la scruta comme pour la sonder.

— Je n'y arrive pas toujours, répondit-il. Et il y a des moments où il vaut mieux être incapable d'affronter les choses.

Elle réfléchirait aux implications de ces paroles. Plus tard.

— Mais vous êtes toujours là.

— Oui. Et vous aussi.

Touché. Elle avait ses propres raisons d'être là, et, à l'évidence, lui aussi.

— A quelle heure la clinique ferme-t-elle ? demanda-t-elle, passant à un sujet plus pragmatique.

— 11 heures. Mais mon service se termine dans dix minutes. Je ne suis de garde que pour les urgences… Vous aimez la cuisine chinoise ? demanda-t-il, affable.

— Ça dépend…

— Vous aimerez l'endroit où j'ai réservé une table, dit-il, souriant de sa déconfiture. Pour un dîner de travail.

— Oh ! alors je vais devoir gagner mon repas ? répondit-elle, souriant malgré elle.

— Envisagiez-vous de partir déjà ?

Non, elle ne l'envisageait pas. Travailler l'empêchait de trop réfléchir. Et si elle s'écroulait d'épuisement le soir dans son lit, elle dormait mieux. Mais il fallait quand même qu'elle mange.

— Je peux y aller comme je suis ? demanda-t-elle avec un coup d'œil à son pantalon de combat et ses tennis.

— Vous voulez vous mettre sur votre trente et un et me faire de l'ombre ? demanda-t-il en riant. Mais vous pouvez si vous voulez. Ce restaurant n'a pas de *dress code* particulier.

Il était impossible de faire de l'ombre à Euan. Il pouvait ébouriffer ses cheveux à l'envi et porter n'importe quoi, il serait toujours parfait avec son corps athlétique.

— J'ai laissé ma tiare à la maison. Je vous ferai honte une autre fois.

— Je suis impatient de voir ça, répondit-il avec malice.

En quittant la clinique, Euan prit une profonde inspiration, comme pour se libérer des soucis de la journée. Sam et lui marchèrent jusqu'au front de mer, longeant la promenade sur huit cents mètres avant de bifurquer vers le centre-ville.

— Vous passez toujours par le front de mer ? demanda-t-elle.

Elle cherchait encore ses repères, mais sentait qu'ils auraient pu gagner dix bonnes minutes par un chemin plus direct.

— En général, oui. Ce n'est pas la peine d'habiter au bord de la Manche si on ne respire pas son bon air iodé. Et puis j'aime la plage.

Il ouvrit la porte d'un restaurant aux parois vitrées et s'effaça pour la laisser entrer.

Une activité fébrile régnait à l'intérieur. Euan semblait être un habitué des lieux. La serveuse qui les accompagna à leur table l'appela par son nom et bavarda avec lui pendant que Sam consultait la carte.

Peut-être amenait-il ses petites amies ici. Personne ne semblant s'intéresser à elle, elle en conclut qu'il amenait probablement une fille différente chaque fois. Une fiancée en titre aurait attiré l'attention, et il ne semblait pas du genre à manquer de compagnie féminine...

— Vous êtes décidée ?

Elle sursauta et reporta son attention sur le menu.

— Hum… Comment est le poulet Kung Po ?

— Très bon, répondit la serveuse.

— Je vais prendre ça, avec du riz et…

L'employée nota la commande dans son carnet.

— Que voulez-vous boire ?

— De l'eau gazeuse, s'il vous plaît.

Elle ne buvait jamais quand elle travaillait, et même si cette soirée se situait entre le dîner de travail et la sortie en société, elle devait se montrer prudente avec Euan. Au cours du repas, elle se souvint qu'il était doué pour son travail, qui consistait notamment à faire parler les gens de leurs sentiments. Il aurait été facile de lui avouer ses plus noirs secrets sans même s'en apercevoir. Elle n'était pas là pour cela.

Mais lui ne semblait pas faire ce genre de distinction. Son travail était très personnel pour lui, lié au ressenti, à l'espoir, au rêve. Même lorsqu'il évoquait la santé et les procédures de sécurité, cela avait quelque chose d'intime. Penchée vers lui pour l'entendre dans le vacarme ambiant, et noyée dans la fascinante magie de son regard, elle avait presque l'impression d'être à un rendez-vous galant.

— Parlez-moi de vous, dit-il comme ils attendaient leurs cafés.

— Il n'y a pas grand-chose à dire, répondit-elle en souriant. Je suis née, j'ai fréquenté l'école, puis l'université…

— Etudes informatiques ?

Elle acquiesça.

— En faculté, ma meilleure amie et moi avons eu une idée, et après l'obtention de notre diplôme nous avons voulu la réaliser. Nous avons commencé à travailler dans la chambre d'amis des parents de Sally.

Même le terme de « meilleures amies » ne rendait pas justice à la relation qui les avait unies. Alors qu'elles avaient sept ans, Sally avait ramené Sam chez elle un jour où, trop occupée à boire en compagnie douteuse, la mère de Sam avait oublié sa fille. La mère de Sally avait aussitôt compris la situation, mais n'avait rien dit. Elle s'était contentée d'ajouter un couvert à sa table et de veiller à ce que Sam rentre chez elle ce soir-là. C'était ainsi que la famille de Sal était devenue la sienne, et Sally et elle inséparables.

— Et vous avez réussi, dit Euan, l'incitant à poursuivre.

— Oui. Sally était créative, elle avait des idées, je faisais la programmation. Nous formions une bonne équipe.

— Mais vous avez vendu votre entreprise ?

— Oui. Les situations évoluent.

Il ne posa pas de questions. Peut-être prit-il conscience qu'elle n'y répondrait pas. En tout cas il se tut.

Une sonnerie se fit entendre, et il sortit son téléphone de sa poche en la priant de l'excuser.

— Oui, Mel, que se passe-t-il ?

Son visage s'assombrit tandis qu'il écoutait sa suppléante.

— D'accord. C'est bon. Je m'en occupe. Désolé, Sam, dit-il en coupant la communication.

— Ce n'est rien. Nous devons y aller ?

— Je dois y aller, répondit-il en se levant et en déposant quelques billets sur la table. Vous n'avez pas bu votre café.

Il sortit la carte d'une compagnie de taxis de son portefeuille et la posa devant elle.

— Appelez un taxi pour rentrer chez vous et dites-leur de mettre le montant de la course sur le compte Driftwood.

— Je viens avec vous, dit-elle sans réfléchir.

— Ça ne fait pas partie de votre travail...

— Mais c'est le vôtre, n'est-ce pas ? Laissez-moi venir.

Elle dépassait les bornes, mais c'était l'opportunité pour elle d'accéder au cœur du travail d'Euan, à ce qui le faisait fonctionner.

Il demeura silencieux, hésitant.

— Donnez-moi une chance, Euan. Je ne vous gênerai pas et je ferai ce que vous me direz. Je vous le promets.

— Très bien, dit-il en tendant l'argent à la serveuse visiblement habituée à le voir partir en hâte. Nous devons nous dépêcher.

4

Euan devait habiter tout près, car son SUV noir était garé à deux pas, dans un endroit tranquille. Essoufflée par la course, Sam n'eut pas le temps d'apprécier le charme du quartier.

Il lui ouvrit la portière et, s'installant au volant, démarra. Il se fraya un chemin dans la circulation du centre-ville pendant que Sam reprenait son souffle.

— Où allons-nous ?

— A trois kilomètres d'ici. Mel a appris que quelqu'un avait des ennuis... La clinique est une petite communauté, ses membres se serrent les coudes. En cas de problème, ils se tournent vers nous avant de faire appel aux autorités.

C'était manifestement plus grave que cela, mais il garda ses pensées pour lui.

— Ils viennent vous voir avant de prévenir la police ?

— Oui. Mais, si c'est nécessaire, nous n'hésitons pas à en parler aux autorités.

— Vous êtes sur la corde raide.

— Nous respectons la loi. Mais nous n'abandonnons pas ceux de nos patients qui ont maille à partir avec le système, dit-il en ralentissant pour sortir du périphérique. Ecoutez, Sam, je préférerais que vous restiez dans la voiture...

— Je peux peut-être vous aider.

— Si tout va bien, je n'aurai pas besoin de vos services. Sinon, ce ne sera pas un endroit pour vous.

C'était pourtant tout le contraire. Sally était morte seule, à la suite d'une overdose. Sam aurait donné n'importe quoi pour pouvoir revenir en arrière et être là pour son amie, mais c'était impossible. Peut-être, en aidant quelqu'un d'autre, pourrait-elle enfin dormir la nuit.

— Je veux aller avec vous. Je comprends ce que cela implique.

Il lui jeta un regard rapide en garant la voiture le long du trottoir. Et prit sa décision.

— Je n'en suis pas si sûr. Mais vous pouvez venir, à condition de faire ce que je vous dis.

— Marché conclu, dit-elle en sautant de voiture pour le suivre dans un sentier qui menait à une grande maison.

Leur coup de sonnette fut suivi d'un silence, puis la porte s'ouvrit.

— Bonjour, dit une grande blonde souriante en examinant Euan. Je peux vous aider ?

— Euan Scott, je suis médecin. On nous a prévenus qu'une certaine Carrie Grayson avait un malaise. A cette adresse.

— Carrie ? Elle est dans sa chambre, je crois, dit la fille en regardant derrière elle. Paul, tu as vu Carrie ?

— En haut, répondit une voix masculine. Elle est arrivée il y a une heure et est allée se coucher. Elle avait une sale mine.

— Voulez-vous aller voir si elle va bien, je vous prie ? demanda Euan d'une voix douce mais ferme. C'est important.

— D'accord, dit la fille après une hésitation. Restez ici.

Elle leur ferma la porte au nez, et ils entendirent un bruit de voix à l'intérieur de la maison.

Sentant la frustration de Sam, Euan sourit tristement.

— Laisseriez-vous deux inconnus entrer chez vous un samedi soir ? demanda-t-il en lui tendant ses clés de voiture. Ma trousse médicale est dans le coffre. Vous voulez bien aller la chercher ?

Elle courut à la voiture et sortit la lourde sacoche du coffre. La hissant à son épaule, elle vacilla sous son poids.

Il pouvait avoir besoin de tout ça. Il y avait mille manières de mourir et autant de façons de sauver des vies. Elle était à mi-chemin de la maison quand la porte s'ouvrit.

— On a besoin d'aide…, dit la blonde en bredouillant, les yeux agrandis de panique.

Euan pénétra à l'intérieur sans un regard en arrière.

— Où est Carrie ? demanda-t-il.

Sam fonça vers la porte d'entrée et le suivit dans un escalier et le long d'un large couloir décoré avec goût. La blonde désigna la porte du fond à Euan.

— Je crois qu'elle est en train de mourir, dit-elle en agrippant le bras de Sam.

— On n'en sait encore rien. Le médecin va l'examiner, répondit Sam en libérant son bras. Restez ici, et veillez à ce que personne n'entre dans la chambre. D'accord ?

— Appelez si vous avez besoin de moi… Je suis Helen.

Elle était plus jeune que Sam, sans doute encore étudiante. Elle était en larmes, mais semblait forte.

Sam prit une profonde inspiration et pénétra dans la pièce.

Une jeune femme gisait tout habillée sur le lit, ses bras et ses jambes agités de convulsions. Une odeur de vomi imprégnait l'air. Refoulant la bile qui lui montait à la gorge, Sam courut vers Euan et posa la trousse à côté de lui.

— Merci, dit-il, la regardant à peine. Appelez une ambulance. Passez-moi le dispatcher quand vous l'aurez.

La situation était manifestement grave. Pendant qu'elle composait le numéro du service d'ambulances, Euan sortit un tensiomètre et enroula le brassard autour du bras de Carrie. Sam attendit qu'il ait fini de prendre la tension et approcha le téléphone de son oreille. Ainsi, il gardait les mains libres pour s'occuper de Carrie. Il engagea la discussion avec le dispatcher.

— D'accord, merci… Dix minutes. Bon…

Il jeta un bref coup d'œil à Sam.

— Pouvez-vous la tenir ? Doucement, je ne veux pas qu'elle se blesse, ni qu'elle vous fasse mal.

Sam s'avança, tremblante, et passa les bras autour de Carrie.

— Ça va aller, Carrie, dit-elle. Tout va s'arranger. Laissez le docteur faire son travail…

Elle surprit le bref sourire d'Euan occupé à faire une injection à Carrie. Même s'il la prenait pour une idiote, elle continua à parler à la patiente pour la rassurer.

— Ecartez-vous, dit-il, je veux écouter son cœur de nouveau.

Sam fit un pas de côté et souleva le chemisier froissé de Carrie pour permettre à Euan de poser le stéthoscope sur sa poitrine. Il inclina la tête.

— Bien. Restez là.

Sous son regard approbateur, les yeux de Sam s'emplirent de larmes. Elle les refoula et concentra son attention sur Carrie pendant qu'il fouillait dans sa trousse.

— Tenez le masque à oxygène sur son visage. Parfait.

Les doigts sur le poignet de Carrie, il vérifia son pouls pendant un moment qui parut interminable à Sam.

On sonna à la porte d'entrée, et Helen apparut.

— Qu'est-ce que je fais ? demanda-t-elle.

— Allez ouvrir, c'est probablement l'ambulance, répondit Euan sans lever les yeux.

La fille disparut, puis un martèlement de bottes dans l'escalier annonça l'arrivée des ambulanciers. Euan leur exposa brièvement la situation, et Sam s'effaça pour leur laisser le champ libre.

Elle ne pouvait plus rien faire mais, incapable de partir, elle s'adossa à la coiffeuse. Euan et les deux ambulanciers s'affairaient. Elle pria silencieusement pour que Carrie s'en sorte.

Enfin ce fut terminé. Euan remballa son matériel pendant qu'on attachait la malade sur une civière. Lorsque tout fut prêt, on la descendit au rez-de-chaussée. Sam suivit les ambulanciers.

Bouleversée, Helen lui prit le bras.

— J'ignorais qu'elle était malade. Elle va s'en remettre ?

— Il faut demander aux médecins, répondit Sam tandis que, dehors, on installait Carrie dans l'ambulance. Vous voulez l'accompagner à l'hôpital ?

— C'est mon amie, répondit Helen, les joues mouillées de larmes. Je ne savais pas... C'est vrai, je vous assure. On était tous en bas, et Pete a dit que Carrie voulait se coucher tôt...

Sam lui pressa la main.

— Ça va aller, dit-elle, ne connaissant que trop ce sentiment de culpabilité. Vous ignoriez son état, mais cela ne vous empêche pas d'être là pour elle maintenant.

Elle aurait donné cher pour avoir eu cette opportunité avec Sally.

— Carrie a une seconde chance, et vous aussi, dit-elle.Vous allez avec elle ou pas ?

— J'y vais, dit Helen, prenant son sac et son manteau.

Sam l'accompagna jusqu'à l'ambulance, et l'aida à monter à l'arrière. Cherchant Euan des yeux, elle vit qu'il l'observait, adossé à sa voiture, les bras croisés.

— Quoi ? demanda-t-elle comme il la regardait approcher avec un demi-sourire.

— Vous avez quelque chose sur votre pantalon.

Elle s'apprêtait à brosser le tissu, mais il lui saisit la main.

— Non, ne faites pas ça.

Un instant, leurs yeux se rencontrèrent. Elle crut sentir l'étreinte de ses doigts s'adoucir, puis il lâcha son poignet.

— Si vous permettez...

Il enfila un gant chirurgical, attrapa une lingette et se pencha pour nettoyer une grosse tache juste au-dessus de son genou, qu'elle soupçonna être du vomi.

— Berk ! C'est parti ?

— Oui, répondit-il en jetant avec la lingette souillée. Vous voulez rentrer chez vous ?

— Hum... oui.

L'odeur de la chambre où Carrie avait failli mourir lui collait à la peau. Elle avait hâte de prendre une douche et de se changer.

— Vous croyez que Carrie va s'en remettre ?

— Je l'espère. Elle allait mal à notre arrivée, mais nous sommes intervenus à temps.

— Qu'est-ce qui se serait passé, dans le cas contraire ?

Il lui lança un regard sombre.

— Si je vous ramenais chez vous pour que vous vous changiez ? Nous pourrons prendre notre café ensuite.

— Vous ne voulez pas rentrer chez vous prendre une douche ?

— Ça va. L'envie de se récurer la peau finit par s'estomper, répondit-il en souriant. Question d'habitude.

— Dans ce cas, d'accord pour le café.

Assis dans le bureau de David, Euan fixait le mur. Sam était montée se doucher, il entendait l'eau couler. Maintenant qu'il était seul, il frissonnait, en état de choc.

L'incident avec Carrie avait dû faire remonter le souvenir de son ex-femme. La vieille culpabilité avait resurgi, le frappant de plein fouet. Comme si s'occuper de Carrie pouvait effacer le fait qu'il n'avait pas pris soin de Marie, sa propre épouse...

Ou peut-être était-il troublé par la réaction de Sam qui s'était d'emblée proposée de l'aider, comme si elle était personnellement concernée. Que de questions cela soulevait.

Un bruit l'arracha à ses pensées. Sam se tenait sur le seuil, en jean délavé et enveloppée d'un grand cardigan. Ses cheveux lisses encore humides tombaient sur ses épaules comme une cascade de larmes.

Etrangement, inhabituellement même, la tristesse et la culpabilité se dissipèrent en lui. Sam avait besoin de lui. Il lui sourit.

Elle s'assit dans le fauteuil qu'il lui désignait.

— Vous vous sentez mieux ?

— Oui. Ça va aller, n'est-ce pas ?

Il n'en avait aucune idée, mais la vérité était parfois accessoire.

— Tout le monde est en un morceau, dit-il. Et demain est un autre jour.

Elle sourit, hésitante. Ses yeux gris rencontrèrent les siens.

— Pouvez-vous me dire ce qui s'est passé avec Carrie ?

— Je ne peux pas trahir un secret. Sachez juste que l'ami d'une amie savait qu'elle allait mal.

— Je parlais de ce qui s'est passé pendant que j'étais là.

Elle s'était montrée si calme, si efficace. C'était probablement la première fois qu'elle affrontait ce genre de situation, il avait failli l'oublier.

— Carrie avait pris de la cocaïne. Elle avait une tension élevée, et une fréquence cardiaque rapide et irrégulière.

— Vous lui avez donné quelque chose pour contrer les effets de la drogue ?

— Non. Il n'y a pas d'antidote fiable à la cocaïne, et ce n'est pas une substance mortelle en tant que telle. Ce sont les effets secondaires de son utilisation qui sont dangereux, nous les traitons quand ils se présentent. Je lui ai injecté un sédatif.

— Pour régulariser son rythme cardiaque ?

— Oui, dit-il en souriant. Que vous lui ayez parlé, que vous l'ayez rassurée, n'a pas fait de mal non plus.

Elle ne put s'empêcher de rougir.

— Et elle va aller bien maintenant ?

— Elle n'est pas encore tirée d'affaire. Mais on la surveillera de près à l'hôpital, jusqu'à ce que son organisme ait éliminé la drogue.

Elle inclina la tête.

— Que se serait-il passé si nous n'étions pas venus ?

— Difficile à dire. Son corps aurait pu digérer les effets de la cocaïne, elle se serait réveillée demain matin en se sentant un peu patraque. Ou elle aurait pu en mourir.

Elle l'observait intensément.

— Quelle dose croyez-vous qu'elle a prise ?

— Comment savoir ? Les drogues illicites ne sont pas répertoriées, leur pureté et leur composition varient. Il est impossible de prédire leurs effets. Pour ce qui est de la cocaïne, même de petites doses peuvent produire le genre d'effet que nous avons observé ce soir. C'était le sens de votre question ?

Les sourcils froncés, elle acquiesça en silence.

— Je me réjouis que l'amie de Carrie l'ait accompagnée à l'hôpital, dit-il. Je vous ai vue lui parler...

— Elle culpabilisait d'avoir été dans la maison et de ne pas s'être aperçue que Carrie avait besoin d'aide.

— Ça arrive. Que lui avez-vous dit ?

— Qu'elle avait une nouvelle chance d'être là pour Carrie et qu'elle devait la saisir.

Elle leva la tête et il fut frappé par son expression douloureuse.

— Vous avez très bien réagi ce soir, Sam, dit-il. Je suis content que vous ayez été là.

Ces paroles semblaient peu de chose face à l'indicible tourment de ses beaux yeux gris, mais elle sourit.

— Merci. Alors, on le boit, ce café ?

Elle l'invitait clairement à abandonner le sujet. Elle n'était pas encore prête à aborder les mystérieuses « raisons personnelles » qui l'avaient conduite ici. Mais il pouvait attendre.

5

Sam et Euan avaient longuement discuté la veille au soir. Sans pour autant aborder la grave question qui planait entre eux.

C'était peut-être tacite, mais important. Sally était morte seule, d'une overdose de cocaïne. A l'époque, personne n'avait pris la peine d'expliquer à Sam ce que cela signifiait vraiment. Carrie, elle, avait survécu. Cela devait avoir un sens mais, une fois Euan parti, Sam avait été trop lasse pour y réfléchir.

Elle avait dormi d'un sommeil profond et s'était réveillée tard le dimanche matin. Quand elle remua la tête, une douleur fulgurante lui transperça la tempe droite.

Elle gémit et roula sur le dos, la tête dans ses mains. Devait-elle aller chercher ses comprimés dans son sac ? N'était-il pas plus prudent de courir vers la salle de bains avant que la nausée ne la prenne ?

Elle réussit à se mettre debout et tout se mit à tourner autour d'elle. Vite, la salle de bains...

Euan n'avait pas prévu d'aller au bureau en ce dimanche matin, mais il avait l'impression d'avoir laissé une affaire en suspens, la veille au soir. S'il voyait Sam, peut-être comprendrait-il de quoi il s'agissait.

A son arrivée, la bâtisse était calme. Il s'installa dans le bureau de David pour mettre sa paperasserie à jour. Sans doute Sam dormait-elle encore.

Il était 10 heures quand il entendit de l'eau couler à l'étage. Il se força à se concentrer sur le rapport qu'il avait sous les yeux. Elle descendrait quand elle le jugerait bon.

Peu après, il y eut un fracas retentissant accompagné d'un bruit de verre brisé. Il bondit sur ses pieds et courut frapper à la porte de l'escalier qui menait à l'appartement.

— Sam ? Ça va ?

Pas de réponse.

— Sam !

Il alla chercher le double des clés dans le bureau de David, ouvrit la porte et s'immobilisa au pied des marches.

— Sam, je monte !

Il entendit sa voix bredouiller quelque chose et n'attendit pas de saisir ce qu'elle disait.

Il la trouva appuyée à l'évier du coin cuisine, en chemise de nuit, pieds nus dans une flaque d'eau au milieu de débris de verre. Elle parut à peine remarquer sa présence.

Aussitôt, il éprouva un besoin primitif de la prendre dans ses bras pour la réconforter.

— Ne bougez pas…

Quand il s'approcha, les éclats de verre crissèrent sous ses pas. Groggy, elle tenta de le repousser, la main devant les yeux pour se protéger de la lumière. Le médecin qu'il était se demanda instinctivement quelles substances pouvaient produire ce genre de symptôme.

— Tout va bien…

Il la souleva doucement dans ses bras pour l'éloigner du verre brisé, et elle gémit en se tenant la tête. Il la porta dans le minuscule salon et l'assit dans un fauteuil.

— Migraine…, fit-elle avec difficulté. Mes cachets sont dans mon sac…

Bien sûr. Il faisait ce travail depuis trop longtemps. Tous les maux ne résultaient évidemment pas de la consommation de drogue.

— Je vais les chercher, dit-il.

Il la couvrit d'un plaid et se rendit dans la cuisine. Son sac était posé sur le réfrigérateur. Ecartant son porte-monnaie et son trousseau de clés, il trouva un flacon de comprimés dont il vérifia l'étiquette.

Il revint près d'elle, s'agenouilla, et lui tendit deux cachets avec un verre d'eau.

— Doucement.

Elle agrippa le verre en tremblant. Quand elle but, un filet d'eau coula de sa bouche. Il l'essuya du doigt.

— Montrez-moi vos pieds.

Elle l'ignora, ne souhaitant apparemment que se blottir dans le fauteuil et y dormir. Il se pencha pour examiner ses pieds et ne trouva ni éclat de verre ni trace de sang. Il les couvrit avec le plaid qu'il borda autour d'elle.

— Merci, fit-elle dans un souffle en protégeant de la main ses yeux entrouverts. Ça ira mieux dans une minute...

— Vous devriez vous allonger.

— Ça va. Ne vous tracassez pas.

— Vous seriez plus à l'aise... Ne bougez pas.

— Je ne risque pas..., dit-elle comme il filait vers la chambre.

Au-dessus du lit défait, la lucarne laissait passer la lumière. Il devait être agréable de se réveiller baignant dans le soleil tiède du matin. Sauf bien sûr si chaque rai de lumière vous vrillait le crâne. Euan déplaça le lit et alla chercher un tabouret dans la kitchenette. Grimpant dessus, il ouvrit la lucarne pour laisser entrer la brise. Puis il punaisa deux torchons sur le cadre pour atténuer la lumière.

Il regagna le coin salon.

— J'ai couvert la lucarne, dit-il à Sam.

— Hein ? fit-elle, lui jetant un regard trouble.

— Venez avec moi.

Il essaya de la lever, mais elle refusait de bouger. Il la reprit dans ses bras et retint son souffle en la sentant se blottir contre lui.

Il la porta dans la chambre, conscient de son odeur, de la tiédeur de sa peau, de la douceur de sa chevelure qui caressait son bras.

— Euan... Il fait trop chaud...

— J'ai ouvert la fenêtre.

Il la coucha sur le lit et la couvrit du drap. Elle poussa un soupir. Il avait envie de s'allonger près d'elle, de sentir de nouveau contre lui les courbes de son corps.

— Dormez maintenant.

— Ça ira mieux dans un instant... quand les comprimés auront fait effet, dit-elle d'une voix pâteuse.

— Vous avez besoin de quelque chose ?

Il regarda autour de lui. Il pouvait monter un des fauteuils du rez-de-chaussée et veiller sur elle pendant son sommeil. Au cas où elle se réveillerait.

— Voulez-vous vous en aller, s'il vous plaît ?

Sam était encore pâle et paraissait fragile dans sa légère robe d'été mais, au moins, elle tenait sur ses pieds. Euan, après avoir balayé le verre brisé et s'être assuré qu'elle dormait, était redescendu au rez-de-chaussée, laissant la porte de l'appartement ouverte pour l'entendre si elle appelait. Il était presque déçu qu'elle ne l'ait pas fait. Deux heures plus tard, il avait entendu le bruit de la douche, puis ses pas menus dans l'escalier.

— Ça va mieux ?

— Oui. Merci.

Elle s'assit à côté du bureau de David, le tissu aérien de sa robe moulant le galbe de ses jambes.

— Je suis désolée, j'ai été un peu brusque avec vous tout à l'heure. Je ne me sentais vraiment pas bien ce matin. Je ne voulais pas me montrer impolie.

Il n'avait rien remarqué de tel, distrait par le plaisir de la tenir contre lui, ce qui était incontestablement une erreur.

— Ça ne m'a pas traversé l'esprit. Vous êtes sujette aux migraines ?

— J'en ai peut-être une tous les deux mois. Je prends les cachets, je dors un peu, et cela va mieux.

— Vous prenez toujours le même médicament ?

— Oui. Depuis des années.

— Ce n'est peut-être pas très recommandé…

Arrête. Tout de suite. Déjà, il ne pouvait pas se permettre de flirter avec une personne liée à l'association. Il ne pouvait pas plus se lancer dans une relation alors que c'était pour lui synonyme de culpabilité et de trahison. Et voilà qu'il se penchait sur son traitement médicamenteux ? C'était du suicide professionnel !

— Vous devriez peut-être aller voir votre médecin pour lui demander de revoir votre traitement, dit-il avec diplomatie. De nouveaux médicaments sortent constamment, car les origines de la migraine restent mystérieuses.

Elle pressa ses doigts contre ses tempes avec un rire sec.

— Mon médecin n'y comprend rien du tout. Tout ce que je sais, je l'ai appris par d'autres migraineux, dans des forums sur le net. Il n'est bon que pour signer des prescriptions… Pardon.

— Bien des gens souffrant d'affections chroniques en savent plus sur les traitements que les médecins eux-mêmes, répondit-il en souriant.

— Je ne voulais pas dire que tous les toubibs sont inutiles.

Il prit cela pour un compliment.

— Je sais.

Un lent sourire éclaira le visage de Sam. Un sourire magnifique.

Généralement, une migraine n'empêchait pas Sam de travailler. Dès que le médicament commençait à agir, elle était de retour devant son ordinateur, avec des lunettes noires s'il le fallait. Mais Euan semblait en avoir décidé autrement.

— Faut-il que je vous le confisque ? demanda-t-il en désignant l'ordinateur portable qu'elle avait pris en montant chercher quelque chose à manger.

— Vous pouvez toujours essayer, répondit-elle en souriant à cette bonne plaisanterie, personne ne touchait à son *laptop*. Je vais juste faire un truc en mangeant…

— Non, répondit-il avec un sourire. Vous n'ouvrirez pas ce portable aujourd'hui, et vous ne travaillerez pas en mangeant. Ordre du médecin.

— C'est trois fois rien, ce que je veux faire…

— Raison de plus, dit-il en ouvrant un tiroir du bureau où étaient rangés des dossiers. Mettez-le là-dedans.

Si cela pouvait lui faire plaisir. Elle pourrait toujours le récupérer après.

— Voilà. Ça vous va comme ça ?

Un déclic indiqua que le bureau était verrouillé. Il avait fermé le tiroir à clé et la glissa dans sa poche.

— Vous croyez que ça va m'arrêter ?

Elle ramassa le coupe-papier posé sur le bureau et Euan lui jeta un regard méfiant, comme si elle allait le poignarder.

— J'ai déjà ouvert des tas de tiroirs fermés à clé.

— Vous n'y arriverez pas avec ça. David garde tous ses dossiers sensibles là-dedans et il y a un verrou de sécurité.

Elle examina la serrure. Il ne bluffait pas. Jetant le coupe-papier sur le bureau, elle se laissa choir dans un fauteuil et grimaça, sentant ses tempes palpiter.

— Vous n'êtes pas en état de travailler aujourd'hui. Et je ne mangerais pas ça si j'étais vous, dit-il en montrant la pauvre salade industrielle qu'elle était montée chercher chez elle.

— Et que suis-je censée faire ? Rester assise et regarder le mur toute la journée ? répondit-elle, angoissée par cette idée. J'aurai à coup sûr une nouvelle migraine, tellement je m'ennuierai.

— Vous me lancez un défi ?

— Peut-être.

Le défier pouvait s'avérer plaisant, si elle n'y prenait pas garde.

— Dans ce cas, venez avec moi.

6

Euan avait insisté pour qu'ils déjeunent chez lui. Pour faire le court trajet à pied, Sam avait mis un chapeau et des lunettes de soleil. Ses ballerines de gymnastique n'étaient pas vraiment adaptées à sa jolie robe d'été, mais Sam donnait du style à tout ce qu'elle portait, que ce soit un jean ou un tailleur de couturier.

Quand il s'engagea dans la rue calme où il habitait et l'entraîna dans l'allée de sa maison, elle parut surprise.

— C'est ravissant, Euan !

Il s'immobilisa pour regarder la façade blanche aux volets gris perle. La porte d'entrée était d'un ton plus soutenu, assorti aux ardoises du toit. Il avait pratiquement tout fait de ses mains et en éprouvait une certaine fierté.

— La maison était en mauvais état quand je l'ai achetée.

— Vous l'avez restaurée ?

— Oui. Il y a quelques années. Je me suis installé ici après avoir fini mes études de médecine à Londres.

Il avait quitté l'appartement qu'il avait occupé avec sa femme, coupant ainsi les derniers liens qui le rattachaient à cette vie et n'emportant que quelques vêtements et ses livres de médecine.

Il fit entrer Sam, et la laissa examiner l'œuvre d'art qui ornait le vestibule, une sirène de métal, de coquillages et de galets.

— Superbe. C'est de vous ?

— Non. D'une amie artiste qui travaille le verre, et utilise les déchets rejetés par la mer.

Ancienne junkie, Juno avait été une patiente de la clinique. Son art était devenu toute sa vie.

— Vous voulez des toasts ? demanda Euan depuis la cuisine.

— Avec plaisir, merci, répondit-elle.

— Juno a un atelier en ville.

— Ça m'intéresserait de voir ce qu'elle fait.

— On peut y aller cet après-midi si vous voulez. Je ne l'ai pas vue depuis longtemps, je voulais justement y passer.

Pénétrant dans la cuisine, elle admira la serre inondée de lumière dans le prolongement de la pièce.

Il ouvrit le réfrigérateur.

— Vous avez le haut débit, ici ? demanda-t-elle innocemment.

— Aucune idée.

— Je pourrais vérifier, si j'avais mon ordinateur...

Il ricana. Il ne lui donnerait pas son portable aujourd'hui, même si elle le suppliait.

— Comment, il ne vous suffit pas de renifler l'air pour savoir si internet fonctionne comme il devrait ?

— Tout ce que je sens, c'est l'odeur des toasts.

Il se précipita vers le grille-pain, sauvant de justesse deux tranches de la carbonisation. Les posant dans une assiette, il fit signe à Sam de s'asseoir. Sur la table, il y avait du beurre, du jambon, et un assortiment de légumes à croquer.

Il mit deux autres tranches dans le toaster et alla chercher deux verres, une brique de lait et du jus de fruits.

— Ce petit déjeuner est un peu improvisé...

— C'est parfait, dit-elle avec un sourire en commençant à beurrer un toast. Alors, c'est votre sanctuaire ?

— Il est important d'avoir son propre espace.

Elle mordit dans son toast en hochant la tête.

— Oui. J'ai des bureaux, et je travaille généralement chez moi. Mais je suis en train de réviser ma position.

— Il est bon d'avoir des espaces séparés pour le travail et les loisirs.

— Travailler chez moi semblait une bonne idée à une époque. J'évitais le métro aux heures de pointe. Les six premiers mois, ça a suffi à mon bonheur. Puis l'attrait de la nouveauté s'est émoussé.

— Vous avez éprouvé le besoin de bouger ?

— Oui. Je veille à sortir tous les jours, maintenant.

— Vous allez au café ? demanda-t-il, l'imaginant savourant un thé, installée devant son ordinateur portable.

— Comment le savez-vous ?

— J'ai deviné.

Il s'assit face à elle.

— Si ça vous dit, on pourrait prendre la voiture après être allés à l'atelier de Juno. J'ai quelque chose à vous montrer...

En suivant Euan dans un dédale de ruelles pour émerger finalement derrière un alignement de boutiques, Sam avait perdu ses repères. Ils suivirent un chemin plein de nids-de-poule, et entrèrent dans une longue bâtisse de plain-pied.

A l'intérieur, il faisait sombre. Pendant un moment, Sam ne vit rien à travers ses lunettes de soleil. Les remontant sur son front, elle étouffa un cri de surprise. Le mur était couvert d'étagères. Des créations de verre filé et façonné y étaient exposées dans une explosion de couleurs et de textures.

— Euan ! s'écria une voix féminine.

Sam se retourna. Vêtue d'une salopette maculée de taches, Juno était grande, avec de courts cheveux décolorés. Elle ôta ses gants épais et attrapa la chemise d'Euan.

— Approche, étranger. Où étais-tu le jour du vernissage de mon exposition ?

Il l'embrassa sur la joue.

— Désolé. Je serais venu si j'avais pu. J'ai eu une urgence.

Juno se tourna pour examiner Sam.

— Comment lui en vouloir ? dit-elle en soupirant.

— Juno a fait sa première exposition il y a trois semaines. Il paraît que ses trucs ont eu beaucoup de succès.

— Ce ne sont pas des *trucs*, Euan, protesta Juno en riant. C'est, je cite, « une vision unique du monde à travers les yeux d'une talentueuse jeune artiste ».

— Tu as raison, Juno. Je te présente Sam. Elle a vu une de tes « uniques visions du monde » dans mon entrée...

— La sirène ? C'est une de mes œuvres préférées, avoua Juno. J'ai failli la garder pour moi... Que pensez-vous de mon travail, Sam ?

— J'adore le verre. Vous avez réalisé tout ça ?

— Oui, répondit Juno presque timidement. Merci.

— Sam va travailler avec nous quelques semaines. Si tu lui montrais les pièces que tu nous réserves ? demanda Euan.

Juno sourit et les emmena dans une petite pièce contiguë où étaient exposées quatre sculptures de galets polis, de métal et de verre. Sur une étagère, une exquise figurine de verre bleu et or miroitait dans l'ombre.

— C'est un phénix, dit Juno en prenant la pièce pour la montrer à Sam. Je trouve que c'est approprié.

— Magnifique, murmura Sam.

— N'est-ce pas ? dit Euan en souriant. Il ne nous reste plus qu'à aménager le centre d'accueil pour l'exposer.

— Depuis quand tentes-tu le sort ? demanda Juno.

— Je le fais tout le temps.

Sans doute était-ce une plaisanterie qu'eux seuls pouvaient comprendre. Sam se sentit de trop.

Juno remit le phénix sur son socle et se tourna vers elle.

— Toutes ces pièces ont été créées en remerciement. Pour tout ce que Driftwood a fait pour moi.

— Tu l'as fait pour toi, rectifia Euan.

Juno l'interrompit d'un geste.

— Si tu le croyais vraiment, tu ne passerais pas ton temps à courir partout en faisant... des trucs.

— Je ne fais pas des *trucs*.

— Eh bien, moi non plus !

Ils rirent de bon cœur. Ils avaient dû connaître bien des moments difficiles, pour partager cette complicité. Juno avait dû trébucher et tomber bien des fois avant d'être relevée par Euan.

— C'est une pièce magnifique, Juno, dit-elle, contemplant le phénix renaissant de ses cendres. Elle symbolise l'espoir, n'est-ce pas ?

— Exactement. Alors, que faites-vous à Driftwood, Sam ?

— Je conçois des logiciels pour les associations caritatives. Pour les aider à récolter des fonds, assurer leur gestion au jour le jour, ce genre de chose.

— Ils en ont assurément besoin, dit Juno avec un haussement d'épaules. David me laisse utiliser l'ordinateur de son bureau une ou deux heures par semaine, pour mes affaires. Il est noyé sous la paperasse !

— Vous n'avez pas d'ordinateur ? demanda Sam, étonnée.

— Non, c'était ça ou la camionnette, et j'avais besoin de celle-ci pour livrer mes grosses pièces. David m'a montré comment gérer mes comptes sur un tableau, j'apprends même à créer mon propre site Web.

— Mon collègue doit apporter de Londres une demi-douzaine d'ordinateurs portables dont nous faisons don à Driftwood, dit Sam. Ils sont d'occasion mais en bon état. David vous en donnera un avec plaisir.

Elle jeta un regard éloquent à Euan, le priant tacitement d'abonder dans son sens.

— Je ne sais pas..., répondit Juno, hésitante.

— Excellente idée, dit Euan, récompensé par un sourire reconnaissant de Sam. On voulait justement t'en réserver un.

— Vraiment ?

— Tu as entendu Sam. Il te faut un ordinateur pour gérer tes affaires. C'est facile. Quand ce type...

— Joe, dit Sam.

— Quand Joe doit-il venir ? demanda-t-il.

— Demain vers midi. Laissez-moi une heure pour installer un logiciel pour votre site, Juno, et vous pourrez prendre l'ordinateur.

— Viens après 15 heures, dit Euan en souriant.

— Très bien. Je ne sais pas quoi dire... Merci...

— Tout le plaisir est pour moi.

En fait, tout le plaisir était pour Sam. Euan l'avait soutenue sans même savoir ce qui se passait.

— Ça vous intéresserait de voir quelques-unes des œuvres que j'ai en chantier ? demanda Juno.

— J'en serais ravie, répondit Sam.

— C'était bizarre, dit Euan en souriant quand ils regagnèrent la voiture.

— Vous trouvez ?

Sam avait craqué pour un presse-papiers de verre particulièrement splendide. Elle tenait contre elle le précieux paquet enveloppé de papier journal.

— Pas vous ? D'abord, j'accepte de distribuer des ordinateurs portables... ou plutôt non, je ne me rappelle pas avoir accepté.

— Vous l'auriez fait si je vous l'avais demandé.

— Vous avez probablement raison. D'où viennent ces mystérieux ordinateurs ? demanda-t-il, soupçonneux.

— Je suis en contact avec une grosse société qui achète chaque année de nouveaux ordinateurs à ses cadres. Les anciens sont donnés ou jetés. Quand le directeur du service informatique a su que je concevais des logiciels pour des associations caritatives, il me les a proposés.

— Gratuitement ?

— Oui. Ils sont nettoyés et en état de marche. Certains ont été un peu malmenés, mais la plupart sont comme neufs. Je demanderai à Joe d'en mettre un de côté pour Juno.

— D'accord. Qui est Joe ? Qu'est-ce que c'est que cette histoire de logiciel pour site Web ?

— Joe travaille pour moi. Il vient demain relever les spécifications pour la nouvelle installation informatique. C'est entendu avec David.

— Bon. Et David sait qu'il est d'accord, cette fois ?

— Bien sûr. Quant au logiciel pour site Web, c'est un programme en ligne que j'ai écrit. Juno a simplement besoin d'un compte, que je lui ouvrirai demain. Elle pourra utiliser le système pour se créer un site Web personnel.

— Et combien cela coûte-t-il généralement ?

— C'est moi qui l'ai conçu, j'ai le droit d'en faire ce que je veux. D'autres questions ?

Il rejeta la tête en arrière et éclata d'un rire joyeux.

— Puisque vous le demandez, qu'est-ce que c'était que ce marchandage avec Juno à propos du presse-papiers ?

— On marchande quand on achète quelque chose, non ?

— On est censé faire baisser le prix. Pas le faire monter.

— A l'atelier, j'ai vu le même presse-papiers dans une couleur différente, étiqueté quarante livres. Il les vaut largement, dit-elle, serrant le paquet contre elle.

— Juno sous-estime son travail. Je le lui ai dit cent fois. Avant, elle ne voulait même pas mettre de prix sur ses œuvres… En tout cas, c'est gentil, ce que vous avez fait. Vous êtes la personne la plus contrariante que je connaisse.

— Vous savez parler aux femmes.

Etouffant un rire, il ouvrit la bouche pour répliquer mais renonça. Sam sourit intérieurement. Bonne décision.

7

Il fallut une demi-heure pour gagner le centre d'accueil en voiture, et Euan s'absorba dans ses pensées. Juno pouvait être susceptible, surtout si elle pensait qu'on lui faisait la charité, mais Sam l'avait complètement séduite. Et il était de plus en plus fasciné par elle, lui aussi.

— Nous y sommes, dit-il en se garant au bout de l'allée pour qu'elle ait une meilleure vue de la demeure.

Elle descendit de voiture et contempla le grand manoir.

— Comme c'est charmant ! Et si paisible.

— On nous a fait don de la propriété, avec ses terres.

— Vraiment ? Alors c'est votre nouveau centre d'accueil ? Quel magnifique cadeau...

— Elle appartenait à un producteur de disques. Sa fille avait un problème de drogue. Nous avons tenté de l'aider.

— Elle va bien maintenant ?

— Non. Nous avons fait l'impossible, mais...

Le sourire de Sam s'effaça. Elle semblait personnellement affectée par tous leurs malheurs.

— Je n'oublie jamais les échecs, dit-il. Ils me rappellent chaque jour que je dois faire mieux.

Il aurait juré qu'elle était au bord des larmes. Il ne voyait pas ses yeux à travers les verres solaires, mais ses lèvres tremblaient. Elle se détourna vivement.

— Alors, ce producteur... ?

— Beaucoup de gens avaient baissé les bras avec sa fille. Nous, jamais. Il ne peut plus revenir ici, pour lui, cet endroit est à jamais associé à Kathryn. Alors le manoir a pris le nom de Kathryn House, à la mémoire de sa fille.

Il contempla la belle demeure nichée au milieu des arbres, avec ses murs de brique réchauffés par le soleil. L'endroit était parfait.

— On peut entrer ? demanda-t-elle.

— On est là pour ça. Il faut refaire la décoration et apporter des modifications, mais nous avons réuni les fonds nécessaires. Les travaux vont bientôt commencer. Comme vous allez nous aider à trouver l'argent indispensable à son fonctionnement, j'ai pensé que vous aimeriez voir ce à quoi nous travaillons.

— C'est donc là que seront exposées les sculptures de Juno.

— Oui. Les gens se sont montrés généreux au-delà de nos espérances. Nous avons des offres pour aider aux rénovations, des volontaires pour effectuer les travaux... C'est une belle leçon d'humilité.

— Et un peu terrifiant aussi, j'imagine.

— Aussi. Mais moins que de se croiser les doigts.

— C'est pour ça que j'ai créé ce logiciel, dit-elle.

Il s'engagea dans l'allée de graviers menant à la maison et elle lui emboîta le pas.

— Venez voir l'intérieur.

La demeure aurait fait beaucoup de bien à Sally. L'environnement était calme et reposant, avec ses murs aux teintes douces. La lumière entrait à flots par les grandes baies vitrées.

— C'est là que vous allez mettre le phénix ? demanda Sam quand ils regagnèrent le vaste hall d'entrée.

— On y a pensé, mais Juno a réalisé une sculpture à la mémoire de Kathryn. Elles se connaissaient. Dès que nous l'avons vue, nous avons su que sa place était ici. Ce sera la première chose qu'on verra en entrant.

Il ouvrit une porte et ils pénétrèrent dans une grande pièce inondée de lumière. Une véranda courait sur tout l'arrière de la maison.

— Le phénix sera là. Dans la salle commune.

— Un emplacement idéal, dit-elle. Il brillera de mille feux ici. Comme l'espoir.

Il marcha jusqu'à l'une des portes vitrées donnant sous la véranda. Tournant la clé dans la serrure, il l'ouvrit.

— Le programme informatique que vous nous préparez, c'est votre phénix à vous ?

— Que voulez-vous dire ?

Il contemplait l'immense pelouse bien entretenue.

— Que vous avez une raison de faire ce que vous faites, comme Juno. Comme notre donateur.

— En effet, répondit-elle, songeant aux raisons *personnelles* qu'elle avait évoquées pendant son entretien d'embauche. Est-ce vraiment important ?

— Je crois. Il est bon d'analyser les raisons de nos actes.

— Et alors… ? demanda-t-elle, raidie.

— Nous comptons sur la générosité des gens. Mais nous serions malhonnêtes si nous les laissions croire que les cadeaux qu'ils nous font vont régler tous leurs problèmes.

Il la scrutait, comme pour sonder les replis les plus secrets de son âme. Elle revit sa colère, sa douleur, le soir où elle était allée dans le bureau de Sally. Elle avait hurlé, détruisant tout jusqu'à l'épuisement, avant de pleurer sur une agrafeuse rose…

— Eh bien, ça clarifie votre position, dit-elle sèchement.

Elle devait impérativement entretenir des rapports moins personnels avec lui.

Il attendit, se demandant visiblement si elle allait en dire plus. Mais il pouvait aller au diable.

— Très bien. Voulez-vous voir le parc ?

— Je suis un peu fatiguée. Une autre fois, peut-être.

Elle voulait quitter cet univers où il était impossible de faire taire les voix en coupant son portable, comme dans le monde virtuel. Où les vraies personnes faisaient de vraies choses, où il fallait les repousser physiquement.

— Bien sûr, dit-il en refermant les portes vitrées, qu'il verrouilla. Je vous ramène chez vous.

Sam avait demandé à Euan de laisser le store de fortune sur la lucarne de sa chambre, puis l'avait chassé. Une bonne nuit de sommeil — sans le soleil matinal sur son visage au réveil — lui avait fait le plus grand bien. Le lundi matin, elle avait retrouvé des couleurs, et son entrain habituel.

Elle était assise dans le bureau de David quand les deux amis rentrèrent de leur réunion hebdomadaire. Elle portait un jean sombre et un chemisier impeccable, sa veste bleu paon était accrochée au dossier de sa chaise.

Quand elle leva les yeux, Euan eut l'impression qu'ils étaient sans âme. Le maquillage, sans doute. Ses peintures de guerre à elle.

David se pencha pour jeter un regard perplexe aux inscriptions et aux diagrammes qu'elle avait devant elle.

— Qu'est-ce que c'est ?

— Le schéma des informations sur Kathryn House. Euan m'a emmenée la voir hier et m'a expliqué un peu ce que vous comptiez faire.

— Oui, je dois avoir une liste quelque part, dit David, fouillant dans les papiers entassés sur son bureau avant de renoncer. Je crois que je vais en faire une autre. La situation a un peu changé ces deux dernières semaines…

Euan faisait face à Sam, il pouvait difficilement agir comme si elle n'était pas là.

— Que comptez-vous faire aujourd'hui, en dehors de préparer l'ordinateur pour Juno ? lui demanda-t-il.

— J'ai beaucoup appris ce week-end, répondit-elle vivement. Si vous êtes d'accord, j'aimerais travailler sur l'installation de la base de données. J'en aurai tout le temps, même en m'occupant du logiciel de Juno.

Ils se fixaient, incapables de détourner les yeux.

— Si vous voulez, articula-t-il.

— Je ne veux pas être dans vos pattes.

Sottise. Elle avait changé d'attitude. Peut-être tenait-elle beaucoup à ce projet de programmation. Mais ce n'était pas tout. L'interrogatoire auquel il l'avait soumise la veille avait joué un rôle dans ce changement, il le sentait.

Il jeta un coup d'œil à David qui hocha la tête.

— Si aujourd'hui vous suffit pour faire tout cela, dit Euan, je pensais réunir bientôt un groupe de personnes qui ont fait une désintox chez nous. C'est l'occasion de connaître leurs impressions, cela vous permettra aussi de vous faire une idée du processus et de ce qu'il signifie pour nos patients. Demain vous irait ?

Si elle s'imaginait qu'il allait la lâcher, elle se trompait.

Elle parut réfléchir et acquiesça d'un signe de tête.

— C'est une bonne idée. Je prévoirai une liste de questions. Vous voulez que je vous l'envoie par mail pour la joindre à la vôtre ?

Euan ne préparerait pas de questions, il préférait entendre d'abord ce que chacun avait à dire, puis réagir.

— Non, c'est bon. Je suivrai le mouvement.

— Très bien. A quelle heure dois-je venir ?

— 10 heures ?

— Parfait. Vous voulez bien déverrouiller le bureau, s'il vous plaît ?

Euan réprima un juron. Il avait oublié de lui rendre son ordinateur la veille.

— Oui. Désolé… J'ai mis l'ordinateur de Sam sous clé hier, dit-il à David.

— Tu as bien fait. On n'est jamais trop prudent, dit David en sortant son trousseau de clés.

Sam sourit. D'un de ces sourires indéfinissables dont Euan était incapable de comprendre la signification.

Le quart d'heure de marche jusqu'à la clinique pouvait prendre une bonne demi-heure avec un détour pour acheter un café, surtout si on le buvait à la plage en contemplant la mer. Les galets crissèrent sous Euan quand il s'assit.

Il avait percé Sam à jour. Elle était douée, passionnée, efficace. Au-delà des apparences, il la sentait assez perdue pour croire qu'elle devait s'effacer devant les attentes des autres. Il avait eu tort d'essayer de la faire parler de choses qu'elle préférait taire. Au lieu de le remettre à sa place, elle avait carrément changé d'attitude.

Il lança un galet vers l'eau et la manqua de plusieurs mètres. Les images de Sam qui avaient hanté son sommeil la nuit précédente n'étaient que des rêves. Il n'y avait pas de place dans sa vie pour une relation amoureuse. De toute façon, il n'était pas doué pour cela.

— Je n'arrête pas de penser à elle, dit-il à une mouette qui le considérait avec méfiance, perchée sur un brise-vent.

L'oiseau se taisant, il se ressaisit. Il remua son café, l'avala d'un trait et se leva.

8

Euan avait manqué à Sam, pendant le week-end. Elle avait eu vingt-quatre heures pour analyser ses sentiments, et travaillé comme une forcenée pour penser à autre chose.

Le lundi matin, en allant à la clinique, elle tomba sur Liz.

— Vous travaillez aujourd'hui ?

— Juste la matinée. J'ai mon club de lecture cet après-midi, répondit Liz en tapotant le sac en tissu accroché à son épaule. Mais je n'ai lu que la moitié du livre.

— Vous comprendrez peut-être mieux la fin après avoir discuté du début.

— Peut-être, dit Liz en riant. Mais je ne prendrai pas la parole. Les autres n'aiment pas beaucoup qu'on n'ait pas lu le livre quand eux sont allés jusqu'au bout.

— Vous pourriez faire semblant de l'avoir lu.

— Je ne suis pas très douée pour ça. C'est un bon bouquin. Je vous le passerai quand je l'aurai fini, si vous voulez ?

— Avec plaisir, merci.

Sam n'avait pas le temps de lire en ce moment, mais il aurait été discourtois de refuser.

Liz ouvrit la porte extérieure de la clinique avec sa clé, et s'annonça avec de petits coups secs à l'Interphone, agitant la main vers la caméra de surveillance. La porte s'ouvrit, et Sam la suivit à l'intérieur.

Penché sur le bureau de la réception, le doigt sur le bouton d'ouverture de la porte, Euan se redressa pour les accueillir. Sam déglutit, troublée, comme chaque fois qu'elle le voyait.

— Bonjour, Liz. Sam.

— Bonjour, répondit Liz. Je vais faire du thé avant le rush. Vous en voulez, Sam ?

— Oh. Oui, merci.

— Euan ?

— Merci, j'en ai déjà pris.

Liz disparut dans la cuisine, et Sam ravala la boule qui lui obstruait la gorge. Elle avait passé l'âge de rougir comme une adolescente.

— J'ai dépassé les limites dimanche, dit Euan, allant droit au but comme à son habitude.

— Non... non. C'est juste que je...

— Vous ne voulez pas en parler. J'aurais dû respecter ça.

— Merci. Nous n'allons pas encore repartir de zéro, j'espère ?

Il éclata de rire. Soudain, toutes les inquiétudes qui l'avaient tourmentée tard dans la nuit se dissipèrent.

— Sauf si vous en avez envie, dit-il. Mais, personnellement, je pense que nous avons bien progressé. Ce serait dommage de tout gâcher.

— Vous avez réussi à organiser la séance de groupe ? demanda-t-elle, préférant changer de sujet.

Le regard d'Euan s'adoucit, menaçant de faire fondre ses ultimes défenses.

— Oui, répondit-il.

— Je suis impatiente d'y assister.

Il hocha la tête, visiblement content.

— Je risque de regretter de vous avoir invitée, ils ne mâchent pas leurs mots.

— Ils ne vont pas s'en prendre à vous, quand même ?

— Ils ne se gêneront pas. Quand les patients ne m'en feront

plus voir, je saurai que je dois changer de métier. Mais ça va, rassurez-vous. Tout va bien.

Il la scrutait d'un air interrogateur, comme s'il se demandait si tout allait bien entre *eux*. Mais tant qu'ils travailleraient ensemble en toute amitié, tout irait bien, elle le savait maintenant.

— Cela va m'aider pour comprendre les choses.

— Bien, dit-il en consultant sa montre. J'ai une ou deux choses à faire avant, je vous laisse avec Liz. La réunion commence à 10 h 30, dans la salle commune.

Le groupe réuni par Euan n'aurait pas pu être plus disparate. Jamie était là, ainsi qu'une jeune femme qui avait confié son bébé à Liz, un homme en complet-veston qui avait tout d'un cadre supérieur, une étudiante rousse, et un garçon aux bras couverts de tatouages. Juno arriva en retard en marmonnant des excuses.

— Alors il n'y a pas de règles ? demanda Sam en réponse à l'amusante présentation de sujets de discussion proposés par Jamie pour le groupe de parole.

Un chœur de protestations lui répondit.

— D'abord il est interdit de renverser le service à thé, dit Juno en désignant la table où étaient disposées tasses, soucoupes et bouteilles Thermos.

Jamie s'esclaffa.

— Tu étais drôlement furieuse ce jour-là, Juno…

— C'est le mot, admit-elle en souriant piteusement.

— Et de boxer les animateurs, dit Dianne, la jeune mère.

— C'est ma préférée, dit Euan. Nous avons des règles très strictes. Si on les enfreint, on est éjecté du groupe.

— Définitivement ? demanda Sam.

— Non. Nous avons tous enfreint des règles un moment ou l'autre, répondit Tim, l'homme en complet-veston qui ne semblait pas du genre à prendre les règlements à la légère. Mais on ne peut réintégrer le groupe que si on s'engage à ne pas recommencer. Il faut mériter sa place, et en cas de nouvelle transgression…

— A la troisième, on est mis dehors, dit Dianne. Mais ce n'est pas si simple…

— Comment ça ? demanda Sam.

— Quand j'ai été expulsée du groupe, Euan m'a prise en thérapie individuelle. Si vous trouvez que c'est dur en groupe, essayez de vous retrouver en tête à tête avec lui… Les trois premières fois, je suis arrivée cinq minutes avant la fin de la séance.

— Chaque séance est programmée pour une heure, dit John en faisant jouer ses bras tatoués. En cas de retard du patient, le thérapeute le confronte au problème et termine la séance à l'heure prévue.

— Je ne comprends pas, dit Sam. Quel est l'intérêt d'une séance si on ne vient pas ?

Jamie lui sourit.

— John veut dire que chacun a la responsabilité de ses actes. On peut être en retard accidentellement, mais quand on l'est tout le temps c'est un acte délibéré. Sauf quand ta colle refuse de coller, hein, Juno ?

— J'étais restée debout jusqu'à 2 heures du matin…

— Ceci n'est pas une thérapie de groupe, leur rappela Euan. Les règles ne s'appliquent pas ici.

— Tu veux dire que je peux te boxer ? demanda Dianne, moqueuse.

Euan soupira.

— Ecoutez, on est là pour savoir ce que vous avez à dire sur le processus de désintoxication, ce qui a marché pour vous, et ce qui n'a pas marché. Sam veut se faire une idée de la procédure à travers votre point de vue. Je crois qu'elle a des questions…

Sam avait apporté sa liste, mais, soudain, elle lui parut inutile.

— Je suis là pour vous écouter, dit-elle. Alors, qui veut commencer ?

— Bonne séance ? demanda Euan à la fin de la réunion.

Quelque chose avait changé chez Sam. Lors de la démonstration de son logiciel, elle avait été impressionnante, superbe, parfaitement maîtresse des opérations. A présent elle était toujours aussi belle, clairement heureuse de ne plus être aux manettes, et encore plus impressionnante.

— Oui, j'ai beaucoup appris. Je vais faire des adaptations, il y a des points auxquels je n'avais pas pensé.

— Nous ne voulons pas abuser, vous nous consacrez déjà beaucoup de votre temps...

— Je n'ai pas l'intention de me contenter du minimum. Je suis ici pour apprendre, et améliorer mon produit. Et pour vous donner quelque chose qui dépasse vos attentes. C'est ainsi que je travaille, vous n'avez pas votre mot à dire.

Pourquoi Driftwood était-il si important pour elle ? Il aurait voulu le lui demander mais décida de n'en rien faire. Il avait déjà dépassé les bornes deux fois. Cela suffisait.

— Du moment que ça vous va, répondit-il.

— Ça me va, fit-elle en se tournant vers Jamie. Alors, Jamie, vous vous débrouillez avec votre blog ?

— Oui, c'est génial. J'ai presque rédigé mon premier article. Ça s'appelle : *Et maintenant, où allons-nous ?*

— Bon début. Vous avez la réponse à cette question ?

— Non. Mais quelqu'un d'autre l'a peut-être, répondit Jamie, son regard allant de Sam à Euan. J'ai... hum... quelque chose...

— On va boire un thé ? demanda Euan.

Il était familier de cette méthode pour inciter ses patients à parler.

— On pourrait. Mais je pensais intégrer Sam.

— C'est une sorte de code ? demanda celle-ci, perplexe.

— Ça veut dire que je veux vous parler à tous les deux.

— Eh bien, parlons, dit-elle en haussant les épaules.

Jamie attendit que la salle se soit vidée et referma la porte.

— J'ai l'ordinateur de Kirsty, dit-il.

Sam lui jeta un regard hébété.

— Kirsty… ?

Euan soupira. Il devinait où Jamie voulait en venir et il aurait préféré qu'il s'abstienne.

— C'est une de nos patientes. Elle est à l'hôpital.

— Elle a pris de la drogue, dit Jamie. Mais une semaine avant, elle m'avait prêté son vieil ordinateur car le mien ramait. J'ai utilisé sa boîte mail pour envoyer des questions à mon tuteur. Et quand j'ai voulu voir la réponse, j'ai trouvé des messages pour Kirsty. Je ne fouinais pas, ils sont juste apparus…

— Normal, si elle n'avait pas effacé ses données de l'ordinateur, dit Sam.

— Il ne s'agit pas de ça, dit Jamie. Je ne lui ai pas encore rendu l'appareil, puisqu'elle est à l'hôpital. Et, hier soir, j'ai regardé ses mails. Un message lui fixait un rendez-vous. Le samedi soir précédant son overdose.

Sam commençait à comprendre. Euan aurait aimé abréger la conversation, mais elle aurait lieu tôt ou tard, de toute façon. Jamie n'était pas du genre à renoncer.

— Et tu crois que le message vient de la personne qui lui a vendu la drogue.

Jamie hocha triomphalement la tête.

— A la télé, j'ai vu qu'on pouvait remonter à la source d'un message et trouver l'ordinateur qui l'a envoyé.

— Dans la vraie vie, ce n'est pas toujours possible, dit Sam.

— Mais parfois oui ?

— Oui.

— J'ai son ordinateur dans la camionnette, dit Jamie, se détournant pour foncer vers la porte.

— Du calme, Jamie, dit Euan. Tout d'abord, pourquoi quelqu'un utiliserait-il sa propre adresse mail pour vendre de la drogue ?

— Ils ont pu mettre une adresse bidon, répondit Sam. Mais on peut contourner le problème et identifier l'origine du message.

Euan la foudroya du regard. Elle avait peut-être raison, mais cela ne faisait pas ses affaires.

— D'accord, c'est donc possible, dit-il, conciliant. Mais la police et les associations de lutte contre la drogue s'en occupent. Tu n'as pas besoin de t'en mêler, Jamie.

— Si, rétorqua Jamie en lui lançant un regard noir.

— Alors, qu'est-ce que tu vas faire ?

— Sam peut découvrir d'où vient le mail, elle l'a dit. On trouvera ceux qui ont donné la drogue à Kirsty et on s'en chargera, au lieu de rester assis à parler de *feedback* !

— Jamie, je sais que tu es en colère...

— Vous avez foutrement raison ! Dites-moi ce que vous comptez faire, Euan, dit Jamie, la voix pleine de défi.

— Arrêtez immédiatement, tous les deux, dit Sam d'un ton tranchant qui les prit de court et leur imposa le silence. Ecoute, Jamie. On peut parfois tracer la source d'un mail d'après les données du message. Mais parfois c'est impossible, ça dépend de la façon dont il a été envoyé. Si on ne dispose que de l'adresse IP des serveurs...

— Quoi ? demanda Jamie, complètement perdu.

— D'accord. Crois-moi sur parole, il y a mille manières d'envoyer un mail, et elles ne peuvent pas toutes être tracées. Si, je dis bien *si*, il est possible de déterminer son origine, et *si* il vient de qui tu crois, tu auras juste une idée de l'endroit où était cette personne deux semaines plus tôt. Ça te suffit ?

— Non, pas vraiment, dit Jamie avec un soupir.

— Je suis désolée, Jamie, c'est comme ça, dit-elle, radoucie, avant de se tourner vers Euan. Les associations antidrogue et la police s'en occupent, n'est-ce pas ?

— En effet, répondit Euan.

Sous son regard intense, il se sentit comme un enfant pris en faute. Et aussi comme un homme désireux de se colleter avec elle, au risque de déclencher des étincelles.

— Et vous croyez que cette information suffit à quelqu'un qui a perdu une amie à cause de la drogue ?

Jamie n'avait pas perdu d'amie. C'était peut-être le cas de Sam. Mais Euan s'était promis de ne pas en parler.

— Peut-être pas, admit-il.

— Il n'y a pas de peut-être. Ça ne suffit pas, dit-elle, ses yeux gris lançant des éclairs.

— Jamie, la police a déjà interrogé Kirsty et...

— Quoi ? Elle est à l'hôpital, bon sang, dit Jamie avec rage. Ont-ils besoin de la tourmenter davantage ?

Euan leva une main apaisante.

— Ils ont envoyé une policière en civil qui a été très gentille avec elle. J'étais là. Nous en avons d'abord parlé avec ses parents, et Kirsty n'a pas voulu qu'ils soient présents pendant l'entretien.

Jamie soupira.

— Elle ne voulait probablement pas les bouleverser.

— Elle ne veut pas te bouleverser non plus.

— Elle n'a pas à se soucier de ça. Je suis passé par là, rappelez-vous.

Euan prit le temps de peser ses mots, pour Jamie, mais aussi peut-être pour Sam.

— Etre proche d'un junkie n'est pas facile, on a le droit d'avoir ses propres sentiments sur la question.

— Mais le mail...

Euan insista.

— Kirsty a autorisé la police à fouiller son ordinateur — le nouveau, qu'elle utilise maintenant. Ils auront tous ses e-mails. Ils disposent de moyens médico-légaux spécifiques. S'il y a des informations sensibles, ils les trouveront. En attendant, ils ont lancé un avertissement.

— Un avertissement ? dit Sam sans comprendre.

— Un lot de cocaïne particulièrement dangereuse circule dans les rues. Dans ce cas, la police et les agences antidrogue mettent en garde les utilisateurs potentiels.

— Je vois le genre, dit Jamie en grommelant. « Ne consommez pas de cocaïne, mais, si vous y êtes obligé, ne prenez pas *cette* cocaïne-là... »

— C'est le mieux qu'on puisse faire pour l'instant, Jamie. Nous essayons seulement de préserver des vies. Ne te mêle pas de ça, et laisse-moi m'en occuper. Je te tiendrai informé.

Euan lui tendit la main et Jamie la serra. Satisfaite, Sam leur jeta un regard qui promettait de lourdes représailles à qui s'aviserait de rompre cet accord, puis elle prit congé.

— Elle est effrayante quand elle veut, dit Jamie en la regardant s'éloigner avec une admiration non feinte.

— Je ne te le fais pas dire.

9

Sam alla demander à Liz la clé des toilettes des femmes et s'y enferma pour s'asperger le visage d'eau froide.

Elle tremblait. Au départ, elle voulait assister à la séance en observatrice, se fondre dans le décor. Mais, à Driftwood, chacun disait ce qu'il avait sur le cœur, et c'était contagieux. Il faudrait qu'elle soit plus circonspecte, à l'avenir.

Elle se regarda dans le miroir. Ici le monde n'était ni blanc ni noir, il était fait de *si*, de *peut-être*. Et cela la perturbait.

Elle prit une serviette en papier et s'essuya le visage. Elle avait voulu venir, elle ferait tout pour que ça marche. Une touche de rouge à lèvres et elle pourrait affronter le monde, Euan compris.

— Sam ! Euan vous cherche, dit Liz quand elle alla lui rendre la clé. En vous dépêchant, vous pouvez le rattraper.

— Pourquoi ? Qu'est-ce qui se passe ?

— La police a appelé. Euan doit voir quelqu'un…

— Il travaille pour la police ?

— Occasionnellement. Quand il y a un problème de drogue. Mais ne restez pas plantée là…

Quand Sam émergea de la clinique, Euan était déjà au volant de sa voiture. Il lui ouvrit la portière côté passager.

— Vous venez ?

— Oui, répondit-elle en s'asseyant à côté de lui. Je suis désolée pour tout à l'heure. Je n'aurais pas dû intervenir.

— Cela apportait quelque chose d'utile à la discussion.

— Eh bien, ça n'arrivera plus.

— Si vous le dites.

Ils arrivèrent au commissariat quelques minutes plus tard.

— Elle est avec moi, dit Euan à l'employé de l'accueil qui hésitait à laisser entrer Sam.

Il y eut un bourdonnement, et une porte s'ouvrit devant eux. Une policière s'avança pour les accueillir.

— Merci d'être venu, Euan.

— Content de vous aider… Sam, je vous présente Lisa Burroughs. Sam travaille pour notre association.

Lisa la scruta, puis reporta son attention sur Euan.

— Ce type est nouveau dans le secteur, personne ne l'a jamais vu. Il est complètement prostré, on ne sait pas s'il est sous l'emprise de la drogue ou mentalement déficient. J'aimerais que vous l'examiniez, pour qu'on puisse lui apporter l'aide appropriée.

Lisa les entraîna dans une salle d'interrogatoire où un homme était assis à une table. Il était sale, et chaudement vêtu malgré la température estivale.

Posant sa trousse près de la porte, Euan fit signe à Sam de l'attendre et alla s'asseoir en face du prévenu.

— Bonjour.

Pas de réaction.

— Je suis médecin, mon nom est Euan Scott. Comment dois-je vous appeler ?

Silence.

— On vous a offert une tasse de thé ?

L'homme leva légèrement la tête. Une ombre passa sur son visage.

— Lisa ? demanda Euan.

— Compris. Avec un sandwich ? demanda-t-elle.

Euan acquiesça, et regarda l'homme.

— Vous avez de la chance, leurs sandwichs sont délicieux.

Il dut parlementer dix minutes pour que l'homme dise qu'il

s'appelait George. Dix de plus pour qu'il l'autorise à l'examiner. Euan était patient, respectueux, lui parlant comme au plus précieux de ses patients.

— Alors, vous êtes soldat ?

Ecartant le pardessus de George, il venait de remarquer une médaille crasseuse épinglée à sa chemise écossaise.

— Quel régiment ? Quel numéro matricule ?

George se redressa et marmonna quelque chose qu'Euan nota sur un calepin.

— Sam, je peux avoir mon stéthoscope, s'il vous plaît ?

Elle fouilla dans la trousse, et lui apporta l'instrument.

Un instant, les yeux de George se fixèrent sur elle. Il n'avait pas plus d'une trentaine d'années. Devait-elle lui tendre la main ? Peut-être pas. Euan portait des gants de latex, il valait peut-être mieux ne pas toucher George.

— Merci, Sam, dit Euan. Vous pouvez me trouver des lingettes antiseptiques ?

Elle recula, à la fois soulagée et coupable. George faisait partie de ces hommes invisibles ignorés du monde. Même quand elle donnait quelque chose à un SDF, elle avait toujours peur de soutenir son regard.

Euan n'avait pas peur. Elle le voyait à sa façon de se comporter avec George. Il le traitait comme un homme, pas comme un paquet de linge sale. Terminant son examen, il fit signe aux deux femmes de le suivre dehors.

— Il est alcoolique, dit-il. Je vais appeler une association d'anciens militaires pour qu'ils le prennent en charge.

Lisa hocha la tête.

— D'accord. Je vous laisse vous en occuper ?

— Oui. Donnez-moi dix minutes.

— Quelqu'un va venir chercher George ? demanda Sam, assise dans la voiture d'Euan.

Etait-ce son imagination ou l'odeur tenace du vin rance les avait-elle suivis jusqu'ici ?

— Oui, répondit-il. On lui donnera un lit pour la nuit, et s'ils arrivent à le retenir il recevra le traitement dont il a besoin. Il semble qu'il ait un problème psychiatrique, syndrome post-traumatique ou autre chose.

Lisa et lui avaient fait tout ce qu'ils pouvaient pour George, Sam en était persuadée. Maintenant, au moins, il était en bonnes mains.

— Que va-t-il lui arriver ? demanda-t-elle.

— Honnêtement, je n'en sais rien.

La journée se poursuivit, entre les gens qui venaient chercher une aide médicale à la clinique, et ceux qui voulaient simplement parler.

Euan passait de l'un à l'autre, apparemment infatigable. En fin de journée, Sam, elle, était épuisée, mentalement et affectivement.

Les deux jours suivants se déroulèrent de la même façon. Euan lui permettait de l'accompagner sans chercher à connaître ses pensées ou ses sentiments sur l'expérience. Sans guide, elle s'efforçait de donner un sens à des choses qui ne pouvaient être ni rationalisées ni expliquées. Peut-être n'avait-elle pas assez réfléchi en se lançant tête baissée dans cette aventure ?

— Vous avez fini votre journée ? On y va ? demanda-t-il en pénétrant dans son cabinet de consultation le jeudi soir, aussi énergique et enthousiaste que le matin.

— Non, j'ai encore des changements à apporter à la base de données, répondit-elle.

Elle allait finir tard.

— Vous ne pouvez pas le faire demain ? Vous êtes libre le vendredi, c'est mon jour de repos.

Elle hésita. L'idée était tentante.

— Vous avez besoin d'une pause, dit-il en souriant. Laissez ça et venez avec moi.

Comme elle ne bougeait pas, il s'approcha et scruta l'écran par-dessus son épaule.

— A trois, je ferme votre ordinateur...

— Attendez..., protesta-t-elle en faisant une sauvegarde de son travail, troublée de le sentir si proche.

— Un...

Elle sentait l'odeur de sa peau. Un parfum de savonnette et d'autre chose, qui la faisait trembler. Qui évoquait le sexe.

— Deux...

— Attendez...

Son bras nu frôla le sien, et sa nuque la picota. Elle était sûre de sentir son souffle sur sa peau. Soudain, elle ne sut plus comment fermer sa base de données personnelles.

— Deux et demi...

— Ne me stressez pas !

Le raccourci « fermer » vint à son secours, puis trois frappes pour le mode « veille ». L'écran s'éteignit juste au moment où Euan refermait l'ordinateur.

— Trois, dit-il, attrapant les accoudoirs de son fauteuil pour la faire pivoter vers lui.

— C'est malin ! Qu'auriez-vous fait si mon PC avait planté ? demanda-t-elle.

— Je soignerais mon nez cassé, à l'heure qu'il est, j'imagine, répondit-il avec un sourire provocateur. Tout est dans le timing.

Penché vers elle, il tenait toujours les accoudoirs et l'emprisonnait, tout proche. Elle frissonna.

— Je croyais que nous allions quelque part, bredouilla-t-elle.

Il rit. Puis il se redressa et se dirigea vers la porte.

— On y va. Votre tête supporte l'altitude ?

— Oui. A quoi pensez-vous ?

— A un petit tour... Disons une balade touristique.

Ils passèrent par l'appartement de Sam pour prendre une

veste chaude, le mystérieux petit tour promettait apparemment d'être frisquet. Puis ils reprirent la route et quittèrent la ville pour la campagne. Une demi-heure plus tard, ils s'engageaient en cahotant dans un champ.

Des gens bavardaient près de voitures en stationnement, mais Sam ne voyait que les six montgolfières posées au bout du pré, comme de gigantesques champignons de couleurs vives.

— On va les regarder décoller ?

— C'est moins drôle que de faire un tour dedans, dit-il.

— Il ne faut pas réserver ?

— J'ai réservé. Je connais un pilote, et je l'ai appelé cet après-midi pour lui demander s'il avait des défections. Il se trouve que oui. Nous avions besoin d'un break, tous les deux, fit-il en se garant sur le parking improvisé.

— C'est donc ça que vous faites pour décompresser ?

— Pas en temps normal. Mais il fallait que je vous arrache à votre travail, et je défie quiconque de penser à la configuration d'une base de données en étant suspendu dans un panier d'osier à trente mètres au-dessus du sol !

Elle ne put s'empêcher de sourire.

— Laquelle est la nôtre ?

— Celle-là, répondit-il, désignant une sorte de grand parachute rayé bleu et jaune étalé dans l'herbe, attendant d'être gonflé. Allons la voir.

10

Tous les passagers de la montgolfière avaient donné un coup de main pour déplier l'enveloppe du ballon et assisté à son gonflement. Puis vint le moment de grimper dans la nacelle en osier. Euan aida Sam à gravir les marches et monta à son tour.

Enfin, ils furent prêts à partir. Agrippée au rebord, Sam sentit une petite secousse quand ils quittèrent le sol. Ils s'élevèrent lentement, les arbres et les voitures devenant de plus en plus petits à mesure qu'ils prenaient de l'altitude.

Le pilote expliquait comment volait la montgolfière, désignant des repères sous leurs pieds. Sam écoutait poliment, hochant la tête comme les autres, mais elle prenait surtout plaisir à flotter dans l'air. Le bruit du brûleur qui envoyait l'air chaud dans l'enveloppe était assourdissant, mais entre deux coups de brûleur un calme presque surnaturel régnait.

Le ciel s'étendait à perte de vue, ne laissant aucune place aux soucis ou aux inhibitions. Quand ils atteignirent leur altitude de croisière, elle avait lâché le bord de la nacelle pour se tenir à Euan.

— Vous êtes déjà monté dans une montgolfière avant ? demanda-t-elle avec l'impression qu'ils étaient seuls dans le ciel, les autres passagers admirant la vue ou bavardant entre eux.

— Oui, quand j'étais petit. Mes parents nous ont emmenés faire une balade, ma sœur et moi. Inoubliable.

— Nous n'étions pas très portés sur les sorties, dans ma

famille, dit-elle avec un haussement d'épaules. J'avais un seul parent. Nous n'étions que deux.

Et le plus souvent, elle était seule.

Il ne la questionna pas. Fidèle à sa promesse, il ne lui avait posé aucune question personnelle depuis deux jours.

— Regardez. Là-bas…

Elle suivit la direction qu'il indiquait.

— Ce sont des moutons ? On dirait une ferme miniature.

La ferme céda bientôt la place à des bois, puis ils survolèrent de nouveau des champs jaune d'or.

— Où va-t-on atterrir ?

Elle ne voulait pas atterrir, mais, tôt ou tard, le carburant alimentant l'enveloppe en air chaud finirait par manquer.

— Aucune idée. C'est ça qui est bien, dit-il en souriant.

Ils se posèrent en cahotant dans un grand champ. Quand il l'aida à quitter la nacelle, elle trouva tout naturel de sauter dans ses bras. Et d'y rester un moment, le temps de s'habituer à sentir de nouveau le plancher des vaches sous ses pieds.

— Ça vous a plu ?

— C'était merveilleux ! Merci infiniment.

— Avec plaisir.

— Comment allons-nous regagner la voiture ?

— Des véhicules suivent notre voyage. Ils ne vont pas tarder à arriver et nous ramèneront ainsi que la montgolfière.

De retour sur le site de départ, Sam et Euan attendirent pour voir décoller la dernière montgolfière, puis rentrèrent en ville. Après cette extraordinaire aventure, ils n'avaient pas envie que la soirée s'achève. Aussi, quand Euan proposa d'aller faire une promenade au bord de l'eau, Sam accepta avec joie.

Ils regardèrent le soleil se coucher sur la mer et descendirent sur la plage. Comme Euan, elle commençait à aimer le murmure des vagues qui venaient lécher le sable. La brise tiède, le clair de lune… et Euan, bien sûr. Elle glissa la main sous son bras et il l'attira contre lui.

— Je pensais…

— J'espérais que vous aviez arrêté de penser, au moins ce soir, fit-il avec malice.

— Je me demandais si je pourrais assister à une séance de groupe réservée aux amis et aux parents de junkies.

Elle le sentit se raidir contre elle.

— Pourquoi ?

Bonne question.

— Pour me faire une idée complète de la situation. Ça pourrait m'aider pour la base de données.

Il s'immobilisa.

— Est-ce la seule raison, Sam ?

Elle pouvait lui mentir. Continuer à se mentir. Mais ce soir, certains aspects du travail de Driftwood étaient devenus très importants pour elle.

— Sam ? insista-t-il avec douceur.

— Je ne crois pas que ce soit la seule raison. Je n'aurais pas dû vous le demander, excusez-moi. Je ne suis pas ici pour parler de moi…, répondit-elle, ravalant ses larmes.

— Ne faites pas ça, s'écria-t-il, la faisant sursauter. Il y a des choses qu'on doit écouter, plutôt que de les balayer. Les larmes, le rire, la joie… le chagrin.

— Comment… ?

— Asseyez-vous, dit-il d'un ton sans appel, et elle s'assit à côté de lui sur les galets encore tièdes. Ecoutez…

Elle entendit le fracas des vagues et, quelque part, loin, la voix de Sally. Le coup frappé à la porte par la police venue lui annoncer la mort de Sally. Le chagrin contenu du père et du frère de Sal, les sanglots de sa mère. Mais elle voulait effacer tout cela.

— Rien. Je n'entends rien.

— Ecoutez mieux…

Elle voulait tant que quelqu'un comprenne. Surtout Euan.

— Mon ancienne associée, Sally… Elle est morte. D'une overdose de cocaïne. Enfin, pas de l'overdose en soi…

— Dites les choses comme elles vous viennent.

— Elle a fait un arrêt cardiaque. Elle était seule. Elle est morte toute seule…

Il n'y avait aucun reproche dans les yeux d'Euan. Il ne comprenait probablement pas ce qu'elle ressentait.

— C'était ma meilleure amie depuis l'enfance. J'ai pratiquement grandi chez elle. Quand nous avons monté notre affaire, nous avons travaillé comme des forcenées pour la faire décoller. Je n'ai pas vu que c'était trop dur pour elle, et qu'elle prenait de la cocaïne pour tenir le coup…

— Sally ne vous a jamais dit qu'elle avait un problème ?

— Non. Mais j'aurais dû deviner. J'étais son amie.

— Vous croyez que ça vous rendait responsable de ses actes ?

Visiblement il ne comprenait pas. Elle allait devoir tout lui dire. S'il lui pardonnait, peut-être pourrait-elle se pardonner à elle-même.

— Ma mère était alcoolique. Quand les parents de Sal ont su quelle vie de famille j'avais, ils m'ont ouvert leur porte. Je passais mon temps chez eux. Le jour où ma mère a eu un nouveau petit ami et m'a jetée dehors, ils m'ont recueillie.

— Quel âge aviez-vous ?

— Quatorze ans. Mais ça n'a pas d'importance, dit-elle vivement, sentant sa main légère sur son épaule. Ce qui compte, c'est qu'ils m'ont accueillie, et que je les ai laissés tomber. Les parents de Sally, son frère… J'ai trahi Sally, en ne voyant pas ce qui se passait.

— Aviez-vous quelqu'un pour vous soutenir ? Des amis ? Un compagnon ?

— Sally était mon amie, sa famille était ma famille. Mon compagnon était… bah, ce n'était pas une relation sérieuse, nous étions trop pris par nos professions respectives.

Voilà. Elle avait fini par le dire, et elle était au bord des larmes.

Elle remarqua à peine qu'Euan l'avait prise dans ses bras et qu'il la berçait contre lui.

— En… en parler ne sert à rien, Euan, dit-elle entre deux sanglots. Ça ne change rien…

— Pas pour Sally. Mais pour vous, peut-être ?

Et s'il avait raison ? Elle se sentait différente, peut-être même mieux.

— Ce n'est pas moi qui compte, dit-elle, prenant conscience qu'elle était pratiquement assise sur ses genoux.

Elle lâcha sa chemise qu'elle avait agrippée inconsciemment, et lissa le tissu froissé. Dessous, elle sentait sa peau. Dure et chaude.

— Si, vous comptez, dit-il avec une tendresse bouleversante. J'ai eu tort de laisser entendre que votre travail ici était votre phénix à vous.

— Que voulez-vous dire ?

— C'est plutôt votre pénitence, n'est-ce pas ?

— Je l'ignore, dit-elle, se levant pour s'éloigner de lui.

Elle entendit les graviers crisser derrière elle.

— Vous ne croyez pas que vous devriez parler de ça ? demanda-t-il. Vous autoriser à pleurer un peu là-dessus ?

Elle se retourna et lui fit face.

— Je l'ai déjà fait, non ?

— Je veux dire, avec d'autres personnes. Dans un groupe comme les nôtres.

— Je ne sais pas.

— Vous devriez peut-être y réfléchir.

Le silence retomba, seulement rompu par le fracas des vagues s'écrasant sur le rivage.

— Voulez-vous… ? Enfin, pourrais-je me joindre à un de vos groupes ? demanda-t-elle dans un murmure.

— Non. Je peux vous donner le nom d'un confrère qui dirige un groupe à Londres.

Ce refus la blessa profondément. Sans en avoir l'air, il l'avait jugée. Condamnée. Bien sûr. Ne s'était-elle pas condamnée elle-même ?

— D'accord. J'y réfléchirai, répondit-elle d'un ton sec.

Il lui prit le bras.

— Ce n'est pas ce que vous croyez. Nos groupes sont régis par des règles strictes. Je ne peux pas vous y accueillir.

— Pourquoi ? demanda-t-elle, croyant lire la réponse dans le regard intense qu'il fixait sur elle.

— A cause de ça, murmura-t-il.

Il caressa ses lèvres du doigt et elle se figea, hypnotisée. Il sourit et elle lui rendit son sourire. Il l'attira à lui, ses doigts caressèrent sa pommette, s'enfouirent dans ses cheveux.

Elle noua les bras autour de son cou. Quand les lèvres d'Euan frôlèrent sa joue, elle oublia toutes ses résolutions.

Sa bouche s'arrêta à quelques centimètres de la sienne.

— C'est le meilleur moment, chuchota-t-il.

Elle attendait, le corps brûlant.

— Vous vous demandez si vous allez m'embrasser ?

— Non, je me demande ce que j'éprouverai *quand* je vous embrasserai, dit-il contre ses lèvres.

— Ça peut durer longtemps…, dit-elle tout bas, les yeux dans les siens, plaquée contre son corps chaud et protecteur.

— Non. Je n'ai pas les nerfs assez solides.

Il l'embrassa. Il s'était trompé. L'attente n'était pas le meilleur moment.

Sam était douce, chaude, soumise. Mais au moment de l'accueillir, les yeux pleins de promesses, elle s'échappa.

Le sang pulsait dans les veines d'Euan. Ses nerfs percevaient les moindres gestes de Sam. Ses mains qui exploraient son dos, s'immobilisant sur sa ceinture en cuir. Ses pouces glissés dans les passants pour l'attirer encore plus près.

Allait-il lui faire l'amour ? Perdu dans le goût de ses lèvres, le parfum de ses cheveux, il avait l'intuition que c'était inévitable. Chacun de ses gestes semblait lui plaire, lui donner envie d'aller encore plus loin.

Non. Pas ce soir. Elle était trop vulnérable. Ni jamais. S'il la décevait, cela le détruirait.

Tendrement, lentement, il mit fin au baiser, le cœur battant de désir et de chagrin pour ce qui ne serait pas. Il la garda contre lui, caressa ses cheveux.

— Je crois...

Il finit la phrase pour elle.

— ... qu'il est temps de rentrer. Il commence à faire frais.

— Oui, répondit-elle, visiblement soulagée. Je suis désolée, Euan, mais ça fait beaucoup de choses en même temps.

— Je sais. Je n'aurais pas dû...

Elle lui décocha un sourire coquin, et il sentit le désir flamber en lui.

— Je n'ai pas le souvenir de vous avoir giflé, si ?

— Non.

— Alors tout va bien.

— Dans ce cas, dit-il, de nouveau capable de penser rationnellement, voulez-vous me rendre un service ?

— Ça dépend, répondit-elle avec malice.

— Acceptez-vous d'oublier le travail, juste ce soir ?

Elle réfléchit.

— Je ne suis pas vraiment fatiguée... Et je n'ai pas grand-chose à faire.

C'était le problème. Si on lui enlevait son travail, elle était perdue, toute au chagrin qui la minait et qu'elle s'efforçait d'oublier. Il l'avait comparée à une matriochka, faite de couches successives qu'il fallait ôter les unes après les autres pour découvrir la vraie Sam. C'était d'elle qu'il risquait fort de tomber amoureux.

— Et si je vous trouve une occupation ?

— Alors marché conclu.

Main dans la main, ils marchèrent dans les rues encore animées jusqu'à une petite boutique qu'il connaissait. L'été, le magasin de souvenirs était ouvert tard. Se frayant un chemin entre les torchons et les presse-papiers, il gagna le fond où était exposé un grand choix de livres et de DVD d'occasion.

— Choisissez quelque chose.

Elle promena son doigt sur la rangée de DVD.

— Je peux lire les DVD sur mon ordinateur…

Mauvaise idée. Il prit un livre dans la pile.

— Et ça ?

— Oh ! Jane Austen…, dit-elle, ouvrant l'ouvrage et parcourant la première page, subjuguée. On dit que c'est un des plus beaux débuts de romans de la littérature anglaise…

— Alors ça fera l'affaire.

Il lui reprit le livre pour aller le régler à la caisse.

Ils regagnèrent la clinique et s'arrêtèrent à l'entrée.

— Merci pour le livre, dit-elle. Je vous promets de le lire.

Elle leva le visage vers lui, et il eut envie de l'embrasser de nouveau, pas seulement sur les lèvres.

— C'était un plaisir. Je… hum, je dois m'absenter demain.

Elle hocha la tête comme si c'était anodin. Mais elle ignorait où il allait, et il n'arrivait pas à trouver les mots pour le lui dire.

— A samedi donc. A Kathryn House, dit-elle.

Un groupe de gens s'étaient portés volontaires pour commencer à décorer la maison durant le week-end.

— Vous venez donner un coup de main ?

— Essayez de m'en empêcher, répondit-elle en souriant.

C'était cela qu'il aimait tant chez elle. Toute sa vie, elle avait été rejetée, blessée. Mais, quand elle était à terre, elle se relevait toujours.

— Je vous emmènerai. 9 heures, ça vous va ?

— C'est parfait, répondit-elle.

— D'ici là… vous avez mon numéro de portable. Appelez-moi si vous voulez parler. De n'importe quoi. Et si mon téléphone est éteint, laissez un message.

Le silence retomba. Pendant un instant, le temps parut suspendu. Puis elle se dressa sur la pointe des pieds et déposa un baiser sur sa joue.

— Entendu. A samedi matin.

11

Euan était levé depuis 6 heures. La journée de la veille avait été pénible, et ce matin il ne pensait qu'à Sam, à son baiser, au désir qu'elle lui inspirait.

En arrivant au bureau à 8 h 30, il l'entendit qui vaquait déjà à ses occupations à l'étage. Cinq minutes plus tard, elle apparut dans l'embrasure de la porte, plus belle que jamais, mais les traits anormalement tirés.

— Bonjour. Vous êtes prête ?

Il s'avança et toucha son bras en un geste amical. Elle explosa aussitôt.

— Je vous interdis de me toucher ! s'écria-t-elle en se dégageant si brutalement qu'elle lui décocha un coup de coude dans les côtes.

— Aïe ! Sam… ?

— Comment avez-vous pu, Euan ? demanda-t-elle avec colère, au bord des larmes.

— Qu'est-ce qui se passe, Sam ?

— Vous le savez pertinemment. Je suis encore là pour une semaine et nous allons devoir travailler ensemble mais si vous posez un doigt sur moi, vous boiterez pendant un mois !

— Mais enfin, calmez-vous…

— Me calmer ! hurla-t-elle, hors d'elle. Espèce de salaud. Je sais où vous êtes allé hier !

D'accord, il ne lui avait pas dit où il allait. Il avait ses raisons.

Mais même si elle l'avait découvert, rien ne justifiait une réaction aussi extrême.

— J'avais confiance en vous, Euan, dit-elle entre deux sanglots, essuyant rageusement ses larmes.

— Vous pouvez toujours me faire confiance. Dites-moi ce qu'il y a, Sam.

— Il n'y a rien à dire. Partez. Je prendrai un taxi pour me rendre à Kathryn House.

— Pas question, répondit-il, sentant la moutarde lui monter au nez. Nous allons régler cela ici, et maintenant.

— Il n'y a rien à régler, Euan. Rien de ce que vous pourrez dire n'y changera rien, autant économiser votre salive.

Elle se détourna avec brusquerie, se dirigea vers la porte et la claqua derrière elle.

Il la suivit et la trouva dans le vestibule, en train de s'acharner sur la porte menant à son appartement.

— Pour l'amour du ciel, Sam, allez-vous cesser ce petit jeu et tout me raconter ? Que se passe-t-il, bon sang ?

Elle se retourna, glaciale.

— Hier, Maya m'a demandé si je venais à la clinique. J'ai dit que non, parce que c'était votre jour de repos.

— Et alors ?

— Alors, elle me l'a dit.

— Elle vous a dit quoi ? demanda-t-il, agacé.

— Elle a dit : « Ah, c'est vrai ! Il est allé voir sa femme. » Je suppose que vous aviez oublié de me dire que vous aviez une épouse ?

Elle se détourna avec dégoût.

— Attendez. Maya ne vous a pas dit...

— Ça suffit, Euan. Il n'y a rien à ajouter.

Elle ouvrit la porte et la lui aurait probablement claquée à la figure s'il ne l'avait refermée avant qu'elle la franchisse. Il s'y adossa, lui bloquant le passage.

— C'est mon *ex*-femme, Sam. Il y a quatorze ans que nous ne vivons plus ensemble. Nous avons divorcé il y a dix ans.

— Alors pourquoi Maya a-t-elle parlé de votre femme ? Je doute que ce soit une erreur.

— Elle voulait probablement se montrer diplomate, et n'a pas donné de précisions pour ne pas s'appesantir sur le sujet.

— Pourquoi ne voudrait-elle pas s'attarder sur le sujet ?

— Parce que mon ex-femme est en prison. C'est là que je suis allé hier.

Elle le regarda fixement et son visage s'empourpra.

— Mais Maya...

— Je sais ce qu'a dit Maya. Voulez-vous écouter les faits ?

Elle acquiesça en silence.

— Très bien. J'ai épousé Marie quand j'avais vingt et un ans. J'étais encore à l'école de médecine, elle préparait un doctorat aux Beaux-Arts. Notre histoire n'a pas duré un an.

La vieille culpabilité serra le cœur d'Euan. Puis il regarda Sam dans les yeux. Si elle pouvait affronter ses démons, il le pouvait aussi.

— C'était une junkie. Elle me l'a caché jusqu'à ce que je découvre qu'elle avait vidé notre compte bancaire pour s'acheter sa drogue. Et elle avait d'autres façons de s'en procurer...

Elle posa la main sur son bras.

— Vous voulez dire...

— Oui. Quand elle n'avait pas d'argent pour s'offrir ses doses, elle vendait ses charmes. Je me suis senti humilié, blessé, nous nous sommes disputés, et elle est partie...

Vidé de ses forces, il recula pour s'appuyer contre le mur.

— Et ensuite ? demanda-t-elle avec compassion.

— Je n'ai pas essayé de la retrouver. Je vous ai dit que nous ne laissions jamais tomber personne à Driftwood, n'est-ce pas ? Eh bien, c'est moi qui ai imposé cette règle, car je sais mieux que quiconque combien il est facile de capituler avec les toxicomanes. J'ai terminé mes études et obtenu le divorce. J'ai tenté de tourner la page, vainement, et j'ai fini dans un groupe de parole. En vous suggérant de parler de votre problème, je parlais d'expérience...

— Mais vous avez renoué avec elle...

— Oui. Il y a deux ans, elle a appelé ses parents. J'avais gardé le contact avec eux, ils m'ont téléphoné. Elle avait été arrêtée pour vol et escroquerie.

— Elle était coupable ?

— Oui. Sa toxicomanie lui coûtait cher. Elle a fait de la prison, et a été libérée hier. Ses parents lui ont trouvé un appartement près de chez eux, dans le Northumberland. Je suis allé la chercher à la prison pour l'y conduire. Nous avons pris un thé tous ensemble, puis je suis rentré.

— Ça va aller pour elle ?

— Je l'espère. Elle a vu un thérapeute pendant son incarcération, elle est clean maintenant. On lui a prévu un soutien thérapeutique, et elle a trouvé un emploi bénévole à temps partiel dans une ferme de la région.

Il secoua la tête. C'était encore trop peu, et cela arrivait un peu tard. Il avait laissé tomber Marie, trop aveugle pour voir ce qui aurait crevé les yeux de n'importe quel mari. Il était nul pour les relations amoureuses, il aurait dû s'en souvenir avant d'embrasser Sam.

Comme si le fardeau était trop lourd pour lui, il se laissa glisser le long du mur et heurta durement le sol. Il mit un moment à s'apercevoir que Sam était encore là, assise par terre à côté de lui.

— Vous... vous l'aimez toujours ?

— Non, répondit-il sans hésiter. Je ferai tout pour l'aider à aller bien et trouver le bonheur. Mais je ne l'aime plus.

Ce n'était pas Marie qui se dressait entre Sam et lui, mais ses propres carences.

Elle se laissa aller contre lui, plus détendue.

— Je n'aurais pas dû vous traiter de salaud.

— Ce n'était qu'un malentendu.

— Je n'ai pas laissé Maya s'expliquer. Quand elle a prononcé le mot « femme », j'ai vu rouge et me suis enfuie. Pardon pour le coup que je vous ai asséné dans les côtes...

— On est maladroit quand on est fatigué.

— Hé, je ne suis pas maladroite ! C'est vous qui ne vous êtes pas écarté assez vite.

Il rit doucement.

— A quelle heure vous êtes-vous couchée hier soir ?

— Vers 2, 3 heures.

— Vous avez travaillé ?

Elle acquiesça. C'était bien ce qu'il pensait. Elle travaillait pour oublier.

— Si vous ne faisiez rien aujourd'hui ? Si vous vous reposiez ?

— J'ai envie d'aller à Kathryn House. D'ailleurs, il est temps de partir, non ?

— Je vous emmène d'abord prendre un petit déjeuner.

— Mais nous allons être en retard...

— C'est samedi, on a le droit. Alors, on est encore amis ?

— Oui, contre toute attente.

Il se leva et lui tendit la main pour l'aider à se redresser.

— Alors, allons-y.

Euan et Sam avaient pris leur petit déjeuner sous un parasol, à la terrasse d'un café du front de mer. C'était une belle matinée, douce et lumineuse, la brise marine semblait avoir chassé les soucis de Sam. Ils se parlaient, c'était déjà un petit miracle.

A en juger par le nombre de voitures stationnées devant Kathryn House, de nombreux bénévoles étaient au rendez-vous. Euan se gara à côté du vieux van de Juno, qui était en train d'ouvrir le coffre.

— Un coup de main ?

— Ah, tu tombes à pic ! J'ai eu un mal fou à mettre tout ça dans ma camionnette, et maintenant il faut le décharger.

— Pourquoi ne m'as-tu pas appelé ?

— Je l'ai fait, hier après-midi. Ton portable était éteint.

— Ah, désolé. J'étais de repos.

— Tu as fait quelque chose d'intéressant ?

Il fronça les sourcils.

— J'ai fait sortir une de mes amies de prison.

Juno ne cilla pas.

— Original. Et ça s'est bien passé ?

— Oui, répondit-il en souriant. Je crois.

Le secret qu'il avait si jalousement gardé était devenu un sujet banal dont il pouvait parler. Avait-il voulu prouver à Sam que c'était possible ? Ou l'avait-il fait pour lui ?

Mais, déjà, il aidait Juno à sortir du coffre une sculpture massive enveloppée de plastique.

— Attention en franchissant la porte.

Ignorant cordialement ses instructions, il souleva la lourde pièce tout seul, faisant saillir les muscles de ses épaules et de ses bras, pour le grand plaisir de Sam qui l'observait.

Elle prit une caisse et Juno une statue soigneusement enveloppée, et elles se dirigèrent à leur tour vers l'intérieur.

— C'est le phénix, n'est-ce pas ? demanda Sam en désignant le paquet que portait Juno.

— Exact. Ouvrez-moi le chemin, répondit Juno en riant.

Une activité fébrile régnait dans la maison. David dirigeait les opérations, un bloc-notes à la main.

— Par ici, dit-il à Euan en désignant une porte au fond de l'entrée. Nous allons entreposer les sculptures dans le bureau pour ne pas risquer de les endommager.

Repartant vers la camionnette, Euan s'arrêta en voyant les deux jeunes femmes.

— Ah, le phénix est enfin arrivé chez lui !

Juno suivit Sam dans le grand bureau lumineux où étaient entreposés du mobilier en kit et du matériel informatique.

— Où veux-tu qu'on mette ça ? demanda Euan, les rejoignant avec une deuxième statue.

— A côté de la première, répondit Juno en déchirant un long

morceau d'un rouleau adhésif marqué FRAGILE avant de tendre le rouleau à Sam. Collez-en sur les pièces.

— Vous arrive-t-il de réaliser des commandes, Juno ? demanda Sam.

— On vient parfois me voir avec des dessins en me demandant de les reproduire, et généralement je refuse. Mais s'il s'agit de traduire une couleur ou une émotion, ce genre de chose, je fais des croquis et je réalise la pièce.

— Vous pourriez en faire une pour moi ? Ne prenez pas cet air surpris. Vous devriez répondre oui et sortir votre agenda en prétendant être surbookée !

— Je n'ai même pas d'agenda, Sam.

— Alors prenez un carnet et inscrivez-y mon nom.

— Vous serez la première de la liste, dit Juno en riant. Je vous ferai un prix...

— Pas de prix d'ami. Puis-je venir vous en parler la semaine prochaine ? Cette pièce est destinée à la famille d'une amie décédée. Je voudrais quelque chose de pétillant pour l'évoquer, elle adorait la couleur.

— Venez à l'atelier, nous trouverons un modèle pour lui rendre justice.

— Génial, répondit Sam.

Elle prit une profonde inspiration. Quelque part au fond de son cœur, Sally souriait en signe d'approbation.

12

Il y avait une cinquantaine de bénévoles. Tous ceux qui pouvaient manier un grattoir avaient intégré une des équipes constituées par David, préparant les murs des pièces avant la pose des papiers peints, prévue plus tard dans la journée. Les enfants jouaient sous haute surveillance dans un coin du jardin ; dans la cuisine, les femmes plus âgées assuraient l'intendance.

— Quelle formidable organisation ! dit Sam à l'adresse de David, qui traversait le hall d'entrée en hâte.

— N'est-ce pas ? Je ne croyais pas que tout le monde viendrait... Euan !

— Que m'as-tu réservé ? demanda Euan.

— Tu sais te rendre utile tout seul. En fomentant des révoltes, par exemple, dit David avec un clin d'œil à Sam. Je crois que tout le monde doit faire ce pour quoi il est doué.

— Merci bien. Sam ne fait rien...

— Sam s'occupe de la photographie.

— Oui, j'ai une idée pour votre site Web. Un endroit où on pourrait mettre des photos et des vidéos en continu... Je vous montrerai quand j'aurai fini, fit-elle devant l'air ahuri d'Euan. Ça vous plaira.

— Je n'en doute pas, dit-il avec dans les yeux une lueur qui rappela à Sam le moment où il l'avait embrassée.

David consultait une nouvelle liste.

— Sam, quand vous en aurez besoin, les appareils photos sont dans le sac bleu, dans le bureau. Je dois aller aider Sandra à préparer le thé, il est temps que tout le monde fasse une pause, dit-il, partant en quête de sa femme.

— Vous croyez qu'il a besoin d'aide ? demanda Sam.

— Il se débrouillera. C'est le genre de chose qu'il fait le mieux. Je reste à l'écart de son chemin et m'efforce de ne pas lui mettre des bâtons dans les roues quand il est dans cet état.

— Ça vaut mieux, dit-elle, consciente qu'Euan était un esprit libre et que son approche des problèmes ne tenait pas dans un bloc-notes. Vous avez la clé du bureau ?

Mais Euan regardait vers l'entrée où Jamie guidait deux hommes chargés de caisses volumineuses.

— Hé, Jamie, il y a un chariot là-bas ! On peut transporter ces cartons en passant par le côté de la maison...

Il sortit un trousseau de clés de sa poche, les posa dans la main de Sam et alla rejoindre Jamie. Laquelle des clés pouvait bien être celle du bureau ?

Deux jours. Grâce à l'appareil photo, Sam avait tout immortalisé, les bénévoles au travail, la distribution régulière de vivres en provenance de la cuisine, les sourires, et même les catastrophes. A la fin de chaque journée, elle avait fait une photo de groupe, et le dimanche après-midi elle avait immortalisé les pièces terminées. Enfin, elle filma le moment où Juno plaça son phénix de verre dans l'alcôve qui lui était destinée, sous un tonnerre d'applaudissements. Tout le monde s'était rassemblé dans la salle commune pour assister à l'événement.

Après le départ des bénévoles, Euan rejoignit Sam dans la véranda.

— Vous avez visité le pavillon d'été ? lui demanda-t-il.

— Pas encore. J'ai photographié les travaux, mais je n'ai pas vu l'intérieur fini. Merci, Euan, il y a longtemps que je ne m'étais pas autant amusée, dit-elle, les yeux brillant d'excitation.

— C'est à nous de vous remercier, Sam.

Il glissa un bras autour de sa taille et se pencha pour l'embrasser sur la joue, s'attardant un peu trop.

— Vous voulez prendre des photos maintenant que c'est terminé ? Je dois faire le tour pour m'assurer que tout est fermé, il y a eu une vague de cambriolages dans la région.

— Bonne idée.

Ils prirent la direction du pavillon d'été, parlant de la journée en riant, leurs mains se frôlant au passage.

— Il paraît plus grand maintenant qu'il est fini, dit-elle.

— C'est vrai. On a fait l'isolation, et on peut l'utiliser au printemps et en automne, voire même l'hiver avec un chauffage d'appoint. On nous en a fait don.

— Vraiment ? Quelle générosité...

— Il appartenait à un fabricant de la région. Il est de conception ancienne et le bois n'avait pas été traité. Mais David m'assure que quelques pots de xylophène et un bon pinceau suffiront.

— Mais comment fait-il pour savoir autant de choses ? fit-elle, admirative.

— Dieu seul le sait, répondit-il en riant. Sans lui, l'association irait droit dans le mur.

— Sans vous deux. Vous formez une super équipe.

Des marches de bois menaient à une petite terrasse, d'où des portes vitrées coulissantes donnaient accès au pavillon.

— C'est très classe. Je vais prendre des photos...

Euan s'assit sur les marches, et offrit son visage au soleil de fin d'après-midi, détendu comme un gros chat.

Elle déplaça une glacière qui se trouvait dans le champ de la photo.

— C'est à David ?

— Je crois. On la rapportera au bureau... Oh ! regardez ce

que j'y ai trouvé, dit-il, exhibant deux bouteilles de bière. Vous en voulez une ?

— Ce serait dommage de les perdre, dit-elle en s'asseyant à côté de lui.

Il décapsula les bouteilles en les cognant habilement sur la rambarde.

— Comment faites-vous ça ?

— Il suffit de taper au bon endroit. Pas trop fort, mais fermement. Et en dévissant le bouchon ici, vous ne vous coupez pas. En principe…, dit-il en regardant sa main où perlait une goutte de sang.

— Approchez, dit-elle.

Elle sortit un mouchoir de sa poche et le plia, puis l'enroula bien serré autour de son doigt.

— Vous vous désinfecterez une fois chez vous.

Il leva son doigt bandé en souriant.

— Vous devez être la dernière personne au monde à avoir des mouchoirs en tissu !

— Heureusement que j'étais là, hein ?

— Qui sait ce qui se serait passé ? dit-il, moqueur, testant la fraîcheur de la bière contre sa joue avant de la lui tendre.

— Elle est encore froide, dit-elle.

Il lui sourit et elle se mit à trembler sous son regard.

Il prit l'autre bouteille et la garda dans la main, songeur.

— Nous avons beaucoup progressé ce week-end.

— Enormément. Je ne pensais pas qu'on pouvait en faire autant en si peu de temps.

— Quand un nombre suffisant de personnes travaillent ensemble, on peut déplacer des montagnes.

— C'est un jeu d'enfant. Mais remettre des vies humaines sur pied comme vous le faites est un vrai travail de super-héros !

Il appréciait ce que faisaient les autres, mais semblait oublier sa propre contribution à leurs réalisations.

— Les super-héros sauvent le monde, dit-il en la regardant. Ça fait partie de leurs attributions.

Marie. Le fantôme de la femme qu'il n'avait pas sauvée s'insinua entre eux pour les séparer.

Sam soupira. Marie était comme une photo floue, vacillante. Il était difficile d'affronter quelque chose d'impalpable.

Elle but une gorgée de bière pour humecter sa gorge sèche, et défit machinalement la natte qui tombait sur son épaule, glissant les doigts dans ses cheveux dénoués.

Il retint son souffle. Levant les yeux vers lui, elle sentit qu'il allait l'embrasser. Puis il secoua la tête.

— Je ne fais pas de miracle. J'ai déjà échoué, et même si j'essaie de ne pas recommencer, je ne suis jamais sûr de rien.

— Marie ?

Il hocha la tête.

— Oui. J'aurais peut-être pu l'aider, mais je ne l'ai pas fait. Je ne sais pas pourquoi.

— Vous étiez peut-être trop proche d'elle.

Il prit une longue gorgée de bière.

— Justement, n'étais-je pas tout désigné pour lui venir en aide ?

— Toute la semaine, vous m'avez répété que les familles et les amis apportaient un certain soutien. Mais qu'une désintoxication réussie impliquait à la fois un engagement personnel de l'individu, et un soutien professionnel structuré.

— Vous croyez que ça me dédouane ?

— Je trouve injuste que quelqu'un qui a autant donné de soi, amélioré la vie de tant de gens, se sente aussi coupable.

— Mais...

— Il n'y a pas de mais. Je n'ai peut-être pas votre expérience dans ce domaine, mais vous n'avez pas le monopole de la vérité. Dans une relation, il y a deux individus. Nul n'est l'unique responsable de ce qui arrive, et vous n'avez pas à porter ce fardeau tout seul.

Elle s'interrompit pour reprendre son souffle et leva la main pour prévenir toute interruption.

— Vous êtes l'homme le plus honorable que je connaisse. Vous êtes dévoué, loyal envers ceux avec qui vous travaillez, et vous êtes pour moi un excellent ami. Alors... soyez un peu indulgent envers vous-même.

Elle s'attendait à une réplique cinglante, mais il se contenta de fixer le sol en silence.

— Eh bien, qu'avez-vous à répondre à ça ?

Il leva les yeux.

— Merci.

Elle s'attendait à tout sauf à cela.

— C'est tout ?

— Je crois, répondit-il en glissant son bras autour d'elle. Ça signifie beaucoup pour moi, Sam. Merci.

— Rien d'autre ?

— Je pourrais ajouter que je me réjouis que vous soyez de mon côté car vous faites peur, parfois, dit-il avec malice.

— Gardez ça pour vous, je vous en dispense.

— Bien, madame.

— Pour changer de sujet, que diriez-vous de commander de quoi manger pour le dîner ? C'est moi qui invite, j'ai une faim de loup...

Il rit doucement et, l'aidant à se lever, sortit son trousseau de clés pour fermer le pavillon d'été. Comme ils traversaient la pelouse en tournant le dos au soleil, un jeu de lumière donna l'illusion que leurs ombres se touchaient...

Juste à cet instant, l'alarme de la maison se déclencha.

— Quelqu'un a dû revenir, dit-il, scrutant les fenêtres de la demeure. Restez ici, je vais voir.

Elle le suivit, courant pour le rattraper.

— S'il y a quelqu'un, je préfère être avec vous.

— Et, moi, je préfère que vous soyez en sécurité.

— Je serai en sécurité avec vous.

Il leva les yeux au ciel avec résignation.

— Très bien. Mais restez avec moi.

Scrutant les fenêtres, il longea la véranda et déverrouilla les portes ouvrant sur la salle commune. Il tapa un code sur le boîtier fixé au mur et l'alarme se tut.

— C'est probablement quelqu'un qui avait oublié quelque chose et qui est revenu le chercher, dit-elle en récupérant son ordinateur où elle l'avait laissé.

Méfiant, Euan était à l'écoute du moindre bruit. Il se dirigea vers la porte donnant sur le vestibule et l'ouvrit. Il tendit la main vers Sam, lui intimant de rester où elle était.

— C'est bon, les gars. La sortie est là, dit-il calmement.

Franchissant la porte, il la referma derrière lui.

Frustrée, Sam colla l'oreille à la porte pour écouter ce qui se passait. Pourquoi fallait-il qu'il soit aussi protecteur ? Elle distingua sa voix mais ne comprit pas ce qu'il disait. Il y eut un bruit de bagarre, un coup sourd, puis la porte d'entrée claqua.

L'alarme se déclencha de nouveau. Dans la maison, le hurlement strident était presque insoutenable. Indécise, Sam se tourna vers le boîtier dont elle ignorait le code.

Quelqu'un se tenait dans l'embrasure de la porte de la véranda. Sans doute un adolescent à en juger par sa carrure, la capuche de son blouson dissimulait son visage. Peut-être avait-il aussi peur qu'elle, mais alors, pourquoi ne s'enfuyait-il pas ? L'alarme se tut, et il fit un pas en avant.

— Donnez-moi l'ordinateur, dit-il.

Soudain, elle prit conscience qu'elle serrait son PC contre sa poitrine comme un bouclier.

— D'accord, répondit-elle d'une voix chevrotante qu'elle ne reconnut pas. Prenez-le et partez…

Le jeune homme lui fit signe d'une main. L'autre passa derrière son dos et reparut, tenant un couteau. Sam posa l'ordinateur par terre et commença à reculer.

— Prenez-le…

— *Approchez !* cria-t-il avec colère. Ramassez-le et apportez-le ici. Et qu'est-ce que vous avez autour du cou ?

Machinalement la main de Sam toucha son médaillon en or. L'ordinateur était assuré. Si on essayait d'y entrer sans le mot de passe, le disque dur serait effacé. Mais le médaillon était irremplaçable.

— Rien...

— Donnez-le-moi ! hurla le jeune homme, ignorant manifestement la présence d'Euan dans la maison.

Elle entendit un bruit de course derrière elle et, folle de terreur, se jeta en arrière. Puis elle s'aperçut avec un soulagement indicible qu'il s'agissait d'Euan.

— Un couteau ! Il a un couteau ! cria-t-elle.

Mais Euan avait déjà foncé sur le garçon. Il y eut un échange des coups, puis l'intrus s'enfuit en courant.

— C'était le dernier, dit-il en se tournant vers Sam en souriant. J'ai fait le tour de la maison, il y avait trois motos.

— Euan...

— Tout va bien, Sam. Ils sont partis.

— Euan !

Cette fois, il baissa les yeux sur sa chemise déchirée où une tache de sang s'élargissait à vue d'œil.

13

Euan la regarda fixement, jura entre ses dents, et tomba à genoux.

— Ça va aller, ça va aller, dit Sam.

Agrippant sa chemise, il essayait de l'écarter de sa blessure, et elle repoussa ses mains pour déchirer le tissu.

— Restez tranquille. Asseyez-vous et laissez-moi voir.

— Je ne crois pas que des organes vitaux soient touchés.

— Comment le savez-vous ? demanda-t-elle, se sentant soudain très seule, sans connaissance médicale.

— Ça saignerait plus si une artère était touchée. Mon rein est plus bas, et mon foie plus loin.

— Très bien.

Elle examina la plaie qu'il avait au côté. Elle semblait plus large que profonde, et malgré ce qu'il prétendait elle avait l'air de saigner beaucoup.

— Les poumons ? demanda-t-elle.

Il prit une inspiration profonde, grimaça de douleur.

— Non, je ne crois pas qu'un poumon ait été perforé.

Il était risqué de laisser un patient s'auto-diagnostiquer, mais elle n'avait pas le choix.

— On va stopper l'hémorragie et appeler une ambulance.

— Il y a un hôpital avec un service d'urgence à quelques minutes d'ici, dit-il. On ira plus vite en prenant la voiture.

— D'accord. Attendez-moi, je vais chercher votre trousse médicale, dit-elle en glissant deux doigts dans sa poche pour en sortir ses clés. Restez avec moi, Euan.

Il eut un sourire forcé.

— Je dis ça aux patients mal en point. Si vous ne voulez pas m'énerver, dites-moi juste que vous revenez vite.

— Très bien. Je reviens très vite.

Elle courut à la voiture et sortit la lourde mallette du coffre. Quand elle revint, Euan essayait de se lever.

— Restez assis ! dit-elle d'un ton sans appel. Vous êtes un patient difficile, Euan.

— Vous pouvez me soigner quand vous voudrez...

— Fermez-la, grommela-t-elle, fouillant dans la trousse dont elle sortit un épais tampon de gaze. Ça ira, ça ?

— Ça fera l'affaire. Enfilez une paire de gants de latex, et appliquez la gaze. Appuyez aussi fort que vous pouvez.

Il grimaça quand elle fit ce qu'il demandait.

— Et maintenant, fixez la compresse avec de l'adhésif.

Elle sortit de la mallette un rouleau de sparadrap.

— Prenez un rouleau plus large. Celui-là, oui.

Elle fixa fermement la compresse, remarquant avec satisfaction que le saignement semblait diminuer.

— Je vais vous aider à vous lever, et nous allons nous mettre en route.

— Pas d'antalgique ?

— Non, j'ignore quoi vous donner. Et je ne compte pas sur vous pour me le dire, vous êtes probablement en état de choc. Il faudra patienter.

Comme elle se penchait pour l'aider, il l'attira à lui.

— Juste un sourire, alors...

— Arrêtez vos simagrées ou je vous achève moi-même, fit-elle, souriant malgré elle.

— Ça ira. Je me sens déjà mieux.

— Vous pouvez vous lever ?

Elle lui tint le bras pendant qu'il se mettait sur ses pieds.

— Nous allons marcher jusqu'à la voiture. Prenez votre temps.

Il marcha lentement mais d'un pas assuré, grimaçant lorsqu'elle l'assit sur le siège passager.

— Votre ordinateur... et il faut remettre l'alarme, prévenir la police...

— Les portes sont verrouillées, et David est à un quart d'heure d'ici. Je vais l'appeler pour lui demander de s'en charger.

Elle se pencha pour lui attacher sa ceinture puis, s'installant au volant, tourna la clé de contact.

Euan commençait à se sentir nauséeux, pris de vertiges. Le choc, supposa-t-il. Car sa blessure n'était pas grave, et il n'avait pas perdu beaucoup de sang.

Sam lui avait pris son portable pour le glisser dans le support du kit mains libres et appeler David tout en conduisant. Elle roula sans encombre jusqu'aux urgences de l'hôpital. A son appel de phares, l'équipe d'ambulanciers qui les attendaient accourut.

— Voyons ça, dit un auxiliaire médical, s'accroupissant pour regarder la blessure d'Euan. Belle compression...

Euan sourit. Sam avait bien travaillé et méritait des louanges. Elle descendit de voiture et suivit le fauteuil roulant qui l'emportait aux urgences.

La bousculade du samedi soir n'avait pas encore commencé. On conduisit Euan en salle de soins, où une infirmière l'aida à s'allonger sur une civière.

— Comment ça va ? demanda anxieusement Sam qui ne l'avait pas quitté un instant.

— Bien, répondit-il.

Il prit sa main sans trop savoir si c'était pour la rassurer, quêter son réconfort, ou simplement parce qu'il aimait ça.

— Euan ?

Reconnaissant une voix familière, il voulut se redresser, mais la main du Dr Rob Ames le força à rester couché. Euan, en habitué des urgences, connaissait presque tout le personnel, mais n'y avait jamais reçu de soins.

— Qu'est-ce qui se passe ?

Euan ouvrit la bouche, mais Sam le devança et raconta toute l'histoire, faisant un récit clair et concis en s'en tenant aux faits, sans détails superflus. Rob l'écouta avec attention.

— Bien. Examinons cette blessure, dit-il en aidant Euan à se tourner sur le côté, lui arrachant une grimace.

— Vous ne pouvez pas lui administrer un antalgique ? demanda Sam avec un regard implorant à Rob.

— Laissez, il sait ce qu'il fait, dit Euan.

— Je vais ôter le pansement, annonça Rob.

L'enlèvement du pansement fut douloureux, mais pas autant que les larmes de Sam à la vue de la blessure. Pas autant que l'impuissance qu'il ressentit.

— Ça n'a pas l'air trop profond, dit Rob, prenant son temps pour examiner la plaie. Avez-vous une perte de sensation dans la jambe ?

— Non, répondit Euan.

Il avait du mal à refréner son impatience. Tout le monde semblait oublier que Sam aussi venait de vivre une expérience traumatisante. Elle s'était trouvée nez à nez avec un cambrioleur, menacée d'un couteau. Puis elle avait dû panser sa blessure et l'amener ici.

— Bon, fit Rob en ôtant ses gants qu'il jeta dans la poubelle. Nous allons irriguer la plaie, et s'il n'y a pas trace d'autres lésions je la recoudrai. Je reviens dans une minute.

— Merci, Rob. Je vous suis reconnaissant.

— Ça fait partie du service, dit Rob avec un sourire en quittant le box.

— Où va-t-il ? chuchota Sam.

— Demander à une infirmière de nettoyer la blessure pour enlever les éventuelles impuretés avant de recoudre.

Elle regarda autour d'elle.

— Ils semblent plutôt bons ici.

— Ils sont très bons, fit-il, les sourcils froncés.

— Qu'y a-t-il ? Vous voulez que j'appelle quelqu'un ?

— Non, ça va.

En fait, rien n'allait. Il avait failli à Sam, la laissant affronter seule un gosse armé d'un couteau, et il n'arrivait même pas à la réconforter.

— C'est pour vous que je m'inquiète.

Elle leva les yeux au ciel.

— Vous est-il donc si difficile de laisser quelqu'un prendre soin de vous, Euan ? Vous pourriez même y prendre plaisir !

— Peut-être pas.

— Essayez, il y a toujours la chance du débutant...

Elle arrivait à le faire rire, avec son humour décalé. Quand il ne riait pas, elle le faisait sourire de mille façons différentes. Il tendit la main vers la sienne. Dès qu'il sortirait d'ici, il prendrait beaucoup mieux soin d'elle.

Euan avait l'impression d'être à l'hôpital depuis une éternité. Pourtant, quand il consulta sa montre, deux heures à peine s'étaient écoulées. Un policier était venu prendre sa déposition et celle de Sam, puis Rob l'avait déclaré apte à rentrer chez lui, le confiant à Sam. Euan n'avait émis aucune objection, Rob ne l'aurait jamais laissé rentrer seul.

Il eut besoin de l'aide de Sam pour descendre de voiture, mais il arrivait plutôt bien à marcher, à condition qu'on ne lui demande pas de piquer un sprint.

— J'appelle David et Sandra, dit-il quand ils furent chez lui. Vous devriez coucher chez eux cette nuit.

Elle lui prit le téléphone des mains et raccrocha.

— Vous êtes censé vous reposer. Et le médecin a dit que vous ne deviez pas rester seul cette nuit.

— Ne faites pas tant d'histoires, dit-il d'un ton mordant.

Elle rougit.

— Sam, j'apprécie tout ce que vous avez fait, sincèrement… Mais, s'il vous plaît, faites ce que je vous dis. Je peux me débrouiller seul.

— Non, vous ne pouvez pas. Vous venez d'être poignardé. Alors arrêtez de jouer les machos bornés, et asseyez-vous !

— Inutile de crier.

— Que puis-je faire d'autre ? Vous refusez de vous asseoir et de vous reposer. Vous pouvez recommencer à saigner, il pourrait y avoir des complications… Ne vous avisez pas de mourir, je ne vous laisserai pas faire ! dit-elle en tremblant, les joues ruisselant de larmes.

Les choses ne se passaient pas comme il l'avait prévu. Il fit un pas vers elle et, s'avançant pour le stabiliser, elle se retrouva dans ses bras. Il la serra contre lui, et ils se dirigèrent vers le canapé où il s'assit, la faisant venir près de lui.

— Qu'est-ce qui se passe, Euan ? Vous ne voulez pas que je reste ? demanda-t-elle, plus calme.

— Bien sûr que si. Mais vous en avez assez enduré comme ça. Je n'aurais jamais dû vous mettre en danger.

— Ce n'est pas votre faute. D'ailleurs, vous êtes venu à mon secours.

— Je suis arrivé trop tard, Sam.

Il était intervenu trop tard pour aider Marie, et voilà qu'il avait refait la même erreur. L'histoire se répétait.

— Vous serez mieux chez Sandra et David cette nuit.

— Vous ne comprenez donc pas ? dit-elle en lui prenant la main. Je ne veux pas être ailleurs. Vous êtes revenu me sauver. Savez-vous combien de personnes ont fait ça pour moi ? Combien ça compte pour moi ?

— Non, je… Je suis désolé, Sam.

— Ne le soyez pas. Je n'ai pas besoin de votre pitié.

— Bien. Car vous ne l'aurez pas.

Elle sourit. Un sourire lumineux dans le crépuscule qui envahissait la pièce.

— Je ne dis pas que je n'ai pas eu peur en voyant le sang.

— Moi aussi, admit-il.

— Alors c'était de la frime, votre « ce-n'est-qu'une-égratignure ».

— Je ne crois pas avoir dit ça, si ?

— Non. Cela aurait été stupide.

— D'accord, dit-il en riant. Si vous me lâchiez un peu ?

— A condition que vous vous teniez tranquille, répondit-elle en se levant. Je vais appeler David pour lui dire que vous êtes rentré, et que je reste avec vous ce soir.

— Merci, Sam, murmura-t-il.

Poussant un soupir, il se laissa aller contre les coussins et ferma les yeux.

Euan avait demandé de l'eau et, visiblement assoiffé, bu deux verres pleins. A cause de la chaleur ambiante, sans doute, ou des antalgiques, ou de la perte de sang. Sam préférait ne pas y penser.

Les bras de sa chemise maculés de sang, il essayait maladroitement de trouver une position en protégeant son flanc blessé. Il avait besoin de se nettoyer, d'être confortablement installé, et de manger quelque chose. Elle pouvait l'envoyer dans la salle de bains pendant qu'elle préparait le repas, mais s'il avait un vertige et perdait l'équilibre ? Ne valait-il pas mieux l'accompagner ?

— Suivez-moi au premier, dit-elle. Vous avez besoin de vous laver. Mais je ne veux pas que vous vous brisiez le crâne en glissant sur le carrelage de la salle de bains. J'ai assez vu l'hôpital pour aujourd'hui.

— Je peux me débrouiller seul.

— Je vais juste m'en assurer.

Il se leva péniblement et se dirigea vers l'escalier.

Le temps qu'il atteigne le palier du premier, l'épuisement marquait son visage. Il ne protesta pas quand elle lui prit le bras pour le soutenir jusqu'à la salle de bains, ni lorsqu'elle alla chercher un tabouret pour l'asseoir devant le lavabo.

Il ne dit rien quand elle lui ôta sa chemise, appliquant du film alimentaire sur son pansement pour le protéger des éclaboussures. Il la regarda remplir le lavabo d'eau tiède.

Elle se savonna les mains et prit celle d'Euan qu'elle massa doucement, de la paume aux doigts. Après quoi, elle s'occupa de l'autre.

Elle nettoya ensuite ses bras. Elle s'efforçait de ne pas trop penser à sa peau dorée par le soleil, fraîche au toucher. Les muscles durs de ses épaules se détendaient sous ses doigts. Avec un gant de toilette, elle nettoya méthodiquement son dos et son torse dans un silence paisible.

— Alors ? demanda-t-elle, lui tendant la serviette pour qu'il s'essuie le visage.

— Ça va mieux.

Il l'attira entre ses jambes, noua ses bras autour de sa taille, et nicha la tête contre sa poitrine. Par pur confort, tenta-t-elle de se persuader.

Se dégageant doucement, elle l'entraîna dans la chambre.

— Vous devriez aller prendre une douche, dit-il, assis sur le lit, la regardant fermer les rideaux et lui chercher des vêtements propres dans la commode.

— Je peux vous laisser un moment ?

— Tout ira bien, dit-il, ses yeux la suppliant de rester tandis que sa main lui montrait la sortie. Allez vous laver. Je peux m'habiller seul.

Sam resta longtemps dans la salle de bains. S'était-elle endormie ? Euan avait fait quelques étirements pour tester sa force et sa souplesse, puis il avait mis le pantalon de jogging et le T-shirt qu'elle lui avait sortis. Enfin, il s'était adossé aux oreillers qu'elle avait empilés à la tête de son lit.

Il sentait encore ses doigts sur sa peau. La caresse de ses cheveux quand elle s'était penchée pour lui sécher le dos. Une sensation toute douce, toute chaude, après le froid de la lame contre ses côtes. Apaisante.

Non. C'était plus proche du sexe. Quand on donnait quelque chose de soi, et qu'on recevait encore plus en retour. Le genre de relation qu'il évitait depuis le départ de Marie.

Du calme ! Sam n'était pas comme les femmes qui avaient croisé sa vie au fil des ans, lui laissant le sentiment que quelque chose en lui était irrémédiablement brisé. Elle était vulnérable, meurtrie, et pourtant forte. Il avait pris sa décision et devait s'y tenir. Amitié, et rien d'autre.

Un mouvement capta son attention. Sam se tenait dans l'embrasure de la porte, noyée dans un de ses survêtements. Elle avait retroussé les manches et les jambes de pantalon, ses joues étaient roses de la douche. Elle était tel un ange nu-pieds.

— Je vais préparer quelque chose de chaud. Que voulez-vous ?

Un ange nu-pieds plutôt maladroit, et magnifique.

— Du thé sera parfait.

— Non. Vous avez besoin de vous requinquer. Je pensais à de la soupe ou du lait chaud. Vous avez du chocolat ?

Il sourit. Un ange nu-pieds au caractère affirmé.

— Je crois. Faites ce que vous voudrez.

Elle inclina la tête et disparut.

Sam regagna la chambre d'un air dégagé, comme s'il importait peu que ce soit celle d'Euan et qu'ils soient seuls. Elle posa deux tasses de chocolat chaud sur la table de nuit, et il se redressa contre ses oreillers.

— Vous n'allez pas vous asseoir ?

Elle s'assit au bord du lit, gardant un pied par terre.

— J'aime ce que vous avez fait ici, dit-elle.

Quelle réflexion stupide. Elle se mordit la lèvre. Elle parlait comme quelqu'un qui passait prendre le thé. Mais la pièce était agréable, avec son parquet en chêne et ses murs pastel. Sur les draps ivoire, la couette repliée aux rayures bleues évoquait la mer, comme la pendule de marin accrochée au mur.

Il lui lança un regard perplexe.

— On est en train de nous filmer ou quoi ?

— Comment cela ?

Elle jeta un coup d'œil vers la fenêtre, scrutant les rideaux avant de se rendre compte qu'il plaisantait.

— Dans les vieux films, la censure autorisait que deux personnes soient dans la même chambre, à condition que l'une d'elles ait tout le temps un pied par terre, dit-il. Quand vous voudrez vous reposer, je vous remplacerai…

Elle ne put s'empêcher de rire.

— Ça va. Imaginons que je suis médecin.

— C'est *moi* le docteur.

— L'un de nous doit être le médecin et l'autre le patient. Nous avons déjà établi qui était qui.

Il rit.

— Un point pour vous. Dans ce cas, il y a des oreillers supplémentaires dans la malle…

L'adrénaline avait mis du temps à s'évacuer de l'organisme d'Euan, mais il avait fini par s'endormir. Sam et lui s'étaient chamaillés pour la télécommande de la télévision, qu'il s'était résigné à la lui remettre. Ils avaient regardé une émission sur des fouilles archéologiques qui avaient lieu dans la région, et s'étaient promis d'aller visiter le site. Ils avaient parlé. Encore parlé. Ils avaient perdu le fil du vieux film que Sam avait voulu regarder et, vaincu par l'épuisement, Euan s'était endormi sur son lit, une main posée sur son flanc blessé.

Sam éteignit la télévision et remonta les draps sur lui. Elle allait rester encore quelques minutes pour s'assurer qu'il dormait bien, puis elle se glisserait dans la chambre d'amis. Elle s'allongea à côté de lui, attentive au bruit de sa respiration…

14

— Petit déjeuner ?

Sam ouvrit des yeux égarés. Avait-elle… ? Avaient-*ils*… ?

Non, bien sûr. Euan n'était pas en état la veille au soir. Oscillant entre le soulagement et la déception, elle huma avec plaisir la bonne odeur de café.

— Vous avez préparé du café ?

— Oui, répondit-il avec un sourire, grimaçant quand il se pencha pour poser le plateau.

— Merveilleux. Merci.

Toujours vêtue du survêtement qu'il lui avait prêté, elle s'assit dans le lit.

— Vous avez bien dormi, dit-il sur le ton du constat.

— Oui…, répondit-elle en bredouillant, prenant conscience qu'elle avait passé la nuit à côté de lui sans se réveiller une seule fois. Je ne vous ai pas dérangé, j'espère ?

— Pas du tout. Vous avez dormi comme un bébé.

Comment le savait-il ? L'avait-il observée ?

— Vous vous êtes réveillé ?

— Une ou deux fois, admit-il en souriant, sa main effleurant machinalement sa blessure. Mais je me suis rendormi. Nous étions morts au monde, tous les deux.

Elle ne s'était pas tournée et retournée, n'avait pas boxé les oreillers, ne s'était pas réveillée en pleurant, n'avait pas fait de cauchemars. C'était la première fois qu'elle passait une aussi bonne nuit depuis la mort de Sally. Elle en remercia silencieusement le ciel.

— Alors comment vous sentez-vous ce matin ? demanda-t-elle.

— Bien. Un peu raide, mais le pansement est propre.

— Je suppose que c'est bon signe, dit-elle en portant sa tasse de café à ses lèvres.

— Oui. Ça veut dire que la plaie n'a pas saigné.

— Je n'avais pas besoin de rester, finalement.

— Je me réjouis que vous l'ayez fait, répondit-il, soutenant son regard.

— J'espère que vous ne comptez pas aller travailler aujourd'hui.

L'expression d'Euan confirma ses soupçons.

— Je pensais…

— Vous pouvez oublier. Nous allons prendre un petit déjeuner…

— Je croyais que vous ne preniez jamais de petit déjeuner, dit-il avec malice.

— Ce n'est pas une règle immuable. Je peux y déroger. Nous allons donc déjeuner, puis nous aviserons. David a demandé à Mel de vous remplacer à la clinique, ils n'ont pas besoin de vous.

— C'est dur…

— Mais vrai. Vous n'êtes irremplaçable qu'en pleine forme, dit-elle en se levant. Je vais prendre une douche, profitez-en pour ne rien faire pendant dix minutes.

Un lundi matin à lézarder n'était pas si angoissant que Sam l'aurait cru. Euan et elle prirent tout leur temps pour déjeuner, puis se partagèrent le journal du dimanche. Ils se disputèrent pour les mots croisés, et elle l'emporta, remplissant les cases pendant qu'il se reposait sur le canapé.

— Qu'est-ce que vous faites ? demanda-t-il.

— Je plie le papier pour faire un pétale, répondit-elle en lui montrant le résultat. Puis on réunit les pétales pour former une fleur, et les fleurs pour faire un bouquet. Mais c'est moins joli avec du papier journal.

— Ce sera mieux avec le supplément en couleurs, dit-il en lui tendant le magazine.

— Ah, oui… Vous avez de la colle ?

— Dans le tiroir de la cuisine.

Il la regarda paresseusement découper et plier le papier qu'elle colla pour fabriquer la première fleur.

— C'est joli. Combien vous en faut-il pour un bouquet ?

— Douze, dit-elle en posant la fleur près d'elle. Sally et moi en faisions tout le temps quand nous étions petites.

Il demeura silencieux, attendant qu'elle parle.

— On les suspendait au plafond. Le père de Sal nous avait apporté du papier fluorescent, les fleurs luisaient dans le noir comme d'étranges planètes.

— C'est un beau souvenir.

Oui. Elle n'y avait pas pensé depuis longtemps. Soudain, ce fut trop douloureux, et elle écrasa la fleur dans sa main.

— Pour l'instant, les bons souvenirs ne peuvent pas effacer les mauvais, mais ça viendra, dit-il doucement.

— Vous voulez dire que le temps guérit tout ? répondit-elle, narquoise.

— Non. Il équilibre les choses.

— Si cet équilibre existait, c'est moi qui serais morte, dit-elle avec résignation.

— Vous ne le croyez pas vraiment, j'espère ?

— Non. Je ne peux pas changer ma vie. Mais Sal avait beaucoup plus de personnes pour la pleurer que moi. Je ne pense pas que ma mère se serait souciée de ma disparition, je ne l'ai pas vue depuis si longtemps…

— Je crois que, moi, je m'en serais soucié.

— Vous ne m'auriez pas connue. Je ne serais même pas là aujourd'hui si…

— Si, vous seriez là. Et je vous apercevrais de loin en loin.

— Vous dites n'importe quoi, dit-elle en se tournant vers lui. On ne peut pas savoir les milliards de choses qui auraient pu se produire si les événements avaient pris une tournure différente !

— Arrêtez de vous torturer. Ne pouvez-vous accepter un compliment quand on vous l'offre ?

— Dans ce cas..., bafouilla-t-elle, troublée. Merci de penser que j'aurais pu être là pour vous si je n'avais pas existé.

Il rit doucement.

— Etre là, non. Votre absence m'aurait fait souffrir.

Une soudaine chaleur envahit Sam. Il y avait toujours eu un grand vide dans son cœur, et voilà qu'elle aurait pu manquer à quelqu'un ? Elle en eut le vertige.

— Nous devrions appeler David, dit-elle, changeant de sujet pour pouvoir y réfléchir à tête reposée. Il a dit qu'il viendrait à l'heure du déjeuner.

— Oui. Je pensais que nous pourrions aller au bureau. Histoire de montrer notre...

— Je ne crois pas que ce soit une bonne idée. Si vous allez là-bas, vous trouverez quelque chose à faire et vous déciderez d'aller à la clinique. Avant de comprendre ce qui se passe, je me retrouverai aux urgences avec vous, à expliquer au docteur pourquoi je ne vous ai pas forcé à respecter ses consignes.

Il lui décocha un regard provocant mais plein d'humour.

— D'accord. Supposons que je promette d'être prudent. Nous pouvons aller là-bas, je trouverai un siège confortable dans le bureau de David, et je vous regarderai travailler tous les deux.

— Et vous ne bougerez pas. Pas un seul muscle !

— Je boirai peut-être une tasse de thé, si quelqu'un est assez aimable pour m'en offrir, prodiguant un conseil utile ici et là, si c'est autorisé...

Elle lui sourit.

— Va pour le thé. Mais je me passerai de vos conseils.

Il se leva lentement.

— Dommage. Vous n'imaginez pas combien je peux me montrer obligeant quand je veux.

Quand Sam et Euan arrivèrent au bureau, David gronda Euan avant de se résigner. Sam monta à son appartement pour se changer et mettre son chemisier taché de sang dans le lave-linge, puis elle redescendit.

— J'ai une bonne nouvelle pour vous, lui annonça David avec le sourire d'un magicien qui vient de sortir un lapin de son chapeau. A une conférence en ligne l'autre jour, j'ai parlé du travail que vous effectuez pour nous. Le délégué d'une petite association caritative londonienne de lutte contre la drogue m'a demandé vos coordonnées. Je lui ai donné votre numéro.

— Merci. C'est gentil à vous.

C'était peut-être le début d'une belle carrière pour elle. Un premier client lui en présentait un second, lui-même en garantissant un troisième. Gagnée par l'excitation, elle se retint de demander le nom de l'association en question.

— Son président m'a appelé ce matin pour me dire qu'il avait vainement tenté de vous joindre. Il voulait s'assurer que je lui avais donné le bon numéro.

— Mon téléphone ! Il doit être...

Elle se rappelait l'avoir eu en main la veille au soir, quand elle avait lu ses mails. Après quoi, elle l'avait posé à côté d'elle... Il devait être resté sur le lit d'Euan !

— Je crois l'avoir vu dans la cuisine, dit celui-ci d'un air amusé, volant à son secours.

— Ah, oui. A côté du grille-pain.

Avait-il seulement un grille-pain ? Sûrement, puisqu'elle avait fait griller des toasts ce matin.

— C'est ça, dit Euan.

Elle lui adressa un sourire reconnaissant, le visage en feu.

— Je... hum, je les appellerai d'ici, si ça ne vous gêne pas.

— Mais bien sûr. Le type a laissé un message. Je ne sais pas si vous connaissez son association, *Le Centre*. Ils doivent rencontrer d'autres programmeurs jeudi, ils aimeraient que vous soyez là si vous êtes libre.

— Cette semaine ? dit-elle, déçue mais consciente qu'elle ne pouvait pas lâcher un client pour essayer d'en décrocher un autre. C'est un peu court. Je crains de devoir y renoncer.

— Sam..., dit Euan derrière elle.

Elle l'ignora.

— J'ai beaucoup à faire ici. Une chose à la fois.

— Ne soyez pas ridicule, Sam, insista Euan. Il faut que vous alliez les voir cette semaine.

— Je me suis engagée ici pour toute la semaine. S'ils peuvent me voir la semaine prochaine, ce sera merveilleux. Mais je ne reviendrai pas sur mes engagements. Je ne travaille pas comme ça.

Le regard d'Euan sur elle la faisait trembler. Brûlant, sexy, sans complaisance.

— Dis-lui, David.

— Me dire quoi ? demanda-t-elle.

— Je suis occupé jeudi. Je n'aurai pas de temps à vous consacrer, dit David en souriant.

— Et moi, je me reposerai. Ordre du médecin.

— Exactement, dit David. Si vous allez à ce rendez-vous jeudi, Euan peut peut-être vous accompagner, s'il se sent d'attaque. Cette institution a un programme consacré à l'utilisation abusive de stéroïdes. Je leur ai dit que nous voulions en créer un nous-mêmes, ils m'ont proposé de partager leur expérience avec nous.

— Eh bien, on dirait que c'est réglé, dit Euan avec satisfaction en s'adossant à son fauteuil.

— Je... je suppose que je n'ai pas le choix, alors.

— On le dirait bien, répondit Euan. Et, bien sûr, si nous utilisons la même base de données qu'eux, j'imagine qu'il serait facile de partager aussi nos informations, dit-il d'un air innocent.

Tous trois éclatèrent de rire en chœur.

L'après-midi fut aussi détendu que la matinée. Euan et David s'absentèrent un moment pour leur réunion hebdomadaire du lundi, et Sam s'occupa de leur site Web.

A 5 heures tapantes, David les emmena chez lui où ils passèrent la soirée. Puis, déposant Euan en chemin, il raccompagna Sam à son petit appartement dans les locaux de l'association.

Il était encore tôt, mais elle se sentait épuisée. Elle n'avait qu'une envie, dormir. Elle ne remarqua pas tout de suite le paquet posé dans l'escalier, attaché avec du raphia et portant le label d'une boutique tendance de la ville. Il n'y avait pas de message, mais elle sut de qui il venait. C'était du papier japonais aux couleurs vives et aux motifs exquis. Le genre de papier qu'on utilisait pour réaliser des fleurs en origami...

15

Euan contemplait Sam en silence. Il était aux anges.

Ils avaient pris la route de Londres tôt le matin. Elle avait insisté pour conduire et il avait cédé de bonne grâce, même s'il se sentait beaucoup mieux.

L'appartement de Sam était confortable, et d'une élégance discrète. Elle s'était éclipsée une demi-heure pour se préparer pour son entretien, le laissant devant un café avec le journal.

Quand elle revint, elle était coiffée d'un chignon impeccable, son maquillage était parfait, et le bleu de son élégant tailleur donnait à ses yeux gris des reflets de nacre.

— Vous êtes magnifique…

— Merci.

Même son sourire était différent. Calme, professionnel, mais laissant deviner la femme derrière l'apparence austère. Euan était sous le charme.

Il la regarda glisser son ordinateur dans sa sacoche en cuir, s'immobiliser pour vérifier qu'elle n'avait rien oublié.

— Je me sens un peu nerveuse…

Cela ne se voyait pas, mais sa voix tremblait légèrement.

— Ce rendez-vous compte beaucoup pour vous, hein ?

— Oui, admit-elle.

— C'est dur d'y aller seule ? demanda-t-il.

Malgré son apparence sûre d'elle, elle avait dû se sentir très seule pendant l'entretien qu'elle avait eu avec David et lui.

Elle pinça les lèvres.

— Ça se voit tant que ça ?

— Non. Avec David, nous avons été très impressionnés par vous pendant notre entretien. Vous ne ferez qu'une bouchée de ces types.

— Alors mon secret est en sécurité avec vous ?

— Absolument. Je vais vous attendre dans la voiture, d'accord ?

— Inutile. J'ai déjà mon porte-bonheur, dit-elle en sortant de son col un petit médaillon en or. Les parents de Sally nous ont offert les mêmes quand nous avons lancé notre affaire. Nous les mettions toujours pour nous porter chance lors de rendez-vous importants.

— Vous êtes superbe, vous avez un excellent produit, vous pouvez y aller en toute confiance.

— On n'a rien à craindre en slip de soie, dit-elle impulsivement. Pardon... Sally et moi disions toujours ça...

— Une bonne pensée, ma foi.

Une pensée indissociable d'une image belle et sensuelle, troublante. Qui risquait de ruiner tous leurs projets de la journée s'il ne se décidait pas à bouger. Il regarda sa montre pour se donner une contenance.

— Nous ferions mieux d'y aller.

Il prit ses clés de voiture et les lui tendit sans oser la regarder en face.

Sam rayonnait. Assise au volant de la voiture d'Euan, elle le regarda sortir des consultations du Centre et venir s'asseoir à côté d'elle.

— Désolé de vous avoir fait attendre, dit-il.

— Pas de problème. Comment ça s'est passé ? demanda-t-elle, ses lèvres rouges souriant, sensuelles.

— Très bien. Ils m'ont donné des tuyaux intéressants pour la mise en place de nouveaux groupes à Driftwood.

Elle hocha la tête. Elle attendait qu'il l'interroge mais il n'en avait pas besoin. Il boucla sa ceinture pendant qu'elle démarrait, se frayant un chemin dans le flot de la circulation.

Ils roulèrent en silence.

— Bon, questionnez-moi ! dit-elle soudain.

— Je sais déjà comment ça s'est passé. C'était gagné d'avance.

— Je veux que vous m'interrogiez ! dit-elle, s'arrêtant brusquement au milieu de la chaussée.

— Nous bloquons la route...

— Nous n'irons nulle part tant que vous ne m'aurez pas demandé comment s'est passé mon entretien.

Il soupira. La situation était à la limite du tolérable. La jupe de Sam avait remonté sur ses cuisses en un spectacle charmant, et sa ceinture plaquait le tissu léger de son chemisier sur ses seins ronds.

— Bon, d'accord. Dans l'intérêt de la sécurité routière, je vous le demande. Comment ça a marché ?

Elle sourit, et une vague de désir le fit frissonner.

— Magnifiquement bien. J'ai répondu à leurs questions, et ils ont adoré mon logiciel. Il paraît que David m'a fourni d'excellentes références...

— Evidemment.

— Ça a été déterminant. Je crois qu'ils vont prendre mon programme, dit-elle, tout excitée.

Il ne pouvait plus se retenir. Il fallait qu'il l'embrasse. Ils sursautèrent en chœur en entendant klaxonner derrière eux.

— Avancez.

Il ne pensait plus qu'à l'avoir pour lui tout seul. Chez elle. Ensuite... Dieu seul savait ce qui se passerait.

Elle éclata de rire et redémarra.

Sous le regard d'Euan, Sam descendit gracieusement de voiture, gravit d'un pas léger les marches du perron et s'engouffra dans la cuisine.

— Nous pourrions peut-être nous offrir une glace, dit-elle avec un grand sourire.

— De la glace ? C'est une tradition post-entretien ? Après votre rendez-vous avec David et moi, je vous ai vue manger une glace à la terrasse d'un café.

Elle sourit.

— Avec Sally, on fêtait les événements avec de la glace et tout ce qui va avec. J'ai de la sauce chocolat et des gaufrettes. Ou de la sauce caramel si vous préférez. Ou les deux...

Elle ouvrit un tiroir et en sortit deux cuillères à long manche et un ustensile en acier.

— J'ai une bonne cuillère à glace. C'est essentiel.

Il lui prit la cuillère et, la posant sur le comptoir, il s'approcha au point de presque la toucher.

— Ne croyez pas que je sois insensible à l'honneur que vous me faites en me demandant de partager une glace avec vous, mais il y a une chose dont je veux vous parler...

Le fragile accord, fait de petites familiarités et de délicieux fantasmes, qu'ils avaient tacitement accepté pendant qu'Euan se remettait de sa blessure était devenu caduque maintenant qu'il avait repris des forces.

— Parler ? murmura-t-elle, nouant les bras autour de son cou. Vous voulez parler ?

— En fait non. Mais nous devrions.

— Certaines choses ne s'organisent pas à l'avance.

Une telle audace le fit rire.

— Qui êtes-vous ? Qu'avez-vous fait de Sam ?

Elle leva ses beaux yeux vers lui.

— Elle va bien. Mais elle a l'impression de perdre son temps, là...

— Vous trouvez ?

— Oui. Il faut parfois savoir avancer à l'aveuglette.

— Je ne suis pas doué en amour, Sam, dit-il.

— Vraiment ? murmura-t-elle en posant un doigt sur son torse, embrasant sa peau à travers le tissu de sa chemise. Sur le plan affectif ou physique ?

Il l'embrassa fougueusement, jusqu'à ce que son corps crie grâce et que celui de Sam s'amollisse entre ses bras.

— Vous me rendez fou, dit-il d'une voix rauque.

Les yeux gris brillèrent de passion.

— Je sais. Vous me croyez incapable d'affronter ça ?

— Vous êtes une femme forte, Sam, mais...

— Je sais qui vous êtes, qui je suis. Et je sais ce que je veux, chuchota-t-elle en se fondant contre lui avec sensualité. Et, apparemment, vous le voulez aussi.

Il la plaqua contre le réfrigérateur, l'emprisonnant entre ses bras.

— Pas de règles, Sam. Pas de promesses. Allons-y lentement. Allons-y doucement.

— Ça me va.

Elle attrapa sa main pour la poser sur sa poitrine et il caressa voluptueusement ses seins, lui arrachant un gémissement de plaisir.

— Voulez-vous... ?

Elle le fit taire d'un baiser. A cet instant, il eut la réponse à toutes ses questions. Un gros, un beau « oui ».

Euan commença à déshabiller Sam, défaisant soigneusement chaque bouton de son chemisier, qu'il fit glisser sur ses épaules. Ses mains froissèrent la soie et la dentelle de son soutien-gorge avant de s'attaquer à sa jupe.

— Hé, protesta-t-elle. Toi aussi.

Il se débarrassa de sa chemise et, débouclant sa ceinture, elle défit la fermeture de son pantalon qui rejoignit la chemise sur le sol de la chambre.

Glissant la main sous sa jupe, il sentit le haut de ses bas.

— Je me demandais ce que tu portais dessous...

Son regard tendre brûlait de désir et de malice. De sa main libre, il dégrafa sa jupe, et l'aida à la retirer.

Mais déjà, ses mains s'affairaient dans ses cheveux pour en retirer les épingles, et glisser les doigts dans sa longue chevelure, qu'il laissa retomber sur ses épaules.

Ses lèvres explorèrent la peau tendre de son cou pendant que ses mains caressaient ses hanches. Il n'avait jamais rien senti de si doux. Il l'allongea sur le lit et lui ôta ses bas, effleurant ses jambes, embrassant ses pieds menus.

— Fais attention, murmura-t-elle, désignant sa cicatrice.

— Je vais bien, dit-il en se redressant pour ôter son caleçon.

Il était beau, vigoureux, athlétique. Si elle avait douté du désir qu'elle lui inspirait, la vision de son corps l'aurait rassurée. Il s'étendit contre elle.

Elle sentait la sueur couler sur ses reins. Peau contre peau, leurs corps se lancèrent dans une lente danse érotique. Les mains douces et insistantes d'Euan sur elle, la chaleur de son corps lui firent tout oublier.

Il ralentit quand elle se cambra sous ses caresses.

— Serre-moi...

Aussitôt elle fut dans ses bras, au chaud, en sécurité. Il écarta tendrement les cheveux de son visage, baisa son front.

— Je ne te lâche plus.

Il l'embrassa, tandis que le rythme lent et doux de leur étreinte devenait plus fiévreux, plus brûlant.

Disparue la femme qui organisait tout et pesait soigneusement chacun de ses actes. Il n'y avait plus qu'Euan faisant l'amour à une femme que Sam ne connaissait pas. Une femme qui s'abandonnait totalement à l'instant présent.

Au plus fort du plaisir, elle poussa un cri et plongea avec lui dans un tourbillon de sensations brûlantes où ils s'anéantirent.

16

Etroitement enlacés, Euan et Sam laissèrent les minutes s'étirer dans un silence seulement perturbé par le bruit de leurs respirations, qui s'apaisaient peu à peu. Il remua légèrement et elle l'entendit retenir son souffle.

Elle se dégagea et s'assit pour examiner sa blessure.

— Tu vas bien ?

— Mieux que bien, répondit-il.

Il l'attira à lui pour l'embrasser, mais elle résista.

— Arrête. Laisse-moi voir.

Il poussa un soupir résigné et roula sur le côté.

— Là. Ça a l'air d'aller ?

— Oui, je crois.

— Est-ce que ça saigne ?

— Non.

— Alors tout baigne, dit-il en l'embrassant sans lui laisser le temps de protester. Il n'y a pas de quoi s'inquiéter.

— Je ne devrais pas m'inquiéter pour toi ?

— Juste un peu alors, dit-il en riant. Tapote quelques oreillers si ça peut te faire plaisir.

Levant les yeux au ciel, elle le redressa pour arranger ses oreillers.

— Voilà. Tu es mieux installé ?

— Beaucoup mieux. Et tu pourrais m'embrasser. Là, dit-il, un doigt sur sa mâchoire.

Elle posa les lèvres à l'endroit désigné.

— Un peu plus haut.

Elle obtempéra.

— A gauche peut-être.

Elle baisa sa joue, titilla son oreille.

— Mmm, c'est bon. Approche, dit-il, l'attirant dans ses bras où elle se blottit.

— Autre chose ?

— Je prépare mentalement une liste, en travaillant sur les priorités multiples et leur interdépendance, dit-il avec humour.

— Ah, tu écoutais donc l'autre jour, quand nous avons récapitulé comment organiser un emploi du temps...

Elle promena un doigt sur son torse, descendant lentement vers son ventre plat et dur.

— J'écoute toujours..., dit-il.

— Mais, ensuite, tu agis à ta guise.

— Ce n'est pas vrai, répondit-il, caressant ses seins puis y posant les lèvres, lui arrachant un gémissement de plaisir. J'écoute, puis je modifie mon approche...

Elle caressa son sexe et il retint son souffle.

Il aimait qu'elle prenne des libertés avec son corps, c'était nouveau pour lui. L'urgence était passée, mais pas le désir. Ils parlaient, s'embrassaient. Et l'après-midi s'écoulait.

— Tu as la peau si douce...

Sa main glissa paresseusement le long de sa colonne vertébrale, épousant la courbe de sa hanche. Il roula sur le dos et la hissa sur lui pour qu'elle le chevauche.

— Je croyais que tu aimais contrôler la situation, dit-elle.

— J'*adore* ça, répondit-il avec malice. Et toi aussi.

— Alors, voilà pour toi.

Elle l'embrassa à pleine bouche. Elle voulait lui donner du plaisir. Le sentir de nouveau en elle, le faire crier de volupté.

— Je veux te regarder mener la danse, lui chuchota-t-il à l'oreille. Te voir bouger...

L'idée qu'il l'observe pendant qu'elle prenait son plaisir était d'une intimité presque insoutenable. S'il n'avait pas été aussi tendre, elle n'aurait pas pu. Elle tendit la main pour prendre un préservatif sur la table de nuit et il voulut s'en emparer.

— C'est moi qui ai le contrôle, ne l'oublie pas, dit-elle en ouvrant le petit paquet.

— Comme tu voudras, murmura-t-il, les yeux assombris par le désir pendant qu'elle lui mettait le préservatif d'un air concentré.

Les mains sur sa taille, il attendit qu'elle prenne l'initiative.

Elle sentit son courage la déserter. Elle pouvait le décevoir de mille façons.

Il lui assena une petite tape.

— Arrête de réfléchir...

C'était plus facile à dire qu'à faire. Elle plongea son regard dans le sien. Ses yeux étaient tendres et aimants, l'acceptant pour ce qu'elle était. N'exigeant rien. Elle commença lentement à bouger, et il l'encouragea avec des mots, des caresses. Son corps se faisait plus dur, plus chaud, elle comprit qu'elle pouvait le satisfaire.

Quand l'orgasme la saisit, pulsant dans chaque fibre de son corps en feu, ce fut Euan qui gémit, les mains crispées sur sa taille. Enfonçant ses ongles dans les muscles de ses épaules, elle se cambra sous les assauts du plaisir.

Il était tard quand Euan et Sam quittèrent Londres et prirent le chemin du retour. La mer scintillait à la clarté laiteuse de la lune tandis qu'ils longeaient le front de mer.

— Je ne veux pas que tu le prennes mal, mais...

Comment aborder le sujet qui la préoccupait ? Elle se le demandait vainement depuis plusieurs kilomètres.

— Je le prendrai comme tu voudras que je le prenne. Qu'est-ce qu'il y a ?

— Ça t'ennuie si je rentre à l'appartement ce soir ?

Il la scruta, et elle garda les yeux fixés sur la route.

— Oui, ça m'ennuie. Mais je serais encore plus contrarié que tu ne me dises pas le fond de ta pensée.

— Je...

Elle avait du mal à s'expliquer. Elle se sentait à nu, comme s'il avait arraché la carapace qui la protégeait. Elle se sentait vulnérable.

— Tu as besoin d'espace ? C'est d'accord.

— Oui... Merci.

Quand ils arrivèrent à destination, il descendit de voiture et vint lui ouvrir la portière. Il l'accompagna jusqu'à la porte et l'embrassa.

— Je regrette..., fit-elle.

Il posa un doigt sur ses lèvres pour lui imposer le silence.

— Ne regrette jamais ce que nous avons fait aujourd'hui.

— Je ne regrette rien. Ça t'irait si je rêvais de toi ?

Il rit doucement.

— J'insiste pour que tu le fasses. Je veux un rapport complet demain matin.

Il attendit qu'elle soit entrée. Plantée devant la fenêtre, elle le regarda regagner sa voiture. Il incarnait tout ce qu'elle désirait. L'amour, l'acceptation. Il fallait simplement qu'elle se débarrasse de l'impression tenace qu'elle ne le méritait pas.

Sam avait vraiment cru qu'elle rêverait d'Euan cette nuit-là, mais ce ne fut pas le cas. Quoi qu'il se soit passé durant la journée, cela n'avait pas effacé son sentiment de culpabilité, qui était toujours présent à son réveil. Comment Sally avait-elle pu se tourner vers la drogue pour tenir le coup alors que Sam était là ? La réponse était toujours la même. Elle avait été là, mais complètement absorbée par son travail. Et, aujourd'hui, elle négligeait ce travail pour ce dont Sally et elle avaient rêvé, mais dont son amie avait été privée. Trouver l'homme de sa vie. Tomber amoureuse.

Peut-être était-ce la culpabilité du survivant. Qu'importait le nom qu'on lui donnait ? Elle savait d'expérience que, dès qu'elle aurait pris sa douche et se serait habillée, les angoisses de la nuit se seraient dissipées et qu'elle serait prête à affronter la journée.

Euan avait le dos un peu raide mais la petite marche jusqu'au bureau lui ferait du bien. Son corps avait gardé le souvenir des plaisirs de la veille, mais il s'était réveillé seul. Il consulta son portable pour le cas où Sam aurait appelé, prit ses clés et se dirigea vers la porte, saisi d'une angoisse diffuse. Il avait laissé à Sam l'espace dont elle avait besoin, mais si elle le quittait sans un mot, comme Marie ?

Il la trouva devant chez lui. Toute de blanc vêtue, elle portait un haut en dentelle et un pantalon en lin qui laissaient voir les courbes de son corps, la peau douce qu'il n'était plus certain d'avoir le droit de toucher.

Elle sourit.

— J'allais au bureau, j'ai eu envie de passer te prendre.

— Ça t'a fait faire un détour.

Hochant la tête, elle fit un pas vers lui. Il attendit. Elle se haussa sur la pointe des pieds pour l'embrasser sur les lèvres, et il la prit dans ses bras.

— Mais ça en valait la peine, dit-elle. Bonjour, mon cœur.

— Belle façon de commencer la journée, dit-il, sentant ses doutes s'envoler.

Ils se mirent en route. Tout naturellement, il passa le bras autour de ses épaules et elle glissa la main dans sa ceinture.

— Quel est le programme aujourd'hui ?

— J'ai encore du travail sur votre site Web. Je pensais m'en occuper aujourd'hui, et rester jusqu'à la semaine prochaine pour finir de configurer la base de données.

Il sourit. Londres n'était qu'à quatre-vingt-dix minutes de route. Mais il voulait qu'elle soit ici, au moins quelques jours, pour voir où ils allaient. Quoique, après le message qu'il avait trouvé sur sa boîte mail en se réveillant...

— Tu as lu tes e-mails aujourd'hui ? Non ? Tu es venue me chercher sans même avoir consulté tes messages ? demanda-t-il, incrédule.

Comme elle évitait son regard, il s'immobilisa.

— Réponds-moi.

— Bon, d'accord. Je voulais te voir et je n'ai pas lu mes mails. Il n'y a pas de quoi en faire une histoire.

Oh ! que si. Elle n'allait jamais nulle part sans consulter sa messagerie. Il réprima un cri de triomphe.

— Tu devrais peut-être les lire avant qu'on discute du programme du week-end.

Elle glissa un doigt dans la boucle de sa ceinture et il sentit immédiatement son corps réagir. Elle avait ce pouvoir.

— Donne-moi ton téléphone, dit-elle.

— Tu veux dire que tu as *aussi* oublié ton téléphone ? fit-il en riant.

— Il est au bureau... Donne-le-moi, allez, demanda-t-elle, tendue vers lui.

Combien de temps allait-il pouvoir endurer cette délicieuse torture ?

— Pourquoi ?

— Pour que j'aille sur internet lire mon courrier, répondit-elle, subtilisant son portable dans sa poche revolver. Tu devrais utiliser un mot de passe, tu sais. N'importe qui pourrait accéder au contenu de ton téléphone.

Il rit doucement. Elle pianotait sur l'écran, pressée contre lui, et il aimait un peu trop cela...

— Ça n'aurait pas grande importance. Je ne m'en sers que pour téléphoner.

Elle leva les yeux au ciel et, reprenant son examen de l'écran, elle retint son souffle.

— *Yes !* Le Centre veut mon logiciel, dit-elle, les yeux brillants. Tu le savais, avoue ?

Il haussa les épaules.

— Le mail que j'ai reçu le laissait entendre.

— Pourquoi ne me l'as-tu pas dit ?

— Je voulais que tu l'apprennes d'eux. Je suppose que tu dois être rentrée à Londres lundi...

— Non. Je leur ai dit que je n'étais pas libre avant quinze jours. A moins que tu veuilles que j'y aille... ?

— Non, répondit-il, resserrant son étreinte autour d'elle.

— Alors, je reste. Que dirais-tu de fêter la bonne nouvelle devant une glace ?

La vision de Sam au lit avec un bol de crème glacée flotta devant ses yeux, refusant de se dissiper. Il lui attrapa la main et reprit la direction de chez lui.

— Hé, où va-t-on ? dit-elle en riant, courant pour le suivre. Le café est par là...

— Il est 7 h 30. J'ai de la crème glacée au congélateur. Et si nous faisons ce que je pense à la terrasse d'un café, on risque fort de nous arrêter pour attentat à la pudeur...

17

Le samedi matin, Sam se leva tôt.

La veille, Euan et elle avaient travaillé ensemble, mangé ensemble, fait l'amour ensemble. Comme le soir précédent, il avait paru accepter qu'elle rentre dormir à l'appartement.

Elle prit la clé qu'il avait laissée sur la commode et, la fourrant dans sa poche, elle courut chez lui. Il dormait encore, elle se déshabilla donc et se glissa dans son lit.

— Mmm… Tu as les mains froides, dit-il.

— Tu veux que je les retire ?

— Tu n'as pas intérêt, répondit-il en plaquant son corps dur contre le sien. Je croyais que tu avais besoin d'espace…

Elle l'embrassa, sentant sa barbe naissante irriter sa peau.

— Oui. Mais maintenant je suis là.

Il parcourut son cou de baisers, promena ses lèvres sur la peau douce et sensible de ses seins, éveillant déjà son désir.

— Qu'as-tu en tête ?

— Tu veux un dessin ?

Il rit et se hissa sur elle, lui immobilisant les poignets au-dessus de la tête.

Il abattit ses défenses l'une après l'autre en lui murmurant des mots à l'oreille, caressant ses sens comme il caressait son corps captif sous le sien. Quand il fut prêt à lui faire l'amour, elle le désirait tant qu'elle était prête à le supplier.

Elle n'avait jamais montré sa vulnérabilité à quiconque. N'avait jamais avoué son désir, et encore moins imposé ses aspirations. Mais elle se sentait bien avec lui. Comme si elle avait trouvé un foyer, qu'elle était enfin chez elle.

Elle en avait toujours rêvé. Les parents de Sally lui avaient donné ce qui ressemblait le plus à un foyer, mais elle savait que c'était éphémère. Quand Sally et elle avaient créé leur propre entreprise, elle avait éprouvé quelque chose de comparable. Hélas, ça n'avait pas duré.

— Cet après-midi, je dois voir Ann et Paul, les parents de Sally, dit-elle.

— A quelle heure ?

— Vers 2 heures. Ils vont chez Josh, le frère de Sally, et sa femme, ils veulent me voir en passant.

Oserait-elle lui demander de les rencontrer ? Peut-être jugerait-il qu'il était trop tôt, ou qu'elle était collante. Ou présomptueuse. Voire les deux.

— C'est un problème ? demanda-t-il, la sentant troublée.

— Non, pas du tout.

— S'ils sont intéressés par la visite de Kathryn House, je pourrais t'y conduire. Ou une autre fois si tu préfères.

— Qu'est-ce qui est le mieux pour toi, Euan ?

Il la prit contre lui, la forçant à le regarder en face.

— Que tu me dises ce que tu veux. Si tu as envie de les voir seule, pas de problème. Je trouverai à m'occuper cet après-midi. Mais si tu veux leur montrer Kathryn House, ça me va.

— Va pour Kathryn House. Si ça ne te dérange pas trop, j'aimerais que tu leur fasses visiter les lieux.

— J'en serai honoré. En attendant, que veux-tu faire ce matin ? Il y a le marché, ou on peut emporter les mots croisés à la plage. C'est une belle journée.

— Faisons les deux !

— Très bien, dit-il en riant. Et puisque tu as hâte de te mettre en action, je te laisse te doucher la première.

Sam portait une nouvelle robe de son inépuisable collection de jolies tenues estivales. Euan était fier de l'avoir à son bras. Il avait beau ne pas se soucier de l'opinion des autres, il appréciait qu'on l'envie.

Au marché, il s'était douté que le stand des chapeaux lui plairait, et il ne s'était pas trompé. Ils en essayèrent des dizaines, et elle eut le coup de foudre pour un chapeau de paille orné d'un ruban violet assorti aux fleurs de sa robe. Il voulut le lui offrir mais elle refusa, arguant qu'elle n'en avait pas vraiment besoin. Elle capitula quand deux clientes déclarèrent que le chapeau lui allait à merveille.

Elle avait envoyé un texto à Ann et Paul pour leur expliquer comment se rendre à Kathryn House, où ils devaient se retrouver. Euan alla s'entretenir avec les plombiers aux prises avec la tuyauterie de la cuisine, laissant Sam patienter dans le hall. Entendant un crissement de pneus sur les graviers, il alla à la porte et la vit se jeter dans les bras d'une femme qui descendait de voiture.

Blonde et petite, Ann ne ressemblait pas à Sam. Mais la tendresse qui les unissait ne faisait aucun doute. Sam prit la main d'Ann et l'entraîna vers la maison en courant.

— Ann, viens, que je te présente Euan…

Reprenant son souffle, Ann tourna son regard vers Euan. Elle lui tendit la main avec l'attention féroce d'une maman ours protégeant son rejeton.

— Ravie de vous connaître, Euan. J'exige de savoir tout ce que Sam ne m'a pas dit sur votre compte !

La plaisanterie subtilement mêlée de menace le fit sourire. Cette brave femme aimait Sam, elle ne reculerait devant rien pour la protéger.

— Ne le prends pas au premier degré, dit Sam en rougissant.

Mais il était prêt à tous les examens auxquels Ann jugerait bon de le soumettre.

A cet instant, un homme blond fit son apparition, et Sam courut se jeter à son cou.

— J'ai quelque chose pour toi !

— Ah ? dit Paul, ravi. Qu'est-ce que c'est ?

Sam alla chercher la boîte qu'elle avait posée sur la desserte du hall.

— Je... j'espère que ça te plaira. C'est moi qui l'ai fait.

Souriant, Paul sortit un ravissant bouquet de fleurs en papier de la boîte.

— Regarde, Ann !

Il leva le bouquet dans la lumière pour montrer à sa femme les perles de verre chatoyantes à la base des fleurs. Euan reconnut des créations de Juno.

Ann contempla la délicate réalisation de papier.

— C'est magnifique, Sam. Comme ce que tu faisais avec Sally quand vous étiez petites. Le papier est très joli.

— Euan me l'a offert.

Les yeux bleu pâle de Paul se fixèrent sur Euan et il inclina imperceptiblement la tête d'un air approbateur.

— J'ai fait ce bouquet pour égayer ton bureau, Paul.

— Ce sera parfait, dit-il.

Il remit le bouquet dans la boîte et l'emporta dans sa voiture. Revenant peu après, il s'approcha d'Euan.

— Ann et moi nous intéressons beaucoup à votre travail ici, dit-il. Merci d'accepter de nous faire visiter vos installations.

— Avec plaisir. C'est grâce à des personnes comme Sam que nous existons.

Sam rougit de plaisir et Paul hocha la tête tandis qu'Euan commençait la visite par la salle commune refaite à neuf.

— Il te plaît ? demanda Sam.

Assises sous la véranda, Ann et elle bavardaient pendant qu'Euan et Paul inspectaient le pavillon d'été, observant la charpente comme si elle risquait de s'effondrer.

— Ce n'est pas à moi qu'il doit plaire. C'est à toi que ces irrésistibles sourires sont destinés.

— Je n'ai pas...

Sam baissa la tête, embarrassée.

— Oh ! je t'en prie. Bon, d'accord... Il semble être un bon médecin et il fait manifestement du très bon travail ici. Je pense qu'il sera un excellent premier client pour toi.

— Ce n'est pas ce que je voulais dire...

— Tu n'as rien dit. Ce qui signifie généralement que tu attends mon approbation avant de me parler... de lui ?

Sam balaya cette idée d'un geste.

— Mais peut-être veux-tu que je t'approuve, toi, dit Ann. Tu t'es trouvé un séduisant médecin, et tu veux que je te dise que tout est pour le mieux dans le meilleur des mondes.

— Tu le trouves séduisant ?

— Je suis mariée depuis trente-cinq ans, mais je ne suis pas aveugle. Tu ne le trouves pas beau ?

— Je le trouve magnifique, répondit Sam avec effort.

— Et tu es bien avec lui ?

— Oui.

— Alors quel est le problème ? Tu n'as pas besoin de ma permission pour vivre ta vie.

Sam sentit ses yeux s'emplir de larmes.

— Qu'ai-je fait pour vous mériter, Paul et toi ?

Ann poussa un soupir.

— Quand tu étais petite, tu étais une enfant adorable. Tu rangeais les jouets de Josh et Sally, tu ne criais jamais dans la maison, tu ne renversais jamais rien. Dès que tu as été assez grande, tu étais la première à te lever de table après les repas pour aller faire la vaisselle.

— Je... Je pensais que si je me rendais utile dans la maison, vous me laisseriez rester avec vous.

— Nous avions de l'affection pour toi, Sam. Et nous en sommes venus à t'aimer comme notre fille. Nous voulions te garder, dit Ann avec émotion.

Sam lui prit la main.

— Tu veux dire que j'ai fait toute cette vaisselle pour rien ?

— Je ne dirai pas ça. J'ai beaucoup apprécié… Dis-moi, murmura Ann, lui tapotant la main, est-il le bon ?

— Peut-être, je ne sais pas encore.

Mais ce n'était pas tout à fait vrai. Euan était exceptionnel à ses yeux. Un peu trop, sans doute.

— Laisse faire le temps, dit Ann, regardant Euan et Paul tenter d'ouvrir une fenêtre récalcitrante. Ah, les hommes et leurs cabanes…

— C'est un pavillon d'été, pas une cabane !

— Question d'échelle, dit Ann en souriant.

Ann et Paul avaient plu à Euan. Paul avait dissimulé sous un humour pince-sans-rire un intérêt sincère pour le travail d'Euan et le rôle que jouerait le logiciel de Sam dans le fonctionnement de l'institution. Euan avait répondu avec franchise à ses questions directes. Paul avait perdu une fille et tenait à protéger l'autre, ce qu'Euan comprenait très bien.

— Quel est le problème avec la fenêtre du pavillon d'été ? demanda Sam, étendue sur le canapé d'Euan, quand Ann et Paul furent partis.

— Le cadre a un peu gonflé sous l'effet de l'humidité. Il faudra la raboter et repasser du xylophène.

Elle bâilla et remua entre ses bras.

— Merci pour cette journée. J'ai passé un très bon moment.

— Bon. Tu veux que je te raccompagne à l'appartement à pied ? proposa-t-il pour la mettre à l'aise.

— Pas encore…

Elle se blottit contre lui et il réprima un sourire. Peut-être dormirait-elle avec lui cette nuit. Cela le rendrait si heureux.

Elle lui tapota le torse pour capter son attention.

— Tu trouves que je me conduis trop bien ?

— Beaucoup trop bien. Sachant que tu peux être aussi très vilaine...

Elle lui assena un coup dans les côtes en gloussant.

— Je ne parlais pas de ça. Ann m'a dit que j'étais trop sage quand j'étais petite. Je me demandais ce que tu en pensais.

Il déposa un baiser sur son front.

— Nous recherchons tous l'approbation de nos proches. Certains enfants rejetés redoublent d'efforts pour être d'une sagesse exemplaire.

Elle se nicha contre lui.

— Je vais y réfléchir.

— C'est ça. Et à propos de mauvais comportement, je ne te reprocherai pas de ronfler, tu sais.

— Je ne ronfle pas.

— Ni de faire des bruits intempestifs au lit, de te débattre dans ton sommeil, ou de te transformer en créature de la nuit et d'essayer de me mordre. Ça peut même être intéressant...

Elle riait de bon cœur à présent.

— Tu veux bien rester cette nuit, Sam ?

Sam avait cru qu'elle dormirait enfin paisiblement. Mais elle se réveilla en sueur, la poitrine oppressée par l'angoisse diffuse d'un rêve.

Euan dormait, un bras tendu vers elle. Elle aurait aimé se blottir contre lui et se rendormir. Mais la panique était encore trop réelle. Elle avait peur de le contaminer.

Elle enfila le peignoir d'Euan et, descendant dans la cuisine sur la pointe des pieds, but un verre d'eau froide. La lune dessinait des carrés de lumière sur le sol de la serre, et Sam alla s'asseoir dans un confortable fauteuil de jardin.

— Tu n'arrives pas à dormir ?

Combien de temps était-elle restée à contempler les étoiles à travers la paroi de verre avant que la voix d'Euan la fasse sursauter ?

— Je suis descendue boire un verre d'eau fraîche.

— Je peux me joindre à toi ?

— Bien sûr.

Il s'assit en face d'elle. Il avait enfilé rapidement un short et un T-shirt froissés.

— Un sou pour tes pensées, dit-il.

— Elles n'en valent pas la peine.

— Bien sûr que si.

Elle eut un sourire las.

— Personne n'a envie de payer pour la même chose encore et encore.

Quoi qu'elle fasse, elle revenait toujours au point de départ. La mort de Sally.

— Tu veux rentrer à l'appartement ? demanda-t-il.

— Il est 3 heures du matin... Je veux être ici. Avec toi.

— Alors retourne te coucher, dit-il, le visage indéchiffrable. Je te rejoins dans une minute.

— D'accord. Ne traîne pas trop.

Comme elle se levait, il lui prit la main et la baisa.

— Ça s'arrangera, Sam.

Elle n'en était pas si sûre. Mais partager ses craintes avec lui n'y changerait rien.

Elle le serra contre elle et remonta se coucher.

Les yeux fixés sur le ciel nocturne, Euan contempla longuement les étoiles sans obtenir de réponses à ses questions. Une chose était sûre. Il exigeait trop de Sam depuis le début. Il avait partagé avec elle les aspects les plus durs de son travail, l'avait pratiquement forcée à affronter ses souvenirs les plus douloureux. Maintenant, il lui prenait tout son temps.

Il ne lui avait rien promis, et elle lui avait tout donné. Il lui avait demandé de rester, et elle l'avait fait. Qu'avait-il cru ? Que l'aimer suffirait à chasser ses cauchemars ?

Il devait lui laisser plus d'espace. Entre autres choses. Mais c'était un début. Ramassant le plaid posé dans un fauteuil, il gagna le salon, arrangea les coussins du canapé et s'allongea. Demain, il agirait en conséquence.

18

Sam voulait embrasser Euan avant de se rendormir, mais elle était trop fatiguée. Quand elle s'éveilla le lendemain matin, elle était seule.

Elle le trouva affalé sur le canapé du salon, profondément endormi. Il ne se réveilla pas quand elle effleura sa main, mais ses doigts se refermèrent sur les siens en un geste machinal.

Elle prépara du café et réchauffa les croissants qu'il avait achetés la veille. Elle mit le tout sur un plateau qu'elle emporta dans le salon, puis le réveilla.

— Qu'est-ce que tu fais là ? murmura-t-elle avec douceur.

— Hein... ? Je me suis endormi...

— Tu n'aurais pas pu le faire là-haut ? Avec moi ?

Il ne parut pas vouloir en discuter. Il se frotta les yeux.

— Chouette petit déjeuner. Merci.

Elle s'installa dans un fauteuil.

— Tu travailles aujourd'hui ?

— Oui. Je suis de garde à la clinique jusqu'à 16 heures. Pourquoi ne restes-tu pas ici ?

Quelque chose clochait. Mais s'il n'était pas disposé à lui en parler, elle n'allait pas rester là à contempler les murs en se posant des questions.

— Non, Je viens avec toi. Je prendrai mon PC et je trouverai un coin tranquille. J'ai encore beaucoup à faire.

— Je serai occupé.

— Je ne te distrairai pas.

— Tu me distrais toujours, dit-il nonchalamment. Je débarrasserai mon cabinet, tu pourras t'y installer.

Le travail parut apaiser Euan. Il passa la matinée confronté aux problèmes des autres, et le sourire que lui adressait Sam chaque fois qu'il venait chercher quelque chose à son cabinet arriva presque à le convaincre que ses doutes n'étaient que de banales angoisses nocturnes. Il avait déjà réussi à lui cacher deux urgences mineures et un début de crise, il se sentait plutôt content de lui.

— Je vais chercher de quoi déjeuner, dit-elle alors qu'il traversait la réception. Qu'aimerais-tu manger ?

Elle tenait une liste à la main, visiblement désireuse de se rendre utile. Elle ne semblait toujours pas comprendre qu'on pouvait l'aimer pour elle.

— Ça va, merci. Je prendrai quelque chose plus tard.

Elle lui sourit, planta un baiser sur sa joue, et s'en alla.

Quand son téléphone vibra dans sa poche un peu plus tard, Euan était en grande conversation avec Ian au sujet de la prochaine séance de thérapie, et il faillit ne pas répondre. Il accepta l'appel en voyant s'afficher le nom de Sam.

— Viens tout de suite, dit-elle. J'ai besoin de toi.

Il la trouva devant l'entrée, soutenant le corps d'un homme apathique.

— Ils l'ont jeté. Je les ai vus…

— Laisse-moi voir, dit Euan, s'approchant de l'homme effondré sur le sol.

— Regarde ses lèvres, Euan, elles sont bleues. Je crois qu'il ne respire plus, dit-elle d'une voix étonnamment calme.

L'homme avait à peine dépassé l'adolescence, et Euan reconnut un garçon nommé Damien. Abandonné par ses soi-disant amis quand il avait des problèmes. Un cas de figure relativement fréquent, mais qui le choquait toujours.

A l'intérieur, dans un tohu-bohu indescriptible, Ian empêchait les gens de s'approcher. Damien s'efforçait de respirer en émettant des gargouillis. Euan le mit sur le côté pour dégager ses voies respiratoires.

— Tu le connais ? demanda Sam.

— Oui, il est accro à la cocaïne. Va me chercher ma trousse médicale, elle est sous clé dans mon cabinet.

Elle lui prit ses clés et détala.

Il venait de commencer la réanimation quand elle revint avec la sacoche. Elle l'ouvrit et lui tendit le stéthoscope.

— Merci.

Il examina rapidement le patient, trouva la réserve de *nalaxone* qu'il transportait toujours avec lui et prépara la seringue. Il donna la dose à voix haute par habitude, et vit du coin de l'œil que Sam avait sorti un stylo et prenait des notes sur sa main.

Il piqua le deltoïde du garçon. Les secondes passèrent.

Rien. Il allait devoir remettre ça. Il répéta la procédure et attendit. Il avait trente secondes pour empêcher le jeune homme de mourir sous les yeux de Sam.

L'effet fut presque immédiat. Une grande aspiration, et Damien se redressa en position assise, les yeux fous.

— Tout va bien. Vous êtes à la clinique Driftwood. Vous avez fait une overdose, dit Euan.

— Que... ?

Damien se débattit, et Euan, au lieu de protéger son visage, tendit instinctivement la main pour défendre Sam. Il prit un uppercut dans la mâchoire.

— Vous êtes à la clinique Driftwood. Vous avez fait une overdose, répéta Sam en tenant le bras de Damien pour l'immobiliser. Tout va bien. On va vous conduire à l'intérieur.

Euan et Ian relevèrent Damien tandis que Sam s'efforçait

de tenir les badauds à l'écart. Mais Damien les vit et les insulta violemment.

— Assez, Damien ! dit Euan, interrompant le flot d'injures.

— Vous auriez dû le laisser mourir, fit quelqu'un.

Euan l'ignora. Damien recommença à se débattre et Ian le poussa sans ménagement à l'intérieur pendant qu'Euan ramassait sa trousse.

Il entendit la voix de Sam derrière lui, froide de colère.

— Quand vous irez mal, remerciez le ciel que des gens vous aident sans se soucier de ce que vous avez pu faire !

Euan réprima un sourire. Elle était passionnée, dévouée, compatissante.

Elle le suivit à l'intérieur et referma la porte derrière eux. Agité et agressif, Damien fut traîné par Ian dans une salle de soins, permettant enfin à Euan de souffler un peu.

— Ça va aller pour lui ? demanda Sam.

— Nous allons le surveiller de près. La *nalaxone* que je lui ai injectée a neutralisé les effets des drogues qu'il a prises, et l'a mis en état de manque. Il souffre beaucoup...

— Et toi ? dit-elle, lui caressant furtivement la joue.

— Ça va.

— Qu'est-ce que tu vas faire maintenant ?

— Nous allons le garder aussi longtemps que nous pourrons. La *nalaxone* agit environ une heure ; quand l'effet se dissipera, il peut de nouveau avoir des symptômes d'overdose. Et il faut l'empêcher de prendre autre chose...

Les cris outragés de Damien leur parvinrent du premier.

— Je ferais mieux d'aller voir si Ian a besoin de moi.

— Te faut-il autre chose dans ta trousse médicale ?

— Non. Tout ce dont Damien a besoin maintenant, c'est d'une bonne dose de raison.

Elle rit nerveusement. Son stress commençait à se voir. Il aurait voulu l'emmener loin d'ici pour qu'elle se détende un peu. Mais c'était impossible pour l'instant.

— Fais-toi du thé. Va te promener… Où est Liz ?

— Rentrée chez elle déjeuner, dit-elle. Je vais chercher les sandwichs que j'ai laissés tomber dans la rue quand j'ai trouvé ce garçon. J'irai peut-être voir Juno cet après-midi.

— Tu es sûre ? demanda-t-il.

Il se méfiait du caractère caustique de Juno.

Elle le fit taire d'un geste. Contrairement à ce qu'il pensait, elle ne voulait pas pleurer sur une épaule.

— Elle doit me faire un travail, tu te rappelles ? Je vais lui expliquer ce que je veux. Je serai rentrée vers 16 heures.

Il capitula et déposa un baiser sur ses lèvres. Ça, au moins, il pouvait le faire.

Réfléchir n'avait mené Euan nulle part. Mais calmer Damien et prendre des dispositions pour la suite de son traitement lui avait éclairci les idées. Rentrant chez lui avec Sam, il garda le silence. A présent, il savait ce qu'il devait faire.

Elle posa son ordinateur sur la table de la cuisine.

— Tu veux boire quelque chose ?

— Non, Sam. Viens ici, tu veux ?

Il s'assit et lui approcha une chaise. Pas trop près.

— Qu'est-ce qu'il y a ? demanda-t-elle en s'asseyant.

— Je veux que tu rentres à Londres. Ce soir.

Elle accusa le choc. Puis elle rougit, détourna les yeux.

— Pourquoi ? demanda-t-elle d'une petite voix qui faillit le faire flancher.

— Tu as des choses à faire là-bas, avec l'installation de ton logiciel au Centre… En fait, je pense qu'il vaut mieux que nous prenions un peu de distance l'un vis-à-vis de l'autre.

— Tu… tu me renvoies, dit-elle d'un ton où se mêlaient colère et résignation.

Comment lui expliquer que cela n'avait rien à voir avec le rejet dont elle avait souffert de la part de sa mère, ni même avec la perte de Sally ? Il agissait ainsi dans son intérêt. Fragile sous son apparente assurance, elle ne pouvait pas continuer ainsi si elle n'affrontait pas ouvertement ses démons.

— Sam, ces deux dernières semaines ont été... les plus belles de ma vie... fantastiques. Mais tu as une occasion inespérée d'avancer, et tu dois la saisir.

Elle se frotta les yeux et rencontra son regard. Elle s'était ressaisie et son visage avait repris son impassibilité.

— Tu es en train de me dire que je dois penser à ma carrière. Jolie volte-face, tu ne trouves pas ?

Il l'avait mérité. Et plus encore.

— Venir ici a réactivé des troubles profonds chez toi ; si tu ne les résous pas, ils finiront par nous séparer.

Une lueur de colère passa dans le regard de Sam.

— Alors, c'est donc ça ? Je ne suis qu'un de tes projets parmi d'autres ? La fille mal dans sa peau...

Elle était si éloignée de la vérité qu'il faillit rire. Mais il valait mieux qu'elle s'en prenne à lui plutôt qu'à elle-même.

— Je sais que c'était une erreur, Sam. Je regrette.

Les lèvres pincées, elle se leva lentement et, récupérant son ordinateur, elle le serra contre elle comme un bouclier.

— Moi aussi, dit-elle.

Tournant les talons, elle sortit en claquant la porte derrière elle.

Bouillant de colère, Sam regagna son petit studio, jeta toutes ses affaires dans son sac de voyage, et fonça à la gare. Après une heure à foudroyer du regard le coucher de soleil à travers la fenêtre du train, puis une demi-heure de métro, elle était de retour dans son appartement londonien.

Comment osait-il ? Un de ses projets, hein ? Euan pouvait parler ! Lui aussi souffrait de problèmes psychologiques, comme ce désir pathologique de protection qui lui venait de sa relation avec son ex-femme.

Elle se figea soudain. Il n'était pas le genre d'homme à manipuler une femme pour se glisser dans son lit. Il était honnête, sensible. Euan…

Il l'avait laissée croire le pire de lui sans la contredire.

L'aimait-il ? Elle vida le contenu de son sac à main sur le lit, attrapa son téléphone. Et s'immobilisa. Qu'importait pourquoi il avait voulu qu'elle parte. Il l'avait souhaité.

Elle jeta le téléphone sur le lit. Elle le connaissait assez pour savoir que, quand il avait pris une décision, il ne revenait pas dessus. Se laissant choir sur le lit, elle fondit en larmes.

Il avait agi ainsi parce que c'était un homme d'honneur et qu'il se souciait des problèmes de Sam. Deux raisons parmi d'autres pour lesquelles elle était tombée amoureuse de lui.

Gagnant son bureau dans le crépuscule, Euan leva les yeux vers l'appartement que Sam avait occupé. Il entra et prit les clés qu'elle avait laissées dans la boîte aux lettres.

A l'étage, son parfum flottait encore dans l'air, cruel rappel de ce qu'il avait perdu. Un silence pesant régnait.

Il contempla le lit, résistant à l'envie d'enfouir son visage dans un oreiller en imaginant qu'elle était encore là. Mais désormais il n'y avait que le vide.

Il se détourna, descendit l'escalier, et sortit dans la nuit.

19

Sam avait garé sa voiture sur le petit parking devant la salle paroissiale. Les mains crispées sur le volant, elle n'arrivait pas à bouger.

Entre, ou retourne chez toi. C'était plus facile à dire qu'à faire. Elle avait eu du mal à affronter sa première séance de groupe, mais cela avait été encore plus dur la deuxième fois. Et la troisième semblait carrément impossible.

Juno l'a fait. Jamie aussi. Mais ils avaient eu Euan pour les soutenir. Alors que son parrain était un quinquagénaire qui se contentait d'écouter tout le monde en hochant la tête.

Pourtant, Euan le lui avait recommandé. Elle avait fait deux séances. Elle n'arriverait sûrement pas à en supporter deux de plus sans rien casser, mais elle devait essayer.

On frappa à la vitre et elle sursauta. C'était Will, l'animateur du groupe.

— Vous êtes en avance. Vous voulez entrer et aider à préparer le thé ?

Non. Elle ne voulait pas boire de thé ni le préparer, ni être ici, ni parler à Will ou à qui que ce soit. Elle voulait rentrer chez elle.

Mais elle avait promis à Euan d'essayer cette thérapie. Elle sourit donc à Will, descendit de sa voiture, et le suivit dans la salle paroissiale.

Il y avait trois mois que Sam était entrée pour la première fois dans les bureaux de Driftwood Drugs Initiative. Depuis, les événements s'étaient précipités. Joe l'avait remplacée à Driftwood, et, d'après David, c'était une réussite. Le Centre utilisait aussi son programme, ainsi que six autres fondations de lutte contre la drogue. Sept autres se montraient intéressées, et un quotidien avait contacté Sam pour lui demander une interview.

Elle jeta un coup d'œil à son bureau londonien. Tout était parfait, bien rangé, il n'y avait plus de traces de doigts sur la table basse autour de laquelle trônaient les quatre fauteuils de couleurs vives. De l'autre côté de la vitre séparant son bureau de la grande salle, aucun fouillis n'encombrait pour une fois l'espace de Joe. Elle espérait que les deux bureaux voisins seraient occupés avant la fin de la journée. Mais, avant de commencer les entretiens d'embauche, elle devait recevoir un client.

L'Interphone bourdonna et la voix du vigile résonna dans le petit haut-parleur.

— Un visiteur d'une œuvre caritative. Il monte.

— Merci, Frank.

Elle prit une profonde inspiration, lissa sa robe et alla accueillir David.

Sam portait une robe rouge foncé à la coupe élégante, qui mettait discrètement ses formes en valeur.

Euan trouva qu'elle avait changé. Ses cheveux étaient attachés en un chignon lâche d'où s'échappaient quelques mèches folles, et son maquillage était plus naturel. Comme si la jolie femme qu'elle était s'assumait pleinement maintenant.

— Euan, murmura-t-elle comme si elle voyait un fantôme.

Il crut qu'elle allait s'évanouir, mais elle était plus solide que cela. Elle se redressa de toute sa taille.

— J'attendais David...

Elle jeta un regard affolé autour d'elle et il remarqua qu'elle tremblait. Il fit un pas vers elle, et elle recula.

— Sam, je... Je regrette de t'avoir causé un choc, mais je voulais te parler. S'il te plaît.

Elle inclina imperceptiblement la tête.

— Viens dans mon bureau.

Il la suivit en gardant ses distances. Au moins, elle ne l'avait pas fait jeter dehors.

Elle ne se réfugia pas derrière son bureau mais lui fit signe de s'asseoir dans un fauteuil et prit place en face de lui.

— J'ai quelque chose à te dire, dit-il.

— Moi aussi.

Leurs yeux se rencontrèrent et la gorge d'Euan se contracta douloureusement. Il s'était promis de dire ce qu'il avait à dire et de s'en aller, mais il n'était plus sûr du tout de pouvoir renoncer à elle.

— Toi d'abord, murmura-t-elle d'une voix étranglée.

— J'ai dit n'importe quoi quand je t'ai renvoyée.

Elle soupira avec impatience.

— Je sais. Je l'ai compris dès que je n'ai plus eu envie de te tordre le cou. Mais tu avais raison sur un point. Nous nous déchirions et nous allions droit dans le mur.

Une déception amère serra le cœur d'Euan.

— Comment puis-je te convaincre que les choses peuvent être différentes entre nous maintenant ?

Elle réfléchit.

— Les mots ne sont que du vent, contrairement aux actes.

— Je suis ici, non ? J'ai d'abord voulu t'envoyer un message, mais c'est ce qu'on fait quand on veut une réponse sans tout risquer. Or, je ne suis plus comme ça.

Hochant la tête, elle le regarda avec gravité.

Le long discours qu'il avait préparé n'était plus de mise. Finalement, tout se réduisait à une seule chose.

— Je t'aime, Sam.

— Mais... ?

— Il n'y a pas de mais. Ni doute, ni réserve. Je t'aime.

Elle le dévisagea comme si elle s'attendait à tout sauf à cela.

— Je suis venu te dire que je ne cesserai jamais de t'aimer. Si tu n'as pas envie de l'entendre, je m'en irai, mais je t'attendrai toute ma vie, car je sais que je peux te mériter.

— Je n'en ai jamais douté, murmura-t-elle, tandis que la vérité lui apparaissait peu à peu.

— Ta confiance en moi m'a ouvert les yeux.

Se penchant pour se lever, elle perdit l'équilibre et il l'attrapa, la prit dans ses bras. Il l'assit sur ses genoux, la serra contre son torse. Il inspira longuement, comme s'il retenait sa respiration depuis deux longs mois.

— Je peux t'embrasser ? demanda-t-il timidement.

Les yeux de Sam brillèrent comme du vif-argent.

— As-tu vraiment besoin de poser la question ?

Pour Sam, tout prit sens. Elle s'accrocha à Euan, de peur d'être arrachée à lui par le vertige qui lui tournait la tête.

— Est-ce que je rêve ?

— Je ne crois pas, répondit-il en riant. Tu peux me pincer.

— C'est toi qui es censé me pincer...

— Pas question, dit-il en la berçant contre lui. Tu avais quelque chose à me dire ?

— Oui. J'ai appelé le numéro que tu m'avais donné, j'ai pris contact avec le type qui anime un groupe de parole.

— Et tu es allée aux réunions ?

— Oui. J'ai écouté les histoires des autres. Raconté la mienne. J'ai pas mal pleuré.

— Et ça t'a fait du bien ?

— Oui. Je ne le croyais pas au début, et je détestais ça. Puis j'ai commencé à me sentir revivre, comme quand Sal et moi avons lancé notre affaire, et que j'avais hâte de me lever le matin pour attaquer la journée.

Il sourit, de ce sourire craquant qu'elle aimait tant.

— Il faut beaucoup de courage pour affronter son passé.

— C'était plus du désespoir. Je t'aimais et je devais trouver le chemin qui me ramène à toi. Alors j'ai parlé de tout. De la mort de Sally. De ma mère. De l'amour que je m'efforçais de gagner, de ma peur de ne pas trouver ma place...

Il l'embrassa tendrement sur la joue.

— Je n'ai jamais cessé de t'aimer, Sam. Grâce à toi, j'ai compris que je pouvais enfin accepter le passé, et toi aussi. Nous avions simplement besoin d'un peu de temps pour y parvenir.

— Je serais venue vers toi, si tu ne m'avais pas coiffée au poteau en prenant l'initiative.

— Ah oui ? Quand ?

— Je pensais à Noël. Ou au nouvel an...

— Noël ! C'est dans deux mois !

— Ou au week-end prochain. Je t'imaginais assis dans un de ces affreux vieux transats...

— Hé ! Ce sont les sièges de nos réunions du lundi matin ! Une tradition Driftwood.

— Très bien. Assis dans un de vos transats traditionnels, donc, les yeux clos. Je venais m'asseoir. Tu grommelais quelque chose, puis tu ouvrais les yeux et tu voyais que c'était moi, pas David.

— Pas mal. Mais je suis content que tu ne l'aies pas fait.

— Ça n'aurait pas été bon pour ton ego ?

— Au contraire. Mais c'était à moi de revenir, moi qui ne le fais jamais. Nous pouvons repartir sur de nouvelles bases à présent, tourner le dos au passé.

Elle commençait à savourer pleinement la beauté de ce moment quand un bruit la fit sursauter. Le temps que Joe apparaisse de l'autre côté de la vitre, elle s'était éloignée d'Euan.

— Qu'est-ce que tu fais là, Joe ? Le voyage à Manchester a été annulé ?

— Non, j'ai oublié quelque chose, répondit-il en sortant un DVD de son bureau. Salut, Euan. Comment ça va ?

— Bien. Je disais justement à Sam combien nous sommes contents de votre travail.

Joe sourit sans paraître remarquer que Sam n'avait qu'une chaussure.

— Il faut que j'y aille, ou je vais manquer mon train.

La porte claqua derrière lui, et Sam se débarrassa de sa seconde chaussure.

— Et maintenant ?

— Tu pourrais fermer la porte à clé…

— J'aimerais bien, mais je reçois le premier de six postulants dans une demi-heure. On a deux postes à pourvoir.

— Dans ce cas j'attendrai, dit-il avec un sourire. Je peux me rendre utile, préparer du thé, répondre au téléphone…

— Dis-moi que tu n'as rien de prévu pour ce soir.

— J'ai toute la semaine de libre.

Elle l'étreignit, l'embrassa encore et encore.

— Tu étais sûr de toi, hein ?

— Non. Je croyais que tu allais me jeter dehors et que je devrais passer le reste de la semaine à mettre au point un plan B. T'envoyer des fleurs, ce genre de choses.

— Alors je n'aurai pas de fleurs ?

— Peut-être que si. J'aime l'idée de te faire la cour, et je crois que je vais le faire. Mais il faut que nous dressions des plans. Tu viens juste de t'installer ici et…

Elle posa un doigt sur ses lèvres pour lui imposer silence.

— Ça marchera. Nous ferons tout pour ça.

Pour toute réponse, il lui donna un long baiser langoureux.

20

Le mariage avait été organisé en trois semaines et s'était déroulé dans une ambiance joyeuse et détendue. Anna avait aidé Sam à enfiler sa robe de soie ornée de dentelle et lui avait prêté la jarretière bleue qu'elle avait portée à ses propres noces. Paul l'avait conduite à l'autel. Pendant l'échange des consentements, dont Euan et elle avaient rédigé le texte eux-mêmes, il ne l'avait pas quittée des yeux. Lorsqu'elle l'avait vu devant l'autel, elle avait failli renverser une demoiselle d'honneur dans sa hâte à le rejoindre. David avait dû assener un coup de coude à Euan pour calmer son fou rire.

Kathryn House ouvrirait officiellement ses portes au nouvel an, un gigantesque chapiteau avait donc été dressé dans le parc pour accueillir les invités de la réception. Ann et Paul, le frère de Sally et sa femme, les parents d'Euan, leurs amis de Londres, et toutes leurs connaissances de Driftwood. Jamie était là avec Kirsty. Les cheveux teints en violet pour l'occasion, Juno offrit à Sam une ravissante statue de verre filé entrelacé de métal qui brillait de mille feux à la lumière des lanternes suspendues sous la véranda.

— C'est magnifique ! dit Sam en l'étreignant.

Juno sourit à Euan venu quêter un baiser de son épouse.

— Où partez-vous en voyage de noces ? demanda Liz, rejoignant le petit groupe.

— On a loué une maison sur la plage, dans un endroit ensoleillé, répondit laconiquement Euan.

— Pas d'internet. Pas de téléphones, dit Sam pour qui une telle situation aurait été impensable six mois plus tôt.

— Génial, dit Liz. Oh ! le bel objet, Juno. Je peux le voir ?

Seuls au monde parmi la foule, Sam et Euan s'enlacèrent.

— Heureuse ?

— Oui. Et toi ?

— Ça pourrait aller mieux...

— Comment ça ?

— Je veux encore un baiser, puis danser avec ma ravissante épouse. Alors seulement, tout sera parfait...